Eva Maaser
Das Puppenkind

Eva Maaser wurde 1948 in Reken (Westfalen) geboren. Sie studierte Germanistik, Pädagogik, Theologie und Kunstgeschichte in Münster.

Neben ihren historischen Romanen *Der Moorkönig* (1999), *Der Paradiesgarten* (2001) und *Die Astronomin* (2004) waren besonders die Kriminalromane *Das Puppenkind* (2000), *Tango Finale* (2002), *Kleine Schwäne* (2002) und *Die Nacht des Zorns* (2004) erfolgreich, in denen Kommissar Rohleff und sein Team spektakuläre Fälle im Münsterland lösen. Zuletzt erschien *Der Clan der Giovese* (2006) und *Die Rückkehr des Moorkönigs* (Frühjahr 2010).

An einem regnerischen Novembertag gibt es in dem kleinen Steinfurter Kaufhaus einen Menschenauflauf. Vor der Tür hat man in einem unmodernen Kinderwagen ein totes Baby entdeckt, das wie eine Puppe wirkt. Für die Kriminalpolizei wird der Fall noch mysteriöser, als sich herausstellt, daß es sich um ein fachgerecht präpariertes Kind handelt. Ist es ein Verbrechen oder eine Wahnsinnstat?

Während die Ermittler um Kommissar Rohleff mühsam die wenigen Spuren sichern, wird ganz in der Nähe ein Baby entführt. Vieles deutet darauf hin, daß die Frau, die damals vor dem Kaufhaus mit dem Kinderwagen gesehen wurde, auch mit dieser Tat zu tun hat. Will sie sich eine neue Puppe schaffen? Für Kommissar Rohleff, der sich mit privaten Problemen herumschlägt, die Parallelen zu diesem Fall aufweisen, entwickelt sich die Situation zu einem persönlichen Alptraum.

»Spannende Lektüre mit lokalem Bezug … es brechen schwere Zeiten an für Donna Leon, Elisabeth George & Co.«
Der Steinfurter

Eva Maaser

DAS PUPPENKIND

Kriminalroman

aufbau taschenbuch

ISBN 978-3-7466-1846-3

Aufbau Taschenbuch ist eine Marke der Aufbau Verlag GmbH & Co. KG

4. Auflage 2010
© Aufbau Verlag GmbH & Co. KG, Berlin
© Aufbau Taschenbuch Verlag GmbH, Berlin 2000
Umschlaggestaltung Mediabureau Di Stefano, Berlin
unter Verwendung eines Fotos von Paula Friedrich/bobsairport
Druck und Binden C. H. Beck, Nördlingen
Printed in Germany

www.aufbau-verlag.de

13. November

Tiefhängende Wolken, konturenlos ineinandergeschoben, ließen an keiner Stelle eine Lücke im Einheitsgrau, an die sich eine Hoffnung auf Wetterbesserung hätte klammern können. Kalte Luft, fast frostig. Wo der Nieselregen ein ungeschütztes Gesicht traf, ließ er die Haut wie glasiert aufglänzen.

Eine stämmige ältere Frau radelte die Kirchstraße an der Friedhofsmauer entlang auf die Innenstadt zu. Gegen das die Herbstmelancholie fördernde Wetter trat sie kräftig in die Pedale, eine Plastikhaube, tief in die Stirn gezogen, erschwerte die Sicht nach vorn. Die Radlerin verlangsamte einen Moment ihre Fahrt, als sie an einer Ampel nach rechts in den verkehrsberuhigten Bereich einbog, und nahm nach der Kurve wieder Tempo auf. Das Fahrrad schepperte auf der Kopfsteinpflasterung, das Vorderrad schlingerte auf den tückisch nassen Steinen, die Frau fuhr unbeirrt weiter, auch wenn der Lenker seitlich ausschlug. Kurz vor dem einstöckigen Kaufhaus an der Ecke stieg sie in die Rücktrittsbremse und sprang vom Rad. Vielleicht lag es an den Witterungsverhältnissen, jedenfalls sollte sie das später bei verschiedenen Gelegenheiten behaupten, das Fahrrad rutschte vorwärts, riß sie zwei Schritte mit und rammte seitlich einen Kinderwagen, der unter dem Dach vor dem Eingang abgestellt war. Das Hindernis hatte die Frau, auch das sagte sie später aus, wegen der Plastikhaube nicht bemerkt.

Der Stoß hatte den Kinderwagen zwei bis drei Handbreit weiter geschoben, aber er war nicht umgefallen. Die Hände noch am Lenker, hielt die Fahrerin die Luft an und lauschte. Es blieb still. Hastig stellte sie das Rad auf den Ständer, hob ihre große Einkaufstasche vom Gepäckträger und trat an den Kinderwagen heran, offenkundig besorgt um das Kind, das keinen Mucks von sich gegeben hatte.

Wegen des hochgebauschten Bettchens und eines am Wagenrand festgeknöpften mehr oder weniger transparenten Regenschutzes war das Kind im Wagen von außen nicht zu sehen. Wohl deshalb nahm die Frau die Plastikplane vom Verdeck, drückte das Bett flach und beugte sich tief über die Öffnung. Einen Augenblick später griff sie sogar mit einer Hand hinein und fuhr zurück. Gleich darauf tastete sie noch einmal nach dem Kind, als könnte sie das Ergebnis des ersten Nachschauens nicht glauben. Sie blickte hilfesuchend die Straße entlang, nur wenige Passanten waren in der Mittagszeit unterwegs, niemand befand sich in ihrer Nähe. Irgendwo klappte eine Autotür. Bei dem Geräusch zuckte die Frau zusammen, klemmte ihre Tasche unter einen Arm und stürzte ins Kaufhaus, auf den Kassentresen in der Nähe des Eingangs zu.

Ein paar Frauen standen an der Kasse. Zwei unterhielten sich mit gedämpften Stimmen, die die träge Langeweile, die über allem lag, nicht störten. Im Hintergrund wurden quietschend Bügel an einem Kleiderständer bewegt. Die Frau drängte sich bis zum Tresen vor.

»Das Kind in dem Kinderwagen vor der Tür, es rührt sich nicht«, sie holte tief Luft, »ich glaube, es ist tot.«

Das kleine Kaufhaus, ein gutgehender Familienbetrieb, mit Kleinzeug wie Heftklammern, Kugelschreibern, Feuerzeugen, aber auch Damenwäsche und Oberbekleidung im Parterre und Badeanzügen, Spielzeug, Babyartikeln und Hüten im ersten Stock, war seit noch nicht allzu langer Zeit durchgehend bis 20 Uhr abends geöffnet. Allerdings hatte der ausgreifende Service Personalengpässe mit sich gebracht. Die Angestellte, die allein die Kasse bediente, starrte der Frau ins Gesicht, ohne sich zu rühren.

»Das Kind«, flehte diese.

»Aber ich kann hier nicht weg.« Die Kassiererin versuchte,

über die Frauen, die näher herangerückt waren, hinwegzusehen, und schrie ins unbestimmte: »Frau Schulze!«

Sie wiederholte den Ruf, ihre Stimme überschlug sich diesmal, als wäre ihr die Bedeutung dessen, was die Frau gesagt hatte, erst jetzt aufgegangen, und weil sie das einsetzende Stimmengewirr übertönen mußte, ein anschwellendes Summen, das sich anhörte, als wäre in ein Wespennest gestochen worden. Aus einem Nebenraum hinter der Kasse tauchte der Geschäftsführer auf, ein Mann um die Sechzig, dessen Haar sich auf dem Schädel bereits ziemlich gelichtet hatte, die restlichen Strähnen strich er sich mit einer abwehrenden Geste glatt, es wäre vorteilhafter für sein Erscheinungsbild gewesen, wenn er sich die Brotkrümel aus den Mundwinkeln gewischt hätte.

»Was schreien Sie denn so?« herrschte er, Krümel versprühend, die Kassiererin an.

Die Kassiererin gab keine Antwort, statt ihrer sprach die Frau, die mit der Nachricht hereingestürzt war. Ihre Finger klammerten sich an den Tresen, sie bog den Oberkörper weit über die von Gürtelschnallen, Aktenordnerkanten und anderen harten Gegenständen abgewetzte Holzplatte.

»Das Kind draußen im Kinderwagen, ich glaube, es ist tot, ich habe es mit dem Fahrrad angestoßen, aus Versehen. Ja, hilft denn hier keiner, wir brauchen schnell einen Arzt.«

Den letzten Satz schrie sie verzweifelt heraus, drehte sich um, und alle folgten ihr nach draußen, auch der Geschäftsführer, die Kassiererin und, aus den Kleiderständern ganz hinten auftauchend, eine weitere Verkäuferin, die von der Kollegin verlangte Frau Schulze, wie die Polizei später ermitteln sollte.

Sie starrten in den Kinderwagen. Das Kind schaute ohne Wimpernschlag aus gläsern wirkenden blauen Augen unbestimmt auf die, die sich über das Bettchen beugten, dieses halb herauszogen und niederdrückten, um mehr sehen zu können. Der Säugling war mit einem Strampelanzug und einer gestrickten Mütze aus weicher, flauschiger rosa Wolle bekleidet. Ein Widerschein dieses Wollrosas färbte die runden

Wangen des Babys, die im Novemberlicht eigenartig perlmutthaft, fast phosphoreszierend schimmerten. Die leicht geöffneten Lippen formten einen blütengleichen kleinen Kreis mit zwei aufwärtsgebogenen grübchenhaften Winkeln, es lächelte vage. Ein paar silbrig helle Löckchen rahmten die Stirn. Ein schönes Kind.

»Das ist kein Kind, das ist eine Puppe«, äußerte der Geschäftsführer, der sich wieder aufgerichtet hatte, er strich mit einem Anflug von Nervosität seine Haare erneut zurecht.

»Wie können Sie so etwas sagen«, fuhr ihn die Kassiererin an, »kein Mensch fährt eine Puppe in einem richtigen Kinderwagen spazieren, sehen Sie doch.« Sie berührte zaghaft die Babywange und schrie auf. »Es ist kalt, es ist richtig kalt. Wer ruft denn jetzt endlich einen Arzt?«

Frau Schulze, die für das Erdgeschoß zuständig war, hatte über die Schulter einer vor ihr stehenden Frau zu ihrer Kollegin gesehen und hastete, ohne lange zu überlegen, zwei Häuser weiter zur Apotheke.

»Es ist wirklich tot, sind Sie sicher?« fragte der Apotheker und sortierte ruhig weiter Medikamente in die Fächer einer Einbauwand mit deckenhohen Auszügen, die sich nahezu geräuschlos wie durch Zauber bewegten.

»Haben Sie schon einmal so ein Kind gesehen? Die Augen weit auf und rührt sich nicht? Meine Kollegin sagt, es fühlt sich kalt an.«

»Wir haben November.«

»Aber es sieht auch irgendwie – wächsern aus. Ich kann es nicht richtig beschreiben.«

Der Apotheker gab dem Auszug einen Stoß, so daß dieser beschleunigt zurück in die Wand schnurrte, und wies seine Helferin an, den Notarzt zu alarmieren, bevor er mit Frau Schulze die Apotheke verließ.

Rigoros drängte er sich durch die Menschenansammlung um den Kinderwagen, zog das Bett ganz heraus und starrte hinein. Im Aufrichten ließ er seinen Blick bereits über die Menge schweifen, die trotz der mittäglichen Ruhepause und des Wetters stetig anwuchs, ein alltägliches Mirakel bei allen kleinen und großen Katastrophen.

»Wo ist die Mutter?« fragte er laut.

Damit kam Bewegung in die Leute. Die meisten der Umstehenden traten zurück und drehten sich suchend um. Diesen Moment nutzte der Apotheker, um den Lenker des Wagens zu ergreifen und das Gefährt rasch ins Kaufhaus zu schieben, hinter den Tresen und in das Büro des Geschäftsführers, der ihm gefolgt war und die Tür schloß, während der Apotheker bereits mit einer flüchtigen Untersuchung beschäftigt war.

Über die unzweifelhafte Tatsache des Todes hinaus stimmte etwas ganz und gar nicht mit diesem Kind.

Unterdessen wurden die Rufe vor und im Kaufhaus fortgesetzt, die zwei Verkäuferinnen rannten ins Obergeschoß, um ihre Kolleginnen zu informieren und die Etage nach der Mutter zu durchsuchen. Der Aufruhr unten hatte noch nicht das obere Stockwerk erreicht, in dem sich nur wenige Kunden befanden, kaum ein halbes Dutzend; wie sich schnell herausstellen sollte, war die Mutter nicht darunter. Auf die dringenden Fragen der Verkäuferinnen reagierten die Kunden mit Gegenfragen, in denen bereits Aufregung durchklang. Die obere Etage leerte sich rasch, unten wartete eine Traube von Menschen auf Nachrichten aus dem Hinterzimmer.

Der Arzt, der wenige Minuten später eintraf, benötigte nur einen Augenblick, um den Tod des Kindes zu bestätigen – es war wirklich ein Kind und keine Puppe. Eine Feststellung, die doch Zweifel ließ. Über dem Wagen tauschte der Arzt mit dem Apotheker einen Blick.

Auf Geheiß des Arztes telefonierte der Geschäftsführer widerwillig mit der Polizei.

Die Mutter war immer noch nicht gefunden worden. Mittlerweile diskutierten Schaulustige vor dem Kaufhaus und ganz Beharrliche vor dem Tresen die ihnen bekannten Vorfälle des »plötzlichen Kindestods«. Irgend jemand hatte die Formulierung fallenlassen.

»Aber es lag nicht auf dem Bauch, ich habe gehört, daß die

Bauchlage für Säuglinge besonders gefährlich ist«, erklärte eine Frau laut, als sich die Bürotür öffnete. Der Geschäftsführer und der Apotheker traten heraus.

»Hat jemand eine Frau beobachtet, die den Kinderwagen vor der Tür abgestellt hat? Wir bitten diejenigen, die etwas gesehen haben, für eine Aussage hierzubleiben. Wer noch Waren zu bezahlen hat, kann das jetzt erledigen.« Der Geschäftsführer winkte der Kassiererin, die zögernd ihren Posten hinter der Kasse wieder einnahm.

Auf dem Tresen lag ein dunkelblauer Pullover. Die Kassiererin sah sich nach der Kundin um, die den Pullover zum Bezahlen und Verpacken abgegeben hatte. Die meisten Leute strebten jetzt dem Ausgang zu, weil sie verstanden hatten, daß mit dem Auftauchen der Polizei zu rechnen war, und sie sich diese Sensation nicht entgehen lassen wollten. Nur zwei Frauen blieben, denen sich nach kurzem Zögern eine dritte beigesellte. Die Kassiererin lupfte den blauen Ärmel.

»Wem gehört der?« fragte sie.

Karl Rohleff, Kriminalhauptkommissar und Leiter der Abteilung, kämpfte in seinem Büro mit der Mittagsmüdigkeit. Seit ihm das mittägliche Absacken der Konzentration größeren Ärger verschaffte, begnügte er sich mit Yoghurt und Äpfeln, um nicht mit einer reichlicheren Mahlzeit, wie er sie noch vor ein paar Monaten gewöhnt war, der Müdigkeit Vorschub zu leisten.

Die Tür zu seinem Dienstzimmer stand halb offen, etwas lockte ihn, aufzustehen, die Tür zu schließen und den Kopf auf seinen Schreibtisch zu legen. Wenigstens für zehn Minuten. Er traute sich nicht. Es hätte ihn jemand überraschen können. Der trübsinnige Gedanke überfiel ihn, daß das Alter einen Schatten vorauswarf, dabei war er erst zweiundfünfzig und fühlte sich nicht weniger fit als ein Dreißigjähriger. Bis auf diese verdammten Anfälle von Müdigkeit, für die auch keine Überarbeitung als Grund herhalten konnte. Steinfurt war ein ruhiges Pflaster, für den kriminalistischen Höhepunkt der letzten Monate hatte eine Frau gesorgt, die versucht hatte, ihren Mann auf altmodische Art mit Arsen zu vergiften, in Eiscreme eingerührt.

Sein Kopf näherte sich der Tischplatte, als Patrick Knolle, ein Kollege aus seiner Abteilung, die Tür ganz auftrat.

»Totes Kind in der Fußgängerzone, willst du mit?«

Die Zeit reichte nicht, um den sicher glasigen Ausdruck aus den Augen zu verbannen, daher schenkte er es sich, so zu tun, als hätte er in seinen Akten geblättert. Statt dessen gähnte er und rieb sich die Augen.

»Noch mal«, stöhnte er.

»Totes Kind im Kinderwagen in der Fußgängerzone, von der Mutter nichts zu sehen, der Notarzt ist schon da.«

An dem jungen Kollegen war kein Zeichen von Müdigkeit zu entdecken. Rohleff gab sich einen Ruck. »Na, dann laß uns mal.«

Kalte Novemberluft und Nieselregen schlugen ihm draußen ins Gesicht, er war fast dankbar dafür, die Kälte ließ sein Hirn wieder besser arbeiten. »Noch irgendwelche Einzelheiten?«

»Kriegen wir vor Ort, der Arzt wartet auf uns.«

Knolle schob sich mit seinen breiten Schultern durch die Leute vor dem Kaufhaus, Rohleff hinter ihm registrierte säuerlich die unbekümmerte Selbstverständlichkeit, mit der sich der Jüngere seinen Weg bahnte. Die Blicke der Gaffer hingen an Knolle, an dessen hellrotem Strubbelkopf, Rohleff war einen Kopf kleiner. Seine Stimme klang gereizt, als er sich im Büro der Kaufhauses an den Arzt wandte: »Plötzlicher Kindestod?«

Der Arzt schüttelte den Kopf. »Würd ich nicht sagen.«

Knolle mischte sich ein. »Ich dachte, der Wagen mit dem Kind wäre draußen gefunden worden, wie kommt er hier herein?«

»Ich habe ihn ins Büro gebracht, bei den vielen Neugierigen vor der Tür war es unmöglich, eine vorläufige Untersuchung durchzuführen. Einer mußte sich ja bis zum Eintreffen des Arztes um das Kind kümmern, und wer außer mir kam dafür in Frage?« erklärte der Apotheker.

»Und dabei haben Sie den Lenker angefaßt.« Knolle deutete anklagend auf die Lenkstange.

Unmut blitzte im Gesicht des Apothekers auf.

»Die Mutter ist wohl bisher nicht gefunden worden, das macht die Sache schwierig«, setzte Rohleff ruhig ein. »Es ist wegen der Fingerabdrücke, meint mein Kollege, das konnten Sie ja nicht wissen. Es ist besser, Sie warten vorläufig draußen, aber halten Sie sich zu unserer Verfügung, wir werden noch ein paar Fragen stellen.«

Der Apotheker und der Geschäftsführer nickten wie gescholtene Schuljungen, bevor sie den Raum verließen.

»Die beiden wären wir los«, sagte Knolle und wechselte einen Blick mit Rohleff.

Der Arzt seufzte. »Ist wohl auch besser so bei dem, was ich Ihnen mitzuteilen habe. Das Kind ist schon länger tot, so viel konnte ich bereits feststellen.«

Der Säugling lag auf dem Schreibtisch, halb entkleidet.

»Anzeichen äußerer Gewaltanwendung?« fragte Rohleff.

»Bislang keine.«

Alle drei Männer traten näher an den Schreibtisch heran. Noch immer umspielte ein Lächeln den blütenzarten Mund des Kindes, und die blauen Augen schauten ins Leere. Rohleff hörte, wie Knolle die Luft einzog.

»Wie lange ist das Kind bereits tot, und können Sie mir etwas über die Todesursache sagen?« fragte Rohleff.

Die Stimme des Arztes klang belegt. »Ich kann Ihnen beide Fragen nicht beantworten. Das Kind ist eventuell seit ein paar Monaten tot, aber auch das ist nicht sicher.«

»Aber dann müßte längst die Verwesung eingesetzt haben, und dieses Kind sieht doch nicht mal tot aus«, warf Knolle ein.

»Das macht mir die meisten Sorgen, ein einfacher Schädelbruch wäre mir lieber als das, was die Untersuchung bis jetzt ergeben hat. Festlegen will ich mich nicht, mir ist so etwas noch nicht untergekommen, aber ich bin auch kein Gerichtsmediziner – es ist einbalsamiert oder, wie soll ich sagen, irgendwie präpariert.«

Knolle schaltete schneller als Rohleff. »Sie meinen ausgestopft?« Unwillkürlich hatte er lauter gesprochen, er hastete zur Tür und prüfte, ob sie fest geschlossen war.

Rohleff fiel ein, daß der Kollege erst eine Woche zuvor seine Jagdprüfung bestanden hatte. Einen Augenblick nahm er die Szenerie wie durch einen Filter wahr, nicht verschwommen, aber gedämpft, das ordentliche Büro mit den hohen Regalen voller Akten und Warenmuster, den biederen Schreibtisch mit den Schnörkeln, der besser in ein Herrenzimmer als in ein Büro gepaßt hätte. Es mochte an dem matten Tageslicht liegen, von dem sich der Eindruck eines Traums, mehr eines Alptraums, herleitete, in dem er sich gefangen wähnte, vor allem das tote Kind auf der Schreibplatte schien einer mitternächtlichen Phantasie entstiegen. Er riß sich zusammen.

»Das müssen sie uns schon genauer erklären, das klingt mir zu abstrus«, wandte er ein.

Der Arzt zog den Strampelanzug des Kindes weiter herunter und entblößte den Bauch. Die Haut schimmerte matt, cremefarben mit einem Hauch von Rosa, nicht grau, nicht violett verfärbt. Vorsichtig drückte der Arzt auf den Leib des Kindes. »Das fühlt sich merkwürdig an, auch die Haut, fast wie Seife, und«, er schob mit zwei Fingern den Mund des Kindes ein wenig weiter auf, »etwas verstopft hinten die Kehle, schauen Sie selbst, ich leuchte noch mal hinein, und das gleiche habe ich bei den Nasenlöchern festgestellt.«

Rohleff winkte heftig ab. Beinahe hätte er sich vor Übelkeit gekrümmt, er fing sich aber, als sein Blick auf den Kollegen fiel, der aus dem Fenster starrte, die Körperhaltung verriet die innere Anspannung. Knolles Frau Maike, gerade fünfundzwanzig Jahre alt, erwartete ihr erstes Kind. Vor ein paar Monaten hatte Knolle im Dienst die Nachricht über den Familienzuwachs verkündet, selbst weniger erfreut, als zu erwarten gewesen war.

»Von mir aus hätten wir es damit nicht so eilig gehabt.«

»Und warum habt ihr nicht gewartet?« hatte einer der Kollegen gefragt.

»Betriebsunfall«, Knolle feixte. »Soll vorkommen. Dabei wollten wir mit meiner Mühle nächstes Jahr nach Spanien und Portugal runter. Wird jetzt wohl nichts daraus.«

»Schaff dir einen Beiwagen an und pack das Kurze da rein.«

»Und mir den ganzen Urlaub von dem Babygequäke versauen lassen? Nee, mein Lieber.«

Rohleffs Magenwände zogen sich noch mehr zusammen. Graues Licht fiel durch ein Seitenfenster auf den Schreibtisch, und trotzdem leuchtete das seidige Haar auf dem Köpfchen, glänzten die Wangen, weich und gelöst lagen die Arme, wie im Schlaf zur Seite geglitten, die Beinchen krümmten sich leicht, eine Haltung süßer Hilflosigkeit, die unfehlbar Brut- und Pflegeinstinkte ansprach. Der geisterhafte Blick der strahlenden Augen wurde ihm unerträglich. Eine Schönheit wie auf alten Gemälden, die die Gottesmutter mit ihrem Kind auf dem Schoß darstellten, er hatte solche Bilder in Museen gesehen. Eine wurmzerfressene Leiche wäre ihm lieber gewesen als dieses Puppenkind. Knolle schienen ähnliche Gedanken zu bewegen. Diesmal flüsterte er.

»Wer macht so was?«

Die Frage brachte sie auf ihre Ermittlungsarbeit zurück. Sie wurden amtlich. »Haben Sie von Ihrem Verdacht schon etwas laut werden lassen, bevor wir herkamen?«

»Ich bin doch nicht verrückt«, antwortete der Arzt.

Rohleff hatte nur noch zwei Fragen. »Wie alt war das Kind, und ist es ein Junge oder Mädchen?«

»Sechs bis acht Monate, und was das Geschlecht betrifft, tippe ich auf Mädchen wegen der rosa Mütze, aber das läßt sich leicht feststellen.«

Als der Arzt den Strampler weiter herunterzog, drehte sich Rohleff weg, um nicht noch mehr von dieser Leichenpuppe zu sehen, und Knolle kramte mit abgewandtem Gesicht in seinen Taschen nach Block und Kugelschreiber. Nach weiterer Suche reichte er dem anderen ein Handy herüber. Rohleff nickte und tippte eine Nummer ein.

»Mädchen«, sagte der Arzt.

Die wenigen Meter zwischen Schreibtisch und Tür durchmaß Rohleff mehrmals, während er telefonierte, und vermied dabei den Blick auf die Schreibtischplatte, registrierte aber trotzdem, daß der Arzt sich weiter an dem Kind zu schaffen machte. Als er gegen Ende des Telefonats doch zu ihm hinschaute, sah er, daß der tote Säugling wieder bekleidet war und der Arzt ein paar medizinische Instrumente in seine auf einem Stuhl abgestellte Tasche einräumte.

»Das Kind kommt in die Gerichtsmedizin nach Münster. Sie schicken einen Wagen, um es abzuholen«, erklärte er dem Arzt und wandte sich dann an seinen Begleiter: »Patrick, ruf du die Kollegen von der Spurensicherung. Sie sollen sich um den Kinderwagen kümmern. Vielleicht finden sie daran ein paar verwertbare Fingerabdrücke. Sie sollen auch einen Fotografen schicken, ich benötige Fotos von dem Kind und vom Kinderwagen. Und fordere ein paar von unseren Leuten für die Befragung hier vor Ort an.«

Er begleitete den Arzt zur Tür.

Am Kassentresen warteten der Apotheker, der Geschäftsführer, die Verkäuferinnen und drei Kundinnen, eine kleine Menschentraube hielt sich am Eingang auf. Neben der Kasse lag noch der blaue Pullover.

»Ich bin nicht imstande, mehr zu erzählen, als Ihnen der Arzt vermutlich gesagt hat. Kann ich jetzt gehen?« fragte der Apotheker gereizt. »Wenn Sie weitere Fragen haben, kommen Sie in meine Apotheke, zwei Häuser weiter, rechte Seite, schlecht zu verfehlen.«

»Sie haben nicht einen weiteren Raum, in dem wir uns unterhalten können?« erkundigte sich Rohleff bei dem Geschäftsführer.

Der Mann schüttelte den Kopf. »Nur das Lager.«

Rohleff hatte nicht die Absicht, die Geduld des Apothekers mehr als nötig zu strapazieren. »Gehen Sie nur, ich komme zu Ihnen rüber, sobald ich hier fertig bin, und danke, daß Sie gewartet haben.« Sein ruhiger, höflicher Ton verfehlte nicht die beabsichtigte Wirkung.

Der Apotheker entspannte sich. »Dann bis später. Eine schlimme Sache, nicht?« Er deutete auf die Bürotür, bevor er ging.

»Was ist mit den Frauen hier?« fragte Rohleff den Geschäftsführer.

»Ich habe vorhin darum gebeten, daß alle bleiben, die jemanden am Kinderwagen gesehen haben – bitte!« Eine einladende Geste forderte den Kommissar auf, mit der Ermittlung zu beginnen.

Rohleff wußte oft nicht, ob er auf eifrige Möchtegernpolizisten wie diesen fluchen sollte oder ob er ihnen nicht hin und wieder Dank schuldete. Die zweite Möglichkeit erschien ihm in Hinblick auf die weitere Untersuchung des Falles als die sinnvollere, daher murmelte er etwas, das sich wie eine Anerkennung der Umsicht des Geschäftsführers anhörte. Dann begann er die Frauen zu befragen. Zwei von ihnen hatten nur gewartet, um ihre Waren zu bezahlen, und damit gezögert, um mehr vom Gang der Ereignisse mitzubekommen. Beinahe grob verwies er sie an die Kassiererin, nachdem er ihre Adressen aufgeschrieben hatte. Die dritte sagte aus, einen Mann am Kinderwagen gesehen zu haben. Ob er diesen im Eingang abgestellt habe, wußte sie allerdings nicht mehr, ganz vage stand ihr ein Bild vor Augen, wie seine Hand auf dem Lenker lag. Rohleff bat sie um eine Personenbeschreibung, begann, sich ihre Angaben zu notieren, stockte und riß die Tür hinter sich auf.

»Patrick, bist du mit dem Telefonieren fertig? Dann komm und frag rum, wer außer dem Apotheker den Wagen angefaßt hat. Stell von allen die Personalien fest. Das andere erledigt die Spurensicherung.«

Kurz nachdem er die Vernehmung der letzten Zeugin beendet und mit der der Verkäuferinnen begonnen hatte, traf das Verstärkungsteam ein. Die Beamten scharten sich einen Augenblick um Knolle, der mit Block und Bleistift im Gedränge am Eingang stand, dann kamen einige auf Rohleff zu. Er winkte die zwei Leute von der Spurensicherung mit dem

Fotografen ins Büro durch und übertrug einem anderen Kollegen die weitere Befragung.

Während er seine Anordnungen traf, stand er an die Kassentheke gelehnt, eine Hand auf die Holzplatte gestützt. Gerade, als er den anderen ins Büro folgen wollte, spürte er, daß etwas unter seiner Hand auf dem Tresen lag.

»Was ist das hier?« fragte er die Kassiererin.

»Sehen Sie das nicht? Ein blauer Damenpullover, reine Schurwolle, Größe sechsundvierzig, den hatte mir eine Kundin zum Bezahlen herübergereicht, als das Spektakel losging. Jetzt ist die Frau verschwunden.«

Rohleff starrte auf den Pullover. »Die Farbe würde mir nicht gefallen. Zu dunkel.«

Im Büro hatte der Fotograf eine Serie von Aufnahmen des Kinderwagens beendet, er wechselte den Film. Die zwei von der Spurensicherung waren dabei, mit Gummihandschuhen den Wagen für den Abtransport in Folie zu verpacken. Die Männer arbeiteten äußerst schnell und schweigend. Nachdem sie mit dem Wagen verschwunden waren, trat der Fotograf an den Schreibtisch heran, beugte sich mit der Kamera über das Kind, mehrmals flammte das Blitzlicht auf. Sich aufrichtend, schüttelte er den Kopf.

»Das Kind sollte am besten sitzen, von oben fotografiert es sich schlecht«, erklärte er. Rohleff spürte wieder seinen Magen, als er das Kind, heiter lächelnd, auf einem Bürostuhl sitzen sah. Sein Gürtel und der des Fotografen, um Körper und Stuhllehne geschlungen, hielten es aufrecht. Es war noch schlimmer, als das Kind halb ausgezogen auf dem Schreibtisch liegen zu sehen. Trotzdem meldete sich plötzlich ein Bedürfnis, über das seidenweiche Haar zu streichen, ein Verlangen, das gleichzeitig einen Anflug von Ekel hervorrief.

»Komischer Fall«, sagte der Fotograf, als er seine Apparate wieder einpackte. »Hab eigentlich schon Schlimmeres gesehen, weiß aber nicht, ob mir das hier lieber ist.«

Er schnallte die Gürtel los und fing den kleinen Körper auf, bevor Rohleff helfen konnte. Einen Augenblick lag das Kind im Arm des Mannes, der automatisch eine Schulter vorschob und den Kopf daran bettete. Die Illusion eines lebendigen Kindes schimmerte in einem gleichsam zeitlosen Bild auf. Etwas war natürlich grundfaul an dem Bild. Der Mann störte. Nicht speziell dieser. Der Fotograf war ein sympathischer Kerl, wahrscheinlich hatte er selbst Kinder, so geschickt, wie er dieses hielt. Das Bild aber verlangte dringend nach Weiblichkeit, Mütterlichkeit.

Die Leute von der Gerichtsmedizin trafen mit einem Blechkasten ein, um das Kind abzuholen, und versprachen, die Kleidung möglichst rasch zu weiteren Untersuchungen zurückzuschicken. Im Eingangsbereich des Kaufhauses wurden die Befragungen fortgeführt, Knolle berichtete Rohleff vom vorläufigen Ergebnis.

»Die Leute haben nichts Brauchbares beobachtet. Ein Geist muß das Kind vor dem Kaufhaus abgestellt haben.«

»Oder ein Mann. Eine Kundin will einen gesehen haben.«

»Mir hat keiner was davon erzählt, komisch, ein Mann mit Kinderwagen fällt doch immer noch mehr auf als eine Frau.«

»Wem sollte er mittags in einer fast menschenleeren Fußgängerzone auffallen? Vermutlich können wir froh sein, wenigstens die eine Zeugin zu haben, die ihn beobachtet haben will. Wer hat den Wagen angefaßt?«

»Mehrere, ich hab die Liste. Am meisten Kontakt mit dem Ding hatte wohl die mit ihrem Fahrrad. Der dreckige Reifen hat einen netten Abdruck hinterlassen. Hast du sicher bemerkt.« Ein schräger Blick traf Rohleff. »Anna Krechting heißt die Frau«, fuhr Knolle fort. »Macht sich Gedanken, ob sie dem Kind nicht doch geschadet hat.«

Er deutete auf die Frau, die allein vor einem Warenregal stand. Anna Krechting bemerkte die Aufmerksamkeit, die sich auf sie richtete, ihrem Gesicht waren Verstörung und Schuldbewußtsein anzusehen. Sie traf Anstalten, auf die beiden Ermittler zuzutreten. Rohleff kannte solche Leute. Er war nicht in der Stimmung, sich ihre Bekenntnisse und Beteuerungen anzuhören.

»Du hast ihre Aussage?«
Knolle tippte auf seinen Block.
»Dann schick sie weg, und sag ihr, daß wir sie wie alle anderen benachrichtigen wegen der Fingerabdrücke.« Er wandte sich ab, bevor die Frau ihn erreichen konnte.

Als er in die Dienststelle zurückgekehrt war, traf er im Flur auf die ersten Redakteure und einen Kollegen aus der Presseabteilung, die wohl auf ihn gewartet hatten. Das Zusammentreffen mit der Presse hätte er gern verschoben, obwohl er halbwegs mit den Zeitungsleuten gerechnet hatte und sie später sogar selbst benachrichtigt hätte. Gerade in diesem Fall war es wichtig, für genügend öffentliche Aufmerksamkeit zu sorgen, allerdings ohne drastische Sensationseffekte. Gern hätte er ein paar Augenblicke gehabt, um sich auf das Gespräch vorzubereiten. Andererseits überkam ihn der Eindruck, daß bei der Aufklärung des Falles besondere Dringlichkeit geboten wäre, obgleich dem der äußere Anschein widersprach: Das Kind war schließlich tot.

Er begrüßte die Redakteure mit einem Nicken und sicherte ihnen zwei Fotos zu, eins von dem aufgefundenen Säugling, ein zweites vom Kinderwagen, die zusammen mit einem Aufruf veröffentlicht werden sollten.

»Das Übliche. Wer kennt das Kind, wer kennt den Wagen, die Polizei sucht nach Hinweisen auf die Mutter. Eventuell zusätzlich ein Appell an die Mutter, sich zu melden.«

Weitere Fragen beantwortete er knapp, aber, wie er meinte, ausreichend. Über die Todesursache, ließe sich noch nichts sagen. Es sei kein Fall von Gewaltanwendung zu vermuten. Bereits zum Gehen gewandt, faßte ihn einer der Redakteure am Ärmel, eine Geste, die er gerade bei diesen Leuten besonders wenig schätzte.

»Das soll alles sein? Schon mal vom Recht der Öffentlichkeit auf Information und Aufklärung gehört?«

Rohleff vermutete, daß es einer von den Freiberuflern war, einer von der unangenehmen Sorte, die sich gern einmischte und dabei auf Pressefreiheit pochte.

»Gerade darum geht es«, erwiderte er heftig, »um Aufklärung. Sie leisten Ihren Teil, dafür haben Sie Ihre Informationen bekommen, und jetzt lassen Sie mich in Ruhe, die Fahndung nach der Herkunft des Säuglings läuft bereits an, meine Kollegen warten auf mich.«

Sein Blick glitt über den Mann hinweg zum Eingang, in der Nähe des Wachraums sah er eine Frau, die ihm bekannt vorkam. Sie schaute zu ihm herüber, er verschwand eilig in seinem Büro, um sie nicht zum Näherkommen zu ermutigen.

Das Gemurmel stockte bei seinem Eintreten und setzte dann wieder ein. Die Atmosphäre war gespannt, unruhig. Stühle wurden beiläufig gerückt, um ihm den Weg zum Schreibtisch einigermaßen frei zu machen, er quetschte sich an langen Beinen in Jeans und Uniformhosen vorbei und einem Paar Beine in Rock und Strumpfhosen. Lilli Gärtner blickte kurz zu ihm auf. Sie nahm an der Dienstbesprechung, die er vom Kaufhaus aus telefonisch anberaumt hatte, auf seinen ausdrücklichen Wunsch teil. Von der Mitarbeit einer weiblichen Beamtin versprach er sich Einsichten, zu denen männliche Kollegen eher selten gelangten. Sie hatte selbst zwei Kinder, zwei Töchter, acht und zehn Jahre alt. Ihr Mann unterrichtete an der Realschule, so daß kaum mit Dienstausfällen zu rechnen war, wenn die Kinder mal erkrankten. Lilli war geradezu notorisch zuverlässig. Allerdings fragte er sich jetzt, wie die Gärtners Krankheiten der Kinder tatsächlich handhabten. Konnte der Ehemann einfach so morgens seinem Unterricht fernbleiben?

Er nickte ihr zu. Ihre kräftige, untersetzte Gestalt und das pflegeleicht geschnittene blonde Haar entsprachen nicht seinem Schönheitsideal, stimmten aber mit dem Eindruck von Tüchtigkeit überein, den er in den Jahren der Zusammenarbeit gewonnen hatte. Neben ihr saß Harry Groß, Experte für Spurensicherung, auch einer von den jüngeren Beamten. Rohleff wunderte sich, daß er nicht selbst zum Kaufhaus gekommen war, um den Kinderwagen abzuholen, wahrscheinlich hatte ihn eine andere Aufgabe im Labor festgehalten. Der Karottenkopf von Groß konkurrierte mit dem von Knolle, die Haarfarbe machte die beiden fast zu Brüdern, wenn man von der Statur absah: Zum athletisch gebauten Knolle bildete der kugelrunde, aber trotzdem wendige Groß das genaue Gegenteil, im Mundwerk waren sich die beiden allerdings wieder ähnlicher, als es Rohleff lieb war. Außer den dreien, mit denen er bei diesem Fall eng zusammenarbeiten würde, nahmen noch zwei Polizeikommissare der Wache an der Besprechung teil.

Rohleff schlängelte sich zu seinem Bürostuhl durch, nahm Platz, kramte aus seiner Jackentasche seine Notizen hervor und legte sie in eine Mappe. Unterdessen verstummte allmählich das Gemurmel.

»Wir sollten zunächst die Informationen zusammentragen, die wir haben. Patrick, fang an«, eröffnete er das Gespräch.

»Kind, sechs bis acht Monate alt, ein Mädchen. Tot aufgefunden in einem vor dem Kaufhaus in der Steinstraße abgestellten dunkelblauen Kinderwagen. Wär vielleicht nicht aufgefallen, wenn nicht eine Frau mit dem Fahrrad, äh ...« Knolle kramte in seinen Papieren, und Rohleff fiel blitzartig ein, daß das die Frau war, die er gerade eben im Eingang gesehen hatte. Was konnte sie gewollt haben? Eine dieser lästigen älteren Schachteln, die man schwer loswurde, dachte er und verdrängte die Frage.

»Anna Krechting«, fuhr Knolle fort, »stieß den Kinderwagen versehentlich an und stellte danach fest, daß das Kind sich nicht rührte.«

»Hat Anna Krechting jemanden an dem Wagen gesehen?« fragte Lilli.

»Laut ihrer Aussage nicht, es seien keine Leute in der unmittelbaren Umgebung des Kaufhauses gewesen, deshalb sei sie auch hineingestürzt, weil sie die Mutter drinnen vermutete, ist ja auch logisch, da der Kinderwagen vor dem Eingang zum Kaufhaus stand.«

»Ist nicht logisch«, widersprach Groß, »das Kind könnte absichtlich dort abgestellt worden sein, wir wissen doch inzwischen, daß es bereits länger tot ist, die Sache mit dem Fahrrad hat nichts mit dem Tod des Kindes zu tun.«

»Demnach eine Kindesleiche, derer man sich entledigen wollte«, sagte Lilli.

»Um die Fahrradgeschichte abzuschließen, Anna Krechting dürfte bis auf die Fingerabdrücke, die wir von ihr brauchen, in diesem Fall ohne Bedeutung sein?«

Rohleff nickte. »Anna Krechting interessiert uns nicht. Ab morgen laufen bei uns die Telefone heiß, tote Kinder regen die Leute immer auf. Harrys Hinweis könnte richtig sein, paßt zu der Aussage einer Kundin, die einen Mann am Kinderwagen gesehen haben will. Ich les euch die Beschreibung vor.« Er fingerte nach einem Blatt in seiner Informationsmappe.

»Alter ziemlich unbestimmt, jedenfalls über dreißig, dunkle Jacke oder Mantel. Am besten erinnert sie sich an seinen Schirm: dunkelrot mit Holzgriff, so einen hatte sie selbst schon mal. Ein Mann mit einem Damenschirm, über die Größe des Mannes konnte sie gar keine Aussage machen, jedenfalls trug er keinen Hut, was mehr für ein höheres Alter gesprochen hätte.« Rohleff trug nie Hüte. »Alles nicht sehr erhellend.« Er blickte in die Runde. »Kommen wir zu dem Kind. Wann können wir die Fotos haben?« fragte er einen Kollegen.

»Müßten fertig sein, ich geh nachsehen.«

»Bring uns die Abzüge herüber, es sollen keine an die Presse herausgehen, bevor ich nicht Bescheid gegeben habe, daß die Fotos in Ordnung sind. Ich will nicht zuviel Aufsehen durch die Zeitungsmeldung«, rief er ihm nach.

»Das Kind ...«, es fiel ihm plötzlich schwer fortzufahren, er nickte Knolle zu.

Eine kurze Pause entstand. Rohleff dachte zum erstenmal bei diesem Fall an Sabine, versuchte sich vorzustellen, was er ihr sagen konnte, falls sie abends nach den Tagesereignissen fragte. Es würde problematisch werden.

»Sechs bis acht Monate alt«, begann Knolle, »sagte ich bereits, schon mehrere Monate tot, wie lange genau, werden die Pathologen der Gerichtsmedizin feststellen. Die Todesursache ebenfalls unklar. Seltsam jedenfalls der Zustand der Leiche. Der Arzt sagt, sie ist präpariert worden.«

»Wie präpariert?« fragte Groß.

»Ausgestopft.«

»Sag das noch mal«, fuhr Lilli Knolle an.

»Er sagt, präpariert, irgendwas in die Bauchhöhle gestopft, fühlt sich nicht normal an, auch Nase und Kehle zugemacht, das erinnert mich an meine Jagdprüfung, Tierpräparation war natürlich kein Hauptthema.«

»Du meinst, wie ein Auerhahn oder Fuchs auf so einer Holzplatte oder einem ausladenden Ast über den Kamin genagelt, ist das dein Ernst?« fragte Groß.

Knolle zog schuldbewußt den Kopf ein.

»Vielleicht ist es einbalsamiert worden?« fragte Lilli.

»Na klar, Patrick denkt nur noch in seinem Jägerlatein, nachdem er monatelang für die Prüfung gebüffelt hat, hoffentlich ist da kein dauerhafter Schaden entstanden«, witzelte einer in der Runde, und ein Anflug von Erleichterung machte sich bemerkbar, der nicht lange anhalten sollte.

Der Kollege kehrte zurück, die Fotos in der Hand, unaufgefordert verteilte er sie. Die vorausgegangenen Erklärungen wirkten beim Betrachten nach, schärften die Wahrnehmung, sonst wäre der unnatürliche Blick des Kindes weniger aufgefallen. Das Lächeln erreichte die Augen nicht, erst auf den Fotos wurde seine Künstlichkeit erschreckend deutlich, die Monstrosität einer Leichenschändung. Rohleff erlebte den Schock vom Mittag ein zweites Mal und registrierte, wie die Bestürzung um sich griff, auch Knolle, der ja mittags dabeigewesen war, konnte sich ihr nicht entziehen. Es wurde Zeit, daß er dieser betroffenen Lethargie entgegenwirkte. Leise begann er zu sprechen.

»Wir müssen abwarten, was die Pathologen sagen. Trotzdem können wir beide Begriffe, Präparation und Einbalsamierung, festhalten, bis einer davon wegfällt. Patrick, bei deinen einschlägigen Kenntnissen bist du dafür der richtige. Du machst dich mit beidem vertraut, aber erst später. Zunächst warten wir ab, was der Zeitungsaufruf bringt. Vorrangig für euch alle wird morgen die Auswertung der Anrufe sein.«

»Wenn ich mir die Bilder anschaue, auch das von dem Kinderwagen, dem Bettchen und allem, fällt es mir schwer, im Zusammenhang mit dem Kind an einen Mann zu denken«, begann Lilli langsam.

»Muß ein perverses Arschloch sein«, fiel Groß ein.

»Hast wohl noch nie einen Vater mit Kinderwagen gesehen, Lilli, da hat sich was geändert, auch wenn dein Mann sich um das Babywickeln gedrückt hat«, sagte Knolle.

»Haltet den Mund, laßt Lilli reden, wie kommst du darauf?«

»Wie das Kind ausschaut, die Kleidung, das Zubehör, ich hab mir von Harry schon eine Liste geben lassen, eine Babyflasche mit Tee, Windeln, ein Schnuller im Wagen. Das sieht nach Betreuung aus, nach Pflege, Zuwendung.«

»Keine weibliche Domäne mehr«, warf Knolle noch einmal ein.

»Puppenspielerei«, sagte einer der Beamten. Er hatte eine kleine Tochter.

»Ziemlich altmodisch der ganze Kram«, erklärte Knolle.

»Nicht durcheinander«, wehrte Rohleff ab, »Patrick, wiederhol das, was meinst du?«

»Ist alles nicht gerade modern, der Strampelanzug, die Mütze, der Kinderwagen, sprang mir sofort ins Auge, so was kauft heute keiner mehr, ich glaube, so was gibt's auch nicht mehr in den Läden.« Unter den Blicken der anderen errötete er sacht und fuhr sich verlegen durch seinen Schopf.

Rohleff stellte sich Knolle mit Babyjäckchen in der Hand vor. Zwei Kollegen grienten verhalten.

»Er hat recht«, stellte Lilli ruhig fest. »Das ist mir auch schon aufgefallen. Nicht mal meine Kinder haben solche Sachen noch getragen.«

»Dann schlage ich vor, du schaust dir die Kleidung des Kindes an, wenn sie aus der Gerichtsmedizin kommt. Alter, aber auch Abnutzungsgrad. Such nach Markenzeichen, frag in Fachgeschäften, seit wann diese Sachen aus den Sortimenten sind. Wenn du Hilfe brauchst, frag Patrick, der kennt sich nicht nur mit präparierten Füchsen und Motorrädern aus.«

»Aber was ist mit dem Fall, an dem ich gerade dran bin? Belästigung von zwei Schulmädchen im Bagno, auch nicht ganz ohne, obwohl es bis jetzt aussieht, als hätten wir es nur mit einem dieser Exhibitionisten zu tun, die selten handgreiflich werden. Trotzdem möchte ich nicht, daß meine Töchter so einem Kerl begegnen.«

»Ich sorg dafür, daß du davon freigestellt wirst. Noch mal zum Anfang. Vorerst suchen wir nach einem Mann mit rotem Regenschirm und auf alle Fälle die Mutter eines toten Kindes. Das heißt, alle Meldungen über verschwundene Babys, die in den letzten ein bis eineinhalb Jahren eingegangen sind, müssen überprüft werden, und zwar bundesweit, das tote Kind könnte sonstwoher stammen, Fälle aus der näheren Umgebung sehen wir uns besonders genau an.«

Er wandte sich an Groß. »Fingerabdrücke am Wagen?«

»Eine ganze Reihe. Die meisten davon nur halb oder verwischt. Ich kümmere mich morgen um die Identifizierung der verwertbaren, sobald ich die Fingerabdrücke der Leute habe, die den Wagen angefaßt haben.«

Eine halbe Stunde später war die Besprechung beendet. Eine Frage war nicht gestellt worden: Wer behielt die konservierte Leiche eines Kindes und ging mit ihr um, als ob es sich um ein lebendes handelte?

Rohleff klemmte seine Aktentasche auf dem Gepäckträger seines Fahrrades fest, als Knolle seine BMW anließ. Das dunkle Röhren des Motors klang auf, damit begann für den Besitzer der friedliche Teil des Lebens, der Feierabend. Knolle würde vielleicht eine Extrarunde drehen, bevor er nach Hause fuhr, um etwas länger die Vibrationen der schweren Maschine zu spüren, die durch den Körper schlugen wie eine Ganzheitsmassage. So hatte er Rohleff den Reiz des Fahrens erklärt, bevor er ihn einmal auf dem Rücksitz mitnahm. Rohleff hatte das eine Mal gereicht. Allein der Krach, auf Prickeln in den Eingeweiden war er auch nicht erpicht gewesen.

Er schob sein Rad über die Straße, er hatte es nicht weit. Schräg gegenüber tauchte er nach ein paar Metern in einen schmalen Trampelpfad zwischen hohen, jetzt nahezu kahlen Hecken ein, tastete sich in fast völliger Dunkelheit vorwärts, unbeirrt von einem Quieken und Rascheln rechts und links im Gesträuch. Er zählte die Gartentörchen an der rechten Seite, tiefschwarze Geometrien aus Senkrechten und Schrägen, die vierte gehörte ihm. Nach langem Herumsuchen drehte sich der Schlüssel rostig klirrend im Vorhängeschloß, ein Laut, der baldige Erlösung versprach. Die Tür pendelte in der Angel, er ließ sie halb offen hinter sich, zu dieser Jahres- und Tageszeit war das gleichgültig. Bewußt langsam lenkte er das Rad auf dem mit Kantsteinen eingefaßten Weg vorwärts, jeder Meter ließ ihn mehr in einen Gemütszustand driften, den er jetzt dringend brauchte. Stille, Entspannung, Wunschlosigkeit. Mit dem Feuerzeug suchte er nach der Petroleumlampe, entzündete sie, nahm sie aus der Hütte mit nach draußen, drehte den Docht so weit herunter wie möglich und saß dann in der Dunkelheit außerhalb des Lichtkreises auf seinem klapprigen Gartenstuhl. Die Kälte störte ihn nicht, gehörte vielmehr zum Wohlsein dazu, sie kroch ihm allmählich in den Körper und zog den Frieden von außen auch nach innen, er hatte das Gefühl, sich getrost auflösen zu können. Um ihn herum wisperte die frühe Novembernacht.

Den Schrebergarten hatte er vier Wochen nach dem Umzug nach Steinfurt und dem Einzug in das Reihenhaus gepachtet. Für das Haus waren seine ganzen Ersparnisse draufgegangen, dabei mochte er es nicht mal besonders. Aber Sabine hatte es gefallen, und er hatte sie damals entscheiden lassen, vor sieben Jahren, gleich nach der Hochzeit. Fünfundvierzig war er da gewesen, ein für die Ehe Spätberufener mit einer siebzehn Jahre jüngeren Braut. Ein bißchen stolz war er schon gewesen, aber er selbst sah ja auch jünger aus, eine drahtige Erscheinung, fanden alle, er glaubte es ihnen.

Innen war das Haus großzügig geschnitten, gut ausgestattet, alles frisch und neu. Zwischen Terrasse und Jägerzaun hatten nur ein Alibirasen und als Abschluß ein paar krüppelige Büsche Platz. Auf der Terrasse hörte man die Kaffeetassen der

Nachbarn hinter den massiven Backsteintrennmauern, die ihn an Zoogehege erinnerten, klirren. Man sah die Leute nicht, befand sich aber zwangsweise durch die Geräuschemissionen mitten unter ihnen. Er gewöhnte sich an, auf seiner eigenen Terrasse nur herumzuschleichen und mit sehr gedämpfter Stimme zu sprechen. Zum Streiten gingen sie ins Wohnzimmer oder in die Küche und machten die Fenster zu.

Eine Wohnung mit Balkon wäre nicht schlechter gewesen, aber Sabine war unerschütterlich bei ihrer Begeisterung für das Haus geblieben. Dafür bekam er seinen Schrebergarten mit alten Apfel- und Pflaumenbäumen, einem vermoosten Rasen mit Maulwurfshügeln unter den Bäumen und einer Bretterbude, die fast auseinanderfiel. Diesmal widerstand er Sabines Wünschen. Er verabscheute Gartenhäuser, die wie Almhütten aussehen wollten, mit Sprossenfenstern und Laubsägezierat. Dem Gestank nach Holzschutzmitteln, der den garantiert verrottungsbeständigen Bauwerken meist anhaftete, zog er den mäuseköttelgeschwängerten Mief in seiner alten Hütte vor. Sogar das Mobiliar hatte er behalten. Eine Eckbank mit Tisch innen, draußen eine sogenannte Garnitur aus Klapptisch mit Stühlen, Eisen und morsches Holz, nur noch der jährliche Anstrich hielt die Holzlatten in Form, ein Stuhl war im Sommer zusammengebrochen. Die Trümmer hatte er aufgehoben. Sabine kam nur an schönen Tagen mit in den Garten.

Das Bild des toten Kindes drängte sich unversehens auf. Ein Engelsgesicht. Plötzlich erinnerte er sich an eine Geschichte aus seiner Schulzeit, die der Lehrer erzählt hatte. Oder war es der Pfarrer gewesen? Er sprach von einer schwangeren Frau, ein »gesegneter Leib« umschrieb er prüde ihren Zustand. Das dritte oder vierte Kind, vielleicht auch das fünfte hatte sich angekündigt, und die Frau wollte kein weiteres, die Leute waren bitterarm, der Mann arbeitslos. An diesem Punkt erschien die Geschichte auch nach vierzig Jahren noch modern. Eines Abends, als die Kinder schon im Bett lagen und der Mann außer Haus auf Arbeitssuche war – komisch, so spät noch, dachte Rohleff jetzt –, saß die Frau mit einem Flickkorb in der Küche. Auf einmal erschien ihr das unerwünschte Kind in einer Aureole von Licht und fragte sie mit süßer Stimme, ob sie denn gar keine Liebe übrig hätte und ihm das Leben nicht gönnte.

So hatte er sich das Kind damals vorgestellt: blauäugig, lieblich, mit goldenen Löckchen. In der Pause hatten sie Witze über die Geschichte gerissen. Oder hatte sie nicht eine Lehrerin erzählt, Frauen konnten so etwas besser.

Die Kälte wurde nun doch unbehaglich, er regte sich unruhig auf seinem quietschenden Gartenstuhl. Ein Blick auf die Armbanduhr, die er nahe an die Lampe hielt, zeigte ihm, daß es schon fast halb acht war, länger konnte er die Heimkehr nicht aufschieben. Langsam erhob er sich.

Der Nieselregen hatte bei Dienstschluß aufgehört, über Rohleff blinkten zwei einsame Sterne, als er nach Hause radelte. Hinter der Haustür empfing ihn der Duft von Fleischsoße, im Topf schon leicht angesetzt, dickflüssig verschmort. Er merkte, wie ihn der Hunger überfiel.

Sabine stand in der Tür zur Küche und warf einen wissenden Blick auf die feuchten Ränder seiner Hosenbeine und die Schuhe.

»Noch eine halbe Stunde später, und die Rouladen wären angebrannt.«

Wäre seiner Ansicht nach auch kein Unglück gewesen. Das Fleisch eine Spur angebrannt, bedeutete für ihn den absoluten kulinarischen Gipfel, mit einer Erinnerung garniert: seine Mutter in der Kittelschürze am Herd, im Gulaschtopf rührend.

»Was gab's heute bei dir?«

Er antwortete einsilbig, erzählte nicht von dem Kind, ließ lieber sie reden, von ihrem Job in der Stadtverwaltung: eine kaputte Kaffeemaschine, Bürger, die selbst einfache Formulare falsch ausfüllten und dann noch maulten, Kollegentratsch.

Kauend und lauschend betrachtete er sie. Kräftiges dunkles Haar, in dem noch keine Spur Grau zu entdecken war, in Wellen bis zur Schulter; helle makellose Haut, ein Hals, bei dem ihm der altmodische Vergleich »schwanenhaft« einfiel, den er nie aussprach, aber der den Wunsch erweckte, um diesen schlanken Hals zu fassen, die warme, zarte Haut im Nacken zu spüren, sich bis zu den Ohrläppchen vorzutasten. Begehren regte sich und mehr noch die Zärtlichkeit, die aus Nähe Geborgenheit schaffen kann, eine Vorstellung von Zusammengehörigkeit.

»Schmeckt's dir?« unterbrach Sabine ihren Büromonolog.

Er grunzte zufrieden. Später, vor dem Fernseher, setzte sie sich neben ihn aufs Sofa, er zog sie an sich, bis ihr Kopf an seiner Schulter lag.

»Hast du es dir überlegt?« fragte sie.

»Was?« fragte er zerstreut.

»Gehst du endlich zum Arzt und läßt dich untersuchen?« Sie stemmte sich gegen seinen Arm, richtete sich halb auf, um ihm ins Gesicht sehen zu können. Er drückte sie wieder zurück.

»Sei still, laß mich die Nachrichten sehen.«

Trotz der kleinen Verstimmung, die ihre Frage ausgelöst hatte, endete der Abend angenehm im Bett, Sabine spornte ihn nach dem ersten Mal wieder an, er ließ sich mitreißen, beinahe flammte die Leidenschaft des ersten Ehejahres auf, bei ihr bestimmt nicht ohne Hintergedanken, das bestätigte sich, als sie vor dem Einschlafen ihre Frage wiederholte.

»Wann gehst du endlich?«

Er antwortete auch diesmal nicht.

14. November

Sie sah in die schaukelnde Wiege, griff nach dem Deckbett, schüttelte es zurecht, zupfte an dem leichten Stoff, der wie ein Zelt über das Kopfende fiel: der Wiegenhimmel, wolkenweiß, mit einem Volant, der die Öffnung säumte. Eine silberne Rassel hing an einem rosa Seidenband vom Scheitelpunkt des Himmels bis in

Griffhöhe von kleinen, spielsüchtigen Händen, die jetzt fehlten. Das Scharren der Kufen auf dem gewachsten Holzfußboden klang anders, mechanisch, leblos, erzeugte nicht die gewohnten Bilder im Kopf. Die Hände, die die Wiege bewegten, fühlten sich um den Widerstand betrogen, den das Gewicht des Kindes sonst mit sich brachte. Ein Zimmer, dem der Mittelpunkt fehlte. Nutzlos die weiche Bürste auf dem Wickeltisch, die Cremedosen, der Stapel mit Babywäsche, die Bären und Puppen im Regal und im Fenster. Alles gemahnte auf einmal an Tod; nicht Tod, dachte sie, Seelenlosigkeit. Die alte Einsamkeit griff nach ihr. Es war allein ihre Schuld.

Wieder hatte sie eins verloren. Sie erinnerte sich an das erste Mal, an die langen öden Jahre des Wartens, die vorausgegangen waren, den Neid, den die Blicke in fremde Kinderwagen hochgespült hatten. Ein Verlangen war herangewachsen, das immer mehr Eigenleben gewann und ein Bild ausbrütete, das schließlich die Verwirklichung herbeigezwungen haben mußte. Ein Triumph des Willens. Schwangerschaft, ein natürlicher Zustand des weiblichen Organismus. Leben nach innen, ein Horchen und Warten. Vielleicht hatte sie das Außen aus den Augen verloren oder war einfach leichtsinnig geworden. Zu hastig war sie die Kellertreppe hinabgelaufen und gestürzt, dabei hatten ihr alle gesagt, sie müsse sich in ihrem Zustand vorsehen.

Eine ganze mögliche Zukunft, zusammengezogen auf einen Punkt, beendet, ausgelöscht. Sie war hart bestraft worden für ihre Unachtsamkeit. Es wäre nur ein Klumpen Fleisch gewesen, noch kein Kind, hatte eine Schwester in der Klinik gesagt, eine dumme Gans, die Schwester.

Es hatte doch das Bild des Kindes gegeben und eine komplette Vorstellung von Zukunft, mit allem, was ein Leben umfassen konnte, zurückgeworfen in die graue Welt des Unmöglichen. Erst viel später war sie daraufgekommen, daß man das Schicksal korrigieren konnte, man mußte es nicht einfach nur erdulden. Ein kurzer überraschender Augenblick, der eine Chance eröffnet hatte, und sie hatte nicht gezögert, die Chance zu ergreifen.

Unten im Haus schepperte die Klappe vom Briefschlitz. Sie

schrak zusammen und lauschte einen Augenblick. Es war wohl nur die Zeitung, die der Briefträger gebracht hatte.

Nackt stand er vor dem Badezimmerspiegel, die Haut glühte von der heißen Dusche, Wasser perlte ab. Ein, zwei tiefe Atemzüge begleiteten eine Übung, die die Intimität dieses Raumes provozierte und gleichzeitig vor der Lächerlichkeit bewahrte. Er drückte die Brust heraus, zog den Bauch ein, vollführte eine Seitwärtsdrehung aus der Hüfte, um eine Ideallinie im Spiegel einzufangen, ein Morgenritual, um die innere Vorstellung zur Deckung mit dem äußeren Bild im Spiegel zu bringen. Es ergab sich keine Ähnlichkeit mit der weich gewordenen Figur der meisten Männer, die auf die Sechzig zugingen. Was hieß schon zweiundfünfzig? Die biologische Uhr ticke heute anders, individueller, steuerbarer, hatte er in einer Zeitschrift im Wartezimmer seines Zahnarztes gelesen. Sein Blick konzentrierte sich auf eine empfindliche Stelle. Auch mit diesem Teil seiner Anatomie war alles in Ordnung, die vergangene Nacht hatte es bewiesen. Wie schützend legte sich seine Hand über Penis und Hoden. Er spürte die runzlige Haut, die Weichheit des erschlafften Geschlechts. Immerhin bestand die Möglichkeit, daß doch etwas damit nicht stimmte, ein verborgener, aber bislang unbewiesener Mangel, der sein Selbstbild anrühren würde. Es war schon angerührt. Unwillkürlich hatten sich die Bauchmuskeln entspannt und die Schönheitslinie verdorben: Eine breite Delle erschien oberhalb, eine Wölbung unterhalb der Taille, ein noch nicht sehr ausgeprägter Rettungsring von Fett blähte sich um die Hüften. Rohleff griff nach dem Handtuch.

Auf dem Weg zurück ins Schlafzimmer versuchte er zu vermeiden, daß seine Aufmerksamkeit sich mehr als flüchtig auf die Zimmertür richtete, hinter der ein leeres Zimmer lag, nicht einmal Tapeten bedeckten den Putz.

Als er in die Küche herunterkam, roch es verlockend nach frischem Kaffee und Toastbrot, die Saftpresse lief. Sabine wandte ihm den Rücken zu, konzentriert auf die Arbeit. Er setzte sich, wollte nach der Zeitung greifen, sie lag nicht am üblichen Platz. Das Geräusch hinter ihm stockte.

»Hast du die Zeitung ...«

Sie klatschte ihm die Zeitung auf den Teller, sie war aufgeschlagen und wieder zusammengelegt auf halbe Größe, die Überschrift und die Bilder sprangen ihn geradezu an.

»Suchst du das hier? Warum hast du mir nichts davon gesagt?«

Schwer fiel sie auf den Stuhl neben ihm, ihre Stimme schraubte sich höher. »Warum hast du mir nichts von dem Kind gesagt?«

Er suchte sie zu beschwichtigen, einen Arm um sie zu legen, er rang bereits nach Ausflüchten.

Sie stieß ihn zurück. »›Totes Kind vor Kaufhaus gefunden. Äußerst makabrer Fund: die Leiche soll ausgestopft sein‹«, zitierte sie, schrill, atemlos. »Ein ausgestopftes Kind! Irgendein perverses Schwein hat ein Kind getötet und ausgestopft, und du hast mir gestern abend erzählt, es sei nichts Besonderes vorgefallen. In welcher Welt lebst du eigentlich?«

Sie war aufgesprungen, stand am Tisch, die Hände auf die Tischplatte gestemmt, sie zitterte, Schluchzen stieg in ihrer Kehle auf. Noch vor einem Jahr hätte er sie trotz der ersten Zurückweisung in diesem Zustand der Erregung in den Arm nehmen können, jetzt wagte er es nicht, sie hätte sich gewehrt wie eine Furie. Er sah es in ihren Augen.

»Das stimmt doch alles gar nicht so. Ich muß herausfinden, wer den Mist in die Zeitung gesetzt hat.«

»Du meinst, das ist alles erlogen? Eine Zeitungsente? Das kann ich nicht glauben. Was ist mit dem Kind?« Ihre Stimme wurde von Verunsicherung gedämpft, stieg dann aber mit jedem Wort wieder höher. »Ein totes Kind hat es doch gegeben? Der Bericht, die Fotos, die Bitte der Polizei um Hinweise, das denkt sich keiner aus.«

Er bemühte sich, Autorität in die Stimme zu legen, Amtlichkeit, um ihrer Erregung entgegenzuwirken.

»Wir haben ein Kind gefunden. Das veröffentlichte Foto ist echt. Bis jetzt wissen wir aber nichts über die Todesursache, das Kind ist einfach nur tot. Die Untersuchungen sind erst angelaufen.«

Diesmal sprach sie sehr leise. »So ein süßes Kind. Als ob es lebte. Da ist mehr dran, als du sagen willst. Ich kenne dich, ich weiß, wann du mir etwas verheimlichst. Ist es jetzt schon so weit, daß du mir nichts mehr sagst, weil es um ein Kind geht? Was ist mit dem Kind? Sei nicht so verdammt feige.«

Das Telefon unterbrach den Streit, vielmehr er unterbrach ihn, indem er die Gelegenheit wahrnahm und hastig nach dem piependen Handy auf dem Frühstückstisch griff, er hatte es aus dem Schlafzimmer mitgebracht. Mit dem Gerät in der Hand entfernte er sich vom Tisch, zog sich ans Fenster zurück, um zu unterstreichen, daß er ein dienstliches Gespräch erwartete.

»Dachte ich mir, daß du das bist, Patrick, ich hab's gelesen, gerade. Ich will wissen, woher das kommt, du weißt, was ich meine, verdammt noch mal.«

Danach war es einfach, der Fortführung ihrer Auseinandersetzung zu entgehen, er stürzte den Kaffee im Stehen hinunter, griff nach seiner Jacke, sah nicht zu ihr hin.

»Laß uns heute abend darüber reden, dann weiß ich mehr.«

Ein Rückzug in Feigheit, dachte er, als er sich auf das Rad schwang.

Die erste Stunde im Büro schnauzte er herum, bis er sich im Griff hatte. Zwischendurch las er den Artikel, er kannte ja nur die Überschrift.

»Wie kommt das in die Zeitung?« Er las laut vor. »»Einer beherzten Zeugin ist es zu danken, daß das tote Kind überhaupt entdeckt wurde‹. Das muß doch von dieser Dingsbums stammen.«

»Anna Krechting. Da waren die Presseleutchen wohl eifriger als wir«, antwortete Knolle. »Hab ich die Krechting nicht gestern noch hier gesehen? Irgendwie mein ich, daß sie auf dem Flur herumgegeistert ist, als die Redakteure gerade da waren, und dann war sie plötzlich weg.«

Vielleicht hätte er doch noch mit ihr reden sollen, überlegte Rohleff. Das war immer das Kreuz mit den Betroffenen, manchmal nur Randfiguren, wie diese Krechting, für die die Aufmerksamkeit oder die Zeit nicht reichte oder einfach nur das Mitgefühl. Immerhin hatte sie nichts von ihrem Fahrrad verlauten lassen, ganz dämlich konnte sie nicht sein. Oder wußte sie etwas, was sie übersehen hatten und was sie ihnen mitteilen wollte? Er blätterte in den Akten und las ihre Aussage noch einmal durch. Unwichtig, entschied er, kein Anhaltspunkt, der weiterführen konnte.

»War die Krechting schon hier für die Fingerabdrücke?«

Knolle schüttelte den Kopf. »Ich glaube nicht.«

»Dann sorg dafür, daß sie noch einmal befragt wird. Ob ihr etwas aufgefallen ist, nur der Ordnung halber. Der Hinweis auf den Zustand der Kindesleiche, stammt der auch von ihr?«

»Unwahrscheinlich. Woher sollte sie das wissen? Ich tippe auf den Apotheker oder den Geschäftsführer. Schlaue alte Burschen mit langen Ohren. Knöpf ich mir mal vor.«

»Laß es, es ist eh egal.«

Lilli Gärtner kam herein und ließ sich auf einen Stuhl fallen.

»Anrufe?« fragte Rohleff.

»Ich hab schon ein Klingeln im Ohr.«

»War was dabei?«

»Zwei Leute wollen den Mann mit dem Schirm gesehen haben, fällt ja auch auf, so ein weinroter Damenschirm. Sollten eigentlich alle Verdächtigen bei sich tragen. Eine Zeugin hat ihn definitiv am Kinderwagen bemerkt, ein anderer Passant sah ihn in ein Auto einsteigen, Automarke unbekannt, Farbe zwischen Schlammgrün und Dunkelblau. Führt uns nicht direkt weiter. Ungefähr hundert Anrufer bis jetzt, die behaupteten, das Kind erkannt zu haben, ein paar beschimpften die unbekannte Mutter und verbreiteten sich über Sadismus und schwarze Messen in Deutschland, ein paar wollten etwas zum Kinderwagen loswerden, eine erzählte mir lang und breit, so ein Modell hätte sie auch gehabt, könnte sie aber nicht empfehlen, der Karren wäre bei dem Preis innen nicht genug gepolstert, es war schwer, die Dame aus der Leitung zu kriegen.«

»Ein Mann mit einem Regenschirm. Will mir nicht einleuchten, daß ein Mann mit dem Fall zu tun hat«, sagte Rohleff.

»Es ist nicht mehr wie früher, heute kümmern sich auch Männer um die Kinder, die neue Vätergeneration.« Lilli streifte Knolle mit einem amüsieren Blick. »Trotzdem gebe ich Karl recht, ich tippe auch auf eine Frau, nach der wir suchen müssen oder nach zweien, die, die den Wagen mit dem Kind abgestellt hat, und die Mutter des Kindes.«

»Was auch auf eine Frau hinauslaufen könnte, nicht zwei«, warf Knolle ein, »das hatten wir alles gestern, wir wiederholen uns schon. Was ist mit dem Regenschirmliebhaber? Ist der raus aus der Fahndung?«

»Nicht, solange wir seinen Anteil an der Sache nicht eindeutig geklärt haben. Mach Dampf mit den Fingerabdrücken am Wagen, wann krieg ich die Liste von vermißten Kindern unter einem Jahr?«

Groß legte gegen Abend eine Sammlung von Fingerabdrücken vor, die er am Wagen gefunden hatte, ein paar winzige hatte die Untersuchung der Babyflasche ergeben, die einer erwachsenen Person am Ende der Flasche waren allesamt verwischt.

»Was hältst du davon?« fragte Rohleff.

»Es könnten die des toten Kindes sein. Werde ich überprüfen, wenn ich einen Satz Abdrücke aus der Pathologie bekomme. Ich habe deswegen angerufen. Deutliche Spuren auf der Flasche, von Hautcreme, würde ich sagen. Der Anordnung nach könnte es so gewesen sein, daß die Hände des Kindes um die Flasche gepreßt worden sind. Die Daumen liegen nicht richtig.«

»Wer gibt einem toten Kind eine Flasche in die Hand?« fragte Rohleff.

»Wer fährt ein totes Kind spazieren?« entgegnete Groß.

Knolle bretterte nach Dienstschluß mit seiner BMW an Rohleff vorbei, die Faust mit dem Daumen nach oben ausgestreckt, kollegialer Abschiedsgruß. Rohleff würde an diesem Abend direkt nach Hause radeln, ohne Aufenthalt, die Feigheit nicht wieder aufkommen lassen. Einen verlangenden Blick warf er dennoch auf die gegenüberliegende Straßenseite, an der sich die Hecken entlangzogen. Gern hätte er noch eine Weile in seiner Bretterbude gewerkelt, hätte sich die Stuhltrümmer vom Sommer endlich vorgenommen. Ein paar alte Bretter standen schon bereit für die Erneuerung der Sitzfläche und der Rückenlehne, das Eisengestell war noch gut. Sein Nachbar Bernie hatte ihm die Bretter überlassen, der warf nichts weg, was noch einen Gebrauchswert hatte, Zinkwannen, in die das Regenwasser hineinklatschen konnte, Bretter, grau verwittert, aber stabil. Gerade diese Art von Holz liebte Rohleff, nicht den Mist aus dem Baumarkt, Leimholz oder Spanplatte. Die Bretter konnten auch schon leicht krumm sein, das verlieh ihnen Charakter. Sehr sorgfältig würde er sie zusägen, die Kanten abschleifen, sich mit jedem Handgriff Zeit lassen und damit die Zeit auskosten. Die Gegenwart glitt immer schneller an ihm vorbei. Das Holz reichte vielleicht auch noch für die vorsorgliche Reparatur eines zweiten Stuhls, die Stühle mußten nicht erst auseinanderfallen.

»Hast du was vergessen?« fragte Lilli, die als eine der letzten das Polizeigebäude verließ. Er winkte zu ihr hinüber, schwang sich in den Sattel. Am Samstag, nahm er sich vor, würde er an den Stuhl gehen.

In der Diele stellte er seine Schuhe neben den Schirmständer, sog die Luft tief ein, den Küchenduft. Sabine hatte Grünkohl gekocht, er roch die Mettendchen, eines seiner Lieblingsgerichte in der passenden Jahreszeit, der Streit vom Morgen sollte wohl vergessen sein. Leise tappte er in die Küche, in der er sie rumoren hörte. Sie stand am Herd, rührte in einem riesigen Topf, der Grünkohldunst stieg in satten Schwaden auf, ihre dunklen Haare ringelten sich, von Feuchtigkeit gewellt, in den weißen Nacken. So mochte er seine Frau besonders, beim Kochen erschien ihm ihr Körper oft ebenso sinnlich und begehrenswert wie bei einer leidenschaftlichen Umarmung. Es mußte sich um einen männlichen Urinstinkt handeln, vermutete er, ein Gedanke, der ihm Vergnügen bereitete, auch oder gerade weil er nicht mehr zeitgemäß war, sogar grob unkorrekt und daher verführerisch wie ein Dummejungenstreich. Mit einer Hand faßte er sie von hinten um die Taille, die andere strich die Haare beiseite, damit er sie auf den Nacken küssen konnte, unter das Ohr, das gefiel ihr.

Allerdings nicht heute, mit einer Hüftdrehung schob sie ihn beiseite. »Nicht jetzt.«

Es klang nicht unbedingt unfreundlich, eher gereizt, Grünkohl richtig zu kochen war nicht einfach, er setzte schnell an, und dann schmeckte er bitter. Rohleff dachte, er sollte wohl besser auf der Hut sein.

»Bißchen viel für zwei Personen, oder gibt's eine ganze Woche nichts anderes?« fragte er.

Sabine wandte sich halb zu ihm um. »Das ist für Samstag. Ich hab schon vorgekocht. Du weißt doch, wir spielen Doppelkopf mit Mechtild und Günther, ich hab versprochen, daß ich was zu essen mitbringe, dann braucht sich Mechtild keine Mühe zu machen.«

»Ich hab eigentlich vor, am Samstag in der Laube zu arbeiten, das heißt, wenn ich nicht ins Büro muß, was bei diesem Fall durchaus wahrscheinlich ist.«

Es hatte wohl zuviel Abwehr aus seiner Stimme geklungen.

»Ist ja auch bloß deine Schwester, und die Verabredung besteht erst seit einer Woche.«

»Schon in Ordnung«, fiel er rasch ein, »ich hatte den Doppelkopf am Samstag vergessen.« Er deutete auf den Topf. »Alles für Samstag?«

Sie grinste. »Du glaubst doch nicht, ich koch für uns heute extra?«

Beim Abendessen begann er von der Untersuchung des Falles in möglichst neutralem Ton zu sprechen, von den Anrufen als Reaktion auf den Artikel, von den Fingerabdrücken, der Zeugenbefragung. Sabine aß schweigend, hörte zu.

»Gibt es schon einen Hinweis auf die Todesursache?« fragte sie in der Küche, als er ihr half, das Geschirr in den Spüler zu räumen.

Zufällig sah er auf der Fensterbank das Bild des Babys liegen, aus der Zeitung ausgeschnitten.

»Was ist?« fragte sie scharf, sie hatte seinen Blick bemerkt.

»Nichts, wir wissen noch nichts, die Pathologen lassen sich Zeit, ich werde morgen nach Münster fahren, ein bißchen Dampf machen. Überall sind zuwenig Leute, alles läuft langsam.«

»Hast du es dir endlich überlegt, gehst du zum Arzt?«

Die Frage traf ihn unvermittelt, dabei hatte er geahnt, daß ihr Interesse an dem neuen Fall auf etwas anderes zielte.

»Wenn es dir so schwerfällt, komme ich mit, es betrifft uns schließlich beide.« Sie klappte die Tür des Spülers zu, das Geratter begann, das zusätzlich an seinen Nerven zerrte.

»Ich will das nicht, das weißt du. Warum kannst du es nicht lassen, wie es ist, warum so etwas ...«, er suchte nach Worten, »Erzwungenes. Manche Dinge lassen sich nicht erzwingen, aber es ist möglich, daß sie sich von allein regeln, du mußt Geduld haben.«

»Es hat sich nichts von allein geregelt, und meine biologische Uhr läuft langsam ab. Warum gibst du mir nicht wenigstens eine Chance?«

»Was soll das für eine Chance sein, wenn ich zum Arzt gehe?«

»Wir wissen dann eher, woran wir sind.«

»Ich kann da keine Lösung sehen, für dich nicht und für mich schon gar nicht, wenn schon, dann zieh ich etwas Naheliegenderes vor.«

Er war an sie herangetreten, strich ihr sacht über den Rücken, fühlte die Knochen der Wirbelsäule und verspannte Muskeln. Sabine rückte von ihm ab.

»Solange ihr ihn noch hochkriegt, meint ihr, es ist alles in Ordnung«, fauchte sie ihn an.

Später im Bett versuchte er es noch einmal. Zunächst schien

es, als ob sie sich das Streicheln gefallen ließe, aber unvermittelt versteifte sich ihr Körper, eine Warnung, die er ignorierte. Dann trat sie plötzlich um sich. Es blieb ihm nichts anderes übrig, als sie zu packen, festzuhalten, mit seinem ganzen Gewicht ruhigzustellen. Nicht ein Grund für diese Gewalttätigkeit fiel ihm ein.

15. November

Am Morgen, als er bereit war, das Haus zu verlassen, überraschte ihn Sabine damit, daß sie sich für ihren Ausbruch in der Nacht entschuldigte. Sie legte ihm die Arme um den Hals.
»Kannst du mich denn gar nicht verstehen?«
»Ich weiß nicht«, antwortete er, drückte sie an sich, einen Moment das Gesicht in ihrem duftenden Haar vergraben.
Vor seiner Bürotür wartete ein älteres Paar, eine Sekretärin der Dienststelle stand neben den Leuten.
»Herr und Frau Rosenbaum, sie wollen eine Aussage machen, Hauptkommissar Rohleff, er ist mit dem Fall betraut, wie ich Ihnen sagte.«
»Professor Rosenbaum«, korrigierte die Frau die Vorstellung.
Rohleff erspähte einen weinroten Regenschirm in ihrer Hand.
»Aha«, sagte er, riß die Bürotür auf und winkte die Besucher hinein. »Nehmen Sie bitte Platz.«
Ohne sie weiter zu beachten, warf er sich in seinen Drehstuhl und begann in seinen Unterlagen zu wühlen, auf der Suche nach zwei Zeugenaussagen über einen weinroten Regenschirm.
»Einen Augenblick bitte«, sagte er, eine Hand halb erhoben, um vorzeitige Erklärungen abzuwehren, als das Stühlerücken und Rascheln vor ihm verklungen war.
»Herr unbestimmten Alters« las er und schaute flüchtig zu Herrn Rosenbaums schlohweißer Mähne auf. Rosenbaum

hatte sich direkt vor den Schreibtisch gesetzt, seine Frau saß ein Stück abgerückt, als ob sie demonstrieren wollte, daß es nicht um ihre Aussage ginge; sie beugte sich leicht vor, die typische Souffleurhaltung. Den Schirm hielt sie quer auf dem Schoß. Rohleff äugte kurz auf die zweite Gesprächsnotiz, die er endlich gefunden hatte. »Schlammgrüner oder dunkelblauer Wagen« lautete die Eintragung.

»Ja bitte«, forderte er die beiden auf.

Es überraschte ihn nicht, daß die Frau das Wort ergriff.

»Ich habe meinen Mann davon überzeugen können, daß es besser sei, zu Ihnen zu kommen, obwohl er mit der Sache nicht das geringste zu tun hat. Aber da war doch dieser Artikel in der Zeitung.«

Der Aufruf an Zeugen, sich zu melden, dachte er, oder war direkt von einem Mann mit rotem Schirm die Rede gewesen? Er suchte wieder in den Akten, diesmal nach dem Zeitungsbericht.

»Am besten erzählen Sie, was gewesen ist«, forderte er Rosenbaum auf.

»Eigentlich gar nichts.« Die Stimme des Mannes klang liebenswürdig, kultiviert. »Es regnete an dem Tag, ich ging mit aufgespanntem Schirm und habe ihn unter dem Dach des Kaufhauses ausgeschüttelt, um nicht mit dem tropfenden Schirm den Verkaufsraum zu betreten.«

Rohleff spähte zur Ehefrau. Sie nickte zu den Worten des Gatten, wahrscheinlich hatte sie ihm das rücksichtsvolle Verhalten antrainiert, wie er von Sabine gelernt hatte, schmutzige Schuhe in der Diele auszuziehen.

»Ich muß gestehen, daß mir der Kinderwagen bis dahin nicht aufgefallen war«, Rosenbaum drehte sich kurz zu seiner Frau um, bevor er fortfuhr, »ich hatte ihn ein wenig benetzt, sah aber dann, daß das Wageninnere recht gut gegen Feuchtigkeit abgedichtet war. Ich fand aber, der Wagen stand im Eingangsbereich im Weg, und so habe ich ihn zur Seite gerückt, und das war alles.«

»Das kann doch nicht von Bedeutung sein«, fiel Frau Rosenbaum ein.

»Haben Sie Handschuhe getragen?« fragte Rohleff.

»Ich trage selten welche, auch keinen Hut.«

»Das ist keine ganz korrekte Antwort.«

»Schön, ich habe keine getragen.« Rosenbaum schob den Stuhl nach hinten, bereit aufzustehen.

»Einen Augenblick«, hielt ihn Rohleff auf. »Sie haben den Kinderwagen mit bloßen Händen angefaßt, wie einige andere auch, wir suchen nach diesen Leuten«, er tippte auf das Zeitungsblatt neben sich. »Auch die Person, die den Wagen dort abgestellt hat, muß ihn berührt haben. Wir benötigen für die weitere Untersuchung des Falles Ihre Fingerabdrücke, um alle irrelevanten aussortieren zu können.«

»Aber mein Mann ist Professor«, wandte Frau Rosenbaum ein.

»Gewesen«, stellte Rosenbaum mit fester Stimme richtig.

»Seit wann sind Sie pensioniert?« fragte Rohleff interessiert. Es war eine rein persönliche Erkundigung.

»Emeritiert«, korrigierte Rosenbaum.

»Wie bitte?« fragte Rohleff irritiert.

»Es heißt emeritiert und nicht pensioniert«, erklärte der Professor.

»Und seit wann?« hakte Rohleff eigensinnig nach und spürte, daß das Gespräch ins Absurde abglitt.

»Seit einem Jahr«, sagte Frau Rosenbaum.

Ein metallischer Unterton klang in der Stimme mit, und blitzartig bildete sich Rohleff eine Vorstellung von einem älteren Ehepaar, das der Ruhestand aus dem ehelichen Trott geworfen hatte. Die Karten der Zuständigkeiten und Autoritäten mußten neu gemischt und verteilt werden.

»Ich wüßte nicht, was das zur Sache tut«, erklärte Rosenbaum und erhob sich. »Das war doch wohl alles. Selbstverständlich können Sie meine Fingerabdrücke haben, wenn Ihnen das weiterhilft.«

»Danke für Ihr Verständnis, aber ich habe noch eine Frage. Hat Sie jemand im Eingangsbereich beobachtet, wie Sie den Wagen verschoben haben, oder haben Sie selbst jemanden gesehen, an den Sie sich erinnern?«

Frau Rosenbaum stand jetzt neben ihrem Mann, er legte ihr rasch die Hand auf den Arm, drückte ihn leicht herab.

»Es tut mit leid, bei feuchtem Wetter wie an diesem Tag ist meine Brille meist leicht beschlagen, ich hatte mit dem Schirm zu tun, ich achte auch nicht sehr auf meine Umgebung.«

Rohleff fiel das Klischee vom zerstreuten Professor ein, er mußte aber zugeben, daß Rosenbaum keineswegs einen zerstreuten Eindruck machte. Eher wirkte er gesammelt, er verstand es offensichtlich, nur das wahrzunehmen, was ihm wichtig erschien, und alles andere aus einer vor Informationen überbordenden Welt auszuklammern.

»Wie weit sind Sie mit Ihren Ermittlungen?« fragte Rosenbaum.

»Der Stand der Dinge ändert sich ständig, nicht nur ich arbeite an diesem Fall«, wich Rohleff aus. »Ihre Personalien sind bereits aufgenommen? Dann gehen Sie doch bitte einen Stock tiefer, immer den Gang entlang bis zum vorletzten Zimmer rechts, dort wartet ein Techniker auf Sie wegen der Fingerabdrücke. Und danke, daß Sie gekommen sind.«

Er begleitete die beiden zur Tür. »Was für einen Wagen fahren Sie? Sie sind mit dem Wagen gekommen? Allein?« Eigentlich war die Frage ohne Belang.

»Natürlich ist er mit dem Wagen gefahren, bei dem Wetter«, antwortete Frau Rosenbaum, und es klang, als ob sie andeuten wollte, daß er tatsächlich alt genug sei, um allein unterwegs zu sein.

Hartnäckig, kaum noch was zu machen nach so langer Zeit, Rohleff schüttelte sich innerlich. »Welche Farbe hat Ihr Wagen?« fragte er.

»Ein Mercedes, Baujahr neunzig, burgunderrot«, antwortete Rosenbaum.

Nicht so weit weg von Schlammgrün oder Dunkelblau, um nicht verwechselt zu werden, dachte Rohleff ironisch, während er dem Paar nachsah, das zum Fahrstuhl ging. Rosenbaum hatte seine Frau untergehakt und ihr vorher den Schirm abgenommen, sie trug nur noch ihre Handtasche, nach weniger als einem Meter waren ihre Füße in Gleichschritt gefallen.

Ob sie Kinder haben? Er ärgerte sich, nicht danach gefragt zu haben.

Eine Stunde später traten Groß und Knolle zu einer Besprechung ein.

»Den Herrn mit dem roten Damenschirm können wir streichen«, informierte er die beiden.

»Hab seine Fingerabdrücke, der alte Knabe hat sich kaum geziert«, erklärte Groß.

»Noch was über Fingerabdrücke?«

»Das Kaufhauspersonal war vollständig da, der Apotheker schon gestern, dann zwei Kundinnen heute morgen und etwa zehn Leute, die mit der Sache gar nichts zu tun hatten, wie sich herausstellte, als wir ihre Fingerabdrücke hatten und mit denen vom Wagen verglichen. Sich Fingerabdrücke abnehmen zu lassen könnte eine Art Volksbelustigung werden, wir sollten das einmal in der Zeitung anbieten. Was die Ermittlung betrifft, fürchte ich, daß am Ende nur ein paar ganz verwischte Abdrücke wie die an der Babyflasche als die des Täters oder der Täterin übrigbleiben.«

Knolle vertiefte sich in die Aussage der Rosenbaums, die Rohleff ihm zugeschoben hatte.

»Die haben nicht vielleicht ihre Enkelin umgebracht?«

»Wenn du die Rosenbaums meinst, ich weiß nicht mal, ob die Kinder haben.«

»Keine Kinder, keine Enkel«, erklärte Groß, »nettes Ehepaar, sie hat versucht, ihm die Finger abzuputzen.«

»Wenn wir den Mann mit dem Schirm streichen, wen suchen wir dann? Mann, Frau?« fragte Knolle.

Rohleff zuckte die Schultern. »Das muß sich zeigen, was ist mit der Liste der verschwundenen Kinder, Patrick?«

»Hast du schon komplett im Computer, hab ich dir gestern kurz vor Dienstschluß mit einer Nachricht von meinem rübergeschickt, als du grade nicht im Büro warst, und weil ich nicht wußte, ob du wieder aufkreuzt, habe ich das Programm gleich wieder dichtgemacht, du solltest den Kasten öfter einschalten.«

Rohleff wußte, was Knolles Grinsen zu bedeuten hatte, in der ganzen Abteilung war bekannt, daß er sich mit den neuen Kommunikationsmedien, vor allem den Computern, trotz zweier Blitzkurse an Wochenenden nicht anfreunden konnte. Tatsächlich löste der Computer auf seinem Schreibtisch bei ihm gelegentlich milde Panikattacken aus, wenn das Programm abstürzte, obwohl er die Finger über die Tastatur zu bewegen pflegte wie über eine heiße Ofenplatte.

Er winkte Knolle. »Mach du's.«

Knolle tippte mit zwei Fingern. Schnell wechselnde Schriftseiten und Bildsymbole rollten über den Bildschirm. Rohleff verwünschte seine idiotische Angst, die ihn so lähmte, daß er den Fingern nicht folgen konnte, um sich den Zugang zu dem aufgerufenen Programm zu merken.

»Das mußt du mir nachher noch mal zeigen«, sagte er so ruhig, wie er konnte. Groß feixte.

Rohleff studierte die Liste, nach der acht Säuglinge in den letzten zwölf Monaten als vermißt gemeldet worden waren, und wandte sich an Knolle. »Laß die Akten über alle Fälle anfordern, konzentrieren werden wir uns als erstes auf drei: die zwei in Westfalen und das Kind in Osnabrück. Wo bleibt Lilli? Ich will wissen, ob sie etwas über den Kinderwagen und die Babywäsche herausgefunden hat.«

»Lilli ist an der Sache mit der Belästigung von Kindern dran, es scheint eine neue Spur zu geben, ein Detail an einer Täterbeschreibung, dem sie nachgeht.«

Rohleff fiel ein, daß er vergessen hatte, Lilli offiziell von der Aufgabe freizustellen, Knolle schien seine Gedanken zu erraten.

»Sie will sich den Fall nicht aus der Hand nehmen lassen, hat sie mir gesagt, kann ich verstehen, ihre Töchter spielen dabei eine Rolle, auch wenn die nicht direkt beteiligt sind. Aber sie hat schon wegen des Wagens herumgefragt. Zehn bis fünfzehn Jahre soll er alt sein, wie wir dir gesagt haben, ein längst nicht mehr aktuelles Modell. Eine Anfrage ist bereits an den Hersteller des Wagens gegangen, Lilli hofft, Einzelheiten über den Umfang der Produktion und den Verkauf zu erhalten, soweit das noch möglich ist.«

»Die Babysachen?«

»Sind noch nicht aus Münster geschickt worden.«

Rohleff stand auf.

»Wir holen sie und sprechen mit dem Pathologen.«

Auf dem Weg nach Münster fragte er: »Sag mal, das Kaufhaus in Burgsteinfurt, führt das auch Kinderwäsche?«

»Im ersten Stock«, antwortete Knolle prompt.

»Dreh um«, wies ihn Rohleff an.

Es war genau wie vor zwei Tagen, als das Kind gefunden worden war. Trüber Himmel, sprühender Regen, Mittagszeit. Sie hielten auf dem Baumgartenplatz. Wenige Passanten, hier und da einer mit aufgespanntem Schirm, andere mit hochgestellten Kragen, alle eilig. Stille und Leere im Kaufhaus, Gift für den Konsum. Rohleff störte den Geschäftsführer auf, der in seinem Büro ein Pausenbrot verzehrte, die Augen auf Bestellisten geheftet, in einer Hand einen Kaffeebecher.

Sie stiegen in den ersten Stock hinauf, die Gesichter der zwei Verkäuferinnen hellten sich in professioneller Freundlichkeit auf, als sie die zwei Männer die Treppe heraufkommen sahen. Die ältere der beiden war für Baby- und Kinderbekleidung zuständig. Sie hatte auch vor zwei Tagen Dienst gehabt, wie sie vom Geschäftsführer wußten.

»Ich habe doch schon meine Aussage gemacht.«

»Ihre Aussage kenne ich«, erklärte Rohleff, »haben Sie an dem fraglichen Tag zur Mittagszeit eine Kundin oder einen Kunden beraten, oder ist überhaupt jemand hier gewesen, der sich für Babysachen interessierte?«

»Sie meinen, als es unten losging?« Sie zögerte einen Augenblick. »Ja, da war eine Frau. Nicht lange vor der Sache unten, zu dem Zeitpunkt war sie aber schon wieder weg. Ich hab noch gedacht, die ist eigentlich zu alt für ein Baby und zu jung für ein Enkelkind. Die Frau hab ich hier noch nie gesehen, man kennt seine Kunden, ziemlich viele davon jedenfalls. Aber sie hätte sich auch nach einem Geschenk umsehen können, für eine jüngere Kollegin oder Verwandte zum Beispiel.«

Ein Kleidungsstück fiel ihm auf, das vorn an einem Ständer hing. Eine winzige blaue Latzhose aus Jeansstoff mit einem eingestickten Maikäfer. Er deutete darauf.

»Sagen Sie, tragen so was Babys heutzutage?«

Die Verkäuferin hakte die Hose vom Ständer und gab sie ihm. »Süß, nicht? Für Kinder ab sechs Monaten.«

»Gibt es für Säuglinge nicht mehr diese Dinger mit Füßen und Armen dran in Strick oder so ähnlich?«

»Sie meinen Strampler? Doch, die gibt es noch, aber nur für die ersten Wochen oder als Nachtwäsche und nicht mehr in dem Himmelblau und Babyrosa, an das Sie vielleicht denken, das war vor dreißig Jahren modern.«

Knolle trat unruhig von einem Fuß auf den andern, Rohleff stieß ihn an. »Altmodisch, nicht? Hast recht gehabt.« Zur Verkäuferin sagte er. »Mein Kollege kennt sich in Kindersachen aus, wissen Sie.«

Die Verkäuferin nickte beifällig. »Das tun jetzt die jungen Väter, die kaufen auch ein.«

Die Latzhose hielt er noch in der Hand. Modischer als die Puppensachen, die seine Schwester früher ihren Puppen angezogen hatte, und doch ähnlich, dachte er. Das machte die Größe.

»Was suchte die Kundin? Hat sie nach etwas Bestimmtem gefragt?«

»Nein, deswegen erinnere ich mich so gut an sie. Eine von denen, hab ich noch gemeint, die alles anfassen und begucken, und am Ende kaufen sie gar nichts.«

»Kommt das oft vor?«

»Manchmal. Weniger bei Frauen dieses Alters. Meistens sind es junge, von denen man annehmen kann, daß sie ein Kind erwarten oder demnächst eins haben wollen, ab und zu Schulmädchen, die herumkichern. Die haben das Puppenspielen noch nicht lange hinter sich und denken vielleicht schon ans Kinderkriegen. Die Sachen sind aber auch zu süß. Mütter und ältere Frauen wissen meist, was sie wollen, und fragen gezielt, die kaufen auch.«

Er selbst fand Kleidungsstücke wie die Hose, die er hin- und herdrehte, eher spaßig, kein Anlaß für Rührung. Das Getue um Babys war ihm fremd, die eigenen Neffen und die Nichte, die Kinder seiner Schwester, hatte er kaum je im Arm gehalten. Die sich unverhofft windenden kleinen Körper hatte er zu unhandlich gefunden, er mochte sich auch nicht besabbern oder an den Haaren reißen lassen. Vielleicht verhielt er sich ja ganz unnatürlich. Knolle hatte er mittlerweile in Verdacht, als zukünftiger Vater über Säuglinge in Verzückung geraten zu können, obwohl dessen gegenwärtige Verlegenheit nicht dafür sprach. Verlegen machte ihn wohl die Begleitung eines Zweiundfünfzigjährigen, der über das Alter hinaus sein sollte, in dem er sich angelegentlich für Babyartikel interessieren durfte. Oder kam er schon als Großvater in Frage?

»Erzählen Sie etwas mehr von der Frau. Wie alt war sie, wie sah sie aus?«

»Vierzig würde ich sagen, vielleicht Mitte Vierzig. Schwer zu schätzen, sie war dezent, aber sehr perfekt geschminkt. Dunkelbraune Haare, kinnlang, allzuviel war davon nicht zu sehen, sie trug einen Hut.«

»Sonstige Kleidung?«

»Ein Mantel, an die Farbe kann ich mich nicht erinnern, aber gut geschnitten, nicht billig.«

»Größe, Figur?«

»So groß wie ich, schätze ich, aber nicht so dünn, vollschlank.«

Er musterte die Verkäuferin. Dünn, um nicht zu sagen dürr. Was hieß für eine Frau mit dieser Figur vollschlank?

»Ist das die Mörderin?« fragte sie begierig.

»Wir suchen die Frau wegen einer Zeugenaussage, sie hat sich bis jetzt nicht gemeldet. Falls Sie sie noch einmal sehen, sagen Sie uns Bescheid?«

Bevor er die Latzhose zurückgab, schaute er auf das Preisschild, es war eine zufällige Wahrnehmung. Er zog scharf die Luft ein. »Sagen Sie, ist das nicht ein bißchen viel für so ein Dings?« Er hielt der Verkäuferin das Preisschild hin.

»Das ist Markenware, von Oilily.«

Er schüttelte verwundert den Kopf. Für das Geld hätte er sich ein Hemd kaufen können.

»Ist Mode schon was für Babys?« fragte er Knolle auf dem Weg nach unten.

»Für Mütter, die für Babys einkaufen.«

Im Erdgeschoß wurden sie vom Geschäftsführer aufgehalten, er stand hinter dem Kassentresen. »Haben Sie erfahren, was Sie wollten? Irgendwas Neues?«

Hinter dem Mann sah er in einem Regal einen dunkelblauen Pullover liegen.

»Komm schon«, drängte Knolle leise.

»Warte«, er wandte sich an die Kassiererin, es war die gleiche wie vor zwei Tagen. »Der Pullover, ist der immer noch nicht abgeholt worden?«

»Der liegt hier seit vorgestern.« Sie nahm den Pullover aus dem Fach, faltete ihn auseinander. »Ich hab ihn nicht zurückgetan, man kann ja nicht wissen, ob sich die Kundin daran erinnert.«

»Welche Größe hat er?«

»Sechsundvierzig.«

Sabines Größe kannte er, achtunddreißig. »Also ist der für eine Mollige?«

»Vollschlank«, nickte die Verkäuferin.

»Möglicherweise«, faßte er pedantisch auf dem Weg zum Auto zusammen, »suchen wir eine dunkelhaarige Frau zwischen vierzig und fünfundvierzig Jahren, die Größe sechsundvierzig trägt.«

»Sollte nicht zu schwer zu finden sein, laß mich die Fahndung ausschreiben«, meinte Knolle trocken.

Rohleff ließ ihn im Auto sitzen und rannte noch einmal zum Kaufhaus zurück.

»Sagen Sie«, fragte er die Kassiererin, »ich hab das Preisschild an dem Pullover baumeln sehen, fassen Sie es nicht an«, schrie er, als sie nach dem Pullover greifen wollte. »Ich lasse Ihnen eine Quittung hier, ich muß den Pullover mitnehmen, geben Sie mir eine Tüte, ich pack ihn selbst ein.«

An der Tür kehrte er noch einmal um. Die Kassiererin hielt ihn sicher für mehr als nur etwas vertrottelt.

»Können Sie sich an die Kundin erinnern? Wie sah sie aus?«

Der Blick der Frau glitt an ihm vorbei zum Ausgang. Vielleicht grübelt sie darüber, ob der Beamtenstatus tatsächlich das richtige für Polizeikräfte wäre, dachte er. Sie lächelte etwas starr.

»Also wirklich, nach zwei Tagen? Und bei der Aufregung hier?«

Rohleff trommelte unruhig mit den Fingern auf dem Tresen, mit der anderen Hand ließ er die Tüte mit dem Pullover wippen. »Mittelgroß, mittelalt«, soufflierte er wider jede Ermittlungslogik.

»Ja, und vollschlank«, ergänzte die Kassiererin erleichtert.

»Na, das war's dann wohl.« Er stieß sich vom Tresen ab, und diesmal ging er endgültig.

Im Wagen sagte er: »Fahr erst bei der Dienststelle vorbei, Harry Groß soll das Preisschild auf dem Pullover nach Fingerabdrücken untersuchen und mit denen am Kinderwagen vergleichen.«

Knolle pfiff durch die Zähne. »Könnte eine Spur sein. Wie bist du darauf gekommen?«

»Das Preisschild an der Babyhose, auf dem muß jetzt ein guter Daumenabdruck von mir sein und ein Abdruck vom Zeigefinger. Hätt' mir nur gleich einfallen sollen, als wir noch drin waren.«

»Hätt' mir überhaupt einfallen sollen.«

»Du hast deinen Computer, Patrick, ich nur meinen Kopf, das ist der Unterschied.« Er grinste zufrieden.

Auf dem Rückweg von ihrem Besuch in der Pathologie war Knolle sehr still, er schaute angestrengt aus dem Seitenfenster.

Rohleff fuhr diesmal, obwohl es besser gewesen wäre, wenn Knolle wieder das Fahren übernommen hätte – als Ablenkung. Sicher dachte er an das Kind, an das tote und vielleicht noch mehr an das ungeborene, das seine Frau erwartete.

Eine Schwangerschaft begann spätestens im sechsten Monat für jeden Beobachter sichtbar zu werden. Ein paar Monate zuvor war sie nicht viel mehr als eine Idee gewesen, etwas Gedankliches, das eine bestimmte körperliche Übung einschloß, die in den Anzüglichkeiten der gratulierenden Kollegen aufschillerte, deutlich genug, um Knolles Erzeugerstolz anzustacheln. Die weiten Kleider und Pullover, die Maike mittlerweile trug, lenkten die Aufmerksamkeit auf den Bauch und das Kind als etwas konkret Gewordenes. In Maikes Gesicht prägten sich neue Züge aus, es wirkte weicher, aber auch aufgedunsener, der Teint litt. In den letzten Wochen hatten sich für die Rohleffs engere Kontakte zu den Knolles ergeben, die Frauen telefonierten miteinander und besuchten sich.

Rohleff wehrte die Gedanken an Sabine ab, an die seltsame Verknüpfung, die sich aus dem Fall des toten Kindes mit seinen eigenen Problemen, mit Sabines Problem, abzuzeichnen begann.

Ein Assistent hatte sie in einen gekachelten Raum geführt, es roch nach Desinfektionsmitteln, soweit entsprach der Besuch ihren Erwartungen. Auf einer Bahre wölbte sich ein Tuch über einem kleinen Gegenstand. Der Assistent riß das Tuch herunter und enthüllte das Kind.

»Deswegen kommen Sie doch wohl?«

Rohleff sah, wie Knolle sich schlagartig verfärbte und zu würgen begann, mit der Hand vor dem Mund rannte er nach draußen. Nicht, daß sich ihm nicht auch der Magen umdrehte. Er hatte sich nur fester im Griff als der werdende Vater.

Der Assistent starrte verblüfft dem Davonrennenden nach.

»Wenn ich gewußt hätte, daß ihr so zart besaitete Knaben bei der Kripo habt, hätt' ich ja vielleicht ein paar vorbereitende Sätze gesagt. Kein Blut, keine Eingeweide in der Schale, nicht aufgequollen, nicht zerfetzt oder zersägt, keine Verwesung, stinkt nicht. So was Hübsches, wenn auch tot, und da kotzt der schon.

Hoffentlich kommt er noch rechtzeitig aufs Klo, unsere Putzfrauen haben mit unseren normalen Sauereien genug zu tun.«

Schon nach dem ersten Satz hatte Rohleff die Ohren auf Durchzug geschaltet und schaute sich das Kind an. Die seidigen Locken, das liebliche Lächeln, beides unverändert, vom Brustbein abwärts klaffte der Leib auseinander.

Seine Schwester und er hatten früher Puppendoktor gespielt und einmal eine von den Puppen mit dem Tranchiermesser aus der Küche aufgeschnitten, es war eine teure Puppe gewesen, Celluloid von Schildkröt. Es hatte Ohrfeigen gesetzt. Später hatten sie den Schnitt mit Heftpflaster zugeklebt. Dieses Kind sah wie die Puppe aus. Ein festgefrorenes Lächeln, künstlich, unmenschlich angesichts der Verwüstung des Leibes. Etwas wie Werg lag neben der ausgeräumten Bauchhöhle.

Er spürte einen bittersauren Geschmack im Mund. Noch als er dagegen ankämpfte, betrat Sibylle Overesch, die zum Pathologenteam der Gerichtsmedizin gehörte, den Raum, er hatte schon bei einem früheren Fall mit ihr zu tun gehabt.

»Ich habe Ihren Begleiter auf dem Flur getroffen, er holt sich Zigaretten, wird aber bald wiederkommen.« Sie lächelte nachsichtig und schickte den Assistenten mit dem Auftrag hinaus, vorbereitete Untersuchungsproben und die Kindersachen zu holen.

»Die meisten Leichen, die auf diesem Tisch gelandet sind, sahen weit weniger nett aus, und doch hat mich keine so entsetzt wie diese«, erklärte sie.

Plötzlich konnte Rohleff in Worte fassen, was ihm seit zwei Tagen, seit dem ersten Blick auf das Kind, im Kopf herumspukte.

»So, wie es zugerichtet ist, erscheint es nicht mehr als Kind, sondern wie eine Puppe, ein Gegenstand.«

»Es erstaunt mich, daß Sie das so empfinden, daß Sie überhaupt darüber nachdenken.« Sie stutzte. »Entschuldigen Sie, das hätte ich nicht sagen sollen. Auch für mich ist es ein menschliches Wesen, das man seiner Menschlichkeit beraubt hat, es ist zu einem Objekt geworden.«

»Wer tut so etwas und wozu?«

»Jetzt sind wir beim Thema, ich verstehe, erst habe ich gedacht ...«, sie streifte ihn mit einem prüfenden Blick. »Um auf die zwei Fragen eine Antwort zu finden, ist es gut, festzustellen, was mit dem Kind gemacht worden ist.«

Knolle kam wieder herein, unverändert bleich, er bemühte sich, vorerst nicht genau hinzuschauen.

Dr. Overesch wandte sich an ihn. »Rauchen Sie ruhig, aber holen Sie sich einen Aschenbecher, auf dem Tisch an der Wand steht einer.«

Knolle zündete sich mit fahrigen Bewegungen eine Zigarette an, Rohleff wollte Einspruch erheben, ließ es dann aber, wedelte dafür mit der Hand, um den Rauch von sich weg in eine andere Richtung zu lenken.

»Einen vorläufigen Untersuchungsbericht gebe ich Ihnen mit, aber wir sind nicht fertig. Wir haben den Körper geröntgt und gesehen, daß es keine Knochenbrüche oder ähnliches gegeben hat. Damit ist ein Sturz mit Todesfolge auszuschließen. Sehr viel mehr können wir allerdings zur Todesursache gegenwärtig nicht sagen. Morgen kommt das Kind in den Computertomographen, vielleicht ergeben sich daraus Hinweise. Wie Sie sehen, sind die inneren Organe entfernt und durch Füllmaterial ersetzt worden, der Körper ist vollkommen ausgeblutet und eine Ersatzlösung mit konservierender Wirkung in die Adern gespritzt.«

»Wie würden Sie das bezeichnen, was mit dem Kind geschehen ist. Eine Präparation?« Knolle drückte die Zigarette aus, steckte sich sofort eine neue an.

»Das könnte zutreffen, und es scheint alles sehr fachmännisch gemacht zu sein.« Sie zögerte. »Ich hatte auch schon einmal einen einbalsamierten Toten hier. Einbalsamierung und Präparation decken sich in gewissen Bereichen, und in anderen unterscheiden sie sich.«

»In welchen?« fragte Knolle, er schien sich langsam zu fangen.

»In der Oberflächenbehandlung. Sehen Sie sich die Haut des Kindes an. Eine sehr sorgfältige Arbeit.«

»Sie meinen, Präparation hat mit Fell und Federn zu tun, Haut ist Sache von Leichenbestattern wie das Schminken von Toten?«

»Wir haben Proben von den Substanzen auf der Haut genommen, sie werden noch untersucht, ich gebe Ihnen davon welche mit für Ihre eigene Abteilung, falls Sie Nachuntersuchungen anstellen wollen, auch etwas von dem Füllzeug.« Sie berührte die Wange des Kindes, drückte sie sanft. »Das Gewebe fühlt sich merkwürdig an, ich erhoffe mir Aufklärung durch die Computertomographie.«

»Im Hals des Kindes und in der Nase steckten Pfropfen, hatte der Arzt festgestellt«, sagte Rohleff.

»Die haben wir schon entfernt, aber ich glaube, in die Wangen wurde etwas eingespritzt.«

»So etwas, was sich Frauen spritzen lassen, um Falten auszubügeln?«

»Ungefähr.«

»Das hieße, daß das ursprüngliche Aussehen des Kindes ein anderes gewesen wäre, die Schminke muß man sich ja auch noch wegdenken.«

»Styling«, fiel Knolle ein, »wer macht so was?«

»Vielleicht liegt die Antwort auf Ihre Fragen in der Art, wie wir heute alles perfektionieren, auch uns selbst und unsere Vorstellung von Kindern.«

»Das perfekte Kind?« fragte Rohleff.

»Perfekt, aber tot, scheint mir der pure Wahnsinn. Bleiben wir doch lieber bei den handfesteren Fragen. Erwürgen, ersticken, vergiften, könnte eine dieser Todesursachen nachweisbar Spuren hinterlassen haben?« erkundigte sich Knolle.

»Ersticken sicher nicht, da auch die Lungen entfernt worden sind, für ein Erwürgen fehlen Würgemale am Hals, sie könnten sich allerdings unter der Schminke verbergen, wir werden darauf achten. Manche Gifte hinterlassen Spuren im Blut, aber das fehlt uns ja, andere im Gewebe. Daneben existieren Gifte, die sich so schnell abbauen, daß sie über einen bestimmten Zeitpunkt hinaus nicht mehr nachzuweisen sind.

Was diesen Fall betrifft, sind wir mit unseren Untersuchungen noch nicht weit genug für speziellere Angaben.«

Als der Assistent mit den Proben und der Kleidung des Kindes zurückkam und die Ärztin Knolle ein paar Erläuterungen dazu gab, stand Rohleff unbeobachtet an der Bahre. Er streckte die Hand aus, wölbte sie, um den Kinderkopf, die Rundung des Schädels, zu umfassen, ein fast übermächtiges Verlangen schien wieder die Hand zu lenken. Er schrak zusammen.

Die Ärztin bestätigte das Alter des Kindes mit sieben bis acht Monaten, das sei am Knochengerüst und der Ausbildung der Zähne im Kiefer zweifelsfrei zu erkennen. Weniger präzise fiel die Auskunft über den wahrscheinlichen Todeszeitpunkt aus. Ein bis zwei Monate, vielleicht auch sehr viel länger zurückliegend. Durch den Einsatz konservierender Mittel schwer festzustellen.

Rohleff schaute ein letztes Mal das Kind an.

»Bis Mitte nächster Woche haben wir die Untersuchungen abgeschlossen«, sagte Sibylle Overesch.

Lilli Gärtner empfing sie mit der Mitteilung, daß Presseleute den ganzen Nachmittag die Dienststelle belagert hätten, ihr eigener Pressedienst warte dringend auf Nachrichten, die er weiterreichen könne. Nicht nur die Lokalblätter seien an dem Kaufhauskind interessiert.

Rohleff winkte ab, bestellte alle mit dem Fall Betrauten in sein Büro und informierte sie über die ersten Ergebnisse aus der Pathologie.

»Also doch ausgestopft«, sagte Groß.

»Sollen wir nun sagen präpariert oder einbalsamiert?« fragte Lilli, sie war noch mit den Antworten für die Presse beschäftigt.

»Wenn wir schon etwas über den Zustand der Kinderleiche veröffentlichen müssen, dann sprechen wir von einbalsamiert, das bleibt irgendwie noch im Rahmen des Normalen.«

»Einbalsamiert wie Lenin, geschieht dem Scheißkerl recht,

daß er jetzt als Schauobjekt dient«, sagte ein Kollege von der Spurensicherung.

»Der sieht aber noch gut aus, äußerlich jedenfalls, innerlich soll er langsam verfaulen. Hält nicht ewig, wie seine Sowjetunion. Ihr müßtet mal Mumien sehen, im ägyptischen Museum in Berlin sind welche ausgestellt. Von der Konsistenz her praktisch wie Schwarzgeräuchertes«, fiel Groß ein.

»Die meisten sind doch eingewickelt, du siehst nichts außer gammeligen Mullbinden. Ötzi gibt da schon ein anschaulicheres Objekt her. Kam andauernd in der Presse und im Fernsehen. Der erinnert mich an das Selchfleisch, das ich in Österreich im Urlaub probiert habe, dort wird das Zeug auch gemacht.« Knolle schien seinen Schock endgültig überwunden zu haben.

»Können wir zum Thema kommen?« mahnte Rohleff. »Objekt war das richtige Stichwort. Ein Kind als Objekt, es wird Zeit, daß wir uns mit der Täterpersönlichkeit befassen.«

»Eine Frau«, sagte Lilli, »die mit einem toten Kind umgeht wie mit einem lebenden, ihm die Flasche gibt, es an- und auszieht und spazierenfährt.«

»Eine Verrückte, total meschugge«, sagte Groß, »hat früher mit 'nem Horrorladen gespielt und ist einfach Kind geblieben, trotz ihrer vierzig oder fünfzig Jahre. Ich hab eine Überraschung für euch.« Er wedelte mit ein paar Blättern und Fotostreifen herum. »Ein netter Daumenabdruck auf dem Pullovenschild. Paßt zu achtundneunzig Prozent zu einem an der Unterseite der Plastikhaube vom Kinderwagen und einem halben am Lenker.«

Es war wie ein elektrischer Funke, das flaue Gefühl, das die Plänkeleien nicht hatten vertreiben können, verflog.

»Mach weiter«, übertönte Knolle das ausbrechende Stimmengewirr, »spann uns nicht auf die Folter.«

»Die Abdrücke stammen weder von einer der Verkäuferinnen noch von irgendeiner Person, die uns bisher bekannt ist und mit dem Kinderwagen zu tun hatte.«

»Frau mittleren Alters, schick geschminkt, halblange dunkelbraune Haare, teurer Mantel, etwas füllig oder mollig, Kleidergröße sechsundvierzig, zirka ein Meter sechzig groß«, las Knolle von seinem Block ab.

»Die Frau aus der Babyabteilung. Sie muß nicht mit der Pulloverkundin identisch sein trotz der übereinstimmenden Kleidergröße, und auch diese Kundin, die nicht wieder aufgetaucht ist, muß nicht jene sein, die wir suchen«, dämpfte Rohleff die Begeisterung, »sie kann eine Person sein, die der Aufruf in der Zeitung nicht erreichte, die zufällig da war und nichts mit dem Kind zu tun hat, aber solange wir nichts anderes wissen, werden wir uns an die Beschreibung und die Fingerabdrücke halten und herauszufinden versuchen, zu wem sie passen. Lilli, was gibt es über die Kindersachen und den Wagen?«

»Ich habe eine Antwort vom Hersteller. Die Firma sitzt in Gütersloh und hat ihre Produktion mehr lokal vermarktet. Westfalen vor allem, Niedersachsen bis Osnabrück, wenig darüber hinaus.«

»Das heißt, wir können das Gebiet, in dem wir suchen, vorläufig eingrenzen«, stellte Rohleff fest.

»Ist nicht ein Säugling in Osnabrück verschwunden?« fragte Knolle.

»Langsam«, fuhr Lilli fort, »der Wagen ist etwa fünfzehn Jahre alt, praktisch wie neu, und das ist mir auch an der Kinderkleidung aufgefallen. Sie ist nie gewaschen worden, hat aber das Alter des Wagens.«

»Was schließt du daraus?«

»Wagen und Sachen sind möglicherweise vor fünfzehn Jahren für ein Kind gekauft worden, das beides offensichtlich nicht gebraucht hat, und sind seitdem aufgehoben worden. Mit Ausnahmen allerdings. Das Unterhemd ist getragen, auch die Frotteeunterhose über den Pampers, die Pampers selbst sind ein neues Fabrikat. Mit Nässeschutz und so weiter.«

»Das Kind könnte entführt, getötet und dann mit den alten Sachen bekleidet worden sein«, folgerte Groß.

»Was ist mit dem Osnabrücker Kind?« warf Knolle ein. »Die

Daten könnten stimmen. Sechs Monate alt, als es verschwand, ein Mädchen, liegt genau zehn Monate zurück. Es muß ja nicht sofort getötet worden sein, erst nach ein oder zwei Monaten.«

»Bleiben acht Monate. Die Pathologin sagt, das Kind sei noch nicht so lange tot«, wandte Rohleff ein.

»Sie war sich doch gar nicht sicher.« Knolle blätterte seinen Notizblock durch, griff nach seinen Unterlagen, zog ein Blatt daraus hervor. »Hab ich auch im Bericht erwähnt, schien mir wichtig.«

»Lassen wir das offen. Die anderen beiden Kinder aus Westfalen?« fragte Rohleff.

»Ein Junge, können wir ausschalten, es sei denn, das Geschlecht ist umgearbeitet, was ich nicht hoffen will, das andere Kind, acht Monate alt, ein Mädchen, verschwand vor etwa eineinhalb Jahren, das paßt alles, aber hier steht, der Fall wäre erledigt«, erläuterte Knolle mit Blick auf seine Unterlagen.

»Einer von euch setzt sich mit den Eltern des Osnabrücker Kindes in Verbindung, Lilli, deine Aufgabe.«

Lilli blieb noch, als die anderen gegangen waren. »Ich hoffe, du nimmst es mir nicht krumm, daß ich an der anderen Sache dranbleiben möchte.«

»Kein Problem, solange du für diese genügend Zeit hast. Heute nachmittag ist ein Begriff ins Spiel gebracht worden, und ich möchte von dir wissen, was dir dazu einfällt: ›Das perfekte Kind‹.«

Lilli dachte einen Augenblick nach. »Zunächst mal Voruntersuchungen in der Schwangerschaft. Unter Umständen mußt du dich entscheiden, ob du ein Kind mit Behinderung austragen willst oder abtreibst. Eine scheußliche Vorstellung, aber aus verschiedenen Gründen zu verstehen. In Amerika sollen Frauen schon auf Abtreibung gedrängt haben, wenn das Kind für sie das falsche Geschlecht hatte. Dann die Genmanipulationen, weitgehend noch eine Option auf die Zukunft. Erbschäden, die bei der befruchteten Eizelle ausgemerzt werden, aber auch Festlegung äußerer Merkmale wie blonde

Haare, blaue Augen und Begabungen. Ein kleiner Einstein oder Mozart von der ersten Zellteilung an.«

»In Zukunft wirst du dir eine bestimmte Sorte Kind kaufen können wie eine Puppe im Supermarkt.«

»Du läßt dir ein Designerkind machen, Haute Couture, von Massenfabrikaten ist nicht die Rede.«

In der Nacht auf Samstag hörte er Sabine weinen. Er wagte nicht, sie zu trösten, lauschte in der Dunkelheit, selbst von Traurigkeit befallen, und atmete dabei ruhig, Schlaf vortäuschend. Das Foto des Kindes war von der Fensterbank verschwunden, er wußte, sie hatte es aufgehoben.

16. November

Am Morgen war er aus dem Bett, bevor Sabine aufwachte. Auf dem Weg ins Badezimmer hielt er inne, öffnete die Tür, die er so gut wie nie öffnete, und trat in das Zimmer dahinter. Er stellte sich in die Mitte und ließ die Leere, die Kahlheit auf sich wirken. Von der Decke hing eine nackte Glühbirne.

Sabine hatte darauf bestanden, den Raum so zu lassen, ohne Tapeten, ohne Teppichboden. Die paar Monate, bis es geklappt haben wird, hatte sie gesagt, und dann will ich alles spontan bestimmen, keine Rauhfaser, sondern etwas Lustiges. Ich will die Wartezeit richtig genießen und mich vorbereiten, indem ich das Zimmer einrichte, Stück für Stück, ganz langsam, es sind schließlich neun Monate.

Aus den paar Monaten Wartezeit waren sieben Jahre geworden, das letzte zählte in seiner Erinnerung doppelt oder dreifach, es war nicht mehr auszuhalten.

Rohleff fuhr ins Büro, die Leute von der Wache grüßten nachlässig. Still lagen die Flure, eine satte Stille, der Dämmerschlaf des Wochenendes, den hoffentlich nichts unterbrach. Mit einem tiefen Atemzug klappte er die Akten mit Gesprächsprotokollen und Untersuchungsberichten auf.

Um sechzehn Uhr schellte das Telefon.

»Da steckst du also, hätt' ich mir ja denken können.«

Er lauschte Sabines Stimme. Innerlich noch weit weg, fand er lahme Entschuldigungen, warum er sich nicht gemeldet und ihr die Samstagseinkäufe überlassen hatte, sonst machten sie die gemeinsam. Er versprach, bald nach Hause zu kommen, und saß eine weitere Stunde im Büro. Ein Bild begann sich abzuzeichnen, das Bild der Frau, die sie suchten. Groß' Schlußfolgerung, daß es sich um eine infantile Person handelte, paßte nicht in seine Vorstellung.

Nach fünf schloß er seine Haustür auf, Sabine hantierte in der Küche, sicherte den Deckel vom Grünkohltopf mit breiten Einmachgummis. Das heftige Geklapper signalisierte, daß ihre Verärgerung den Siedepunkt erreicht hatte. An diesem Punkt pflegte sie ihn anzuschreien oder stumm zu bleiben, wobei sie ihn möglichst deutlich ihre Verachtung spüren ließ. Sie blieb stumm. Er versprach sich kein Vergnügen von diesem Abend.

Mechtild, Rohleffs Schwester, und ihr Mann Günther lebten am Rand von Ochtrup in einem Einfamilienhaus mit großem Garten, in dem die Kinder toben konnten. Jetzt tobte nur noch eins, Benjamin, sechs Jahre alt, ein Nachkömmling. Vor sieben Jahren hatte Sabine abfällig über Frauen gesprochen, die noch mit vierzig Kinder bekamen, und Mechtild hatte ihn für verrückt gehalten, eine Frau zu heiraten, die fast eine Generation jünger war.

Trotzdem war Sabine Benjamins Patentante geworden, allerdings erst, nachdem sie hartnäckig darum gebettelt hatte. Wegen Benjamin begann der Abend so früh, um acht würde es Zeit für ihn sein, ins Bett zu gehen. Er kam ihnen an der Tür entgegengelaufen, umarmte seine Tante, die den Korb mit dem Nachtisch abstellte und den Jungen hochhob, bis er rittlings auf ihrer Hüfte saß. Rohleff trug den schweren Topf mit dem Grünkohl in die Küche.

Sabine hatte den Grünkohl zubereitet, wie er ihn am liebsten mochte. Eine glänzende Fettschicht von den Mettendchen bedeckte den zu Mus verkochten Kohl, der auf der

Zunge schmolz, er konnte geradezu in dem Duft baden, der von seinem Teller aufstieg. Aufgewärmt schmeckt der Eintopf erst richtig. Wie zu Hause saß Sabine ihm gegenüber, neben ihr plapperte Benjamin auf sie ein, sie schnitt die Mettendchen für ihn in Stücke. Der Junge kaute auf der Wurst herum, spuckte sie wieder aus.

»Benimm dich«, mahnte Mechtild.

»Ich mochte als Kind auch kein Fleisch«, sagte Günther.

»Und?« fragte Rohleff.

»Ich mußte am Tisch sitzen bleiben, bis ich alles runtergewürgt hatte, das letzte war immer schon kalt, schmeckte ekelhaft.«

Rohleff hielt dem Kind seinen Teller hin. »Gib mir die Wurst.«

Benjamin schnippte das angekaute Stück mit der Gabel hinüber, mitten in den Grünkohl.

»Das hast du davon«, sagte Mechtild.

Nicht einmal während der Mahlzeit sah Sabine zu Rohleff hinüber. Dafür fühlte er sich von Mechtild ins Visier genommen. Ihre dunklen Augen glitten einige Male flink zwischen ihm und seiner Frau hin und her, etwas ging in ihr vor, das ihm nichts Gutes verhieß. Früher, bei gemeinsamen Streichen, war es meist so gewesen, daß er nachher den Eltern gegenüber als der Schuldige dastand, er wäre schließlich der Ältere und hätte mehr Verstand beweisen müssen, pflegten sie zu sagen. Er bekam die Ohrfeigen, sie ging straffrei aus.

Nach dem Essen saßen die beiden, die Tante und das Patenkind, auf dem Sofa, sie lachten laut, Benjamin in Sabines Arm geschmiegt, ein Buch vor sich, aus dem sie vorlas. Seit dem Sommer ging er in die Schule, Sabine hatte ihm die Schultüte gekauft.

»Daß Benjamin so an seiner Tante hängt, macht dich das nicht eifersüchtig?« hatte er einmal Mechtild geneckt.

»Nein«, hatte sie geantwortet, »ich bin die Mutter.«

Er unterhielt sich mit seinem Schwager. Eigentlich stufte er Günther als Langweiler ein, aber es war besser, bei ihm am abgeräumten Tisch zu verharren, als aufzustehen, sich die Beine zu vertreten und womöglich Mechtild in der Küche zu begegnen. Längst nagte Reue an ihm, weil er Sabine wieder ausgewichen war, den ganzen Tag lang, und ein leises, ziehendes Gefühl von Neid meldete sich.

Erst nachdem Benjamin zu Bett gebracht war, es ging nicht ohne Geschrei ab, begann das Doppelkopfspiel, und langsam rann alles andere aus Rohleffs Kopf, das private Problem, der Fall. Sabine stupste ihn unter dem Tisch an, zwinkerte mit einem Auge, als er zu ihr hinschaute, da wußte er, daß er diese Partie mit ihr zusammenspielte. Sie gewannen. Von da an mogelten sie gekonnt weiter, zwei Verschwörer, die sich heimliche Signale gaben, ein Spaß nur für sie zwei, während sie offiziell Konversation mit den Gastgebern betrieben. Immer mehr Leichtigkeit überkam Rohleff, in einer Spielpause rückte er seinen Stuhl neben Sabine, strich ihr unterm Tisch den Schenkel hinauf, bis sie kicherte und den Kopf an seine Schulter legte. An ihre Brüste zu fassen, wagte er nun doch nicht, obwohl sie ihn mutwillig anlachte, auch ihre Hand ging unter der Tischplatte auf Wanderschaft.

»Muß Liebe schön sein«, beendete Günther das Pausenintermezzo.

Mechtild erwischte ihn allein in der Küche, als er sich ein weiteres Bier holen wollte, er hatte nicht daran gedacht, daß sie ihm nachkommen konnte.

»Tu es Sabine zuliebe, ganz egal, ob du es nun falsch oder richtig findest, alles ist besser als dies Verharren auf einem einmal gefaßten Standpunkt bis zur Stumpfsinnigkeit, du liebst sie doch.«

Er wußte sofort, was sie meinte. »Ich will nicht damit anfangen, sie hat mir mal erklärt, was da alles auf uns zukommen kann, auf sie vor allem, aber es betrifft ja schließlich auch immer mich. Findest du diesen ganzen technischen Firlefanz denn richtig? Für mich ist das ein Alptraum, monströs wie die Laborarbeiten von Dr. Frankenstein.«

»Ich weiß nicht, ob ich die Techniken der modernen Medizin gutheißen kann, In-vitro-Befruchtung, Austausch von Zellkernen und was nicht alles, ich hab gottseidank nichts davon gebraucht, teilweise gab's das noch gar nicht. Aber ich sehe, wie Sabine leidet, und möchte nicht in ihrer Haut stecken.«

»Und ich?«

»Ach, Männern ist das egal, die haben ihre Karriere und ihren Fußballverein, du kriegst doch auch bald deinen Oberkommissar.«

»Verbindlichen Dank für deine schmeichelhafte Einschätzung, glaubst du nicht, daß auch ich mir öfters ein Kind wie Benjamin gewünscht hab?«

»So etwas Dusseliges sagt sonst Sabine, daß du den Schwachsinn von ihr übernimmst, wundert mich. Kinder kriegen ist wie Lottospielen, es gibt Nieten, und wenn du eine am Hals hast, denkst du vielleicht heimlich, wäre es bloß nie geboren worden, halt dir das mal hin und wieder vor Augen. Da fällt mir noch was ein. Sabine will Benjamin ein neues Fahrrad schenken, sie hat es ihm versprochen, und ich hab ihr erklärt, das geht nicht, aber sie will mich nicht verstehen, deshalb erklär ich dir's jetzt: Das kommt nicht in Frage.«

»Wieso nicht?«

»Er braucht kein neues Fahrrad, das alte ist noch gut, und wenn, schenken wir ihm eins, zu Weihnachten. Wir wissen ja schon bald nicht mehr, was wir ihm schenken sollen. Ich habe Sabine oft gesagt, sie soll Benjamin nicht dauernd was kaufen. Das ganze teure, überflüssige Spielzeug und die Sachen zum Anziehen, nur Markenklamotten, mit denen sie hier ankommt, ihr schmeißt euer Geld zum Fenster raus.«

»Es ist Sabines Geld bis auf das für die Geschenke zu den üblichen Gelegenheiten, die wir gemeinsam kaufen, auch für eure anderen beiden Kinder. Warum bist du so kleinlich und läßt ihr nicht die Freude? Benjamin gibt ihr das, was ihr versagt geblieben ist und sie sich so sehr wünscht, ich denke, du verstehst das, oder hör ich doch eine Spur Eifersucht?«

»Ach was, Eifersucht! Benjamin ist verzogen, wir verwöhnen ihn ja alle, und er kommt mittlerweile mit Ansprüchen, die den anderen nicht im Traum eingefallen sind. Er soll seine Tante auch ohne Geschenke gern haben, das ist alles.«

»Glaub ich nicht. Der Junge macht einen ganz normalen Eindruck. Sag mal, kannst du dir ein Leben ohne Kinder vorstellen?«

»Ich war schwanger, kaum, daß ich mit Günther ins Bett gesprungen bin, wir konnten gar nicht schnell genug heiraten, das weißt du doch. Klar kann man als Paar ohne Kinder leben, es gibt schließlich genug, die gut ohne auskommen, die gar keine wollen.«

»Und du?«

»Also du stellst Fragen!«

»Dann laß Sabine das bißchen Freude, das ist doch ekelhaft, ihr die paar Geschenke vorzurechnen.«

»Ich will nicht, daß er so ein kleiner borniertes Scheißer wird, in dessen Hirn sich ständig ein Karussell der Wünsche und Ansprüche dreht, du mußt dir mal die Kinder in seiner Klasse ansehn. Wir erziehen ihn, wie wir es für richtig halten, Kinder brauchen ein bestimmtes Maß an Aufmerksamkeit, aber kein Übermaß, das verdirbt sie bloß.«

»Also geht es doch nicht nur um Geschenke, vielleicht willst du nicht sehen, wie die beiden sich verstehen, wie glücklich sie mit dem Kind ist. Dir fehlt es an Aufmerksamkeit, an Benjamins nämlich.«

Günther steckte den Kopf zur Tür herein. »Könnt ihr das Familiengezänk auf ein andermal verschieben? Wir spielen Doppelkopf, du gibst, Karl.«

Zwanzig Mark hatten sie den beiden am Ende abgenommen, und Rohleff strich das Geld ein ohne einen Funken schlechten Gewissens.

Bei der Heimfahrt kam ihm flüchtig der Gedanke, daß ihn Mechtild manövriert hatte, er wußte nur nicht, auf was sie abzielte. Sie war eine Taktikerin, das hatte er vergessen, die meisten Streiche hatte früher sie ausgeheckt, ihren Günther führte sie auch ganz gut am Zügel.

17. November

Sie wiegte den großen Teddybären, hielt ihn fest umklammert, schaukelte den Oberkörper vor und zurück und starrte im Hin und Her der Bewegung auf die leere Wiege, die sich scheinbar mitbewegte.
Plötzlich kam ihr ein Gedanke. Es war diesmal nicht ihre Schuld gewesen, sondern die einer anderen. Ganz genau erinnerte sie sich an den Wortwechsel an der Kasse. Mit dem Fahrrad hatte das Unglück begonnen, mit einer Ungeschicklichkeit. Stand nicht sogar etwas über die Frau in der Zeitung? Sie mußte die Zeugin sein, von der berichtet wurde.
Sie setzte den Bären zu den Puppen und dachte nach. Sie war gerade im Begriff gewesen, etwas zu erledigen, als die Frau in das Kaufhaus stürmte. Ganz langsam fuhr sie sich mit der Hand über den Ärmel ihrer Strickjacke. Anknüpfung. Dort den Faden wieder aufnehmen, wo er abgerissen war. Ob man sie an der Kasse wiedererkennen würde, wenn sie nach dem Pullover fragte?
Die innere Erstarrung löste sich, sie begann sich bereits besser zu fühlen, nachdem sie sich diese Aufgabe gestellt hatte. Ganz sacht setzte das Schaukeln wieder ein, die Bewegung sollte sie beruhigen, bis sie genug Kraft spürte. Bevor sie aufbrach, würde sie in den Keller hinuntersteigen, wo sie die alten Zeitungen hortete, und den Artikel noch einmal lesen.

Beim Frühstück klingelte das Telefon, Rohleff nahm den Hörer auf, Mechtild meldete sich. Sie erkundigte sich nach den Plänen für den Sonntag, schimpfte auf das Wetter, den Regen.

»Ich glaube, wir kriegen dieses Jahr Schnee vor Weihnachten, es ist so kalt«, sagte sie.

Ein Anruf am Sonntagmorgen war ungewöhnlich, Rohleff begann sich zu fragen, was sie eigentlich wollte, es mußte heikel sein, wenn sie derart lange brauchte, um aufs Thema zu kommen.

»Was ich noch fragen wollte«, fuhr sie fort. »Hast du mit

Sabine wegen des Fahrrads für Benjamin gesprochen? Er nervt uns andauernd damit.«

Rohleff sah zu seiner Frau hinüber, sie hielt die Kaffeetasse in beiden Händen; die Ellbogen aufgestützt, schaute sie aus dem Fenster, in den trüben Morgen hinaus. Regentropfen zogen Perlschnüren gleich über das Glas. Es war so dunkel, daß sie die Lampe über dem Eßtisch eingeschaltet hatten.

»Rufst du nur deshalb an?«

»Bist du schlecht gelaunt?«

»Bin ich nicht, könnt's aber leicht werden. Ich hab dir gestern gesagt, was ich davon halte.«

Sabine wurde aufmerksam.

»Und ich hab dir meine Meinung erklärt. Vielleicht hab ich mich ja auch ein bißchen grob ausgedrückt, das tät mir leid, aber weißt du, Benjamin ...«

»Laß mich in Frieden damit, versau uns nicht das Frühstück mit deinen Erziehungsanimositäten und Mutterkomplexen. Hör auf, daran zu glauben, daß Sabine dein Kind auf eine sozial unverträgliche Schiene setzt, wenn sie nett zu ihm ist.«

»Es ist mein Kind, Karl, vergiß das nicht.«

»Ich mal dir ein Schild, wo das draufsteht, das kannst du deinem kostbaren Sohn um den Hals hängen.« Er knallte den Hörer auf den Apparat.

Sabine hatte sich wieder dem Fenster zugewandt. »Ist es wegen des Fahrrads?«

»So kleinkariert kenn ich Mechtild gar nicht. Ich versteh das nicht.«

»Ich schon. Manchmal hab ich gedacht, ich pick mir die Rosinen heraus, spiele und albere mit ihm herum, und sie geht mit ihm zum Zahnarzt und muß ihm klarmachen, daß er um acht ins Bett soll, wie gestern, da hat es ja auch Theater gegeben. Wenn ich die Mutter so eines Kindes wäre, würd ich mich über eine Tante, die ständig mit Geschenken daherkommt und damit um die Zuneigung meines Kindes buhlt, ärgern.«

»Du buhlst nicht, du hast eine Hand für Kinder, er mag dich, da zählen die Geschenke nicht. Und du warst auch schon mit ihm beim Arzt, als er die Platzwunde an der Stirn hatte, und du läßt ihm nicht alles durchgehen. Mechtild ist eine Glucke, die selbst auf ihrem Ei sitzen will, weil es das letzte ist. Dann besuchen wir sie halt nicht mehr so bald.«

»Und Benjamin?« Ihre Augen glänzten tränenfeucht, als sie sich ihm zuwandte.

Rohleff begleitete sie zur Messe, er wollte Sabine nicht allein gehen lassen. Nicht, daß er gläubig war. Für ihn stand Jesus Christus in einer Linie mit Captain Kirk vom Raumschiff Enterprise, der eine war das Auslaufmodell, der andere das zukunftsträchtige in einer notorisch mythenversessenen Welt. Sabine ging in den Ritualen eines Kults auf, der ihm längst fremd geworden war. Andacht und Sammlung, die er in manchen Gesichtern entdeckte, machten ihn fast neidisch. Mehr noch das Gemeinschaftsgefühl der Betenden, zu denen in diesem Augenblick auch Sabine gehörte. Plötzlich überkam ihn der Wunsch, sich ihrer zu versichern. Er legte wie unabsichtlich seine Hand auf ihre, sie schüttelte sie mit einem irritierten Seitenblick ab, bevor sie zum Gebetbuch griff und nach dem nächsten Lied blätterte.

Der Pfarrer leitete am Schluß der Predigt zum Adventsbasar über, der veranstaltet werden sollte, um Gelder für die Partnergemeinde in Costa Rica zu sammeln. Ein neues Schulhaus wollten die Leute bauen. Die Gemeindemitglieder wurden gebeten, selbstgebastelten Weihnachts- und Adventsschmuck, auch Bücher, Kleider, Nippes zur Verfügung zu stellen. Frauen wurden gesucht, die für eine Kaffee- und Kuchentafel sorgen sollten. Wenn sie schon gläubig war, warum machte Sabine bei solchen Aktivitäten nicht mit? fragte er sich.

Beide hatten keine Lust, nach der Messe nach Hause zu gehen, Rohleff schlug einen Frühschoppen in seiner Stammkneipe vor, einer kleinen Eckkneipe, nicht weit vom Schloß, das dem Ort Burgsteinfurt den Namen gegeben hatte. Sie gingen zu Fuß dorthin. Knolle saß an der Theke und rückte bereitwillig zur Seite, nachdem er Sabine mit einem Kuß auf die

Wange begrüßt hatte. Sie schwang sich auf einen Hocker zwischen die beiden Männer.

Das zweite Bier hob kurzfristig Rohleffs Stimmung. In der Kneipe herrschte Gedränge und Gelächter. Bierdunst und Rauchschwaden, die ihn nur hier nicht störten, mischten sich zu einem Feiertagsaroma, das aus Kneipen Inseln der Entspannung machte. Die meisten Gäste kannte er, zwei waren Schrebergartennachbarn. Er winkte ihnen zu mit dem Bier in der Hand.

»Warum hast du Maike nicht mitgebracht?« fragte Sabine.

»Sie will in ihrem Brutgeschäft nicht gestört werden. Sortiert Babywäsche, alles von Verwandten, die schon Kinder haben. Nach dem, was sich bei uns angesammelt hat, könnten es Drillinge werden. Außerdem geht es Maike heute nicht so gut.«

»Da läßt du sie allein?«

»Ach was, ein bißchen Übelkeit, das vergeht wieder, sagt sie selbst. Was mich betrifft, seh ich auch gern mal eine andere Hübsche.« Knolle rückte näher an seine Nachbarin heran und legte den Arm um sie.

Rohleff sah die beiden im Spiegel an der Rückwand der Theke, und einen Augenblick wußte er nicht, wer der ältere Mann neben ihnen war, bis er sein eigenes Bild erkannte. Er winkte dem Wirt.

»Was sagt Maike zu dem Kindermord?« fragte Sabine.

»Was für ein Kindermord?«

»Das tote Baby vor dem Kaufhaus.«

»Du meinst unser ausgestopftes?« Knolle grinste. »Was soll sie schon sagen. Ich für meinen Teil finde, es ist ein ideales Kind. Schreit nicht, scheißt nicht in die Windeln.«

Sabine stieß ihn in die Rippen. »Idiot.«

»Sag nicht Idiot zu mir, wenn ich mit dir schäkern will.«

»Wenn du das schon ankündigst, ist es nur noch halb so aufregend.«

»Du meinst, ich soll einfach über dich herfallen?« Er zog sie enger an sich.

»Versuch's doch mal.« Sie lachte ihn an und hob dabei eine

Hand gegen sein Gesicht, die Finger gespreizt, der Nagellack glänzte auf ihren langen, spitz zugefeilten Fingernägeln.

Rohleffs Blick hing weiter an seinem gespiegelten Gegenüber. Der Spiegel in seinem Badezimmer gab ein viel jugendlicheres Bild von ihm wieder. Mit sich allein sah er nie die tiefen Mimikfalten um den Mund, die erschlaffende Kinnpartie, den Ansatz von Tränensäcken. Die beiden neben ihm wuchsen in der Spiegelfläche zu einem Paar zusammen, er streckte verärgert die Hand nach dem dritten Bier aus, das der Wirt ihm inzwischen zugeschoben hatte.

Sabine griff ihm ans Handgelenk. »Wie viele hast du schon?«

Knolle bog sich um Sabine herum. »Was erzählst du zu Hause von Kindermord? Noch nie was von Dienstgeheimnis gehört?«

»Wieso Dienstgeheimnis? Stand alles in der Zeitung. Knolle«, er nannte ihn beim Nachnamen, wenn er schlecht auf ihn zu sprechen war, »ich will morgen was über Präparation und Einbalsamierung hören.«

»Ist gebongt, Chef, bin morgen im Naturkundemuseum in Münster angemeldet, beim Chefpräparator persönlich. Einbalsamierung macht einer aus Harrys Crew, der hat einen Onkel mit Verbindung zum Leichengewerbe.«

»Lest vorher den Bericht der Pathologen, und arbeitet die Einzelheiten ab.«

»Hört auf mit dem ekelhaften Zeug. Was sagt Maike wirklich zu dem toten Kind?« fragte Sabine noch einmal.

»Wenn ich ehrlich bin, wir reden kaum darüber. Wär ein schlechtes Zeichen, nicht?« antwortete Knolle bedächtig.

Als sie zusammen die Kneipe verließen, sagte Rohleff: »Paß auf, Patrick, daß dir die Kollegen auf Streife nicht zufällig in die Quere kommen und dir wegen der Biere ein paar peinliche Fragen stellen.«

»Mir doch nicht, ich trinke alkoholfrei.«

Rohleff wußte, daß das nicht stimmte, und sah auf einmal deutlich den Bauchansatz des Jüngeren. Er kriegt eine Bierwampe, dachte er, angenehm berührt.

Abends fuhren sie ins Kino nach Münster, Rohleff schlief im Kinosessel ein. Nach dem Film bestand Sabine darauf, noch Tanzen zu gehen, in eine neue Disco am Hafen. Rohleff leistete keinen nennenswerten Widerstand, denn der Kinoschlaf hatte ihn erfrischt, und beim Tanzen brauchte er nicht über den Film zu faseln. Seine Ohren stellten sich noch auf die extreme Beschallung ein, als ihm die ersten Rundblicke deutlich machten, daß ihn ein Spiel in der falschen Altersklasse erwartete. Das hätte er sich denken können.

Sabine verschwand und tauchte kurz darauf mit einem vielleicht Zwanzigjährigen in enger schwarzer Lederhose im Tanzgewimmel auf. Das Haar hatte sie sich irgendwie zu einem seitlichen Pferdeschwanz hochgebunden, es tanzte jetzt im Rhythmus als schwarze Lohe mit. Die Hände des Tänzers lagen herausfordernd auf ihren Hüften, zwangen sie in laszive Bewegungen, in ein Kreisen, Drehen und synkopisches Auf und Ab. Rohleff spürte eine blindwütige Eifersucht in sich hochschlagen, er stürzte sich auf das Paar und erwartete eine Auseinandersetzung mit dem Schnösel. Aber Sabine tanzte einfach mit ihm, Rohleff, weiter und umschlang ihn nicht anders als die Lederhose.

Die ganze Nacht noch dröhnte die Musik Rohleff in den Ohren nach, und am Morgen tat ihm das Kreuz von den Verrenkungen weh.

18. November

Am Montagmorgen bei der Dienstbesprechung in Rohleffs Büro sagte Lilli Gärtner plötzlich: »Habt ihr schon einmal daran gedacht, daß sie es wieder tun könnte?«

»Wer und was?« fragte Groß.

»Ein Kind töten, es präparieren, ihm eine Flasche in die Hand drücken, es spazierenfahren.«

»Du meinst, wieder Puppe spielen mit einem Kind? Warum nimmt sie sich nicht gleich eine Puppe?«

»Weil sie wohl keine Puppe in dem Kind sieht.«

»Lilli, das ist verrückt, außerdem wissen wir noch immer nicht, ob wir es mit einem Mord zu tun haben«, wehrte Rohleff ab.

Lilli Gärtner ließ nicht locker. »Überlegt doch selbst. Meiner Meinung nach haben wir es mit einem besonderen Fall von Besessenheit zu tun. Es müßte ja nicht einmal das erste Kind gewesen sein.«

»Aber wir haben bisher nur eine ausgestopfte Kinderleiche gefunden, und mir ist auch kein ähnlicher Fall bekannt«, widersprach Groß.

»Die früheren könnten unentdeckt geblieben sein.«

»Eine Kollektion präparierter Babyleichen wie eine Puppensammlung?« fragte Knolle.

Lilli nickte. »Offen gestanden, haben mich die Puppen meiner Töchter auf die Idee gebracht. Wie sie da alle auf dem Spielsofa saßen. Meine Töchter sind wild auf Puppen.«

Rohleff winkte energisch ab. »Es gibt nicht einen Hinweis darauf, daß wir es mit einer Serientäterin zu tun haben.«

»So ganz abwegig ist das eigentlich nicht«, lenkte Groß ein, »denkt daran, wie alt die Klamotten sind, ein fünfzehn Jahre alter Kinderwagen. Den hat sich doch keiner zur Dekoration fürs Wohnzimmer gekauft.«

»Wie lange«, fragte Lilli, »hält sich eine präparierte Kinderleiche? Patrick, das mußt du doch wissen.«

»Wieso?« fragte Knolle.

»Wegen deiner Jagdprüfung und dem Hof von deinen Eltern, ein paar Trophäen hängen da doch sicher an den Wänden.«

»Stimmt. Geweihe sind praktisch unverwüstlich, aber komplette Viecher können sich frühzeitig auflösen, wenn sie nicht fachgerecht präpariert sind. Einmal schleppte ein Onkel von mir eine ausgestopfte Trappe an, hatte er in so einem Wüstenland geschossen, aus der krochen nach gar nicht so langer Zeit Würmer an der Wand runter, und wir haben's nicht gemerkt.«

»Patrick!« schrie Lilli.

»Ich bin doch gefragt worden, nicht? Meine Großmutter hat die Schweinerei mit dem Staubsauger erledigt. Also, wenn du einen Fachmann hast, ist das mit der Haltbarkeit kein Problem, denkt nur an Lenin, wie lange legen sie den schon in der Vitrine aus?«

»Hört auf damit«, schaltete sich Rohleff ein, »es kann wirklich was dran sein an den Überlegungen. Das hieße, wir müßten die Ermittlungen auf einen Zeitraum von fünfzehn Jahren ausdehnen statt wie bisher auf ein oder eineinhalb Jahre, Knolle, richte dich schon mal darauf ein.«

»Nicht ohne ausdrückliche Dienstanweisung. Ich habe mich als nächstes um die Feinheiten des Präparationsgewerbes zu kümmern, wenn ich dich erinnern darf.«

»Alles, was ich von dir will, ist eine neue Liste aus dem Computer, ein paar Namen, ein paar Daten, ist doch ein Klacks.«

»Wenn wir fünfzehn Jahre zurückgehen müssen, warum klappern wir nicht die Landeskrankenhäuser ab, ob dort vor fünfzehn Jahren eine Dame um die dreißig mit einer krankhaften Vorliebe für Puppen mit ihrer Puppe oder dem Teddy im Arm entsprungen und seitdem nicht wieder aufgetaucht ist?« fragte Groß.

»Wieso glaubst du, daß die Frau verrückt ist und das auch noch amtlich bescheinigt? Warum gehen wir nicht von ganz normalem Wahnsinn aus?« fragte Knolle zurück. »Kürzlich habe ich gelesen, in einer Londoner Suppenküche der gehobenen Klasse wird Thai-Suppe mit einer Einlage von krabbelnden Krebschen serviert.«

»In echt?«

»Direkt aus der Salzsee, mit ökologisch unbedenklichen Holzzahnstochern als Beilage, mit denen du Jagd auf die Tierchen in der Suppe machst.«

»Und dann?«

»Du knackst sie mit dem Messer oder den Zähnen, pulst sie aus, schluckst sie runter und spülst mit der Suppe nach.«

»Wenn es sich um Selleriestengel handelte, würde ich sagen, Rohkost ist das Gesündeste, was es gibt«, sagte Groß nachdenklich.

»Na dann guten Appetit«, setzte Rohleff das Schlußwort der Runde.

Gegen Mittag war er mit Knolle unterwegs nach Münster, Knolle würde ihn an den Universitätskliniken absetzen und weiter ins Naturkundemuseum fahren. Für ihn selbst war ein Termin mit dem Osnabrücker Ehepaar vereinbart worden, um durch einen Identifizierungsversuch herauszufinden, ob das tote Kind ihr vor acht Monaten verschwundenes Baby wäre.

In Gedanken ging er noch einmal die Einzelheiten des Osnabrücker Falls durch, die er einer E-Mail entnommen hatte. Kopien der Akten würden per Post nachkommen, das dauerte länger. Größe und Gewicht des Kindes waren angegeben, das Alter stimmte in etwa mit der Leiche in der Pathologie überein. Die kleine Osnabrückerin hieß Melanie. Rohleff sagte sich den Namen in Gedanken mehrmals vor, und das unbekannte Kind gewann an Leben, mehr als durch das unscharfe Foto, das gleichfalls übermittelt worden war. Dem Foto nach hätte er sich diesen Termin sparen können.

Der Gedanke an ein Wiedersehen mit der Ärztin berührte ihn angenehm, sie war eine hübsche Frau, Mitte Dreißig, von jener Art Weiblichkeit, die nicht aufdringlich wirkte. Eher der Typ stille Schönheit, durchaus selbstbewußt und beruhigend sachlich. Er fragte sich, wie sie zu diesem Beruf gekommen war und ob sie Kinder hatte, verheiratet war sie jedenfalls, sie trug einen Ehering.

Knolle setzte ihn vor der Pathologie ab und raste mit Bleifuß auf dem Gaspedal davon. Rohleff sah sich in der Empfangshalle mit dem Osnabrücker Ehepaar konfrontiert. Sie sprangen von zwei Plastikstühlen auf. Sandra Keller, siebenundzwanzig, rekapitulierte er, und Jens Keller, zweiunddreißig, Kraftfahrzeugmechaniker. Er konzentrierte sich sofort auf die Frau, registrierte die weit offen stehenden Augen, ihren feuchten Glanz. Baut nah am Wasser, schloß er und war auf der Hut.

Als er das Paar durch die endlosen Flure des Kliniklabyrinths führte, dem kalten Neonlicht, Durchsagen aus Lautsprechern, den undefinierbaren, aber abstoßenden Gerüchen ausgesetzt, spürte er, wie die Erregung der Frau neben ihm wuchs. Vorstufe zur Panik.

Die Tür zu dem Raum, in dem das Kind lag, schwang auf, und der Assistent erschien, um sie hereinzuwinken. Schnell verstellte Rohleff dem Ehepaar den Blick in den Raum.

»Ist Dr. Overesch da?« fragte er.

»Kommt sofort, ich bin die Vorhut.«

Rohleff griff nach der Klinke. »Wir warten auf sie, draußen.«

Dem verdutzten Assistenten schlug er die Tür vor der Nase zu. Rohleff kannte solche Typen, sicher hatte er früher den Klassenclown gemacht. Andererseits, wenn ein Außenstehender manche Gespräche in seinem Büro mitbekäme, hielte er ihn und seine Kollegen wahrscheinlich allesamt für Sadisten oder Irre, weil er sich nicht vorstellen könnte, daß sie von Zeit zu Zeit ein Ventil brauchten, um das Grauen auszuhalten. Auch wenn er dem Assistenten möglicherweise Unrecht tat, blieb er dabei, auf Dr. Overesch zu warten. Er wollte die Ärztin als verläßliche Zeugin haben. Sie schritt den Flur entlang auf sie zu, ruhig, beherrscht. Rohleff merkte, wie seine eigene Nervosität sank.

Auch die Ärztin konnte nicht verhindern, was sich nun ereignete. Alle Befürchtungen, die er auf dem langen Weg zu der Bahre entwickelt hatte, erfüllten sich. Einen Augenblick war er starr vor Schreck, als er an den klaffenden Schnitt dachte, dann sah er erleichtert, daß der Leib des Kindes mit einer breiten Bandage umwickelt war, nur Arme und Beine lagen nackt. Sandra Keller brach in Tränen aus, schluchzte wild auf, warf sich über das Kind. Der Ehemann versuchte, sie von der Leiche wegzuziehen und in die Arme zu nehmen, Rohleff spürte fast körperlich, daß er an seiner Stelle das gleiche getan hätte, vermutlich mit ebensowenig Erfolg.

Dr. Overesch beobachtete mit verschränkten Armen das Ehepaar und wartete den ersten Sturm des Leids ab.

»Melanie«, weinte Frau Keller. Erst als sie ein Taschentuch brauchte und in den Taschen ihres Mantels zu wühlen begann, trat die Ärztin auf sie zu, mit einer Schachtel in der Hand, die sie von einem Tisch hinter sich geholt hatte.

»Nehmen Sie das«, sagte sie. Es war nur eine schlichte Geste, doch wirkte sie beruhigend.

Ein Wust gebrauchter Tücher häufte sich neben dem Kind, er mußte an das Werg denken, das Füllmaterial, das beim letztenmal dort gelegen hatte. Ihm wurde flau zumute. Um das Weitere rasch hinter sich zu bringen, riß er den Umschlag mit den Unterlagen auf, das verwischte Foto fiel ihm als erstes entgegen, er beachtete es nicht.

»Ist dieses Kind Ihre Tochter Melanie, verschwunden am 8. Januar vor Ihrer Haustür?«

Frau Keller nickte heftig. Rohleff wandte sich an den Mann. »Was sagen Sie?«

»Ich weiß nicht.«

Rohleff fand schlagartig zu den Realitäten seines Berufs zurück und verabschiedete sich von der Möglichkeit, daß die Identifizierung eine einfache Sache sei. Keller hielt ebenfalls einen Umschlag in der Hand.

Rohleff deutete darauf. »Sie haben Fotos mitgebracht?« Seine Stimme klang absichtlich kühl, er vermied es, den Namen des Kindes auszusprechen, um Frau Kellers nächstem Ausbruch mit Sachlichkeit entgegenzuwirken. Die Fotos zeigten, was das verwischte nur andeutete: Zwischen den Kindern bestand kaum Ähnlichkeit.

Dr. Overesch betrachtete ebenfalls die Aufnahmen, nahm ihm eine aus der Hand, eine Frontalansicht des Kindes.

»Die Ähnlichkeit ist nicht eben überzeugend«, sagte Rohleff bedauernd.

Sandra Keller quollen neue Tränen aus den Augen. »Es ist Melanie, was wissen Sie denn schon, ich erkenn doch mein eigenes Kind.« Sie sank vor der Bahre in die Knie, legte den Kopf auf den Bahrenrand, von Schluchzern geschüttelt, die Arme besitzergreifend über der Kinderleiche.

»Herr Keller«, wandte sich die Ärztin an den Mann, »besteht die Möglichkeit, daß dies Ihr Kind ist?«

Keller zog ratlos die Schultern hoch. »Ich weiß nicht«, wiederholte er.

»Schauen Sie sich das Kind noch einmal an, sein Aussehen ist verändert worden, es ist geschminkt, versuchen Sie, sich an bleibende Merkmale zu erinnern, die Augenform, den Mund, die Ohren, die Hände und Füße. Hatte Ihre Tochter spezielle Merkmale, an denen sie erkannt werden kann?«

Der Mann kam der Bahre nicht ganz nahe, er hielt Abstand, auch als er versuchte, das Kindes genauer zu mustern.

»Herr Keller?« hakte Rohleff nach.

Sandra Keller hatte eine der Babyhände erfaßt, ihren Daumen in die kleinen Finger geschoben. Jetzt schaute sie zu ihrem Mann hoch.

»Du erkennst deine eigene Tochter nicht, weil du dich nie viel um sie gekümmert hast.«

»Das ist nicht wahr, das weißt du, aber sie war so klein, und du hast ...«

Rohleff unterbrach Keller, um einem Ehezwist, den er ganz und gar nicht brauchen konnte, zuvorzukommen. »Was ist mit Muttermalen, Narben, irgendwelche sichtbaren Anomalien?«

Frau Keller fuhr zu ihm herum. »Mein Kind hatte keine Anomalien, wie können Sie so etwas sagen?«

Er bemerkte, wie Jens Keller den Mund auf- und zuklappte, als wollte er antworten. »Bleiben Muttermale und Narben«, sagte Rohleff fest, um die Situation im Griff zu behalten.

»Narben? Meinen Sie, wir haben unser Kind mißhandelt?« Frau Keller war im Begriff, auf Rohleff loszugehen, Keller schlang seine Arme von hinten um sie, hielt sie fest, schüttelte heftig den Kopf als Antwort auf die Frage.

»Vielleicht gibt es eine Möglichkeit, zweifelsfrei festzustellen, ob dies Ihr Kind ist«, schaltete sich Dr. Overesch ein, »wir werden einen DNS-Vergleich in Erwägung ziehen, dazu benötigen wir auch Ihren genetischen Fingerabdruck. Mein Assistent wird sie zu einer Blutabnahme ins Labor begleiten, es ist am besten, Sie erledigen das gleich, dann treffen wir uns wieder hier.«

»Aber ...«, begann Frau Keller.

Keller versuchte, seine Frau zu überreden. »Das ist ein vernünftiger Vorschlag, Sandra.«

»Ich will das nicht.« Ihre Augen flammten auf. »Das ist meine Tochter, und ich werde sie mit nach Hause nehmen und sie beerdigen, sie soll bei uns in Osnabrück auf dem Friedhof in Atter liegen.«

»Sie können das Kind auf keinen Fall mitnehmen, die genetische Untersuchung muß stattfinden, wir brauchen absolute Klarheit.«

»Sag du was«, wandte sich Sandra Keller an ihren Mann.

»Wir machen die Untersuchung, wenn du sie nicht willst, ich will, einer von uns reicht doch auch? Ich hab was darüber gelesen.«

»Einer langt völlig.« Zum erstenmal mischte sich der Assistent ein, Rohleff sah, daß ihm nach Frotzeleien wohl nicht zumute war. »Kommen Sie, es ist nicht so schlimm, wie Sie denken, zunächst nur eine vorläufige Maßnahme, wir werden sehen, ob wir wirklich so vorgehen.« Der Assistent lenkte die junge Frau aus dem Raum, Keller folgte.

»Warum sprachen Sie von Möglichkeiten, als sie die DNS-Analyse ins Spiel brachten?« fragte Rohleff, als er mit Dr. Overesch allein war.

»Weil noch nicht feststeht, ob wir eine derartige Analyse an der Kinderleiche überhaupt durchführen können.«

»Wieso nicht?«

»Wir haben es nicht mit einer normalen Leiche zu tun. Es kommt darauf an, wie weit die Konservierungsmittel die Zellstruktur verändert haben. Formaldehyd beispielsweise, in dem man schon früher Präparate einlegte, verursacht solche Veränderungen, die sich aber nicht im Äußeren des Objekts bemerkbar machen. Sie haben sicher von Forschungsreisenden gehört, die von Expeditionen Exemplare bis dahin unbekannter Arten mitgebracht haben, in Formaldehyd konserviert. Vom damaligen Standpunkt aus betrachtet, eine gute Sache, aber genetische Untersuchungen an diesen Objekten, von denen einige bereits ausgestorbenen Arten zuzurechnen sind, lassen sich nicht mehr durchführen. Im vorliegenden Fall sind wir noch nicht sicher, welche Konservierungsmittel verwendet wurden.«

»Was halten Sie von der Reaktion der Mutter? Das Kind sieht doch tatsächlich anders aus als das auf den Fotos. Das hat ja nicht mal Haare.«

»Wie alt war Melanie Keller bei ihrer Entführung?«

»Sechs Monate.«

»Das vorliegende Kind war zum Zeitpunkt seines Todes älter. In den ein bis zwei Monaten, die zwischen der Entführung und dem Todeszeitpunkt liegen, falls wir das Kind der Kellers vor uns haben, können die Haare gewachsen sein, Kinder in diesem Alter verändern sich schnell.«

»Ich möchte wissen, was mich geritten hat, dieses Treffen mit den Kellers überhaupt zu vereinbaren, für eine Blutprobe hätten sie nicht herzukommen brauchen. Warum haben Sie das eine Foto so genau betrachtet?«

»Wegen der Kopfform, die Form des Schädels kann sich nicht wesentlich geändert haben.«

»Und?«

»Eine Übereinstimmung besteht.«

»Es reicht nicht, nur nach Fotos vorzugehen. Was könnte uns weiterhelfen?«

»Röntgenbilder. Wir haben die der Leiche, und zwar des ganzen Skeletts, fragen Sie die Kellers nach dem Kinderarzt. Die Möglichkeit ist zwar gering, daß ein sechs Monate altes Kind geröntgt worden ist, aber ...«

»Es könnte sich lohnen, nachzuhaken.«

»Sie haben mich nach der Reaktion Frau Kellers gefragt.«

Er hatte schon eine Weile nach den passenden Formulierungen gesucht, um sein Unbehagen und die daraus resultierenden Verdachtsmomente auszudrücken. »Warum«, fragte er, deutlich werdend, »sollte eine Frau behaupten, ein totes Kind sei ihre vermißte Tochter, obwohl bei dieser Sachlage zumindest Unsicherheiten bestehen müßten.«

»Melanie Keller ist im Januar verschwunden. Haben Sie eine Vorstellung, was diese Frau in den vergangenen Monaten durchlitten hat? Das ist ein wahnsinniger, vielleicht sogar zum Wahnsinn führender Schmerz. Sie wird Schuldgefühle haben, denn das Kind kann ja nur in einem unbewachten Augenblick entführt worden sein. Das zermürbendste ist die Ungewißheit. Sie will Gewißheit. Ein totes Kind erlaubt ihr, der Trauer endlich Raum zu geben, ein vermißtes nicht.«

»Also nur der Gedanke, daß es ihr Kind zu sein hat, treibt sie dazu, in dem toten ihr eigenes zu erkennen? Nichts als Verzweiflung?«

Ihr Blick flog zur Bahre und zu ihm zurück, flüchtig blitzte in ihren Augen Wut, Empörung, vielleicht auch ein Anflug von Haß auf, er war sich seiner Wahrnehmung nicht sicher, als sie sprach, klang ihre Stimme gewohnt sachlich.

»Wahrscheinlich, und doch könnte sie das Kind zutreffend als ihres erkannt haben. Sie hat das Kind sechs Monate betreut, gepflegt, Tag und Nacht, das schafft so feine Verbindungen, daß eine Mutter ein Kind auch blind erkennen könnte.«

»Auch noch nach zehn Monaten? Faktisch bin ich keinen Schritt weiter«, schloß er entmutigt.

»Wir haben es beide getan«, erklärte Keller. Die Eheleute hielten sich an der Hand, Rohleff sah gleich, daß die Frau gefaßter war. Hinter ihnen tauchte der Assistent auf und legte in einer besänftigenden Geste Sandra Keller die Hand auf die Schulter. Rohleff leistete ihm in Gedanken Abbitte, so übel war der Mann wohl nicht.

»Wir geben Ihnen Bescheid über die Untersuchungsergebnisse, eine Woche wird es aber wenigstens dauern«, verabschiedete Dr. Overesch das Ehepaar.

Die junge Frau trat noch einmal an die Bahre und strich dem Kind sacht über den Kopf.

»Eine Kleinigkeit noch«, Rohleff sah auf eine Seite seines Notizbuchs, »sagen Sie mir bitte den Namen des Kinderarztes, den Sie mit Melanie konsultiert haben.«

Sofort war wieder eine Spannung spürbar. Er registrierte die Abwehr im Gesicht der Frau.

»Wieso der Arzt? Unserer Kleinen fehlte nichts, als sie verschwand.«

Rohleffs Berufsinstinkt wurde wach, ein in langen Jahren trainiertes Mißtrauen bei Leuten, die zu heftig, zu negativ auf eher harmlose Fragen reagierten.

»Sie haben sicher die Routineuntersuchungen, die Kinderchecks, durchführen lassen, die die Krankenkassen vorsehen?« fragte Dr. Overesch.

»Ja«, Sandra Keller zögerte.

»Dr. Küper in Osnabrück, aber warum wollen Sie das wissen?« fragte Keller.

»Eine eventuelle Chance, die Identitätsfrage anhand der ärztlichen Unterlagen zu klären, wenn die andere Möglichkeit versagt«, antwortete Rohleff.

»Wir werden«, erklärte die Pathologin, als die Kellers den Raum verlassen hatten, »als nächstes die Schminke vollständig entfernen und dann in Schichten das Gewebe analysieren.«

Obwohl Rohleff daran gelegen war, daß die Untersuchungen voranschritten, bat er sie: »Warten Sie noch damit. Der Kollege, der mich das letzte Mal begleitet hat, führt eine Recherche im Naturkundemuseum durch, möglicherweise ergeben sich neue Gesichtspunkte für uns, und daher scheint es mir wichtig, daß der Körper vorerst so bleibt, wie er ist.«

»Kein Problem«, antwortete der Assistent, »ist ja nicht so, als hätten wir nicht noch ein paar schöne Leichen auf Eis liegen, mit denen wir uns die Zeit vertreiben können. Eine Wasserleiche kam gestern herein, wollen Sie mal sehen? Hat ein nettes Grün.«

Rohleff hatte sich mit Knolle im Café am Domplatz verabredet, ein beliebter Treffpunkt für Marktbesucher. Früher hatte sich in dem Gebäude die Post befunden, vage erinnerte er sich an die Schalter, an denen die Leute Schlange standen, damals, vor fünfundzwanzig oder dreißig Jahren, als er Münster das erste Mal besuchte. In der halben Stunde, die er auf seinen Kollegen warten mußte, trank er zwei Milchkaffee. Überrascht stellte er fest, daß ihm das unsichere Ergebnis der Gegenüberstellung ungewöhnlich zu schaffen machte. Arme Sandra Keller, dachte er. Ein Kind, vielleicht ihr Kind, das menschlicher Gier zum Opfer gefallen war. Besitzgier. Aber war das nicht bereits seit dem ersten Besuch in der Pathologie impliziert gewesen, als er und Dr. Overesch das Kind als Objekt klassifiziert hatten?

Knolle ließ sich schwer in den Sessel neben ihm fallen, er hatte ihn nicht kommen sehen.

»Alles Mist«, fluchte Knolle, Rohleff aus der Seele sprechend.

»Na, dann erzähl mal«, forderte er ihn auf.

»Ich hab mich als Kind mal fürchterlich in der Geisterbahn gegruselt, weil da lauter verstaubte zottelige Ungeheuer wie der Yeti aus Transsibirien auftraten. Da war ich noch sehr klein, das blieb lange mein schrecklichstes Erlebnis, und erst der Film ›Tanz der Vampire‹, den ich mit zwölf gesehen habe, hat mich davon geheilt.«

»Knolle, wenn du einen Psychoanalytiker brauchst, der deine frühkindlichen Seelenabgründe ausleuchtet, damit du dir deine Tauglichkeit für unseren Beruf erhältst, ich bin nicht der Richtige für den Job. Außerdem war ich mal im Naturkundemuseum: Kiebitznester mit Eiern und eine ausgestopfte Füchsin mit ihren Jungen vor einem Fuchsbau, dem man die Pappe ansah, hab ich davon noch in Erinnerung, war alles ein bißchen marode damals, das muß heute längst modernisiert sein, also was ist jetzt?«

Knolle zog bedächtig ein paar zusammengefaltete Blätter aus der Brusttasche und strich sie auf dem Caféhaustisch glatt. »Ich hab der Frau Chefpräparatorin von der ausgestopften Kinderleiche erzählt, und da ist sie mir fast an die Gurgel gegangen, als wär ich's, der das Kind auf dem Gewissen hat. Also, einen Menschen präparieren wie einen Auerhahn, das gibt's nicht, definitiv. Mit Eulen und Ibissen wird anders umgegangen als mit Menschen, homo sapiens gehört erhaltenstechnisch eindeutig, Parallelitäten in der Handhabung bestimmter Praktiken inbegriffen, in die Sparte Einbalsamierung, schon aus ethischen Gründen, die wir, berufsbeschädigt, wie wir sind, meist außer acht lassen. Mal ehrlich, die Dame hat mich ganz schön angeblasen und dann eine Liste mit Substanzen rausgerückt, mit denen sie arbeitet, und mir an einem verlausten Braunbären aus der Hohen Tatra, einem ausrangierten Exemplar, die Prinzipien der Präparation beleuchtet. Sie sagt, das Wichtigste in der strittigen Frage sei die Beurteilung des Gesamtergebnisses. Sag mal, Karl, hab ich da was am Kopf? Seit ich da war, kribbelt's mir im Pelz.«

Knolle hielt Rohleff seine rötliche Lockenpracht hin.

»Laß das und schüttel ja nicht den Kopf, ich will nicht, daß mir was in den Kaffee fällt«, wies ihn Rohleff zurecht.

Knolle strubbelte sich durch die Haare, es rieselten schwer bestimmbare Partikelchen auf den Tisch und in die Tassen. Rohleff schob seine angewidert beiseite.

»Das Fazit der Recherche?« knurrte er.

»Einbalsamierung, ich hab die Liste aus dem vorläufigen Bericht der Pathologie mit der Frau Oberpräparator durchgesehen, sie war am Ende hilfsbereit und hat ihr Urteil noch mal bestätigt. Du, wir waren dämlich. Uns hätte schon eindeutig was leuchten müssen, als wir auf Lenin kamen. Und wie war's bei dir?«

»Erzähl ich dir auf der Rückfahrt.«

Die Atmosphäre im Café, mit seiner blinkenden Theke, dem Porzellangeklapper, der gedämpften Unterhaltung, erschien Rohleff angenehm und beruhigend normal. Er lehnte sich zurück, sog den Kaffeeduft ein, sah sich mit einem Anflug von Wehmut und Verzweiflung um und fühlte sich außerstande, sofort aufzubrechen und sich den Absurditäten dieses Falles erneut zu stellen. Sie tranken einen weiteren Kaffee, diesmal Cappuccino ohne Einlage von Knolles Kopf. Die Rückkehr in den Mahlgang einer enttäuschend ergebnislosen Ermittlung schoben sie noch so lange hinaus, wie es ihr Dienstgewissen zuließ.

Unterwegs fragte Rohleff: »Den Braunbären, gab's den wirklich?«

»Nee, war eine Erfindung von mir, aber ich dachte, der macht dir Spaß. Die Präparatorin war höchstens vierzig und ganz ansehnlich für das fortgeschrittene Alter. Sie hat mir genau erzählt und gezeigt, was sie macht, war hochinteressant, und die ganze Zeit hab ich an den Museumskeller gedacht, wie ich ihn mir als Kind vorgestellt habe: mit verflohten, räudigen ausgestopften Wölfen und Bären, die ihre Zähne im Halbdunkeln blecken, und jeder Menge eingelegter, phosphoreszierender Schreckgestalten, die einen durch das Glas anstarren. Das Häßliche oder Monströse hat was bestechend Abgründiges an sich, das hab ich wohl schon früher gedacht.«

Rohleff wunderte sich. Eine poetische Ader an einem Münsterländer Bauernsohn und Motorrad-Liebhaber war etwas bizarr, und irgendwie wärmte ihm der Gedanke daran das Herz.

In seinem Büro fand er eine Meldung über einen Radunfall, eine Anna Krechting war vom Rad gestürzt und hatte sich das Bein gebrochen, sie lag im Krankenhaus. Er machte sich nicht die Mühe, sich zu fragen, was diese Meldung auf seinem Schreibtisch zu suchen hatte, ordnete sie in die Kategorie Behördenschlamperei ein und schnippte das Blatt auf einen Aktenhaufen, um es zu vergessen oder, wenn es ihm gerade in den Sinn kommen sollte, darüber ein mahnendes Wort in der zuständigen Abteilung fallen zu lassen.

Einigermaßen früh machte er sich auf den Heimweg, bog aber dann in Richtung Schrebergarten ab. Er wollte nur nachsehen, ob er das Gartentürchen beim letztenmal abgeschlossen hatte. Noch vor ein paar Jahren hätte es derartige Unsicherheiten nicht gegeben, aber seit einiger Zeit sah er sich hin und wieder genötigt, alltägliche Handlungen nachzukontrollieren, etwa zurück zur Haustür zu rennen, um sich zu vergewissern, daß er sie nicht bloß zugeknallt hatte. Sabine amüsierten solche Anfälle von Vergeßlichkeit, sie sprach von Alzheimer im Frühstadium, nur oberflächlich fand er die Bemerkungen komisch.

Eine halbe Stunde saß er im Garten. Nach wenigen tiefen Atemzügen, in denen er versuchte, alles andere auszublenden, stand ihm wieder die Frau in der Pathologie vor Augen, der ein reales totes Kind lieber war als ein bloßer Schatten in ihren Vorstellungen. Wie konnte sie die Hoffnung gegenüber der Gewißheit des Todes aufgeben? Es gelang ihm nicht, das zu verstehen. Sabine würde wissen wollen, zu welchen Ergebnissen der Tag geführt hatte, wenn er es ihr nicht sagte, würde sie sich die Informationen von Maike holen. Er sah Vorwürfe voraus, Tränen aus Wut, Schmerz und anderen kaum begreifbaren Gefühlen, die allerdings auch aufkommen konnten, wenn er ihr alles erzählte, ein strategisches Gleichgewicht zwischen ihnen war immer schwerer zu erringen.

Er fluchte laut. Jetzt war er weit genug in seine Eheprobleme eingedrungen, um jede Hoffnung auf etwas Entspannung aufzugeben. Schwerfällig erhob er sich, er wollte nicht mehr bleiben. Trotzdem hielt er auf dem Gartenweg noch einmal inne, er versuchte, den feuchten Herbstgeruch festzuhalten.

Sabine klapperte in der Küche, er sog die Luft ein, konnte aber keine Aromen ausmachen, die die Bestandteile des Abendessens erraten ließen. Dann fiel ihm ein, daß er trotz des halbstündigen Aufenthalts im Garten verhältnismäßig früh dran war, das konnte bedeuten, daß sie noch vor dem Essen Zeit zum Reden hatten.

»Bist du das?« rief Sabine überflüssigerweise.

Er küßte sie auf den Nacken und schaute ihr dabei über die Schulter. »Sauerkraut?«

»Das magst du doch.«

»Mit einem ordentlichen Stück Kaßler obendrauf.«

Sabine deutete neben sich. Noch halb in Pergament eingewickelt, lag es da, ein Stück rosiges Schweinefleisch, Speckrand und Knochen zeigten eine leichte Goldfärbung vom Räuchern.

»Bist du schon hungrig? Ich wollte gerade mit dem Kochen anfangen.«

Rohleff griff nach der Kühlschranktür, und wie er dabei auf

Knolle kam, begriff er nicht. Vielleicht wegen des Bratens, Knolles Eltern machten in Schweinen auf ihrem Hof.

Als er anrief, meldete sich Maike. »Nee, Patrick ist nicht da, ist gleich zu seinen Eltern, wann er kommt, weiß ich nicht. Was willst du denn von ihm?«

»Ich muß ihn was fragen, das für den Fall wichtig sein könnte, ist ein bißchen kompliziert zu erklären.«

»Versuch's doch mal.«

»Lohnt nicht, zur Zeit laufen nur Routineermittlungen, wir haben noch keinen Durchbruch, mußt du doch von Patrick wissen.«

»Dafür war er zu schnell weg, außerdem erzählt er mir gar nicht so viel. Aber ich muß immer an das Kind denken, Patrick auch. Ich glaube, er träumt schon davon, nachts wirft er sich im Schlaf herum. Es ist irre, daß das gerade jetzt passiert, wo ich doch ein Kind erwarte.«

»Laß dich davon nicht beunruhigen, komische Zufälle gibt's im Leben, das hat Patrick doch sicher auch gesagt.«

»Ja, schon, aber in Wirklichkeit ist er abergläubisch wie viele vom Land.«

Rohleff beschlich das Gefühl, immer neue Seiten an seinem Kollegen kennenzulernen, und plötzlich hatte er es nicht mehr eilig, das Telefongespräch zu beenden.

»Tut's ihm noch leid, daß ihr nicht mehr mit dem Motorrad nach Spanien fahren könnt?«

»Du weißt, wie er anfangs gejault hat, aber jetzt freut er sich wie irre auf das Baby. Er stammt ja aus einer großen Familie, und für uns war immer klar, daß wir Kinder haben wollen, nicht bloß eins als Renommierstück. Seht zu, daß ihr auch eins kriegt, irgendwann bereust du es, wenn du keins hast.«

»Sag mal, wie komme ich zu dem Hof von Patricks Eltern? Da gibt's doch eine Abkürzung fürs Fahrrad.«

»Du willst mit dem Fahrrad hin, jetzt?«

Sabine sagte er erst Bescheid, nachdem er sich bereits Turnschuhe und Jacke angezogen hatte. »Wenn es länger als eine

Stunde dauert, ruf ich an.« Er wußte, daß er sich verspäten würde, eine halbe Stunde mußte er schon für den Weg rechnen.

Sabine kam ihm bis zur Tür nachgerannt und sah ihn aufs Fahrrad steigen. »Du nimmst nicht den Wagen?« fragte sie aufgebracht. Sie drehte sich um und schlug die Tür zu.

Er kämpfte gegen den feuchten, kalten Wind an, der von vorn blies. Die Haut vereiste. Nach zehn Minuten Gestrampel waren alle Gedanken wie ausgelöscht. Weitere zwanzig Minuten später fragte er sich, wo der Weg geblieben war. Rechts machte er einen Zaun aus, dahinter dämmerte eine Wiese. Links hoben sich schwarz und kahl Bäume vom Nachthimmel ab, die Stadt war immer noch nah genug, daß der Himmel nicht völlig dunkel war. Es schien ein wenig benutzter Feldweg zu sein, auf dem er das Rad vorwärts schob, das feuchte Unkraut, das hier trotz der fortgeschrittenen Jahreszeit noch wucherte, verfing sich in den Speichen, schlug an die Hosenbeine, krallte sich fest. Dornen rissen ihm die Hand auf, als er sich zu befreien suchte. Ein unrühmlicher Kampf in der Dunkelheit, eine schmerzhafte Suche nach Orientierung, die, wenn er sich gehenließ, unversehens symbolische Züge annehmen konnte. Er konzentrierte sich auf den Pfad. Erleichterung flammte auf, als er ein Licht in der Ferne glimmen sah. Das mußte die Lampe sein, die den Hofplatz der Knolles beleuchtete, ganz sicher war er sich nicht.

Aufs Rad stieg er nicht wieder, sondern schob es auf das Licht zu, die letzten Meter von heiserem Hundegebell begleitet. Ein Kind erschien an der Tür des Bauernhauses, es sah keineswegs mißtrauisch dem Mann entgegen, dessen Atem in der Kälte wölkte. Hier draußen schien die Welt noch in Ordnung.

»Komm rein.« Die Kleine winkte.

Das Rad lehnte er an die Hauswand. Die Tür führte direkt auf die alte Diele, die ehemalige Küche, das Herzstück des Hauses. Riesige Platten Bentheimer Sandsteins bildeten den Boden, abgenutzt von Generationen von Füßen, die sachte Dellen hineingelaufen hatten. Rohleff hätte stundenlang nur die Steine betrachten können, wäre gern mit der Hand über die Oberfläche gefahren, über die Linien und Flecken im hellen Stein. Neben und über einem Eichenschrank hingen Jagdtrophäen: Hirschgeweihe und Gehörn von Böcken, Fasane auf Aststücken, ein Iltis oder Ähnliches, Rohleff kannte sich in der Fauna nicht aus. Ein großer Vogel saß auf einer Schrankecke, er musterte das Gefieder, den mächtigen gebogenen Schnabel, die Höcker über den Augen, eine beeindruckende Kreatur. Am schönsten war das Herdfeuer gegenüber. Eine ausladende Esse wachte über dem Feuerplatz, Messing blinkte an Türklappen, die in die gekachelte Wand um das Feuerloch eingesetzt waren. Blaue Delfter Kacheln, wie er sie auf Flohmärkten gesehen hatte, jede einzelne sündteuer. Diese waren mit Hasen und Jägern bemalt und kleinen Landschaftsszenen. Es schmerzte ihn fast, die Blicke von allem loszureißen und sich der Kleinen zuzuwenden.

»Ist Patrick Knolle hier?« fragte er.

»Im Schweinestall, füttern, soll ich ihn rufen?«

Rohleff sah zu den Binsenstühlen am Kamin. Es hätte ihm gefallen, sich auf einem dieser Stühle niederzulassen und ins Feuer zu starren.

»Laß man, ich kann warten.« Er steuerte die Stühle an.

»Recht so, min Jung, komm man her.«

Aus einem Lehnstuhl reckte sich ein Arm mit einer Pfeife hoch. Rohleff trat näher, der uralte Mann war klein genug, daß ihn die Rücklehne überragte. Dreiundneunzig oder fünfundneunzig, er überlegte, wann Patricks Großvater seinen letzten runden Geburtstag gefeiert hatte. Der Alte rappelte sich aus seinem Stuhl hoch, tastete nach dem Stock. Rohleff eilte näher, um ihm zu helfen.

»Meinetwegen brauchen Sie aber nicht aufzustehen.«

»Will wohl, müssen zusammen einen heben gegen das Schudderwetter draußen.«

Als der Alte zurückkam, eine Tonkruke und einen Zinnlöffel in der Hand, die Pfeife steckte in der Jackentasche, Kopf nach oben, stand Rohleff vor dem Schrank und blickte zu dem Vogel auf.

»Schönes Stück«, sagte er, weil das fachmännisch klang.

Opa Knolle blinzelte erheitert, als er den Zinnlöffel aus der Kruke füllte und dem unverhofften Gast hinhielt. »Erst nehmen Sie man einen.« Danach trank er selbst, Rohleff spürte bereits eine angenehme Wärme, die sich in seinem leeren Magen ausbreitete.

»Und noch einen.«

Der Löffel näherte sich ihm wieder. »Selbstgebrannt?« erkundigte er sich.

»Nee, nee, die Zeiten sind vorbei, aber man hat so seine Quellen.«

Rohleff hoffte, daß es versteuerte waren.

Der Alte deutete mit dem Löffel auf den Vogel. »Ein Wolpertinger, hat nicht jeder.«

»Kenn ich gar nicht, die Vogelart. Klingt bayrisch.«

»Bayrisch ist richtig, war mal dort.«

»Und bei der Gelegenheit haben Sie den Vogel geschossen?« Rohleff betrachtete erneut das Gefieder, die Schwanzfedern schillerten wie Pfauenfedern, die Füße erinnerten ihn an Enten oder Gänse, aber davon verstand er nichts, er war im Ruhrpott aufgewachsen, sein Vater hatte Tauben gehalten.

»Schön präpariert«, sagte er, um seine Unkenntnis zu bemänteln.

»Das war ein Fachmann, wir haben alle unsere Sachen zu dem gebracht, hat er top gemacht, so einen finden Sie heute nicht mehr.«

»Die Viecher sehen aus, als wären sie noch lebendig.« Rohleff umschrieb Geweihe und Gehörne, Iltis und Marder, Fasane und Wolpertinger mit einer Armbewegung.

»Genau das konnte der, alles wie lebendig wirken lassen, war 'ne Spezialität von dem – nehmen Sie noch einen.«

Der Schnaps beduselte ihn allmählich, trotzdem nahm er die anhaltende Erheiterung des Alten wahr. Muß schön sein, dachte er, der Ruhestand auf einem solchen Hof. Eine halbe Stunde später saß er mit der Familie beim Abendessen in der großen Küche, die hinter der Diele lag. Elf Personen zählte er am Tisch, drei Kinder darunter, eine alte Tante Patricks, seine Eltern, der ältere Bruder, der den Hof gemeinsam mit dem Vater führte. Patricks Schwägerin füllte Hühnersuppe in tiefe Steingutteller, Rohleffs hatte einen Sprung. Er versenkte den Löffel andächtig in den Goldsee, aus dem es zu ihm herauf duftete, rührte vorsichtig in der klaren Flüssigkeit, in der hausgemachte Nudeln schwammen, Petersilie obenauf. Mit geschlossenen Augen kostete er das Aroma aus, bevor er daranging, den Geschmack der Suppe am Gaumen zu spüren.

»Die stammt nicht von Gummihühnern aus der Tiefkühltruhe«, erläuterte Patrick, der ihn beobachtete.

»Weiß ich zu schätzen«, murmelte Rohleff zwischen zwei Löffeln.

»Er hat unseren Wolpertinger bewundert«, erklärte Opa Knolle.

Eines der Kinder lachte hell auf.

»Jau, jau, wat man nich alles so vor die Flinte kriegt im Wald«, warf Patricks Bruder ein, und seine jüngste Tochter prustete in die Suppe.

Die Schwägerin trug einen Berg Pfannkuchen herein, der von Fett triefte.

»Haben Sie Kinder?« fragte Opa Knolle, und als Rohleff verneinte, fuhr er fort: »Sollten Sie aber, lohnt sich nicht, nur für zwei Pfannkuchen zu backen.«

»Dafür kann er aber die Hälfte von denen, die da sind, aufessen«, sagte Patrick und griff nach dem nächsten, Rohleff hatte auch schon den zweiten auf dem Teller liegen, knusprig, mit Speckstücken drin. Nach dem Abendessen kam er kaum vom Stuhl hoch, sechs oder sieben Pfannkuchen hatte er mindestens verdrückt. Immer neue waren auf dem Tisch erschienen, die letzten zwei hatte er nur noch der Gesellschaft wegen gegessen, wegen der Runde am Tisch, dem Geplapper, der Fröhlichkeit, die immer wieder hochschwappte.

Als er endlich aufbrach, deutete er auf den Wolpertinger. »Was ist das denn nun für ein seltener Vogel?«

»Opas Stolz«, erklärte Patrick.

»Hab ich schon begriffen, aber wo gibt es solche Vögel, wenn sie nicht ausgestopft auf Schränken hocken?«

»Nur einen, den hier. Ist was ganz Spezielles.«

Rohleff wollte sich abwenden, Patrick hielt ihn am Arm fest. »Guck mal genau hin, so dusselig kannst du doch nicht sein. Der Schnabel stammt von einem Gänsegeier, die Höcker von einem ganz jungen Bock, die Schwanzfedern zum Teil von einem Pfau, die anderen von allen möglichen Vögeln, die Füße von einer Gans. Der Balg besteht aus dem, was von einem halb gerupften Truthahn ohne Schnabel und Füße übrig ist, und so eine Kreatur nennt sich Wolpertinger, den gibt es in verschiedenen Ausführungen, auch mit Fell.«

»Würd mir schon gefallen, wenn mir so ein Vieh im Wald begegnete.«

Opa Knolle war herangeschlufft. »Sagte ich doch, hat einer gemacht, der was davon versteht, hab ihm nur die Einzelteile geliefert.«

Rohleff studierte die Gesichter von Großvater und Enkel, Ähnlichkeiten fielen ihm auf, ihm wurde klar, daß diese über Äußerlichkeiten hinausgingen. Daher, dachte er, der alte Braunbär im Museum.

Auf der Rückfahrt kam er wieder vom direkten Weg ab, obwohl er nur auf die Lichter der Stadt zuhalten mußte. Die Hose ließ er neben Socken und Turnschuhen in der Diele, auf bloßen Füßen tappte er die Treppe in den ersten Stock hinauf. Nackt ging er ins Badezimmer hinüber, Sabine stand vor dem Spiegel, ihr Nachthemd hing über dem Badewannenrand.

»Ich hab das Essen in den Backofen gestellt, du kannst dir noch was warm machen, wenn du willst. Maike hat angerufen, da wußte ich, daß es spät wird. Hoffentlich war's wichtig genug, daß du mich so hast warten lassen.«

Reuig trat er hinter sie, massierte ihr Nacken und Schultern, um den Vorwurf auszumerzen, der aus jedem Wort geklungen hatte, so beherrscht vorgebracht, erschien er ihm besonders unangenehm.

»Ich hab das blöde Gefühl«, versuchte er zu erklären, »im

Nebel zu tappen, ich weiß aber, es verbirgt sich was darin, und wenn ich hartnäckig bleibe, finde ich es. Schon ein paarmal meinte ich, es grinst mich direkt an, so wie an diesem Abend.«

Mit den Händen fuhr er ihre Seiten entlang, er fühlte den Schwung der Hüften. Sabine drehte sich zu ihm um, schlang die Arme um seinen Hals und hob ein Bein auf seine Hüfte, ihre Pobacken füllten seine Hände, er rieb sich an ihrem Bauch.

»Komm mit in die Badewanne«, flüsterte er in ihr Haar, zwei silberne Fäden leuchteten darin im Licht der Badezimmerlampe. Die biologische Uhr, fuhr es ihm durch den Kopf, ein Gedanke, den er abschütteln mußte, er tastete sich rückwärts, um mit einer Hand an den Hahn der Badewanne zu gelangen, Sabine zog ihn zurück.

»Nein, in der Wanne wird der Samen« – sie sagt wirklich Samen, dachte er, richtig zoologisch oder bäuerlich, auf alle Fälle biologisch – »zu schnell rausgeschwemmt, ich muß mich nachher in die Bauchlage drehen, die Beine über Kreuz, damit ich die Samenflüssigkeit möglichst lange in mir behalte, heute ist es für die Empfängnis besonders günstig.«

Rohleff spürte, wie ihn die Erregung schlagartig verließ, er schob Sabine von sich. »Das wird dann heute nichts mehr mit der Bauchlage«, sagte er kühl.

19. November

Einen neuen Kinderwagen könnte sie kaufen, jetzt, wo sie sich besser fühlte, weil sie die Gelegenheit genutzt hatte. Einen Augenblick hatte sie gezögert und Mitleid mit dem Opfer verspürt. Ein klarer Beinbruch war es augenscheinlich, nichts zu Kompliziertes, in sechs Wochen konnte die Frau wieder auf den Beinen sein, sie hatte kräftig ausgesehen, nach viel Bewegung. Die Ruhigstellung würde ihr Zeit zum Überlegen geben, über vorschnelles Handeln zum Beispiel.

Ein einfacher Beinbruch, das weiße Ende des Knochens hatte hervorgeragt, mit Knochen kannte sie sich aus. Der Unfall sollte keinen bleibenden Schaden nach sich ziehen, das hätte sie nicht gewollt. Die Frau war ja keine Verbrecherin, nur dumm, wie sie selbst damals.

Hätte sie es nicht tun sollen? Aber sie fühlte sich soviel besser seitdem, obwohl man die Tat sicher auch als gemeine Rache betrachten konnte. Sie zog es vor, darin einen Akt der Befreiung zu sehen, zu dem ihr der Zufall verholfen hatte.

Es war schon ein merkwürdiger Zufall gewesen, fast ein Wink des Schicksals, daß sie vor dem Kaufhaus auf diese Frau gestoßen war. Sie hatte sie bereits erkannt, als sie noch mit ihrem Fahrrad auf sie zugeradelt kam, wieder mit der Plastikhaube, wieder viel zu schnell, so mußte sich auch der Unfall vor ein paar Tagen zugetragen haben. Als die Frau vom Rad stieg und die Haube zurückstrich, war sie halb hinter den Pfeiler im offenen Eingangsbereich getreten und hatte die Frau genau betrachtet. Es war keine Verwechslung möglich gewesen. Einen Moment trafen sich ihre Blicke, bevor die andere ins Kaufhaus hastete. Wahrscheinlich war sie aus dem gleichen Grund wie sie erschienen und wollte etwas Angefangenes zu Ende bringen. Da die andere ihr quasi zuvorkam, wartete sie, bis sie wieder auftauchte, und dann folgte sie ihr ohne besondere Absichten mit dem Auto. Sie radelte nicht durch die Fußgängerzone zurück, das machte die Verfolgung erst möglich. Allerdings war sie ihr durch einen für Autos gesperrten Nebenweg, der von der Hauptstraße abzweigte, entkommen, und sie hätte aufgeben und zum Kaufhaus zurückfahren können, aber das Schild »Kreislehrgarten« reizte sie plötzlich. Sie war dem Hinweis nachgefahren und aus dem Auto ausgestiegen, da radelte die Frau auf einmal auf sie zu, die Regenhaube tief in die Stirn gezogen. Da hatte sie dann zugegriffen.

Babynahrung müßte sie auf alle Fälle auf Vorrat kaufen, es war wichtig, sie im Haus zu haben, es konnte nicht mehr lange dauern, bis sie gebraucht würde. Diese Fertigpulver waren praktisch, erforderten nicht einmal frische Milch als Zusatz, obwohl frische Milch natürlich besser war. Ein neuer Kinderwagen wäre eventuell doch nicht empfehlenswert, Kinderwagen bargen Gefahren, wie sie nun wußte. Sie hoffte, daß die Frau das Radfahren auch nach der Genesung für eine ganze Weile sein ließ.

Blieb immer noch der Pullover abzuholen. Ob sich das jetzt noch lohnte, die Farbe gefiel ihr sowieso nicht so richtig.

Der Wecker schellte pünktlich. Rohleffs Bewußtsein, schon seit ein paar Minuten in Erwartung des Wecksignals im Halbschlaf dämmernd, schaltete auf wach. Er streckte die Hand aus, beendete das Schellen und stupste Sabine an. Obwohl sie sich nicht rührte, gewann er den Eindruck, daß sie nicht mehr schlief. Er schwang die Beine über die Bettkante. Auf dem Weg zur Dusche lebte die Szene vom Vorabend im Badezimmer wieder auf, beim Anblick der Tür, hinter der das leere Zimmer lag, sank seine Laune rapide. Ein Scheißtag, er wußte es schon vorher.

Im Bademantel, mit nassen verstrubbelten Haaren, holte er die Zeitung herein. Die winzige Rasenfläche vor dem Haus glitzerte vor Rauhreif. Mit nackten Füßen betrat er den Plattenweg, ging bis zur Straße. Vereiste Pfützen, überfrorene Nässe, konstatierte er. Die Kälte ließ die Fußsohlen ertauben, stahl sich unter den Bademantel, seine feuchte Kopfhaut kribbelte. Er fühlte sich stark dabei, der Kälte inneren Widerstand entgegenzusetzen.

Die Tür nebenan klappte, der Nachbar trat heraus, grüßte, ein abschätziger Blick galt Rohleffs wenig präsentablem Aufzug. Es war ihm egal. Der Nachbar war einer jener merkwürdigen Saubermänner, die jeden Tag den Vorgarten nach herabgefallenen Blättern absuchten, fegten, wo es nichts zu fegen gab, und es übelnahmen, wenn es ihnen nicht alle in der Straße nachmachten. Einige Verdachtsmomente wiesen darauf hin, daß er derjenige war, der Nachbarn bei der Stadtverwaltung anschwärzte, wenn sie in die Straße ragende Büsche nicht vorschriftsmäßig beschnitten. Ein Leben in notorischer Ordnung. Rohleff ließ die Haustür krachend hinter sich ins Schloß fallen. Aus dem Badezimmer war kein Geräusch zu hören.

Er warf in der Küche die Kaffeemaschine an, studierte flüchtig die Titelseite der Zeitung. Die Europaparlamentarier hatten sich der Schlampereien und Vetternwirtschaft schuldig gemacht, Rohleff gestattete es sich, sich über die Brüsseler Saubande aufzuregen, obwohl die Sache nicht mehr neu war, seit drei Wochen beherrschte das Thema die Presse. Vorausschauend nahm er eine Tasse Kaffee mit nach oben, stellte sie Sabine auf den Nachttisch. Sie lag mit abgewandtem Gesicht in ihr Kissen vergraben, die Haare ein dunkles Gewirr.

»Willst du nicht aufstehen? Beeil dich, es hat gefroren, die Straßen sind glatt. Du wirst heute länger mit dem Wagen brauchen. Fahr vorsichtig.«

Gerede, um die Stille zu meistern, die Stummheit neben ihm. Träge drehte sie sich herum, schaute ihn aus verquollenen Augen an. Sein Mitleid hielt sich in Grenzen.

»Ich fühl mich heute nicht gut, ich glaube, ich kriege Kopfschmerzen, und der Rücken tut mir weh.«

»Ich hol dir Aspirin.« Er erhob sich von der Bettkante, vermied den Blickkontakt. Als er zurückkehrte, saß sie im Bett, das Kissen im Rücken, die Tasse in der Hand.

»Der Kaffee ist zu stark. Warum nimmst du immer so viel Pulver?« sagte sie weinerlich.

Er warf die Tablettenschachtel auf die Bettdecke. »Beeil dich«, mahnte er noch mal und griff nach seinen Sachen.

Als er fertig zum Aufbruch war – er hatte im Stehen seinen Kaffee in der Küche getrunken und das Verlangen nach fetttriefenden Spiegeleiern und Toast unterdrückt – und das Haus verlassen wollte, erschien sie oben am Treppenpodest.

»Bind dir einen Schal um, wenn es so kalt ist, und komm heute abend nicht wieder so spät, ich bleibe zu Hause.«

Nachlässig winkte er zu ihr hinauf, ohne aufzuschauen. »Tu das, wenn du das willst.«

Er rutschte über die vereisten Straßen, dünnes Eis splitterte unter den Reifen, Rauhreif knirschte. Flüchtig kam ihm der Gedanke an einen Unfall bei diesem tückischen Wetter, hatte es nicht jüngst irgendwo einen gegeben? Es kostete ihn zuviel Aufmerksamkeit, selbst einen Unfall zu vermeiden, dem

Gedanken weiter nachzugehen, er fühlte sich nicht sonderlich sicher auf dem Rad. Schulkinder flitzten auf ihren Rädern an ihm vorbei.

In seinem Büro hing Zigarettenqualm, und auf dem Schreibtisch häuften sich neue Akten. Vor zwei Jahren hatte er aufgehört zu rauchen, seitdem reagierte er empfindlich auf Rauch. In seinem Büro wertete er den Gestank als Eingriff in sein Refugium, zu Hause vermißte er einen Raum, der nur ihm gehörte. Das dritte Zimmer in der oberen Etage diente als Gästezimmer, Sabines Mutter übernachtete dort zuweilen. Sonst häufte sich auf dem Bett die Bügelwäsche. Das Bügelbrett stand in einer Ecke, unter dem Fenster hatte eine Nähmaschine ihren Platz, Sabine nähte allerdings nicht. Irgendwo, sagte er sich verdrossen, mußte doch auch ein Hausherr Zeitungen und Pantoffeln herumliegen lassen dürfen.

Er riß das Fenster auf, kalte Luft strömte herein, ein Blatt segelte zu Boden. Beim Aufheben warf er einen Blick darauf: eine Meldung über einen Fahrradunfall. Wie oft, fragte er sich mit leiser Erbitterung, würde er diesen Irrläufer noch in die Hand nehmen, bis er sich die Mühe machte, ihn der zuständigen Stelle zuzuschieben. Er legte das Blatt beiseite.

Der neue Stapel umfaßte die Akten über die Säuglinge, die in den letzten zwei Jahren als vermißt gemeldet worden waren; viel bedrucktes Papier, Schicksale in Amtsdeutsch gepreßt, das aus jeder Wirklichkeit eine Scheinwirklichkeit machte, gerastert in Daten wie Uhrzeiten, Ortsbezeichnungen, stereotype Frage- und Antwortdialoge. Wenig Zwischentöne.

Rohleff macht sich, selbstmitleidig seufzend, daran, aus dem Papierwust eine Spur herauszufiltern, die ihm in seinem neuen Fall weiterhelfen könnte. Er versuchte die jeweilige Elternpersönlichkeit aus den spärlichen Angaben zu ertasten, die Beziehung zum Kind, die eventuell über den Punkt Fremd- oder Selbstverschulden Auskunft geben konnte. Waren manche Paare einfach unachtsam, grob fahrlässig oder zu vertrauensselig der menschlichen Gesellschaft gegenüber? Fotos fielen aus den Akten, Babys greinten oder lächelten Rohleff entgegen, manche schauten ernst, als hätten sie ihr ungewisses Schicksal vorausgeahnt. Er vermied voreilige Schlußfolgerungen, sammelte nur Fakten. Bei der mühseligen Arbeit saß ihm die Furcht im Nacken, sich beeilen zu müssen. Das Gefühl hatte sich verdichtet, seit Lilli Gärtner die Möglichkeit angesprochen hatte, daß der Fall weiter in die Vergangenheit zurückreichen und sich in die Zukunft entwickeln könnte. Wie viele Kinder waren in den letzten fünfzehn Jahren verschwunden? Die Frage bedeutete neue Aktenberge. Er studierte auch die Unterlagen der Fälle, die schon aus leicht einsehbaren Gründen ausschieden: das falsche Geschlecht, zu alt. Er suchte nicht nur ein Kind, sondern auch eine Täterin, ein wiederkehrendes Muster in den Tathergängen. Unter welchen Umständen waren die Kinder verschwunden? Schälte sich eine zeitliche Reihenfolge heraus, gab es geographische Zusammenhänge? Wurde etwas erwähnt, das ihnen bekannt war? Der Kinderwagen, die Babyflasche?

Gegen neun oder zehn Uhr streckte einer aus der Wache den Kopf zur Bürotür herein.

»Mit Knolle ist heute nicht mehr zu rechnen, ich wollte nur Bescheid sagen«, erklärte er.

Rohleff schaute nicht auf und deutete nur mit einem Winken an, daß er verstanden hatte. Vielleicht war etwas mit Maike. Er nahm die Lesebrille ab, fuhr mit der Hand über die Augen und vergaß die Nachricht.

Nach Stunden stand ihm der Schweiß auf der Stirn, er arbeitete die Mittagspause durch, trank nur Kaffee, wachzubleiben wäre auch ohne Kaffee kein Problem gewesen. Bei allem war er sich bewußt, daß das Aktenstudium vollkommen vergeblich sein konnte. Falls das tote Kind der gesuchten Frau gehörte, würde er in den Akten nichts darüber finden können. Ein Kampf gegen Windmühlen möglicherweise.

Gegen fünf sollten die Kollegen zu einer Besprechung kommen. Zwischendurch rief der Assistent aus der Pathologie an, fragte, wie lange die weiteren Untersuchungen der Kindesleiche, vor allem das Abschminken, wie er es nannte, aufgeschoben werden sollten. Vor ein paar Tagen noch hätten die Herren von der Polizei gedrängelt.

»Sie warten, bis ich mein O.K. gebe«, beschied ihn Rohleff knapp.

»Dann nennen Sie mir doch einen Grund für den Aufschub.«

Sollte er sagen, daß es nur ein Gefühl war, welches ihn glauben ließ, es könnte wichtig sein, das Kind in diesem Zustand zu belassen? Er wartete auf einen Fingerzeig, einen Hinweis auf die Lösung des Falles. Der Fall selbst stellte sich bisher vor allem als grenzenlos verschwommen dar, ein Horror. »Falls Sie unter Langeweile leiden, wird es doch wohl eine andere Leiche geben, an der Sie Ihren wissenschaftlichen Ehrgeiz befriedigen können«, knurrte er.

Der Assistent lachte. »Mal abgesehen davon, daß ich mich nicht unbedingt an Leichen befriedige, habe ich noch meine Wasserleiche. Das Dumme ist, daß sich die Oberfläche ihrer kleinen Toten verändert, wir haben es zufällig entdeckt, noch sieht man es kaum. Wir fürchten, daß eine Art Zersetzung eingetreten ist, die auf die Haut übergreifen könnte.«

»Kühlen Sie die Leiche denn nicht?«

»Hat mit Kühlen wenig zu tun, sondern mit einem Bakterienbefall, der nicht zu stoppen ist, wenn wir nicht bald was tun, wahrscheinlich ist diese Schminke schon ein bißchen über das Verfallsdatum hinaus.«

»Lassen Sie trotzdem Ihre Finger von der Leiche, und halten Sie mich über den Zustand des toten Kindes auf dem laufenden.« Rohleff zögerte einen Augenblick. »Wie lange wird es dauern, bis die Veränderungen so stark zutage treten, daß sie das Aussehen beeinträchtigen?«

»Das könnte eine Sache von Tagen sein, vier bis fünf, maximal.«

Rohleff griff nach der nächsten Akte. Eine Liste von Merkmalen lag neben ihm, einzelnen Kindern zugeordnet, Muttermale, Feuermale, Partien mit Hautallergien, all das konnte sich unter Schminke verbergen, er hatte den Eindruck, sich mit seiner Anweisung selbst ein Bein zu stellen. Obwohl das Amtsdeutsch nicht dazu geeignet war, Gefühlen Raum zu geben, hatten sie doch Spuren in den Akten hinterlassen, nach der Begegnung mit Sandra Keller wurden sie für ihn lesbar. Seine Augen begannen zu tränen, mitunter verschwamm die Schrift vor ihnen. Um fünf, als die Kollegen hereintraten, war er noch nicht fertig.

»Ich habe mich mit den Eltern eines der anderen Kinder in Verbindung gesetzt.« Lilli Gärtner begann, die neuen Ergebnisse ihrer Ermittlungen zusammenzutragen. »Das Kind kann nicht mit der Leiche in der Pathologie identisch sein. Es litt an Hydrocephalus.«

»An was?« fragte Groß.

»An einem Wasserkopf oder Gehirnwassersucht, einer krankhaften Vergrößerung der Gehirnkammern, erspar mir die weiteren Einzelheiten. Ich habe in der Pathologie angerufen, das Kind dort hat keinen Wasserkopf.«

Rohleff nickte und schlug eine Akte auf. »Ich habe mir den Fall auch angeschaut. Verschwunden in Jülich vor ziemlich genau einem Jahr, das Kind war drei Monate alt. Auffallend ist, daß es bereits zwei behinderte Kinder in der Familie gibt. Das verschwundene ist nur als krank beschrieben ohne genaue Bezeichnung der Krankheit, eine Schlamperei.«

»Vielleicht ist es den Eltern zuviel geworden, gleich drei von der Sorte«, sagte Groß.

Nachdenklich betrachtete Rohleff ein Bild, das zu dem Fall gehörte. Ein niedliches Gesicht, umrahmt von einer Babymütze, die die Anomalie verbarg, nur die Stirn trat gewölbter als bei anderen Kindern hervor. Wie wurden Eltern mit so einem weiteren Schlag fertig?

»Könnte sein.« Er schloß die Akte. »Die ersten Aussagen der Eltern widersprechen sich teilweise. Scheint so, als hätten sie sich erst später auf den Hergang der Ereignisse besonnen – oder geeinigt.« Rohleff sah auf seine Armbanduhr. »Wo bleibt Knolle?«

»Weißt du das nicht?« fragte Lilli Gärtner. »Patrick hatte einen Unfall mit seinem Motorrad, heute früh. Hat dir das keiner gesagt?«

Rohleff erinnerte sich an den Mann von der Wache. Was hatte er ihm gemeldet? »Erzähl schon, was ist mit ihm? Ist er ernsthaft verletzt?«

»Er liegt im Krankenhaus. Seine Frau hat gegen Mittag angerufen, es scheint noch glimpflich abgegangen zu sein, Prellungen, Abschürfungen, der Kopf hat was abgekriegt.«

»Hatte er denn keinen Helm getragen?« fuhr Rohleff auf.

»Patricks Schädel ist 'ne harte Nuß, aber hau du mal bei voller Fahrt mit dem Kopf auf den Boden, da wird dir auch mit Helm das Hirn durchgeschaukelt«, erklärte Groß.

»Ich fahr nachher bei ihm im Krankenhaus vorbei. Hab ihn ohnehin noch was zu fragen.« Rohleff dachte plötzlich an den gestrigen Abend. Durch die Unterhaltung mit dem Großvater und das Abendessen hatte er auf die Frage vergessen, wegen der er auf den Hof der Knolles herausgeradelt war, und doch hatte sich eine Antwort ergeben, er glaubte es wenigstens.

»Hey, Chef«, Groß spielte mit seinem Stift, »ich dachte, zumindest im Krankenhaus wäre man außer Dienst. Kannst du den armen Kerl nicht in Ruhe über seine BMW weinen lassen?«

»Hat er denn Grund dazu?«

»Schrott.«

»Ich werde vorsichtig mit ihm umgehen. Harry, was hat die Recherche über Einbalsamierung ergeben?«

Groß lupfte sein breites Hinterteil, griff unter sich und zog eine dünne Akte hervor. »Zwei aus der Abteilung haben alle Beerdigungsunternehmen um Steinfurt abgeklappert, und ich hab die Ergebnisse zusammengetragen. Um es ganz klar zu sagen, ich möchte verbrannt werden, ungeschminkt, an so was muß man ja mal denken nach Patricks Unfall. Ist ekelhaft, was man post mortem ins Gesicht geklatscht bekommen kann. Eine Mischung aus Dr. Frankensteins Laborküche und dem, was meine Omi in den Samstagseintopf rührte: Retinyl-

Linoleat zum Faltenaufpolstern, Ceramide für glatte Haut, Maulbeerwurzelextrakt zum Bleichen von Flecken, Molke-Proteine, pulverisiertes Perlmutt und Seidenfasern für Glanzeffekte, Aroma-Essenzen, Vitamine, Braunalgen, Harze, Wachse, Liposome, Koffein und Pfeffer, da möchte man doch keine Leiche sein.«

»Wieso?« fragte Lilli Gärtner. »Klingt mir nach ganz normaler Kosmetik.«

»Und was hast du außerdem herausgefunden?«

»Ich habe die Liste von den Leichenbestattern mit dem Resultat der chemischen Analysen der Babyschminke verglichen. Bingo, die Trefferquote liegt bei siebzig Prozent. Unsere Puppenliebhaberin könnte durchaus Ahnung vom Leichenschminken haben. Soll das jetzt heißen, daß wir uns unter Leichenbestattern nach einem Täter umsehen sollen?«

»Treib mir einen absoluten Fachmann auf dem Gebiet des Einbalsamierens auf, einen mit langer Erfahrung, und dann sehen wir weiter.« Rohleff mochte die Idee, die ihm im Kopf umging, noch nicht preisgeben.

Das Telefon schellte. »Es tut mit leid«, sagte Dr. Overesch, »aber eine DNS-Analyse des toten Kindes ist nicht möglich. Wie ich es vermutet habe. Hat Sie mein Assistent über die Veränderung der Oberfläche informiert?«

»Das hat er, aber lassen Sie bitte das Kind noch ein paar Tage, wie es ist. Ich komme noch einmal mit jemandem, der sich die Leiche ansehen soll.« Er legte auf.

»Lilli, ich habe hier den Namen des Arztes, der das Osnabrücker Baby behandelt hat, wahrscheinlich nur die üblichen Impfungen und Routineuntersuchungen. Frag trotzdem an, ob es Röntgenuntersuchungen gegeben hat, und wenn ja, beschaff dir die Aufnahmen.«

Er reichte Lilli einen Zettel und griff nach einer Akte, die er beiseite gelegt hatte. »Dieser Fall hier sollte überprüft werden, weil er unklar ist. Ein Säugling, acht Monate alt, vor eineinhalb Jahren verschwunden. Es gibt noch weitere Kinder in der Familie, alle ziemlich klein, der Mann war zeitweilig arbeitslos.

Die Leute scheinen öfter umgezogen zu sein, als letztes steht in der Akte der Vermerk ›erledigt‹. Das zweite westfälische Kind. Warum hat sich bisher keiner darum gekümmert?«

»Hast du doch gerade vorgelesen, ist erledigt«, wandte Harry ein.

»Hier steht nicht, warum, frag an, warum der Fall erledigt ist. Ich will wissen, ob das Kind wieder aufgetaucht ist, dann können wir es aus unserer Liste streichen.«

»Es gab da mal eine spanische Königin«, begann Groß.

»Hat das mit unserem Fall zu tun?« fragte Rohleff scharf, um einen der eventuellen humoristischen Anfälle zu unterbinden.

»Kann sein«, Groß nickte gleichmütig, »Johanna, die Wahnsinnige. Hat ihren Gatten erst aus Eifersucht umgebracht und ihn dann einbalsamieren lassen. Mit dem konservierten Ehemann ist sie jahrzehntelang in Spanien herumgezogen, bis die Leiche zerfiel und zwangsweise beerdigt werden mußte.«

»Was ist der Sinn deiner Geschichtseinlage? Und verrat uns ja nicht, woher du das hast«, knurrte Rohleff.

»Na hör mal, ich war ein aufmerksamer Schüler, ich hab immer gern was aus der Geschichte gelernt, wer wen wie und warum umgebracht hatte. Ich glaub, da haben sich schon meine beruflichen Interessen herausgebildet.«

»Ich hab dich was gefragt, Harry«, mahnte Rohleff.

»Aber das ist doch glasklar, was er meint. Wir haben es bei der Täterin mit einer Mutter zu tun, die über den Tod ihres Kindes nicht hinwegkommt«, warf Lilli ein.

»Noch dazu eine, die das Einbalsamieren gelernt hat, weil sie nicht wie die spanische Königin ihre Leute für solche Aufgaben hat? Wenn wir jetzt noch Lillis Verdacht dazunehmen, daß wir es mit einer Sache zu tun haben, die vor fünfzehn Jahren ihren Anfang nahm, heißt das, wir suchen nach einer Frau aus dem Umkreis von Leichenbestattern, deren Kind zu diesem Zeitpunkt gestorben ist. Wenn man noch davon ausgeht, daß dieser Tod vermutlich als Fall nicht aktenkundig geworden ist, können wir daraus nur eine Schlußfolgerung ziehen: Leute, wir stecken in einem gottverdammten Sumpf.« Rohleff knallte die Akte, die er in der Hand hielt, auf den Schreibtisch. Er vermißte Knolle.

Auf dem Weg zum Krankenhaus, er nahm diesmal einen Dienstwagen, fuhr er zunächst für eine Besorgung in die Innenstadt von Borghorst, dem zweiten Stadtteil von Steinfurt, der genau wie der andere, Burgsteinfurt, ehemals selbständig gewesen war. Vor mehr als zwanzig Jahren waren die beiden Teile zu der Stadt Steinfurt zwangsvereinigt worden.

Knolle saß halb aufrecht im Bett, den Kopf bandagiert, ein Pflaster auf der Backe, einen Arm und die Hände in Mull. Er schien zu schlafen und sah erbarmungswürdig blaß aus, dunkle Ringe lagen unter den geschlossenen Augen. War er unvorsichtig gewesen, nahm ihn der vorliegende Fall zu sehr mit? Rohleff fiel auf, daß er sich um Knolle Gedanken machte, aber nicht um Lilli Gärtner, die als Mutter doch auch berührt sein mußte.

Knolle öffnete ein Auge. »Na, Chef?«

Zur Begrüßung legte ihm Rohleff die Schachtel in die Hände, die er gerade im Borghorster Kaufhaus erworben hatte. Mit zwei aus den Bandagen herausragenden Fingern öffnete der Verletzte vorsichtig die Schachtel und zog den Inhalt heraus: ein Spielzeugmotorrad.

»Leider keine BMW, war gerade nicht vorrätig.«

Zu spät fiel ihm ein, daß der Kollege das Spielzeug auch als nette kleine Bosheit auffassen könnte, wo doch sein Motorrad nur noch ein Trümmerhaufen war. Aber in Knolles Augen schimmerte unverkennbar Dankbarkeit auf.

»Eine Harley-Davidson. Die in echt wäre das Größte, woher hast du gewußt, daß ich mich über so was freue?«

Rohleff winkte bescheiden ab. »Reine Intuition.« Er hatte keine Ahnung, was eine Harley-Davidson war. »Wo deine Maschine doch jetzt Schrott ist.«

»Für die Versicherung. Weißt du, ich bin nicht schuld, da ist mir einer reingekracht, weil er ins Rutschen gekommen ist. Seine Versicherung muß zahlen. Meine Werkstatt hat angerufen, die kriegen die BMW wieder hin, wird so gut wie vorher oder fast, und von der Versicherungssumme soll noch dick was übrigbleiben. Das hauen wir in einem Urlaub auf den Kopf, daß es nur so rauscht. Wozu gibt es Schwiegereltern? Ich drück ihnen das Kurze in die Hand, das müßte dann schon ein paar Monate alt sein und mittlerweile ganz handlich, und ich und Maike brausen los. Nach Spanien, wie geplant. Hab ich mit Maike bereits abgemacht, die war grad da.«

Ernüchtert setzte sich Rohleff auf einen Stuhl ans Bett und sah zu, wie der Kollege ungelenk mit dem Motorrad über die Bettdecke fuhr.

»Brumm, brumm«, sagte Knolle, dann sah er plötzlich auf. »Was wolltest du bei uns auf dem Hof? Hatte ganz vergessen, dich gestern danach zu fragen, außerdem warst du ja ziemlich voll nach dem Klaren.«

»Patrick, du warst das doch, der das Präparieren ins Spiel gebracht hat, bei einer Leiche denkt man aber erst mal an Einbalsamieren.«

»Wieso ich, hat der Doktor das nicht erwähnt?«

Rohleff dachte nach. »Ausgestopft, du hast ausgestopft gesagt. Wieso?«

»Warum ist das wichtig? Ich denke, wir sind jetzt eindeutig bei den Leichenbestattern angekommen.«

»Mag sein, versuch dich trotzdem zu erinnern.«

»Vielleicht war der Wolpertinger schuld. Ich bin mit den ausgestopften und präparierten Dingern in unserer alten Diele aufgewachsen. Als Kind hatte ich natürlich auch ein paar davon in der Hand. War ein komisches Gefühl, wenn man auf die Körper drückte. Der Wolpertinger ist das beste Stück von allen. Aber ich versteh dich immer noch nicht.«

»Dann denk nicht weiter darüber nach, du hast mir schon eine Antwort gegeben. Eben weil du damit aufgewachsen bist und ganz spontan ›ausgestopft‹ gesagt hast. Dein Opa erwähnte einen Präparator, der eine Koryphäe sein soll, ein Spezialist, der den Wolpertinger gemacht hat. Kennst du den? Wo finde ich ihn?«

Knolle runzelte die Augenbrauen, was ihm schwerfiel. »Klar, kenn ich den. Warte mal, der heißt ...« Hilflos schaute er zu Rohleff auf. »Fällt mir im Augenblick nicht ein. Muß an meinem Dachschaden liegen.«

»Ich denke, es war nicht so schlimm.«

»Verdacht auf Gehirnerschütterung, hat sich aber nicht bestätigt. Morgen kannst du wieder mit mir rechnen.«

Er richtete sich mühsam auf. Rohleff drückte ihn in das Kissen zurück, bemerkte, wie müde der andere auf einmal wirkte.

»Du bleibst so lange im Krankenhaus, wie die Ärzte sagen, ich will keinen Halbinvaliden in der Abteilung, der die Truppe mit seinem Gehumpel demoralisiert. Ich frag deinen Opa. Hat mir gefallen auf eurem Hof, die große Familie ...« Rohleff hielt inne, lächelte bei der Erinnerung.

Knolle blinzelte zu ihm hoch. »Weißt du, warum ich gestern da war? Weil sich mein Alter und mein Bruder mal wieder an die Köppe gekriegt haben. Es ist Mist, wenn zwei den Hof führen wollen.«

»Aber es war doch ganz friedlich, als ich kam.«

»Warum warst du nicht ein bißchen früher da? Hättest meinen Vater sehen können, wie er versucht hat, meinen Bruder in die Zentrifuge zu quetschen, in der wir den Schweinefraß anrühren. Ist noch echt gut drauf, mein Alter. Vielleicht wäre dieser Teil aber mit Rücksicht auf dich ausgelassen worden. Vor anderen reißen wir uns nämlich zusammen. Karl, du bist hoffnungslos sentimental und siehst nur, was dir gefällt, außerdem warst du voll.«

Er warf Rohleff einen spöttischen Blick zu, dann schlossen sich seine Augen. Rohleff verließ das Krankenzimmer. Erst auf dem Heimweg, er hatte den Dienstwagen gegen das Fahrrad eingetauscht, fiel ihm ein, daß Sabine wohl den ganzen Tag zu Hause gehockt und vielleicht auf einen Anruf von ihm gewartet hatte. Davon abgesehen, kam er ohnehin wieder einmal spät. Er radelte immer langsamer.

Halb auf dem Bürgersteig parkte das Auto seiner Schwester. Als er das Haus betrat, verabschiedete sich Mechtild gerade.

»Geht's dir besser?« fragte er Sabine und küßte sie flüchtig auf die Schläfe. Sein Blick glitt zwischen den Frauen hin und her, um Zeichen jenes geheimen Austausches zu finden, der Männer in der Regel ausschloß und in dem ihnen oft Rollen wie Täter oder Verweigerer zur Last gelegt wurden. Die Mienen der beiden gaben nichts preis. Mechtild forderte ihn auf, sie zum Wagen zu begleiten.

»Hat sie dich gerufen, weil es ihr nicht gutging?«

»Wie kommst du darauf?«

»Weil sie heute morgen gesagt hat, sie bleibe daheim, sie fühle sich schlecht.«

»Dann muß sie sich schnell erholt haben. Ich hab sie nach dem Büro in der Stadt getroffen, ich war hier in Steinfurt einkaufen und bin auf einen Kaffee mit zu euch gefahren. Du glaubst doch nicht im Ernst, daß sie sich einen Tag lang allein zu Hause gelangweilt hätte. Du könntest ihr überhaupt mal klarmachen, daß sie sich beschäftigen soll, Interessen entwickeln, sich irgendwo einbringen. Ich hab gelesen, das ehrenamtliche Engagement sei vom Aussterben bedroht, die Leute denken nur noch an sich selbst.«

Mechtild schloß ihr Auto auf, einen Volvo, eine Familienkutsche. Im Mantel sah sie noch untersetzter aus als gewöhnlich, geradezu dick. Das Bild von Sabine und Benjamin auf dem Sofa stand ihm vor Augen, und er merkte, daß ihm dieses Bild auf eine bestimmte Weise seit Samstag gegenwärtig war. Nicht zum erstenmal beschlich ihn der Gedanke, daß Benjamin gut für Sabines Sohn gelten konnte. Die Güter der Erde waren ungerecht verteilt, die Kinder auch.

Mechtild wandte sich zu ihm um, lächelte ihn an, und dieses Lächeln beschwor die Mechtild von früher: schlank, wendig und fröhlich wie heute ihr Sohn.

»Sabine hat ihre Arbeit und den Haushalt, in dem ich zu wenig helfe, und was sie sich sonst noch auflädt, ist ihre Sache.«

»Ich habe ihr vorgeschlagen, einen Kurs an der Volkshochschule zu belegen, kreatives Kochen zum Beispiel. Du tust mir leid, weißt du, ihr beide könntet es euch doch so nett machen, wenn Sabine nicht so verbohrt wäre.«

»Ich weiß nicht, ob man das so ausdrücken soll.«

»Wie sonst?«

»Warum wollen Frauen unbedingt Kinder haben?«

»Frag Sabine. Warum sind Männern Kinder eher gleichgültig?«

Er fuhr auf. »Wie kannst du so einen Stuß behaupten. Kinder sind mir nicht gleichgültig.«

»Aber du findest dich mit der Kinderlosigkeit ab, ohne lange darüber nachzudenken.«

»Ich bin zweiundfünfzig, und wenn's jetzt noch klappte, wäre ich ein Opa von sechzig, eventuell schon Frührentner, wenn das Kind in die Schule käme. Sabine sollte sich vielleicht einen jüngeren Mann suchen.«

»Guter Gedanke, schlag ihr das vor, ich find's sowieso unmöglich, wenn junge Frauen alte Kerle heiraten, und du suchst dir eine, mit der du in ein paar Jahren ins Altersheim ziehen kannst, mach's gut, Bruderherz«, antwortete Mechtild ungerührt.

Sabine packte eine Reisetasche, und kurz beschlich ihn der Verdacht, daß er es endgültig mit ihr verdorben hatte, das Ende einer Ehe. Sie schaute auf.

»Ich übernachte bei Maike, sie ist ganz durcheinander durch Patricks Unfall, und es wäre unverantwortlich, wenn sie heute nacht allein bliebe, sie ist doch schon im sechsten Monat, bald Anfang des siebten.«

»Kann sie nicht zu ihrer Mutter gehen?«

»Die würde sie nur verrückt machen mit ihrem Getue. Morgen früh fahre ich direkt ins Büro, du wirst dir ja wohl dein Frühstück noch selbst machen können.«

»Starken Kaffee und Spiegeleier mit Speck.«

»Eine ganze triefende Pfanne voll«, sagte sie auflachend.

Er trug ihr die Tasche ans Auto, sie erschien ihm ungewöhnlich schwer und prall gefüllt für die eine Nacht. Vage Angst griff wieder nach ihm. Bevor Sabine einsteigen konnte, drückte er sie heftig an sich, suchte mit den Lippen jenen Fleck hinter ihrem Ohr, auf den sie morgens Parfüm tupfte und der am Abend noch einen Hauch davon preisgab, mit dem Duft ihres Körpers, eine sanft erotisierende Mischung. Fast hätte er sie angefleht, doch zu bleiben. Er sah dem Wagen nach, bis er in der Dunkelheit verschwunden war.

Kurze Zeit später meldete sich Mechtild noch einmal telefonisch. »Wußtest du, das Charlie Chaplin mit siebzig zum letztenmal Vater wurde, und Antony Quinn mit zweiundsiebzig? Alain Delon ist auch längst über sechzig und hat noch ganz kleine Kinder, zwei oder vier Jahre alt, in einem Zeitungsinterview hat er erklärt, die späte Vaterschaft halte ihn jung.«

»Rufst du nur an, um mir das mitzuteilen?«

»Wenn du dir schon mit zweiundfünfzig Gedanken ums Vaterwerden machst.«

»Findest du, ich ähnele einem von denen? Delon oder Quinn?« Er legte auf, ohne eine Antwort abzuwarten.

Zum Abendessen genehmigte er sich eine Pfanne voller Spiegeleier und Speck in einer doppelten Lage und aß mit so viel Genuß, wie er proportional zu den Ermahnungen seines Hausarztes herausholen konnte. Danach suchte er die Telefonnummer von Knolles Eltern in seinem Taschenkalender. Einen Augenblick erwog er, noch einmal zum Hof hinauszuradeln, entschied sich aber dagegen. Ihm fiel ein, was Knolle über das Verhältnis von Vater und Bruder zueinander erzählt hatte.

Opa Knolle trompete nicht ins Telefon, wie es taube alte Leute an sich haben, er hörte noch sehr gut. Der Präparator habe einen Laden in Münster, Meier oder Schulze hieße der, oder ganz ähnlich, Rohleff solle Patrick fragen, der wisse es genau.

20. November

Die fünf Spiegeleier vom Frühstück, so viel hatte Rohleff noch nie auf einmal verdrückt, lagen ihm quer im Magen, und er begann nun doch, sich Gedanken um seinen Cholesterinspiegel zu machen. Das Fahrradfahren verschaffte ihm nicht Erleichterung, wie er gehofft hatte, sondern Sodbrennen. Ein Klarer aus Opa Knolles Tonkruke wäre jetzt das richtige, dachte er sehnsüchtig.

In seinem Büro hatte er gerade den richtigen Konzentrationspunkt erreicht, um mit den restlichen Akten der vermißten Kinder zügig voranzukommen, da schellte das Telefon.

Sabine sprach hastig auf ihn ein. »Du, ich bin gerade auf dem Weg ins Büro.«

Rohleff schielte auf seine Armbanduhr: neun Uhr.

»Ich ruf aus dem Krankenhaus an, ich hab mir die erste Stunde freigenommen und mit Maike Patrick besucht. Heute nacht bleib ich wieder bei ihr, Patrick wird erst morgen entlassen.«

»Ist es doch was Ernsteres?«

»Dann würde er ja wohl noch länger bleiben müssen. Von dem Sturz tun ihm alle Knochen weh, und er kann sich kaum bewegen. Hatte eine schlimme Nacht, der arme Kerl, Maike auch, sie hat sich ein paarmal übergeben. Das sind die Nachwirkungen der Aufregung, ich hab auch nicht viel geschlafen.«

Er erinnerte sich daran, wie er sich im Bett herumgeworfen und mitten in der Nacht nach Sabines Kissen getastet hatte, an die Stelle, wo ihr Kopf sonst lag.

»Du sagst ja nichts.«

Eine Art Wehleidigkeit stieg in ihm auf, nach ihm fragte sie nicht. »Kannst du nicht wenigstens heute abend erst nach Hause kommen?« Er merkte, daß er sich wie ein jammerndes Kind anhörte.

»Sei nicht albern. Kauf ein, wenn was fehlt.«

»Ja«, sagte er und dachte an die für eine Nacht zu prall gefüllte Tasche.

»Ich bin dann morgen abend wieder da.«
»Gut.«
»Die Unterhaltung mit dir fängt an, etwas mühsam zu werden, wenn du nicht mehr zu sagen hast, leg ich jetzt auf.«
»Rufst du aus Patricks Zimmer an, kann ich ihn sprechen?«
»Nein, ich bin unten in der Halle am Telefonapparat. Übrigens werde ich am Samstag zu meiner Mutter fahren, sie hat schon mehrmals nachgefragt, wann ich endlich wieder käme.«
Er war sich jetzt sicher, daß sich diese Abwesenheiten gegen ihn richteten, aber er hätte nicht auf die Vorsätzlichkeit dieser Unternehmungen pochen können, ohne sich mit Unterstellungen ihrerseits konfrontiert zu sehen, mit denen sie seinen Verdacht abschmettern würde. Die Spiegeleier ließen ihn sauer aufstoßen.
»Ist klar.« Er rülpste.
»Du kannst deinen Gartenstuhl reparieren, während ich bei Mutter Händchen halte, ich nehme an, du willst nicht mit?« sagte sie fröhlich.
Den Kontakt mit der Schwiegermutter vermied er, wo und wann es ging. Nur fünf Jahre war sie älter als er, und beide hatten festgestellt, daß sie mit dem Durcheinander der Generationen nicht zurechtkamen. Einmal war sie als seine Frau angesprochen worden und Sabine, die mit einem Pferdeschwanz unwahrscheinlich jung aussah, als seine Tochter. Damals ließ ihn die Sache kalt, jetzt schmerzte sie plötzlich, aber es konnten auch die Spiegeleier sein. Er rülpste wieder ins Telefon.
»Du hörst dich an wie ein Ferkel, und das schon nach einer Nacht, die ich weg war. Mir scheint, unsere Konversation hat einen Punkt erreicht, an dem wir sie beenden sollten. Bist du sauer?«
»Mein Magen«, antwortete er wahrheitsgemäß, »paß auf Maike auf. Täte mir leid, wenn der auch noch was passierte. Was hältst du davon, wenn wir morgen essen gingen?«
»Wohin?«
»Wohin du willst.«
»Zum Chinesen in Enschede, du weißt, welchen. Und vor-

her machen wir einen Bummel. Bis morgen, Karli, und iß nicht wieder so fett.«

Rohleff unterdrückte gerade noch ein weiteres Rülpsen, bevor er auflegte. Eine halbe Stunde saß er bewegungslos am Schreibtisch, sann über das Gespräch nach und kam zu dem Schluß, daß sie sich über die Einladung zum Essen gefreut hatte. Er telefonierte sich durch das labyrinthische Telefonnetz des Krankenhauses bis zu dem Apparat durch, der an Knolles Bett stand. Knolles Stimme klang matt, mit einem mürrischen Unterton.

»Sie wollen mich nicht weglassen.«

»Weiß ich schon, betrachte es als Sonderurlaub.«

»Schöne Scheiße«, knurrte Knolle, »warum rufst du an?«

Rohleff fingerte an einem Blatt, das er von einem Aktenstapel gezogen hatte, und betrachtete den Namen, der ihm zum dritten- oder viertenmal begegnete. »Sagt dir der Name Anna Krechting was?«

»Wart mal, das ist doch die, die den Kinderwagen vor dem Kaufhaus angefahren hat.«

Rohleff schlug sich mit der flachen Hand vor die Stirn, fegte sich dabei die Brille von der Nase und ließ den Hörer fallen.

»Was ist, mußt du ausgerechnet jetzt dein Büro umräumen?« Knolle war gerade noch aus dem liegenden Hörer zu verstehen.

»Hör mal«, sagte Rohleff, als er die Situation bereinigt hatte, »seit drei Tagen kommt mir andauernd eine Meldung über einen Fahrradunfall der Krechting in die Quere, ich möchte wissen, wer die auf meinen Tisch gelegt hat und warum.«

»Frag doch nach. Kann ich dir sonst noch behilflich sein bei deinen Ermittlungen? Scheu dich nicht, wieder anzurufen, wenn du einen Tip brauchst.«

»Ich schick dir lieber jemanden vorbei. Patrick, wie heißt der Präparator, auf den dein Opa schwört? Ist dir der Name eingefallen? Schulze oder Meier?«

»Weder noch, ist auch egal, wie der heißt, der hat einen Laden nicht weit vom Buddenturm. Da parkst du am besten und gehst dann die Straße gegenüber hoch, an so einer kleinen Kirche vorbei bis zur nächsten Ecke. An der liegt der Laden. Schau im Branchenverzeichnis nach, das ist ganz leicht, du brauchst nur zu blättern.«

»Na dann erhol dich man gut.«

»Chef?«

»Noch was?«

»Der Mann heißt Müller.«

»Ich wußte doch, daß du ein sehr effizienter Polizeibeamter bist, man muß dir nur eine Menge Zeit lassen.«

Rohleff ging mit der Unfallmeldung in den Wachraum. Es dauerte eine Weile, bis die Kollegen in der Wache herausgefunden hatten, daß Hauptwachtmeister Ameis für die Weiterleitung der Meldung verantwortlich war.

Erst konnte sich Ameis nicht auf den Grund besinnen und holte seinen Taschenkalender mit Notizen hervor, denn er war auch derjenige gewesen, der den Vorfall am Ort des Geschehens aufgenommen hatte.

»Tja, diese Anna Krechting taucht doch in der Sache mit der Kaufhausleiche auf, dem Baby.«

Rohleff sah ihn abwartend an, der andere blätterte verlegen im Kalender. »Es war ja bloß ein Unfall ohne Fremdverschulden, hat wenigstens die Untersuchung ergeben. Ich war gleichzeitig mit den Sanitätern da und habe die Frau befragt, bevor sie ins Krankenhaus transportiert wurde. Sah schon übel aus, das Bein. Aber sie sagte, es hatte einen Ruck am Fahrrad gegeben, bevor sie gestürzt ist, und ich hab mich umgeschaut und nichts entdeckt, was diesen Ruck verursacht haben könnte. Am Fahrrad ist nämlich kein Schaden entstanden, ist praktisch auf die Frau draufgefallen. Vielleicht war ihr ein Ast zwischen die Speichen geraten. Bißchen merkwürdig war das Ganze schon.«

Rohleff hatte die Sache bereits gedanklich abgehakt, blieb aber noch aus Höflichkeit, damit der ältere Kollege seine Aussage ordentlich zu Ende bringen konnte.

»Ja, und da war diese andere Frau, allerdings habe ich sie nicht gesehen, denn sie war verschwunden, als ich ankam.«

»Was für eine Frau?«

»Frau Krechting hat ausgesagt, als sie vom Rad gestürzt ist, war da eine Frau gleich zur Stelle, die hat sich über sie gebeugt und versprochen, sie würde Hilfe holen, sie, die Krechting, sollte nur ruhig liegenbleiben, es sähe nach einem glatten Beinbruch aus, dann ist die Frau weggegangen und nicht zurückgekommen.«

»Ist das nicht logisch, daß jemand Hilfe holt?«

»Logisch ist, daß man nicht jemand verletzt unter einem Rad liegenläßt, obwohl das heute nicht mehr so selbstverständlich ist, aber ältere Leute wissen so was noch. Und jung war die Frau nicht mehr. Es war gegen elf, also außerhalb des Berufsverkehrs, und der Unfall hat sich zehn Meter vom Haus der Krechtings ereignet. Ziemlich ruhige Gegend, und Frau Krechting hat schließlich laut geschrien, und da endlich kam jemand und hat sich um sie gekümmert, eine von den Nachbarinnen.«

»Diese Frau, woher soll die gekommen sein, die kann nicht aus dem Boden gewachsen sein, die muß die Krechting schon vorher bemerkt haben.«

»Wenn Sie sich die Straße ansehen, fallen Ihnen diese häßlichen Kübel mit Grünzeug auf, die angeblich Raser bremsen, die können eine Person schon verdecken. In den paar Jahren, die die Dinger herumstehen, sind in einigen richtige Büsche und kleine Bäume gewachsen, ein echtes Sichthindernis, vor allem auf Kreuzungen wie der am Kreislehrgarten, ich persönlich halte nichts davon. Dann parken Autos in der Straße, die Krechting meinte sogar, es hätte gerade eins am Kreislehrgarten angehalten, sie hat nicht darauf geachtet, da kommen ja auch noch im Winter Besucher.« Ameis sah Rohleff entschuldigend an. »Wahrscheinlich haben die Fälle nichts miteinander zu tun, ich dachte nur, sicher ist sicher, und hab Ihnen das Blatt mit der Meldung ins Büro gelegt.«

»Danke, Ameis. Da wir sowieso völlig im dunkeln tappen,

kann ich der Sache auch nachgehen. Wissen Sie, ob die Krechting noch im Krankenhaus liegt?«

Ameis zuckte die Schultern. »Mit Gips und ein paar Nägeln im Knochen sind die Leute heutzutage fix wieder auf den Beinen. Aber die Krechting ist sechzig, wie ich, da tun sich die Knochen nicht ganz so schnell wieder zusammen.«

Nach einem Telefongespräch mit dem Krankenhaus beschloß Rohleff, sofort dorthin zu fahren, Anna Krechting sollte am folgenden Tag entlassen werden. Er nahm Lilli Gärtner mit.

»Wahrscheinlich könnten wir uns den Weg sparen, aber möglicherweise ist Ameis wirklich auf was Seltsames gestoßen«, erklärte er ihr.

Auf Anna Krechtings Gesicht erschien ein ängstlicher Ausdruck, als Rohleff durch die Tür trat, und wich wieder, als Lilli folgte.

»Aber diesmal kann ich nichts dafür«, stammelte die Frau.

Ihren Worten entnahm Rohleff, daß sie ihn wiedererkannt hatte. Er überließ es Lilli, das Gespräch zu führen. Sie hatten das Zimmer eben verlassen, da begegnete ihnen ein älterer Mann mit einem Blumenstrauß. Rohleff drehte sich nach ihm um und sah, daß er in Anna Krechtings Zimmer verschwand.

»Vielleicht hätten wir auch Blumen mitbringen sollen.«

Als Lilli in einen Gang abbog, der nicht zum Ausgang führte, packte er sie am Arm, um sie zurückzuhalten.

»Gehen wir denn nicht Patrick besuchen, wenn wir schon mal hier sind?«

»Vielleicht später«, er deutete auf zwei Stühle im Flur, »setz dich und sag was. Bin ich nun verrückt, daß ich dich zur Krechting geschleppt habe oder nicht?«

»Schwer zu sagen«, antwortete Lilli vorsichtig. »Eine Frau fällt vom Rad, nachdem sie einen kräftigen Ruck gespürt hat, als hätte jemand das Fahrrad festgehalten. Jemand, der eventuell hinter einem Pflanzkübel stand.«

»Oder lauerte.«

»Na, ja. Weit und breit kein Mensch bis auf eine Frau, die

sich über die Verletzte beugt und ihr sehr aufmerksam ins Gesicht sieht, das hat Frau Krechting zweimal gesagt.«

Rohleff sah auf seine Hände hinab, stellte sich vor, sie würden zupacken; ein Rad aufzuhalten, dazu gehörte Kraft, ebenso – Absicht, Vorsatz. Aber warum?

»Wieviel Geschwindigkeit entwickelt man mit einem Fahrrad?« dachte er laut.

»Eine Frau wie die Krechting? Na hör mal, du bist doch Radfahrer. Sie könnte es gewesen sein, die andere. Eine Frau über vierzig.«

Er starrte an die Flurdecke. »Gut gekleidet, kräftige Figur, geschminkt. Haben wir es mit einer Parallele zu tun oder mit einer Übereinstimmung?«

»Mit anderen Worten, ist es dieselbe Frau, die im Kaufhaus nach Babysachen geschaut und die einen Pullover liegengelassen hat? Aber warum sollte sie der Krechting was angetan haben?«

»Das frage ich dich. Anna Krechtings Name stand nicht in der Zeitung.«

»Die andere könnte etwas beobachtet haben, vielleicht, wie Frau Krechting ins Kaufhaus gestürzt ist und für Aufruhr gesorgt hat.«

»Das heißt, sie hat das tote Kind ganz bestimmt nicht freiwillig stehenlassen.«

»Wieso hätte sie das tun sollen? Ich dachte, das wäre klar.«

Rohleff schüttelte bedächtig den Kopf. »Die Pathologen sagen, so besonders frisch ist die Leiche nicht mehr.«

»Karl, so wie das Kind hergerichtet und in den Kinderwagen gebettet war, wollte sie es bestimmt nicht loswerden. Du spinnst dir was zurecht.«

»Dann kommen wir lieber auf die Attacke gegen die Krechting zurück.«

»Ist schon sehr seltsam. Die Krechting sagte doch, einen Augenblick wäre ihr die Frau bekannt vorgekommen, und dann hat sie das für einen Irrtum gehalten.«

»Vielleicht war es doch keiner. Sie befand sich auf dem

Heimweg, und vorher – Lilli! Sie war vorher wieder im Kaufhaus gewesen.«

Lilli starrte geradeaus den Krankenhausflur entlang. »Du meinst, da könnte sie der Frau begegnet sein, die vielleicht gerade ihren Pullover abholen wollte, hat sie aber dann später bei ihrem Unfall nicht erkannt? Wenn die Frau nach dem Pullover gefragt hätte, hätte uns die Kassiererin oder der Geschäftsführer angerufen. Sollen wir die Krechting noch einmal befragen?«

»Besser sie hält den Beinbruch für einen Unfall.«

»Ich habe gar kein gutes Gefühl dabei.«

»Wir befinden uns auf äußerst dünnem Eis, Lilli, und es scheint so, als hätten wir es mit einer gefährlichen und zu überraschendem Handeln fähigen Person zu tun.«

Lilli zog fröstelnd die Schultern hoch. »Wenn wir bloß mehr in der Hand hätten.«

Rohleff stürmte los. »Das Fahrrad!« schrie er über die Schulter zurück, auf dem Weg zu Anna Krechtings Krankenzimmer.

Ein Daumenabdruck. Groß schwenkte feierlich ein Foto vor Rohleffs Nase. Klar und eindeutig, am Gestänge des Gepäckträgers gefunden, passend zu dem vom Kinderwagen und dem vom Pulloverpreisschild, es gab keinen Zweifel. Das Bild der Mona Lisa, dachte Rohleff philosophisch, als er das Licht der Schreibtischlampe auf das Foto fallen ließ, könnte ihn kaum mehr erfreuen. Lilli war da und alle an dem Fall Beteiligten, sie gratulierten sich zur ersten handfesten Spur und hofften insgeheim, daß es sich um keinen Irrtum, keine Anhäufung bedeutungsloser Zufälle handelte.

Rohleff bedauerte, daß Knolle nicht dabeiwar.

Der Laden des Präparators Müller in Münster war nicht schwer aufzuspüren. Groß fingerte im Stehen ein wenig am Computer herum und präsentierte mit einem Zungenschnalzen Adresse und Telefonnummer. Rohleff konnte nur dumm abseits sitzen, wieder außerstande, den flinken Bewegungen so weit zu folgen, daß es ihm gelänge, sich die einzelnen Schritte zu merken. Er blickte schräg von unten zum süffisant grinsenden Kollegen Groß auf, und erwog, ihn trotz dieses Grinsens darum zu bitten, das Ganze zu wiederholen, er mußte ja mal damit anfangen, sich ein paar zusätzliche Wege ins Computerlabyrinth einzuprägen. Statt dessen winkte er Groß mit den anderen aus dem Büro.

Er betrachtete die Telefonnummer auf dem Bildschirm, schrieb sich umständlich die Adresse auf, statt sie auszudrucken, ein Vorgang, den er problemlos beherrscht hätte. Während er kritzelte, entschied er sich dagegen, im Laden Müllers anzurufen und sich offiziell anzukündigen. Noch immer wußte er nicht, ob er nicht einer ganz und gar verrückten Idee nachging. Er fuhr allein nach Münster, bei dieser sonderbaren Recherche wollt er keinen dabeihaben, der sich hinterher über seine fragwürdigen Ermittlungsmethoden das Maul zerreißen könnte.

Den Wagen stellt er am Buddenturm ab. Er ging nicht direkt zum Laden, der tatsächlich nach Knolles Beschreibung nicht zu verfehlen war, sondern steuerte die Eckkneipe gegenüber an, eine Studentenkneipe, in der auch am Nachmittag Betrieb war.

Seinen Kaffee trank er an einem Tischchen, von dem aus er den Laden sehen konnte. Das Schaufenster gegenüber wirkte trüb, nur undeutlich waren präparierte Tiere zu erkennen, einen Augenblick gab er sich der idiotischen Hoffnung hin, das Geschäft wäre geschlossen. Schließlich machte er sich doch auf den Weg. Um einen Eindruck von dem Laden zu gewinnen und eventuell auf den Besitzer schließen zu können, betrachtete er die Auslagen in den Schaufenstern rechts und links der Eingangstür, die sich genau auf der Ecke des Gebäudes befand. Opa Knolles Trophäensammlung kam ihm in den Sinn, der schillernde Fasan und der kecke Iltis oder Marder auf dem Ast. Mit ihren glitzernden Augen wirkten sie lebendig und irgendwie erheitert, die Pelztiere vor allem ein bißchen koboldhaft. Die Tiere in den Ladenschaukästen sahen dagegen auf deprimierende Art tot aus. Rohleff hielt es für wesentlich angebrachter, die Viecher in der Erde zu verscharren. Er fragte sich, ob er am rechten Ort wäre. An ihm vorbei betrat ein Mann das Geschäft, ließ eine altmodische Schelle scheppern. Rohleff erspähte ein unförmiges Paket, das der Mann unter den Arm geklemmt trug, und folgte dem Paket und dem Klang der Schelle.

Das Paket enthielt eine Fasanenleiche. Blutig klebten Federn an einer Seite des Körpers zusammen, der Kopf baumelte über die Kante der Ladentheke, bevor ihn der zukünftige Besitzer einer Jagdtrophäe mit einer Handbewegung in die richtige Position zum Körper brachte.

»Glatter Schuß«, freute sich der Mann, und der Ladeninhaber, Rohleff vermutete, daß es sich um Müller handelte, nickte anerkennend. Das Fachgespräch zwischen den beiden ödete ihn schnell an, zunehmend fand er es widerwärtig, wie der tote Vogel aufgestellt wurde und der Kopf ein paarmal herabhing, als weigerte er sich, den unziemlichen Umgang mit einem Leichnam mitzumachen.

Immerhin hatte Müller mit einem Seitenblick auf den zweiten Kunden das blutige Papier, das den Vogel enthalten hatte, zusammengerafft und unter der Theke verschwinden lassen. Rohleff wurde bewußt, daß es ihm selten gelang, seine Empfindungen zu verbergen. Er studierte den Mann hinter der Theke, schätzte ihn auf Mitte Vierzig, wunderte sich, daß einer, der mit allen möglichen, wahrscheinlich scharfen Ingredienzien und blutigen Kadavern herummachte, distinguiert wie ein höherer Bankbeamter daherkam, gutgekleidet und blasiert. Das Gespräch mit ihm konnte nicht gutgehen.

In diese Überlegungen verstrickt, erschrak er, als Müller ihn ansprach, nachdem der Trophäenjäger fort war.

»Ich habe mir sagen lassen, daß Sie über besondere Fachkompetenzen verfügen, Ihre Präparationen sollen sehr lebensecht wirken.« Über einem Durchgang hinter der Theke hängend, glotzte ein auf Holz gepflockter Elchkopf grimmig auf

Rohleff herab. Müller hüllte sich in Schweigen, die Arme über der Brust gekreuzt, als wäre ihm bereits klar, daß er es nicht mit einem lukrativen Kunden zu tun hatte.

»Sie haben nicht zufällig einen Wolpertinger?« fuhr Rohleff fort.

Hinter Müller wehte der Vorhang, der den Blick in einen Nebenraum verwehrte, in einem Luftzug, oder die heftige Reaktion Müllers, der sich auf seine Theke stützte, brachte ihn in Bewegung.

»Hören Sie, das ist ein seriöses Geschäft, mit Schmarrn gebe ich mich nicht ab.«

Rohleff sah ein, daß er anders an die Sache herangehen mußte. Er zog seinen Ausweis. »Ich bin Kriminalbeamter und suche Sie auf, weil ich mir Klarheit über eine bestimmte Sache verschaffen muß …«

»Schauen Sie sich um«, Müller fiel ihm giftig ins Wort, deutete mit einer Geste um sich, »Sie können auch hinten alles durchfilzen, auch mein Lager, Sie werden keine Suppenschildkröte und keine Krokodile finden oder Elefantenfüße, nur zum Abschuß freigegebene Tiere, bis zum letzten blöden Fasan, in der gesetzlich bestimmten Jagdzeit erlegt. Fasane haben wir andauernd in der Saison, Sonntagsjäger gehen gern auf Fasane, weil die so schön bunt sind, das können Sie mir glauben, außerdem wundert es mich, daß Sie hier allein aufkreuzen, wo sind die anderen?«

Rohleff musterte sein Gegenüber scharf. »Ach«, sagte er, »Sie hatten wohl schon öfter solche Besuche?«

Mit Vergnügen sah er, wie Müller vor Ärger rot anlief. »Hören Sie, Herr Müller, ich arbeite nicht beim Zoll, Zollvergehen interessieren mich allenfalls am Rande, ich bin von der Mordkommission und suche einen Fachmann, der mir in einem dubiosen Fall ein paar Auskünfte erteilen kann.«

»Mit Mord«, antwortete Müller mit Würde, »hab ich noch weniger zu tun als mit Zollschieberei.«

Aus den Augenwinkeln bemerkte Rohleff, daß sich der Vorhang wieder bewegte, und das brachte ihn auf eine Idee.

»Sagen Sie, Sie haben doch viel für die Familie Knolle in Burgsteinfurt gearbeitet, es war nämlich Opa Knolle, der Sie mir empfohlen hat.«

Wie er es erhofft hatte, führte die Erwähnung des alten Knolles eine Wende in diesem bisher unerfreulichen Gespräch herbei. Der Vorhang teilte sich, und ein Mann lugte in den Laden, ein kleiner Herr, bestimmt schon siebzig, mit Vollglatze und runden Brillengläsern, hinter denen ein Augenpaar Rohleff aufmerksam und belustigt anfunkelte. Rohleff atmete erleichtert auf. Opa Knolles Beschreibung des Hauspräparators als eines jungen agilen Mannes hatte ihn auf eine falsche Fährte gelockt.

Der jüngere Mann drehte sich um. »Was willst du, Vater?«

Der alte Müller beachtete seinen Sohn nicht, er kam näher, streckte dem Besucher über die Theke die Hand entgegen und sagte verschmitzt: »Ich bin Hermann Müller, und das hier ist Herbert Müller, mein Sohn und Nachfolger, beide H. Müller, wir werden schon mal verwechselt.«

»Ach«, sagte Rohleff, ergriff eine papierdünne Greisenhand und schaute von einem Müller zum anderen, »das kann ich mir kaum vorstellen.«

»Wie geht's dem alten Knolle, hätte nicht gedacht, daß der noch lebt, hab lang nichts von ihm gehört.«

»Vater«, mahnte der Sohn vergeblich.

Rohleff gab sich jetzt ganz aufgeräumt. »Geht ihm prächtig, wenn er gewußt hätte, daß ich Ihnen heute die Hand schüttle, hätte er mir Grüße an Sie aufgetragen, daher grüße ich Sie jetzt auch in seinem Namen, Opa Knolle hält Ihre Vögel und Marder nämlich in Ehren, besonders aber den Wolpertinger.«

»Der ist auch was ganz Eigenes, findet man hier nicht oft.«

Der Alte lachte, hielt immer noch Rohleffs Hand fest und zog ihn daran näher zu sich heran. »Junger Mann, wegen der Grüße sind Sie doch nicht hier, aber schönen Dank auch. Hab ich vorhin nicht was von Mord gehört? Als kleiner Junge habe ich mir gewünscht, in so 'nem Mordfall mal mitzumachen.«

»Jetzt ist es aber genug, Vater, bitte, geh nach hinten, wir haben eine Abmachung, daß du dich nicht mehr in meine Geschäfte mischst«, fuhr Müller junior auf.

»Herr Müller«, wandte sich Rohleff betont höflich an den Jüngeren, er war sich seiner Sache jetzt sicher, »Sie sitzen einem Mißverständnis auf. Ich habe nicht mit Ihnen, sondern mit Ihrem Vater etwas Wichtiges zu bereden und wäre dankbar, wenn ich das unter vier Augen tun könnte.«

Als er mit dem Alten in dem Raum hinter dem Vorhang saß, trug er ohne Umschweife sein Anliegen vor.

»Aber sicher mache ich das, es wäre allerdings gut, wenn Sie mich abholten, ich glaube nicht, daß meinem Sohn die Sache gefällt, er wird versuchen, dazwischenzufunken«, antwortete Müller.

Rohleff erhob sich. »Es macht Ihnen wirklich nichts aus? Dann ruf ich Sie wegen des Termins an, es könnte morgen oder übermorgen sein, ich muß noch den zweiten Experten auftreiben.«

Noch eine Weile saß er auf dem Parkplatz im Auto, wunderte sich über die Gelassenheit, mit der Müller auf seine Bitte eingegangen war. »Wären Sie bereit, sich die Leiche eines Säuglings anzusehen und mir zu sagen, ob diese nach den Regeln Ihrer Zunft präpariert ist, also zurechtgemacht wie ein Fuchs oder Auerhahn, oder gibt es da schon wesentliche Unterschiede?« hatte er ihn gefragt.

Es war ihm wichtig gewesen, daß Müller ihn genau verstand, und Müller hatte verstanden.

Anschließend fuhr er zur Gerichtsmedizin, um den Besichtigungstermin abzusprechen. Telefonisch hätte er das auch erledigen können, er sagte sich aber, daß ihm genug Zeit blieb, um vor der Rückfahrt nach Steinfurt den Katzensprung zur Pathologie einzuschieben. Außerdem wollte er sich selbst versichern, daß das Kind keinen äußerlich sichtbaren Schaden erlitten hatte. Im Eingangsbereich des Instituts gab er an, daß er Dr. Overesch in einer dringenden Angelegenheit sprechen wolle, und stieg in die Pathologie hinunter.

Im Untersuchungszimmer stieß er auf eine verhüllte Bahre

und lupfte das Tuch, obwohl er wußte, daß sich darunter nicht der Säugling befinden konnte, der Körper war zu groß. Es war die Wasserleiche. Ein pestilenzartiger Gestank stieg auf, von dem bereits vorher eine Ahnung in der Luft gehangen hatte. Ihm stockte der Atem, er hielt sich die Hand vor den Mund und starrte an die Decke, der Aufruhr in seinen Eingeweiden sollte sich bald gelegt haben, dachte er. Die Tür hinter ihm ging auf.

»Die Leiche, die Sie suchen, ist hier«, sagte Dr. Overesch und öffnete eine Lade in der stählernen Seitenwand des Raumes. »Was ist so dringend?« fragte sie noch, und er meinte einen Unterton von Belustigung herauszuhören, wagte aber trotzdem nicht, die Hand vom Mund zu nehmen, er senkte nur sehr vorsichtig den Kopf.

Die Ärztin schaltete die Entlüftungsanlage ein, ein Surren von Ventilatoren füllte den Raum, und nach und nach strömte frische Luft ein. Rohleff konnte wieder durchatmen.

»War schon dämlich, meine Neugier«, er deutete nach hinten. Dann erläuterte er seinen Plan. »Haben Sie Einwände? Was halten Sie von meiner Idee?«

»Keine Einwände, aber mir ist nicht klar, wie Ihnen so ein Fachgespräch bei Ihrer Ermittlung weiterhelfen soll.«

»Es geht mir um ein Profil der Täterin nach biblischem Muster: An ihren Taten sollt ihr sie erkennen.«

»Sind Sie denn so sicher, daß Sie nicht nach einem Mann suchen?«

Rohleff betrachtete nicht das Kind, das auf einer Art Ausziehlade lag, sondern die Ärztin, die sich mit einer Hand das Haar hinter das Ohr zurückstrich, glattes blondes Haar in einem Honigton. Ihm fiel ein, daß er sie selten allein aufgesucht hatte. Die Bewegung des Arms hatte den Kittel, der ohnehin nicht zugeknöpft war, weiter aufklaffen lassen. Sein Blick glitt wie unabsichtlich über ihre angenehm weibliche Figur. Eine anziehende Frau mit ruhigen, anmutigen Bewegungen, sie mochte so alt wie Sabine sein, eher jünger als älter.

»Es gibt Anzeichen, daß wir es mit einer Frau zu tun haben,

wir gehen einer bestimmten Spur nach. Können Sie sich vorstellen, was eine Frau zu einer derartigen Handlung treibt?« Nun schaute er doch das Kind an, zunächst machte er keine Veränderung an der puppenhaften Schönheit aus, dann fiel ihm eine verschmierte Wange auf, er ging auf die andere Seite der Lade. Aus dieser Sicht hatte sich das Lächeln des Kindes in ein schiefes Grinsen verwandelt.

»Es ist vielleicht eine psychische Störung, die zu Besessenheit, zu etwas Zwanghaftem und im Zusammenhang mit bestimmten fachlichen Qualifikationen zu diesem bizarren Ergebnis geführt hat.« Frau Overesch deutete auf das Kind. »Eine Krankheit, kein perverser Kult oder ein besonders verschrobener Sadismus, Fetischismus oder ähnliches.«

Er sah ihr forschend ins Gesicht, und plötzlich überkam ihn der Wunsch, ihr mehr zu erzählen, irgend etwas.

»Aus juristischer oder kriminalistischer Perspektive mag ein Verbrechen vorliegen, aber seltsamerweise denke ich mehr an ein Opfer bestimmter Lebensumstände.«

Unerwartet traf ihn erneut Übelkeit, obwohl die andere Leiche wieder gut abgedeckt war und sich noch immer die Ventilatoren drehten. Er bemerkte, daß es bereits sechs Uhr war.

»Ich würde Sie gern auf ein Bier einladen, oder haben Sie dafür keine Zeit?« schlug er schüchtern vor, mit einer Absage rechnend. Sie nahm die Einladung an.

Er hatte sie in die Studentenkneipe geführt, in der er am Nachmittag den Kaffee getrunken hatte. Um sie herum hockten junge Leute an verkratzten Tischen. Die Blicke männlicher Gäste, die die attraktive Frau streiften, mit der er zusammensaß, taten ihm gut, er fühlte sich aus seinem alltäglichen Leben herausgehoben. Er mochte die Klugheit in ihren Augen, er war sich sicher, daß sie schon manches erlebt hatte.

»Es könnte also, wenn ich Sie vorhin recht verstanden habe, eine familiäre Tragödie hinter dem eigenartigen Kindestod stecken? Sagen Sie, warum verstehen sich zwei nicht, obwohl sie sich doch beide bemühen?« fragte er, dabei hatte er die letzte Frage gar nicht stellen wollen.

»Weil Männer und Frauen nicht zusammenpassen.«

Verblüfft sah er ihr ins Gesicht, bemerkte das Lächeln in ihren Augen und starrte dann auf den breiten ziselierten Goldring an ihrer rechten Hand.

»Ich bin geschieden«, erklärte sie, sie war seinem Blick gefolgt. »Ich trage den Ehering meiner Großmutter als Andenken, sie war eine sehr lebenskluge Frau. Außerdem ist der Ring gelegentlich ganz nützlich. Diese Weisheit über Männer und Frauen, die ich gerade erwähnte, habe ich von ihr. Heutzutage kann man sie in allen möglichen Frauenmagazinen lesen. Meine Großmutter war übrigens ganz glücklich verheiratet, weil sie es so wollte.«

Ehefrauen waren in Rohleffs Vorstellung tabu, eine ungebundene Frau dagegen war – er dachte nach – eine Frau, deren Reize kein Käfig sozialer Rücksichten unter Verschluß hielt.

»Ich habe nicht ganz verstanden, was Sie über Ihre Großmutter sagten.«

Ihre Augen funkelten amüsiert. »Kann ich mir denken. Meine Großmutter hat sich ganz auf das konzentriert, was sie an ihrer Ehe gut fand, und sah über alles andere so weit hinweg, daß es sie wenig berührte.«

»Sind Männer von Natur aus blöd in bezug auf urweibliche Bedürfnisse?« Gern hätte er ihre Hand ergriffen, an zwei Tischen in der Nähe hielten junge Männer die Hände von Frauen, die sich nicht gegen die Berührung wehrten. Um nichts Dummes zu tun, legte er die Hand, die er nicht für das Bierglas benötigte, auf seinen Oberschenkel.

»Haben Sie Kinder?« fragte er, ehe sie eine Antwort auf seine letzte Frage geben konnte.

»Nein, ich habe mich gegen Kinder entschieden, weil ich wußte, daß ich nicht genug Zeit für sie haben würde. Erst hat mich das Studium gefordert, dann der Beruf.« Sie zögerte einen Augenblick. »Es hat ein Jahr gegeben, in dem ich intensiv an ein Kind gedacht habe, das urweibliche Bedürfnis, von dem Sie sprachen, meldet sich wohl. Es ist eben nicht nur der Kopf, der uns lenkt, das vergessen wir manchmal, und je mehr wir aus dem Kopf leben, desto mehr entgleitet uns alles andere, wir verlieren uns wohl selbst. Meine Ehe war in eine Krise geraten, und damit erledigte sich letztlich der Wunsch nach einem Kind.«

»Wenn es nicht so gewesen wäre? Wenn Ihre Ehe fortbestanden hätte, aber der Kinderwunsch hätte sich nicht erfüllt?«

Mit der Antwort ließ sie sich wieder Zeit. Sie drehte das Bierglas in den Händen, bevor sie plötzlich aufschaute und ihn intensiv musterte. »Wir sprechen über Ihren Fall, nicht? Einen Augenblick habe ich gedacht, es geht vielleicht noch um etwas anderes. Es gibt verschiedene Möglichkeiten, sich mit ungewollter Kinderlosigkeit auseinanderzusetzen.«

»Sie sprachen von Besessenheit«, warf Rohleff, der die Ärztin nicht aus den Augen ließ, ein.

»Man kann auch sagen Sucht, es entwickelt sich bei einigen ein Suchtverhalten ähnlich dem Alkoholismus oder der Spielsucht, die den Menschen ganz beherrscht.«

»Aber was kann man dagegen tun, was kann der Mann dagegen tun, der seiner Frau helfen will?«

»Ach, ja, ein Mann ist ja meist auch dabei, und oft hat er schlechte Karten in dem Spiel und kann gar nichts dafür. Den Weg aus der Krise, das klingt jetzt äußerst platt, muß jede Frau selbst finden, und als erstes muß sie es wollen.« Sie sah ihn mit einem leicht spöttischen Lächeln an. »Das hilft Ihnen, glaube ich, auch nicht weiter. Danke für das Bier und das Gespräch. Ich rede gern mit Ihnen, das macht mir die Arbeit menschlicher.« Sie lächelte jetzt ohne Spott, er spürte deutlich, wie eine Schwingung zwischen ihnen entstand, die sein Herz heftiger klopfen ließ.

»Für mich wird es Zeit.« Sie schaute auf ihre Uhr und erhob sich.

»Aber ich denke…«

»Daß ich geschieden bin, heißt ja nicht, daß ich allein lebe.«

Er blieb verwirrt zurück, zahlte dann und spurtete bei Rot über die Ampel zu seinem Dienstfahrzeug, das wieder am Buddenturm stand. Viel zu schnell brauste er über die B54n, trat kurz vor der Radarfalle hinter der Abfahrt nach Altenberge auf die Bremse und fuhr dann immer noch reichlich zügig nach Borghorst hinein und auf den Parkplatz vom K & K Supermarkt. Es war fünf Minuten vor acht. In Windeseile lud er sich zwei Zehnerpacks mit Eiern auf, rannte zur Fleischtheke und verlangte von einer Verkäuferin, die das Glas der Theke von innen putzte, ein Stück durchwachsenen, geräucherten Speck abzuschneiden – schön fett, bat er sich aus –, dabei warf er einen Blick auf die Eier. Er trabte zurück zum Eierstand und tauschte sie gegen Eier aus Bodenhaltung um. Nachdem er den Speck abgeholt hatte, ergriff er mit zwei Fingern noch ein Netz mit Zwiebeln und war nun so beladen, daß er Gefahr lief, etwas zu verlieren. Trotzdem gelang es ihm noch, zwei Flaschen mit Rolinckbier in seine Jackentaschen zu stecken. Er jonglierte in der Schlange, die vor der Kasse anstand.

»Warum nehmen Sie keinen Einkaufswagen?« tadelte eine Frau hinter ihm.

»Weil«, sagte er bescheiden, »mir meine Frau nur aufgetragen hat, Zwiebeln zu kaufen.« Wie zum Beweis hob er die Zwiebeln hoch. »Das andere war spontan, wissen Sie?«

Die Zwiebeln fielen auf das Transportband der Kasse, er zog die Flaschen hervor, bildete aus seinen Einkäufen ein penibel ausgerichtetes Viereck und knallte die Plastikschiene mit der Aufschrift »nächster Kunde« dahinter.

Die Eier-und-Speck-Diät wurde durch ein Portiönchen braungebratener Zwiebelringe zu einer ernährungsphysiologisch unbedenklichen Mahlzeit aufgewertet, auch das Rolinckbier enthielt Vitamine, frisch gezapft, fiel Rohleff ein, wäre es vermutlich noch gesünder gewesen. Er erwog, nach dem Essen seine Lieblingskneipe zu einem flüssigen Diätnachschlag aufzusuchen. Als Sabine anrief, war er einerseits mit Speck und Eiern beschäftigt, andererseits in Gedanken an Dr. Overesch verloren, an das Gespräch mit ihr in der Kneipe, an ihr schönes blondes Haar. Er war daher sehr zärtlich am Telefon.

Schon auf dem Weg zur Haustür, schellte erneut das Telefon, erst nach dem sechsten Klingeln gab er seine Absicht auf, es zu ignorieren. Ein Anruf der Polizeiwache. In Wettringen, einem Örtchen ein paar Kilometer nördlich von Steinfurt, war ein Säugling in einer Mülltonne gefunden worden. Der Besitzer des Einfamilienhauses, zu dem die Mülltonne gehörte, war gerade dabeigewesen, den Behälter für die Müllabfuhr am nächsten Morgen an die Straße zu stellen, und hatte eher zufällig einen Blick in die Tonne geworfen, es war die für den Bioabfall.

»Das Kind?« fragte Rohleff heiser.

»Ist tot«, sagte der Beamte am anderen Ende der Leitung.

Rohleff trommelte noch von zu Hause aus seine Mannschaft zusammen, Groß, Lilli Gärtner – er war schon im Begriff, Knolles Nummer zu wählen, als ihm einfiel, daß Knolle nicht dabeisein konnte.

Sie trafen sich im Haus des Mülltonnenbesitzers, an der Straße parkte bereits eine stattliche Anzahl von Streifenwagen. Lilli wartete auf ihn im Wohnzimmer der Familie Hielscher. Ihr Blick signalisierte Rohleff die Frage, ob der Fall dieses Kindes mit dem des ersten zusammenhinge. Er zuckte unmerklich die Schultern, wußte aber, daß sie genau dieser Frage, wenn es nötig sein sollte, die ganze Nacht nachgehen würden.

Wie sah es mit dem Faktor Zufall aus, wenn zwei Säuglinge unbekannter Herkunft innerhalb von acht Tagen in derselben Gegend tot aufgefunden wurden? Dies hier war kein öffentlicher Ort wie das Kaufhaus, er konnte zunächst einmal bestimmte Personen verantwortlich machen.

»Ihre Mülltonne?« fragte er Hannes Hielscher barsch. Er wußte schon, was kommen würde, bevor Hielscher den Mund aufmachte. Der penibel gepflegte Vorgarten ohne Laub, die akkuraten Rasenkanten hatten bereits eine Einschätzung der Familie vorbereitet. Mittelständler mit penetranter Ordnungsliebe wie sein Nachbar. Das Ehepaar schätzte er auf Mitte Vierzig, zwei halberwachsene Kinder gehörten dazu.

Die Mutter saß neben der Tochter auf dem Sofa, den Arm um das Mädchen gelegt, eine pummelig wirkende Sechzehn-

oder Siebzehnjährige. Hielscher stand vor dem Sofa, als müßte er seine Familie verteidigen; der Sohn, etwas älter als die Schwester, lehnte hinter dem Sofa an der Wand, außerhalb des Lichtkreises, den eine Stehlampe warf. Halogenstrahler an der Decke vor der breiten Fensterfront zum Garten glühten mehr, als daß sie leuchteten. Der Fernseher flimmerte tonlos auf einem Rollwagen.

»Die Mülltonne ist unsere, aber nicht das Kind.« Hielscher streckte die Hände vor, als hielte er noch den Fund aus der Tonne.

Natürlich nicht eures, dachte Rohleff, ein Kind in einer Plastiktüte entsprach nicht den Hielschers, Plastik gehörte in den gelben Sack. »Erzählen Sie, was passiert ist«, forderte er den Mann knapp auf.

»Aber das habe ich schon ...« Hielscher wandte sich zu Lilli um, verstummte, schluckte und erzählte dann gehorsam seine Geschichte zum zweiten- oder drittenmal, noch immer nicht begreifend, daß ausgerechnet ihm so etwas passiert war, seiner Familie, seinem Haus, das nun von Polizisten überschwemmt wurde, gerade trat Groß ins Zimmer mit zwei weiteren Beamten.

»Ich habe vor einer halben Stunde«, Hielscher schaute nervös auf die Uhr, »oder so etwa, gegen zehn Uhr jedenfalls, die Mülltonne, sie steht gewöhnlich hinter einer kleinen Mauer an der Seite des Hauses beim Kellereingang ...«

»Sehen wir uns noch an«, warf Groß ein.

»Ja«, Hielscher streifte seine Familie mit einem Blick, straffte sich dann, »wir trennen den Müll sorgfältig, unsere Kinder sind auch sehr umweltbewußt, aber es ist doch besser, noch einmal nachzusehen. Die Müllmänner sind gehalten, den Inhalt zu überprüfen, und ich will nicht, daß unsere Tonne einfach stehengelassen wird, weil sie nicht korrekt befüllt wurde.«

Rohleff bemerkte trotz des wenigen Lichts, das in die Schattenzone hinter dem Sofa fiel, daß der Sohn feixte. Sicherlich hatte sich der Sohn Polizeiermittlungen so vorgestellt, als langatmige Erörterungen über Müll. »Die Bioabfälle packen wir in Zeitungspapier ein, die sehr feuchten doppelt, damit sie nicht am Tonnenboden klebenbleiben«, fuhr Hielscher fort, »und da fiel mir natürlich die Plastiktüte auf. Ich habe sie herausgezogen.«

»Aha«, sagte Rohleff.

»Mein Mann hat gerufen«, setzte Frau Hielscher die Schilderung fort, »ich war gerade in der Küche, das eine Fenster geht auf den Vorgarten, ich bin aus dem Haus gerannt, und dann haben wir es alle gesehen.«

»Alle?«

»Die Kinder auch.«

Rohleff hatte sich das tote Baby kurz angeschaut, es lag immer noch auf der Plastiktüte in einem der Bereitschaftswagen. Ein winziges Ding mit klauenhaft zusammengeballten Fäusten und einem wulstartigen unregelmäßigen Band um den Hals, der Nabelschnur. Dunkelbraun verbackene Blutreste klebten an der steingrauen, verrunzelten Haut. Es war kaum vorstellbar, daß dieses Wesen einmal geatmet haben sollte, so sehr paßte es sich in den Zustand des Todes ein.

Er blickte kurz zur Tochter, sie hatte sich enger an die Mutter geschmiegt und sah mit großen Augen auf die fremden Menschen im Raum. Eine Welle glänzender dunkler Haare fiel ihr in die Stirn. Vielleicht war sie doch jünger, Kinder dieser Generation wirkten wegen ihrer Körpergröße oft älter.

»Sie haben die Tüte alle angefaßt?« fragte er, sanfter im Ton, nahezu freundlich. Groß trat einen Schritt vor, Rohleff winkte ihn zurück.

»Ich glaube schon, ja, sicher, wir haben die Tüte in die Küche getragen, dann hat mein Sohn die Polizei angerufen, und jetzt sind Sie da«, beendete Frau Hielscher ihre Ausführung.

»Hat jemand von Ihnen – nein –, wann hat jemand von Ihnen vor diesem Zeitpunkt, also vor zehn Uhr, in die Tonne geschaut? Können Sie sich daran erinnern?«

»Ja, das kann ich«, antwortete Frau Hielscher eifrig und

rutschte auf dem Sofa nach vorn. »Zum Abendessen haben wir gewöhnlich als Nachtisch Obst, und ich habe das vorher in der Küche geschält, Orangen und zwei Äpfel. Die Schalen habe ich nach draußen getragen und in die Tonne geworfen, in Papier.«

»Wann?«

»Um sieben.«

»Keine Plastiktüte?«

»Nur die Papierpäckchen, die Tüte wäre mir aufgefallen.«

»Im Dunkeln, Frau Hielscher?«

»Nein, nicht im Dunkeln, wir haben an der Seite eine Lampe, die angeht, wenn sich etwas davor bewegt, damit der Kellereingang beleuchtet ist, so ein blau-weißes Plastikding wäre mir sofort aufgefallen.«

Rohleff glaubte ihr. Das neue Müllkonzept war in den Köpfen der Hielschers, zumindest in denen der Erwachsenen, fest verankert.

»Sie sehen also, wir haben nichts damit zu tun.« Hielscher breitete mit einem Seufzer der Befriedigung die Arme aus, als wollte er sie alle wie eine Hühnerschar aus seinem Haus scheuchen.

»Das stimmt nicht ganz.« Rohleff lächelte verbindlich. »Mein Kollege von der Spurensicherung wird mit seinem Team Ihre Fingerabdrücke nehmen und mit denen auf der Tüte vergleichen und sehr genau Ihren Kellereingang, die Umgebung der Mülltonne an dieser Mauer und Ihren Garten untersuchen. Das wird leider etwas dauern. Wir werden Ihre Nachtruhe stören, Herr Hielscher, aber die Kinder können bald zu Bett gehen.« Rohleff bemerkte, daß Hielscher protestieren wollte. »Was sind Sie von Beruf?« fragte er ihn.

»Ich bin Zweigstellenleiter der Volksbank in Rheine, aber hören Sie ...«

»Und Sie, Frau Hielscher?« Rohleff kam es nur auf die Antwort auf diese Frage an. Die Frau war Mitte Vierzig, ihre Kleidergröße schätzte er auf sechsundvierzig, eine reine Annahme, aber schlank war Frau Hielscher auf keinen Fall. Die Tochter schien ihr nachzugeraten, war aber hübscher. Die Mutter mochte selbst als Achtzehnjährige nicht so ausgesehen haben wie die Tochter, die sozusagen ein verbessertes und natürlich jüngeres Modell darstellte.

Wieder fing er einen Blick von Lilli auf, sie runzelte die Augenbrauen, dachte wahrscheinlich das gleiche. Der andere Fall würde in diesen hereinspuken, ihnen ständig in die Quere kommen, dabei zeichnete sich bereits ab, daß es keine übereinstimmenden Muster gab.

»Ich bin nicht berufstätig gewesen, seit wir die Kinder haben, aber gelernt habe ich Buchhaltung, und seit einem halben Jahr arbeite ich halbtags für eine Firma hier in Wettringen.«

Ein Beamter neben Rohleff machte sich Notizen. Rohleff beauftragte Lilli mit der Befragung der Kinder und einer nochmaligen der Mutter, er selbst ging vors Haus, wo weitere Beamte auf ihren Einsatz warteten.

Die üblichen Schaulustigen hatten sich versammelt, erstaunlich viele trotz der späten Stunde, trotz fühlbarer Kälte und dem unvermeidlichen Novemberregen. Einige trugen Hausschuhe, gelbbraun und rotschwarz karierte Filzpantoffeln. Im Schein der Laternen schimmerte der Bürgersteig vor Nässe. Auf einem der Polizeifahrzeuge drehte sich ein Blaulicht und ließ die Nieseltropfen bläulich aufleuchten.

Rohleff winkte einem Kollegen ärgerlich zu, das Blaulicht abzustellen, sie mußten nicht noch zusätzlich auf sich aufmerksam machen.

Hielscher strebte an ihm vorbei auf die Gaffer zu, Rohleff schickte dem Mann einer der Einsatzleute hinterher. Es fehlte noch, daß Hielscher in die Ermittlungen funkte.

Rohleff richtete sich in einem Mannschaftswagen ein, der ihm als Kommandozentrale diente, das Wohnzimmer der Hielschers lehnte er ab. Irgendwann in der Nacht kam Frau Hielscher mit einer Thermoskanne Kaffee zu ihm, bot auch Tee an, sie trug eine dicke Strickjacke, die Ähnlichkeit zwischen Mutter und Tochter fiel ihm wieder auf.

Nachrichten liefen ein. Groß hatte jede Menge Fingerabdrücke gefunden und Trittspuren in der Erde um die Mülltonne, daraufhin war er mit seiner Mannschaft in den Keller eingefallen und hatte damit begonnen, Schuhe zu untersuchen.

»Ein Abdruck Größe einundvierzig/zweiundvierzig, den wir nicht identifizieren können«, gab er zwischendurch bekannt.

»Mann oder Frau?«

»Turnschuh.«

Gesprächsnotizen von der Befragung der Nachbarn sammelten sich, immer wieder tauchte die Frage auf: Wen haben Sie in der Zeit zwischen neunzehn und zweiundzwanzig Uhr in der Straße gesehen, am Hielscher-Haus?

Gegen ein Uhr nachts meldete sich die Pathologie, Dr. Overesch. Rohleff hatte den Anruf erwartet, aber nicht mit der Ärztin gerechnet. Mit der Hand deckte er die Sprecheinrichtung des Handys ab, gab dem Polizisten, der eben mit der letzten Meldung über die Nachbarschaftsbefragung hereingekommen war, eine neue Anweisung, die ihn aus dem Wagen wies, und wartete, bis er allein war. Er war sich nicht sicher, ob er die erforderliche Sachlichkeit beim Telefonieren mit der Ärztin aufbringen würde. Ihre Stimme klang weich, schuf Echos in seinem Körper, obwohl sie nur über das Kind sprachen.

»Es überrascht mich, daß Sie sich melden, Sie waren doch schon mit dem Dienst fertig«, sagte er.

»Man hat mich angerufen, weil ich doch das andere Kind untersucht habe, und ich dachte mir gleich, daß Sie auch mit diesem Fall befaßt sein würden.«

»Wir werden uns weiter um tote Kinder kümmern müssen, und ich frage mich, warum ich und Sie.«

Sie ging nicht auf die Bemerkung ein, wie er gehofft hatte, damit er an den Abend in der Kneipe anknüpfen konnte.

»Haben Sie dieses Kind gesehen?« fragte sie.

»Es ist anders, winzig, kaum zu glauben, daß so ein Kind allein zu atmen fähig wäre.«

»Dann ist Ihnen auch die Nabelschnur aufgefallen.«

»Erwürgt?«

»Wahrscheinlich während der Geburt. Ein voll ausgetragenes Kind, obwohl es nur knapp fünf Pfund wiegt. Ich habe bisher keine Anomalien festgestellt, nichts, was auf Tod hindeutet, bis auf die Nabelschnur.«

»Ein lebensfähiges Kind, aber unter unglücklichen Umständen geboren. Wir werden uns mit diesen Umständen befassen müssen. Keine Tötungsabsicht?«

»Nein, eine heimliche Geburt, ohne medizinische Hilfe.«

»Ein Tod, der der Mutter eventuell gelegen kam, und so landete das Kind im Abfall, im Bioabfall, korrekt entsorgt bis auf die Plastiktüte, die gehörte nicht in die Tonne.«

»Was?« schrie die Ärztin auf.

»Hat man Ihnen das nicht mitgeteilt?«

»Doch. Aber es klingt anders, wie Sie es ausdrücken.«

»Ich beginne mich zu fragen, ob dieser Fall schlimmer ist als der andere. Wie lange ist das Kind tot?«

»Sechsunddreißig Stunden etwa.«

»Also gestern morgen geboren, wir werden den Zeitpunkt in unsere Ermittlungen hier vor Ort aufnehmen.«

»Sie fragen gar nicht, ob dieses Kind irgendwie präpariert worden ist.«

»Ich habe es doch gesehen, ein totes Kind, vollkommen menschlich.«

Eigentlich hätte er das Gespräch jetzt beenden sollen, aber er wollte nicht auf ihre Stimme verzichten, die sie quasi zu ihm in den Wagen hineinholte, in diesem Fall war er dem Fortschritt der Kommunikationstechnik dankbar, der Entfernungen eliminierte, die sich früher durch Rauschen, Knacken und die Verzerrung der Stimmen bemerkbar machten.

»Obwohl alles dagegen spricht, daß die beiden Fälle miteinander zu tun haben, werde ich das seltsame Gefühl nicht los, daß sich Verzahnungen ergeben, je tiefer wir uns mit beiden befassen, als trieben wir sie aufeinander zu.«

Die Tür des Wagens wurde aufgerissen, ein Beamter schaute herein, deutete hinter sich auf einen Mann, der eine schwere Tasche an einem Schulterriemen trug. Die Presse hatte Wind von der Geschichte erhalten.

»Was ist mit dem Termin, von dem Sie heute sprachen?« fragte Dr. Overesch. Rohleff preßte das Handy ans Ohr, während er mit der anderen Hand abwehrend gestikulierte.

»Denken Sie daran, daß es bald sein muß.«

Er wurde sachlich. »Morgen wird es nicht gehen, aber am Freitag können Sie mit mir rechnen, ich rufe Sie an.«

Er fühlte sich plötzlich von einer Welle der Müdigkeit überschwemmt, trotz des Kaffees. Die Konzentration auf die einlaufenden Berichte fiel ihm schwer, wohl vor allem wegen der Wiederholungen, er hatte den Eindruck, gegen einen Strom zu schwimmen und, statt vorwärts zu kommen, zurückzufallen. Zwischen neunzehn und zweiundzwanzig Uhr schien sich in dieser Straße das Leben nur in den Häusern abzuspielen, keiner schaute nach der Heimkehr noch hinaus, jedes Haus wurde zu einer Insel, es gab nichts außer dem leeren grauen Band der Straße, das an allen Häusern entlangführte und doch keine Verbindung schuf. Rohleff fröstelte.

Zwei Nachbarn hatten sich über ihre Vorgärten gegrüßt, weil sie gleichzeitig zu Hause eintrafen, das war alles. Wozu, dachte er, brannten in der Straße die ganze Nacht Laternen? Allerdings mochte für die Aufklärung dieses Falls die Frage des Lichts bedeutsam sein.

Er verließ den Wagen, steifbeinig von dem beengten Sitzen, und war froh, die jetzt ruhige und bis auf die Einsatztruppe menschenleere Straße ein paar Meter auf und ab gehen zu können. Er betrachtete die Laternen. Zwischen dem Haus der Hielschers und dem des rechten Nachbarn stand eine am Straßenrand, ihr Licht mußte auch die Lücke zwischen den Gebäuden erleuchten, an dieser Hausseite befand sich die Mauer mit der Mülltonne. Rohleff stand gedankenversunken auf dem Gehweg, nahm kaum wahr, daß sich vor ihm, drei Meter weiter auf dem Vorgartenrasen der Hielschers ein Disput entwickelt hatte. Hielscher hielt Groß auf, trat ihm in den Weg, schimpfte auf ihn ein.

»Hier naht die vorgesetzte Behörde«, Groß wies auf Rohleff, der herankam, allerdings ohne die Absicht, sich einzumischen. »Der Herr will sich beschweren, Karl.«

Hielscher drehte sich zu Rohleff um, faßte ihn am Ärmel. »Und Sie tun es auch. Es ist eine Unverschämtheit, erst halten Sie uns die ganze Nacht wach, das ist wegen der Untersuchung noch zu verstehen, aber das hier nicht.« Er wies auf den Trampelpfad, der sich in einer exakten Diagonalen quer über ein quadratisches Rasenstück zog und so den Weg abkürzte, der regulär über Platten bis zum Haus und weiter in einem rechten Winkel am Haus entlang bis zur Ecke führte und um diese herum wohl zum Kellereingang und zur Mülltonne. Die Diagonale, überschlug Rohleff, brachte eine Ersparnis von dreißig bis vierzig Prozent der normalen Weglänge und -zeit und damit einen Hauch von Effizienz in eine Ermittlung, die sich dahinschleppte und die jeder in einer Nacht wie dieser gern beendet gesehen hätte.

»Ich sehe, was Sie meinen«, sagte er ernst, »aber ich versichere Ihnen, das wächst sich wieder aus.«

»Aber nicht in diesem Winter«, empörte sich der Hausherr, »der Schaden bleibt uns bis zum Frühjahr.«

»Begreifen Sie das als eines der Opfer, mit denen man als Staatsbürger zu rechnen hat«, tadelte Rohleff und wandte sich rasch an Groß. »Harry, wir treffen uns gleich an der Mülltonne, mir ist was eingefallen.« Er beobachtete, wie Groß schulterzuckend davonstapfte – auf der Diagonalen.

»Herr Hielscher, ich habe noch etwas zu überprüfen, dann möchte ich Sie und Ihre Frau noch einmal sprechen, und wenn es geht, auch die Kinder.«

»Nicht die Kinder«, fuhr Hielscher auf.

»Die Kinder morgen«, lenkte Rohleff ein, »morgen nachmittag, ich schick Ihnen Kommissarin Gärtner, die kennen Sie ja bereits.«

Plötzlich gab es einen kleinen Aufruhr auf der Straße. Rohleff registrierte quietschende Fahrradbremsen, laute Stimmen, Handgemenge, er spurtete quer über den Rasen, sprang über den Jägerzaun, kam darüber hinweg, ohne hängenzubleiben, und stoppte bei dem Knäuel von Beamten um ein Fahrrad. Zwei seiner Leute hielten einen jungen Mann fest, ein dritter das Rad.

»Was soll das?« fragte er.

»Das war jetzt das viertemal, daß der Junge innerhalb einer Stunde vorbeikam. Wir haben ihn angerufen, aber er reagierte nicht, also haben wir ihn geschnappt.«

Der Junge, er mochte kaum älter als fünfzehn oder sechzehn sein, leistete keinen Widerstand mehr, konnte es auch kaum, die Arme waren ihm auf den Rücken gedreht. Einer der Beamten blendete ihn mit einer Taschenlampe, Rohleff sah, daß der Junge heftig atmete.

»Laßt ihn los«, sagte er scharf.

Die Beamten folgten dem Befehl zögernd, der Junge rieb sich die Handgelenke, schaute mit einem Seitenblick zum Fahrrad, schätzte vielleicht die Möglichkeit ab, sich auf das Rad schwingen und entkommen zu können.

»Was wollen Sie von mir? Ist das hier eine Drogenfahndung oder was?«

Rohleff deutete auf die Einsatzwagen, die Beamten, schaute den Jungen dann ruhig an. »Sieht das wie eine Drogenfahndung aus? Meinst du, das ist die richtige Gegend dafür?«

»Ich mein gar nichts.« Die Antwort klang patzig und ermunterte einen der Beamten dazu, wieder nach dem Jungen zu greifen, Rohleff hielt ihn mit einer Handbewegung davon ab.

»Den kenne ich«, Hielscher brach in die Gruppe ein, »Sven Böcker, der wohnt auch in Wettringen, hat aber hier nichts verloren.«

»Woher kennen Sie ihn?« fragte Rohleff.

»Der ging mit meiner Tochter in die gleiche Klasse, ist aber sitzengeblieben, soviel ich weiß, ein übler Bursche, oberfaul.«

»Halt's Maul, blöder alter Sack!« schrie der Junge.

Rohleff sprach betont ruhig. »Hier geb ich den Ton an, Sven. Sie, Herr Hielscher, gehen jetzt sofort ins Haus, wir sprechen uns noch, und von dir, Sven, will ich wissen, was dich hier herumtreibt.«

Mit halb gesenktem Kopf beobachtete der Junge, wie Hielscher zum Haus zurücklief. »Blöder alter Sack«, wiederholte er, »immer hat er was zu meckern. Seit wann ist es verboten, auf der Straße mit dem Fahrrad zu fahren?«

»Ist es nicht.« Rohleff wartete.

»Ich wollte nur gucken, was los ist. Ist doch nichts dabei, oder?«

»Seid wann kurvst du durch diese Gegend?«

»Seid wann wohl? Ich hab die Polizeiwagen herfahren sehen.«

Rohleff musterte den Jungen. »Bestimmt nicht früher?«

»Wieso?«

Rohleff winkte zwei Beamten. »Stellt die Adresse fest, und laßt ihn laufen.«

»Vermutlich findet er das Ganze hier spannender als Fernsehen, eine Reality Show«, stellte Groß fest, der vergeblich auf Rohleff gewartet hatte und ihm nachgegangen war. »Was wolltest du an der Mülltonne?«

Rohleff war mit dem Jungen noch nicht fertig. »Du kannst alles Wichtige übermorgen in der Zeitung lesen, Sven, und wenn du noch eine Frage hast oder einen Tip wegen Rauschgift, ruf mich an. Ich bin Hauptkommissar Rohleff von der Kreispolizei in Steinfurt.«

Sven nickte überrascht.

»Harry, komm jetzt.«

Harry Groß sah seinen Chef kopfschüttelnd von der Seite an. »Wir sollten bald Schluß machen.«

An der Seite des Hielscher-Hauses betrachtete Rohleff aufmerksam den Lichteinfall der Straßenlaterne und bewegte sich mehrmals vor der Kellerleuchte, um den Bewegungsmelder zu aktivieren. Das Kellerlicht brannte jeweils nicht länger als fünfzehn Sekunden und tauchte den Treppenschacht in grelles Licht, beide Lampen erhellten aber nur schwach den Platz hinter der Winkelmauer, die an drei Seiten insgesamt drei Mülltonnen umschloß, die Hauswand bildete eine vierte Begrenzung, ein schmaler Zugang blieb zur Kellertreppe offen.

»Die Hielschers scheinen am Strom zu sparen. Reich wirst du, wenn du Geld nicht ausgibst, das weiß so ein Bankfritze am besten. Ich hab auch schon gedacht, daß man verdammt hurtig sein muß, wenn man was in die Tonne schmeißen und in einer Lichtphase mit dem Hin- und Herlaufen fertig sein will«, erklärte Groß.

»Und zwischen zwei Lichtintervallen hast du Mühe, etwas zu erkennen, auch wenn die Straßenlaterne den Platz noch weiter erhellt. Die Kellerleuchte blendet, und das Auge ist noch nachträglich irritiert, außerdem wirft die Mauer Schlagschatten auf die Tonnen.«

»Das hast du feststellen wollen?«

»Wenn du bei diesem Sauwetter was zur Mülltonne bringst, siehst du zu, daß du wieder ins Haus kommst. Fällt dir da wirklich eine blau-weiße Plastiktüte auf, wenn diese blöde Leuchte an- und ausgeht wie eine Neonreklame?«

»Gute Frage, Chef.«

»Das Fenster an der Ecke ...«

»Gehört zur Küche.«

»Harry, geh rein, stell dich an das Fenster. Ich aktiviere die Kellerleuchte, und du achtest darauf, ob du das Licht wahrnehmen kannst.«

Nach ein paar Minuten, in denen ihm der Regen in den Kragen rann und er noch einmal das Licht der beiden Lampen und ihr Zusammenspiel auf sich wirken ließ, tappte er schließlich halb blind zum Hauseingang.

Harry kam ihm entgegen. »Das Licht am Keller, das An- und Ausgehen fällt auf, wenn man genau darauf achtet, aber wer tut das schon bei der Hantiererei in der Küche? Hielscher wird wieder pampig. Viel wirst du aus dem nicht mehr rauskriegen.«

»Aus mir heute auch nicht mehr.« Rohleff rieb sich das Wasser aus den Augenbrauen, die Knie wurden ihm weich vor Müdigkeit, einer anderen Müdigkeit als der mittags, diese schmerzte regelrecht. Seine Armbanduhr zeigte drei Uhr. Frau Hielscher saß auf dem Sofa, eine Decke über den Knien. Er sah ihr die Erschöpfung an, eine gute Vorbedingung, die Wahrheit zu erfahren, falls sie bisher nicht deutlich geworden war. Der Gedanke half ihm, sich zusammenzureißen, die eigene Erschöpfung zu ignorieren. Er konzentrierte sich auf die Fragen, die er in Einwortkürzeln aufgeschrieben hatte, er traute dem Energieschub nicht, den er herbeigezwungen hatte.

»Ich möchte etwas mehr über die Zeit zwischen sieben und zehn Uhr erfahren.« Auf seinem Block stand obenan das Wort »Licht«. »Um sieben haben Sie die Obstschalen nach draußen getragen?«

»Das stimmt.«

»Danach haben Sie sofort zu Abend gegessen, oder waren Sie noch einmal in der Küche?«

»Ich habe das Essen angerichtet und zum Eßzimmertisch getragen.«

»Nach dem Essen, waren Sie da in der Küche?«

»Ich räume abends auf.« Mit einem Seitenblick streifte sie ihren Ehemann, der mürrisch am Sofa lehnte. »Jeden Abend. Das Geschirr in den Geschirrspüler einräumen, die Spüle auswischen, was man halt so macht, um morgens eine saubere Küche vorzufinden.«

»Das heißt, Sie waren noch eine Weile dort beschäftigt. Wie lange?«

Sie strich sich über die Augen. »Bis kurz nach acht, ich versuche, bis zu den Nachrichten fertig zu sein, das schaffe ich nicht immer, mein Mann schaut die Nachrichten.«

Wieder dieser schnelle Blick zum Ehemann.

»Sie haben ganz klar gesehen, daß keine blau-weiße Plastiktüte in der Mülltonne war?«

»Ja, sicher.«

Rohleff zögerte mit der nächsten Frage. Mit flacher, belegter Stimme hatte sie die Antworten gegeben, nur bei der letzten war die Stimme klar, fast heftig, die Wiederholung einer bereits gegebenen Antwort, ohne nochmaliges Nachdenken erteilt. Rohleff schien es zweifelhaft, daß die Frau die Wahrheit sagte, und das bedeutete, daß von den zwei Zeitpunkten, von denen die Ermittlung ausging, nur noch einer feststand: der um zehn Uhr.

»Während der Zeit, die Sie in der Küche verbracht haben, bemerkten Sie da, daß das Licht über dem Kellereingang anging?«

Sie sah ihn mit rotgeränderten Augen an, die seinen Blick nur noch ungefähr trafen. Die Frau war offenkundig am Ende ihrer Kraft. »Es ist nicht angegangen.«

»Ganz sicher?«

»Ich merke das sofort. Wissen Sie, wir wohnen schon lange in diesem Haus.«

Rohleff schaute zu Groß, der sacht den Kopf schüttelte.

»Wieso waren Sie um zehn Uhr noch einmal in der Küche?«

»Um den Geschirrspüler auszuräumen. Da ging das Licht an, weil mein Mann die Tonne holte.«

Rohleff schaute auf seinen Block. Das nächste Wort lautete »Müll«.

»Die Mülltonne«, er merkte selbst, wie unsinnig jede seiner Fragen sich anhören mußte, ein absurdes Theater zu nächtlicher Zeit, aber er fuhr hartnäckig fort, gegen die eigene Ermüdung, seine Zweifel und die von Groß, der ihn und das Ehepaar beobachtete, »stellt Ihr Mann immer abends an die Straße, damit sie morgens geleert wird? Ich mach das eher morgens, wenn ich überhaupt dran denke.«

Bisher hatte Hielscher der Blick von Groß in Schach gehalten, nun riß ihm der Geduldsfaden. »Auch ich nehme in diesem Haushalt Pflichten wahr.«

So wie ich, dachte Rohleff ironisch, ab und zu den Müll wegbringen und einmal im Jahr Öl für die Heizung bestellen. Frau Hielscher warf ihrem Mann wieder einen Blick zu, einen bösen Blick, ihre Hände krampften sich in die Decke, entspannten sich wieder, sie schaute kurz zu Rohleff auf, er war sich sicher, daß sie etwas sagen wollte, aber sie schwieg.

Dafür sprach Hielscher, seine Stimme gehorchte ihm kaum vor unterdrückter Wut. »Es ist jetzt halb vier Uhr morgens, und ich sehe nicht ein, warum Sie diese unsinnigen Fragen stellen.«

»Ich versuche herauszufinden, ob das Kind zufällig in Ihrer Tonne landete oder absichtlich.«

Hielscher stand vor Staunen der Mund offen.

»Und jetzt machen wir Schluß. Halb vier ist wirklich nicht

die beste Zeit für eine Befragung. Frau Hielscher, wie lange arbeiten Sie?«

»Bis halb eins.«

Wenig später bat er Groß zu fahren und schloß auf dem Weg nach Steinfurt die Augen.

»Um Hielscher zu wiederholen: Was sollten die blöden Fragen, und hast du dabei etwas erfahren, was mir entgangen ist?« fragte Groß.

»Sie haben alle auf die eine oder andere Art gelogen.«

»Kannst du mir das mal verdeutlichen?«

Rohleff antwortete nicht, er war eingeschlafen.

21. November

Am nächsten Morgen wußte er nicht, wie er ins Bett gefunden hatte. Die letzte klare Erinnerung bezog sich auf das Einsteigen ins Auto zu Groß, danach kam nichts mehr. Nach nur drei Stunden Schlaf war er so fahrig, daß er sich mit dem Rasierapparat die Haut aufriß, eine Leistung an Ungeschicktheit. Grimmig betupfte er die wunde Stelle mit Alkohol, der scharfe Schmerz machte ihn wacher.

Am Abend kam er noch später als gewöhnlich nach Hause, er hatte einen Arbeitstag hinter sich, dessen Stunden sich zäh gedehnt hatten und dabei seltsamerweise wie Staub durcheinandergewirbelt waren, nur einzelne Abschnitte hatten deutlichere Spuren in seinem Gedächtnis hinterlassen.

Gegen Mittag hatte er mit Sabine telefoniert. Sie reagierte unerwartet ruhig auf die Mitteilung über eine zweite Kinderleiche.

»Du mußt todmüde sein, wenn ihr bis vier Uhr nachts unterwegs gewesen seid. Dann wird es wohl nichts mit dem Essen heute abend.«

Er antwortete zögernd. »Aber du hast dich gefreut, und ich will dir nicht den Abend verderben.«

»Wenn du die ganze Zeit auf deinen Teller starrst und kaum

ein Wort herausbringst, gelingt dir das bestimmt. Ich koch uns was, und wir gehen morgen.«

Er war zu müde, um sich für ihr Verständnis zu bedanken, immerhin fragte er: »Es macht dir wirklich nichts aus?«

Es roch nicht nach Essen, als er heimkam. Die Sorge befiel ihn, daß er doch noch ein die eheliche Zweisamkeit förderndes Amüsement außerhalb des Hauses überstehen müßte. Aber Sabine trug eine Küchenschürze.

»Ich brat uns Steaks, du kannst etwas Kräftiges vertragen.«

Er fiel ihr mehr aus Erleichterung als aus Zärtlichkeit um den Hals. Zwei Stunden später lag er im Bett und konnte doch nicht einschlafen. Der Tag holte ihn ein. Beinahe, erinnerte er sich, hätte Groß den Termin in der Pathologie vermasselt. Der Ärger darüber ließ ihn noch wacher werden. Nach der vorangegangenen Nacht hatte sich die Dienstbesprechung am Morgen erwartungsgemäß zäh gestaltet. Lilli war früher als die anderen zurückgefahren und hatte eine Zusammenfassung der Nachbarschaftsbefragung erstellt. Es war keine fremde Person in der fraglichen Zeit zwischen sieben und zehn Uhr, sie hielten vorläufig noch an dieser Zeitspanne fest, in der Straße gesehen worden, was nicht hieß, daß niemand hätte kommen können. Die Nachbarn, das war schon Rohleffs Eindruck am Abend gewesen, waren mit ihren eigenen Angelegenheiten beschäftigt und wurden erst aufmerksam, als die Polizei auftauchte.

Groß stöhnte. »Gibt es in diesen neueren Wohnvierteln denn keine alten Tanten mehr, die hinter den Gardinen lauern und alles mitkriegen?«

Knolle, der humpelnd zum Dienst erschienen war, klärte ihn auf. »Du bist nicht auf dem laufenden, Harry. Auch alte Tanten haben Fernseher und gucken lieber ›Tatort‹ und ›Liebe Sünde‹.«

Rohleff fixierte Groß. »Sag mal, Harry, da wir gerade von alten Tanten sprechen, hast du mir einen Einbalsamierer aufgetan, einen mit Erfahrung?«

»Brauchen wir den denn noch?« fragte Groß verblüfft.

Rohleff hieb mit der Faust auf die Schreibtischplatte. »Das war ein dienstlicher Auftrag, und ich will, daß er erledigt wird, bis heute mittag, und setz dich mit dem alten Müller in Verbindung. Für morgen hat der Termin zu stehen.«

»Ja, Chef«, sagte Groß erschüttert. Der Termin war noch vor elf Uhr vereinbart worden.

Rohleff entspannte sich im Bett.

Die Presseleute waren wie eine Schar Krähen ins Amt eingefallen. Waren Krähen nicht Aasvögel? Er hatte sie einen Stock höher gescheucht, sollten sich die Kollegen aus der Presseabteilung mit ihnen befassen. Neue Komplikationen durch die Zeitungsberichte waren unvermeidlich. Zwei tote Kinder in acht Tagen. Ob die Fälle etwas miteinander zu tun hatten oder nicht, besorgte Eltern würden anrufen, Kinderwagen kaum noch in den Straßen zu sehen sein, und wenn doch, mit Aurgusaugen bewacht. Ihm wäre das recht, in seinem Kopf spann sich ein langer Faden einer leisen, zähen Furcht ab, der nicht reißen wollte.

Am Nachmittag war er zu den Hielschers gefahren, um die Frau zu sprechen, bevor der Mann nach Hause kam. Sie bot ihm Kaffee an, wahrscheinlich sah er noch mitgenommen aus.

»Ich bin heute zu Hause geblieben, das war mir doch zuviel in der Nacht. Ich werde die Stunden nacharbeiten.«

Rohleff erinnerte sich an die Angaben über ihren Beruf. Buchhalterin. »Sie haben nach der Geburt Ihrer Kinder eine lange Pause eingelegt, sagten Sie. War das nicht schwer, wieder anzufangen?«

»Es war eine Katastrophe. Ich hatte mich nach freien Stellen umgehört und hier und da vorgestellt, und überall standen Computer herum.«

»Ach ja?« sagte er interessiert. »Und was haben Sie da gemacht?«

»Einen Computerkurs. Den ersten bei der Volkshochschule, der war abends, immer konnte ich nicht, wissen Sie, mein Mann will seine gewohnte Ordnung, ich kam mit den Dingern nicht zurecht, da muß man sich so viel auf einmal merken, und wenn Sie zwei Abende hintereinander verpaßt haben, können Sie es aufgeben.«

»Sie haben nicht aufgegeben.«

»Nee, ich habe unseren Computer kaputtgemacht, den von meinem Mann. Nicht richtig kaputt, aber das Programm immer wieder abstürzen lassen. Da ist mein Mann fuchsteufelswild geworden.«

»Haben Ihre Kinden Ihnen nicht geholfen? Die wachsen doch mit Computern auf.«

Frau Hielscher betrachtete ihn amüsiert. »Sie haben wohl keine Kinder, die mit Computern spielen?«

Er schüttelte den Kopf.

»Ich will Ihnen sagen, wie das war. Die Kinder fuhrwerkten auf der Tastatur herum, so schnell können Sie nicht gucken, und am Ende wissen Sie gar nichts mehr. Ich hab als nächstes einen Kurs bei der IHK gemacht, vormittags, und eine Auffrischung in Buchführung drangehängt. Diesmal hat es geklappt, auch fast sofort mit der Stelle, hier in Wettringen, ich bin in zehn Minuten da.«

»Ihr Job ist das, was Sie wollten, jetzt sind Sie zufrieden?«

»Wissen Sie, wenn Sie nach fast zwanzig Jahren wieder anfangen, geht das nicht so reibungslos. Ich war ja hier meinen Haushaltstrott gewöhnt, und jetzt muß ich alles anders organisieren oder mir einteilen, der Haushalt ist der gleiche geblieben, aber ich hab nur noch die halbe Zeit dafür.«

»Ihr Mann hilft Ihnen doch und karrt die Mülltonne an die Straße.«

Sie lachte auf. »Ach, das haben Sie also gemerkt?«

»Was, Frau Hielscher?«

Sie stutzte, schaute ihn aufmerksam an und nickte ihm dann zu. »Tun Sie bloß nicht so, ich glaube, Sie sind ein ganz Schlauer. Krach gab es gestern abend, die Fetzen flogen wie schon lange nicht mehr. Um jeden Handschlag muß ich meinen Mann bitten, dann mahnen, dann mach ich es schon selbst.«

»Der Müll?«

»Ach, der Müll, die Tonne bleibt da, wo sie immer ist, hinter der Mauer, und ich renn morgens raus, wenn ich auf den Müllplan geschaut habe, und roll sie nach vorn, einmal die Biotonne, dann die Restmülltonne im wöchentlichen Wechsel. Ein Geschiß ist das mit dem Müll, und am Ende wird der nach Afrika verschifft zu den armen Schweinen dort, die nichts nötiger brauchen als unseren Abfall, als Entwicklungshilfe womöglich. Markus, mein Sohn, bringt die Tonne schon mal raus, wenn ich ihn darum bitte, morgens vor der Schule. Helfen Sie denn Ihrer Frau?«

»Wenig, wissen Sie, mein Beruf ...«

Sie fiel ihm ins Wort. »Das kriege ich auch immer zu hören.«

»Gelernt hat das einer wie ich nicht, als Junggeselle hatte ich eine Putzfrau, aber ich kann Spiegeleier braten, mit Speck.«

»Mein Mann macht sich Bratwurst, wenn ich mal nicht da bin, mit viel Zwiebeln.«

Rohleff überlegte. »Wär auch nicht übel.«

»Diese Plastiktüte, nach der haben Sie mich so oft gefragt. Wenn ich ehrlich bin, kann ich nicht genau sagen, ob ich die gesehen oder nicht gesehen habe, meinem Mann habe ich schon x-mal gesagt, die Lampe über der Kellertreppe sitzt falsch, es fällt viel zuwenig Licht auf die Mülltonnen.«

»Habe ich auch gedacht.«

»Deswegen haben wir gestern ebenfalls gestritten. Daß mir die Hausarbeit so wenig erleichtert wird, jetzt, wo ich berufstätig bin und schließlich Geld verdiene für die Familie. Aber das wollte ich Ihnen gar nicht erzählen, ich komme dauernd von etwas ab, das vielleicht wichtig ist. Wissen Sie, das war so gestern. Mitten im Streit hat mich mein Mann einfach stehengelassen und hat die Mülltonne an die Straße gebracht. Er macht das immer so. Wenn ihm die Argumente ausgehen, ist er plötzlich weg und taucht wieder auf, sobald ihm etwas eingefallen ist, und streitet weiter. Wie ich nach einer Weile zum Fenster rausgeschaut habe, mehr zufällig, seh ich, daß er die Tonne gar nicht bis zur Straße gezogen hat, sondern ein Stück entfernt auf dem Weg abgestellt hat. Ich weiß genau, daß die Müllmänner sich nicht um die Tonnen kümmern, die nicht präzise an der Straße stehen. Also hab ich meinem Mann vorgehalten, daß er nicht mal das bißchen, was er tut, ordentlich macht.«

»Und warum hat er ...«

Frau Hielscher fiel Rohleff lebhaft ins Wort. »Naß ist er geworden, hat er gesagt. Zwei Meter von der Bordsteinkante entfernt, wurde ihm der Regen zuviel, und er ist zurück ins Haus gerannt, um eine Jacke anzuziehen. Natürlich hat er die Tonne dagelassen, weil ihm gerade etwas eingefallen war, was er mir an den Kopf werfen konnte. Er ist ja auch gleich in die Küche gekommen, ohne noch an die Tonne zu denken.«

»Und wann hat er die an die Straße geschafft?«

»Als ich geschimpft habe, ist er wieder rausgelaufen, und dann hat er gleich darauf losgeschrien.«

»Weil er diesmal alles ganz richtig gemacht und noch in die Tonne geschaut hat, um den Müll zu kontrollieren. Wie lange stand die Tonne die zwei Meter von der Straße weg, bevor Ihr Mann das Kind entdeckt hat?«

»Es war fast eine halbe Stunde, nicht viel weniger jedenfalls. Ich habe meinen Mann gestern nacht, als Sie weg waren, danach gefragt, und er meinte das auch. Er glaubt, daß er ein Auto gehört hat, weiß aber nicht mehr, ob das die Straße heraufgekommen ist, als er die Mülltonne gerade über den Plattenweg bis fast nach vorn zog, oder danach, als er wieder in der Küche war. Ich habe nichts gehört, aber ich achte auch nicht auf Autogeräusche.«

»Hat das Auto gehalten?«

»Davon hat mein Mann nichts gesagt.«

»Und Ihre Kinder? Haben die nichts gehört? Aber die waren wahrscheinlich gerade nicht in der Küche. Hilft Ihnen Ihre Tochter manchmal?«

»Die Kinder sind heute so belastet mit ihren Aufgaben für die Schule, und lernen tun sie immer weniger. Silke hilft schon, sie will ja mal einen eigenen Haushalt haben, aber seit vorgestern ging es ihr nicht so besonders, wissen Sie«, sie stockte kurz und warf ihm einen abschätzenden Blick zu. »Früher redete man ja über solche Themen nicht, aber das ist heute anders geworden. Silke hat ihre Periode bekommen, oft hat sie starke Schmerzen, in letzter Zeit allerdings nicht mehr so heftig, ich dachte schon, die Beschwerden hätten sich ausgewachsen.«

»Ich habe Ihnen gestern angekündigt, daß meine Kollegin Ihre Kinder befragen würde, aber da ich hier bin, um mit Ihnen zu sprechen, werde ich auch die Befragung der Kinder durchführen. Jetzt, wenn es sich machen ließe.«

Rohleff bedankte sich für den Kaffee, als er aufbrach. Von Silke und Markus hatte er lediglich eine Bestätigung über den Streit zwischen den Eltern erhalten, den die Kinder nicht wichtig nahmen. Ihre Mutter, sagten sie, beklage sich andauernd über die dämliche Hausarbeit. Die Müllentsorgung interessiere sie nicht. Sie fanden, daß viel zuviel Aufhebens davon gemacht würde. Es kotze ihn schon an, erklärte Markus wörtlich. »Wir haben in Ahaus eine Atommülldeponie. Glauben Sie im Ernst, daß dieser Stuß mit Bio-, Restmüll- und Sonstwietonne und dem ganzen Getue darum mich auch nur irgendwie juckt?«

Silke nickte bestätigend, ihr Bruder sprach für sie beide. Das Mädchen wirkte in seinem dickmaschigen Pullover wie in einen Kokon eingesponnen, aus dem es träge und teilnahmslos herausschaute.

»Was hast du herausgefunden?« fragte Groß nach Rohleffs Rückkehr.

»Gab es überhaupt etwas herauszufinden?« fragte Knolle, der sich inzwischen über die Vorfälle des Abends und der Nacht informiert hatte.

»Ich hatte darüber nachgedacht, daß es einen Unterschied machen könnte, ob die Mülltonne in der Regel abends oder morgens an die Straße gestellt wird.«

»Ach nee«, sagte Groß.

»Wann stellst du deine Tonne raus, Harry?«

»Na, morgens, erstens denk ich abends an was anderes, und dann haben wir ja die neue Müllverordnung, nach der wir die Müllentsorgung nach dem Gewicht unserer Abfälle bezahlen müssen. Meinst du, ich will, daß mir spätabends einer klammheimlich seinen Müll in die Tonne klatscht und ich dafür bezahlen muß? Die wiegen das Zeug doch bei der Abfuhr.«

»Siehst du. Du hast doch gesehen, wie Hielschers mit dem Licht umgehen, die sparen. Da war es unwahrscheinlich, daß die ihre Tonne abends rausstellen. Sie tun es nicht. Das war gestern eine Ausnahme, auch daß Hielscher sich selber um die Tonne gekümmert hat. Weil er das so selten macht, hat er gleich zwei Anläufe gebraucht. Erst hat er sie bis fast an die Straße gezogen, dann ist er ins Haus gerannt, um mit seiner Frau in der Küche einen Streit fortzusetzen, und nach einer halben Stunde hat er die Tonne genau an die Straße gestellt.«

Knolle tippte sich an die Stirn, und Groß pfiff leise durch die Zähne. »Eine halbe Stunde also, in der jeder, der zufällig daherkommt, Müll in die Hielscher-Tonne abladen konnte. Hat mich schon gewundert, warum jemand ums Haus schleichen sollte, um das zu tun. Das macht doch keiner, der sich nicht auskennt. Dann hätten wir uns das Geschiß mit dem Kellerlicht auch sparen können.«

»Hielscher will in der fraglichen halben Stunde ein Auto gehört oder gesehen haben.«

»Hat er oder möchte er es gehört haben, damit das Kind endgültig einem Unbekannten in die Schuhe geschoben werden kann? Bist du sicher, daß die Leute die Wahrheit sagen?«

»Was die Sache mit dem Streit betrifft und dem zweimaligen Rausrennen, bin ich sicher.«

»Bleibt das Auto. Sag mal, hätten wir das alles nicht gestern klären können? Du hättest den Leuten fester auf die Füße latschen müssen.«

»Das hatte Zeit.«

»Bisher hatte ich den Eindruck, dir kann die Ermittlung nicht schnell genug gehen.«

»Wir haben zwei, das eine Kind ist bloß tot, aber das andere ... Bei dem ist Eile angebracht. Der Tod des Neugeborenen wird sich so oder so klären. Sorgen macht er mir aus anderen Gründen.«

»Manchmal Chef«, sagte Groß, »fängst du an, unheimlich zu werden. Du solltest mehr auf deine Biorhythmen achten.«

»Du schläfst zuwenig. Gönn dir wenigstens mittags ein Nickerchen im Büro«, fügte Knolle ernst hinzu.

Lilli sagte, von Rohleff eindringlich befragt, Autos hätten die Nachbarn schon gehört oder bemerkt, wenn auch nur wenige. Aber keiner hatte ein Auto halten sehen. Die Aussagen waren so vage gewesen, daß sie sie nicht ins Protokoll aufgenommen hatte. Zur Strafe, wie Groß süffisant kommentierte, beauftragte Rohleff Lilli mit einer nochmaligen Befragung, obwohl er sich davon nicht viel erhoffte.

»Schöne Scheiße, eindeutiger Fall von Mülltourismus, der greift um sich wie eine Seuche«, sagte Groß.

»Wenn das erst mal in der Zeitung steht, kauft doch keiner mehr einen Kindersarg«, ergänzte Knolle nachdenklich.

»Ihr Armleuchter«, schrie Lilli.

»Bei uns im Wald gibt es schon drei wilde Müllkippen. Die da bei uns ihren Dreck abladen, gar nicht weit von unserer Hoftür, die fassen wir nie, sagt mein Alter, die sind mordsgerissen. Bei diesem Mülltonnenkind seh ich auch ganz schwarz. Müll will keiner vor seiner eigenen Tür haben«, fuhr Knolle fort.

Da war noch der Knabe Sven, erinnerte sich Rohleff. Er hatte nach dem Besuch bei Hielschers gerade ins Auto steigen wollen, als er neben ihm mit einem Schwung hielt, der das Hinterrad über die Straße rutschen ließ. Er bewunderte die Lässigkeit, mit der der Junge sein Rad im Griff behielt.

»Was willst du wissen?« fragte er Sven.

»Wie geht es denen da?« Der Junge deutete mit dem Kopf zum Hielscher-Haus.

»Meinst du jemand bestimmten?«

Zunächst schien es, als wollte Sven das Gespräch abbrechen.

Er schwang sich auf sein Rad, fuhr eine große Schleife und hielt vor Rohleff exakt so wie beim erstenmal.

»Ich kenne Markus und Silke.«

»Wie ist Markus?«

»Ganz in Ordnung dafür, daß er so blöde Alte hat.«

»Trägst du bei euch den Müll raus?«

Sven lachte laut auf, dann sagte er fast mürrisch: »Die Silke soll dauernd helfen. Ewig sind sie hinter der her. Die darf rein gar nichts.«

»Du wolltest wissen, wie es ihr geht? Warum schellst du nicht und fragst sie selbst?«

Sven schaute zum Haus, seine Augen wurden schmal. »Lieber nicht. Früher waren wir mal befreundet, aber der Alte hat gemeckert, als er dahinterkam. Dabei war das doch harmlos. Dann bin ich sitzengeblieben, da war es ganz aus. Und Silke ...«

»Ja?«

»Die hat jetzt einen anderen, hab sie mal zusammen gesehen. Der ... ist auch egal.« Seven drehte eine letzte Runde. »Wie geht es ihr?«

»Nicht besonders gut, Frauengeschichten, verstehst du?«

»Hat ihre Tage, was? Dann kann man sie nur mit der Zange anpacken. Na, bis dann.« Sven winkte, als er davonpreschte.

Rohleff hörte das Quietschen der Reifen oder Klappern des Rades, es wurde mit zunehmender Entfernung lauter statt leiser. Er selbst lief zum Haus, die Mutter öffnete, grußlos ging er an ihr vorbei ins Wohnzimmer, das Grüßen hob er sich für die Tochter auf, er kam als Bote von Sven. Das Mädchen saß in sich gekehrt auf dem Sofa, einen großen Teddybären an sich gedrückt. Noch immer war das Fahrrad zu hören, der anschwellende Lärm hatte ihn ins Haus verfolgt, ihn angetrieben, er wußte, für sein Vorhaben wurde die Zeit knapp. Es wollte ihm nicht in den Kopf, daß der Wecker neben ihm schepperte.

22. November

Die Zeitung lag auf dem Küchentisch, wie sie im Briefschlitz gesteckt hatte, sie nahm sie auf, entfaltete sie, strich sie glatt. Das saugfähige Papier eignete sich hervorragend dazu, Kartoffelschalen und Speisereste vom Vortag darin einzuwickeln, so vorbereitet, trug sie die Abfälle auf den Kompost, obwohl sie wußte, daß die Zeitung kein Hindernis für die Ratten darstellte. Wahrscheinlich schätzten die sogar den Holz- und Leimgeschmack des Papiers und die ätzende Druckerschwärze vielleicht wie eine Prise Pfeffer.

Für Politik interessierte sie sich nicht, sie wußte aber wohl, daß jetzt nicht mehr der Dicke Kanzler war. Nicht, daß sie ihm und seinen Versprechungen jemals getraut hätte, aber das unbewegte Gesicht auf den Titelseiten war eine Garantie für Beständigkeit gewesen wie früher die alte Maggireklame. Sie hatte die Seiten umgeblättert, obwohl sie nicht lesen und sich auf gar keinen Fall mehr in den alltäglichen Horror von Flutkatastrophen, Dürren und Eisenbahnunglücken hineinziehen lassen wollte, der aus unbekannten Weltgegenden um Aufmerksamkeit buhlte und das bißchen eigenen Frieden bedrohte, weil ihm nichts entgegengehalten werden konnte als hilfloses Entsetzen. Die Titelzeile auf einer Lokalseite sprang sie an. Nahezu erleichtert registrierte sie das Läuten an der Tür, das einen Aufschub gewährte.

Vor der Haustür stand ein junger Mann, den sie nicht kannte. Er komme, um die Gasuhr abzulesen, sein Kollege sei krank, erklärte er fröhlich. Erst als er auf ihr Verlangen seinen Ausweis herausgekramt hatte, ließ sie ihn ein. Viel zu neugierig sah er sich in der Halle um.

»Na, wo sind denn die Kinder, ich hör ja gar nichts, sind die immer so still?« fragte er.

»Welche Kinder?« fuhr sie ihn an.

»Ich hab es gesehen, das Spielzeug in dem Fenster im ersten Stock, die Puppen und ein Bär. So einen großen hätte ich früher auch gern gehabt, macht mich richtig neidisch. Ich hab eine Nichte, die ist wild auf Barbies.«

Er war stehengeblieben, schaute die Treppe zum ersten Stock hinauf, als erwartete er, daß Kinder heruntergerannt kämen.

»Die Gasuhr ist im Keller.« *Sie schloß die Kellertür auf, schaltete das Licht ein und winkte heftig.*

»Ist ja riesig, das Haus«, *sagte er und musterte die Stuckgirlanden an der Decke und die massiven, geschnitzten Holztüren, bevor er ihr endlich folgte. Unter der Treppe stand ein altes Schaukelpferd, ein Ungetüm mit rotem Zaumzeug, zu schwer, um es allein in den ersten Stock zu transportieren, es stand hier, seit sie eingezogen war. Schon oft hatte sie überlegt, daß sein Platz im oberen Flur sein müßte, als Vorposten für das Kinderzimmer, um dessen freundliche Atmosphäre auf das ganze obere Stockwerk auszudehnen. Der junge Mann erschien ihr nicht zuverlässig, ihn konnte sie nicht um Hilfe bitten, sein Kollege hatte sich nur für die Gasuhr interessiert, und trotzdem hatte sie ihm nicht getraut. Grimmig sah sie mit an, wie der aufdringliche Kerl mit einem Schuh auf die Kufen trat und das Pferd schaukeln ließ.*

»Tolles Ding, da müssen Blagen doch scharf drauf sein, auch heute noch.« *Er sah sie aufmerksam an.* »Sammeln Sie so was? Puppen, Bären? Sind wohl Antiquitäten, nicht? Obwohl solche Pferde auch in Taiwan gemacht werden, auf echt alt.«

Sie antwortete nicht und stieß die Tür zu dem Verschlag auf, in dem die Gasuhr und der Stromzähler hingen. Zurück ging sie wieder voran, eilig, um ihn zur Eile anzutreiben. Zwecklos.

»Sagen Sie, Sie leben doch wohl nicht allein in diesem Kasten?« *hörte sie ihn hinter sich fragen.*

»Nein, tu ich nicht«, *sagte sie barsch.*

»Das ist ja man gut, ist ein bißchen einsam hier draußen.«

Endlich hatte sie ihn zurück in die Diele gelotst, noch einmal flog sein Blick zur Treppe. Er schüttelte den Kopf, bevor er sich ihr zuwandte.

Sie hielt bereits die Haustür auf.

»Passen Sie bloß auf, wenn Sie doch mal Kinder hier haben, Enkel oder so, der Teich an Ihrem Grundstück und der Wassergraben drumherum sehen mir nicht so ohne aus. So was reizt Kinder. Also meine Nichte ...«

»Ich kann sehr gut auf Kinder aufpassen«, schnauzte sie ihn an. Das Glas im Oberlicht klirrte, als sie die Tür hinter ihm ins Schloß warf. Vom Dielenfenster aus beobachtete sie, wie er die breiten, geschwungenen Stufen, die sich über die Mitte der Eingangsfront hinzogen, hinablief, sich im Gehen umdrehte und nach oben starrte, zu den Fenstern im ersten Stock. Was hätte er getan, wenn ein Kinderwagen auf dem Rasen vor dem Haus gestanden hätte?

Die Marmorfliesen der Halle wiesen seine Fußspuren auf, schmutzige Tapfen, sie konnte verfolgen, wie er hin- und hergegangen war, ein Mann, der den Raum durchmaß, ihn sich aneignete, ein Störer. Sie fuhrwerkte eine Weile mit Eimer, Lappen und Schrubber, tilgte die Anmaßung, die in den Spuren lag, auch die Irritierung. Der andere, der sonst kam, hatte seine Schuhe vor der Tür abgewischt und war schnurstracks zum Keller gelaufen, es war einer, der seine Arbeit gut abgerichtet versah, sehr zuverlässig.

Beinahe hätte sie den Artikel vergessen, sie hielt schon die Emailschüssel mit den Resten über der aufgeschlagenen Zeitung, als sie stutzte und die Schüssel absetzte. Eine Meldung, so furchtbar wie die der letzten Woche.

Wettringen war für sie auf dem Weg nach Rheine nicht mehr als eine Durchgangsstraße gewesen, mit Häusern rechts und links und einer Gärtnerei. Ein Kaff, das plötzlich Bedeutung erlangt hatte, weil es etwas Grauenhaftes barg. Ein Ort, der, wie ihr schien, seine Kinder nicht wert war. Ein Fingerzeig, überlegte sie, es könnte sinnvoll sein, Wettringen wie eine heimliche Jägerin zu durchstreifen. Mit Kindern wußte sie etwas Besseres anzufangen, als sie in Mülltonnen zu werfen.

Leidlich frisch, gönnte Rohleff seinem Kollegen ein paar wohlwollende Blicke. Knolle humpelte immer noch erbärmlich, wenn auch tapfer und tatendurstig nach dem Klinikaufenthalt. Pflaster klebten ihm im Gesicht, als hätte man hier und da ein Loch geflickt. Die rechte Wange zeigte ein ausgeprägtes Lilagrün, das am Rand bereits in Gelb überging, ein Zeichen, daß der Heilungsprozeß voranschritt. Die Tage, in denen Knolle so nett hilfsbedürftig wirkte, waren gezählt. Schon jetzt riß er wieder ungehemmt das Maul auf und wollte bei dem Treffen in der Pathologie dabeisein.

»Du kannst doch nicht allein hinfahren und mich hier am Schreibtisch versauern lassen, so was tut man nicht unter Kollegen.«

»Ich schon«, beschied ihn Rohleff kühl, »dein Frankensteinantlitz ist zwei älteren gutbürgerlichen Herren nicht zuzumuten, obwohl sie in gewisser Weise an Schreckliches gewöhnt sind, allerdings humpeln die, mit denen sie sich beruflich befassen, nicht mehr herum.«

»Als Leiche würdest du mich mitfahren lassen?«

»Ich möchte auf diesem Zustand nicht bestehen.«

»Ich schreib auch den Bericht, außerdem hast du deinen merkwürdigen Einfall mit dem Treffen unserem Wolpertinger zu verdanken.«

Rohleff blieb hart, Knolle spielte seinen letzten Trumpf aus. »Mein Opa sagt, du kannst, wenn du willst, nach Neujahr zu uns zum Eiserkuchenessen kommen, aber wenn du stur bleibst, red ich meinem Opa das aus.«

»Wie schmecken Eiserkuchen?«

»Das erzähl ich dir unterwegs.«

Lilli verschaffte Rohleff durch ihr Eintreten eine Bedenkzeit.

»Ich hab was zu unserem ersten Fall, dem Puppenkind, zu berichten, eigentlich seit gestern schon, aber da dachte ich, das Wettringer Kind ist vorrangig. Ich habe mit dem Kinderarzt der Kellers telefoniert, und zunächst sah es danach aus, als wäre ich auf etwas Wichtiges gestoßen.« Lilli legte eine Pause ein.

»Na, auf was?« fragte Knolle ungeduldig.

»Der Arzt sagt, das Baby der Kellers hätte sich um ein Haar eine Krankheit zugezogen, die bei uns nur noch selten vorkommt, Rachitis.«

»Kann ich mir nichts drunter vorstellen«, sagte Knolle.

»Rachitis wird durch Vitamin D-Mangel ausgelöst. Normalerweise erhält jeder Säugling Vitamin D, um diese Krankheit zu vermeiden. Frau Keller war nach der Geburt selbst krank, hat sie mir in einem Gespräch erzählt, da hat sie sich um das Kind nicht richtig kümmern können, jedenfalls hat sie dem Baby das Vitamin nicht regelmäßig verabreicht.«

»Na und?«

»Die Knochen können sich durch den Mangel an Vitamin D verformen, oft sind es die Beine, sie werden krumm, und die Rippen biegen sich nach innen zu einer Trichterbrust. Der Arzt sagt, der Vitaminmangel sei gerade noch rechtzeitig bemerkt worden, um einen größeren Schaden zu verhindern. Das Kind hat keine Verformungen davongetragen. Es hat überhaupt keine körperlichen Merkmale, an denen man es erkennen könnte, rein gar nichts, und Röntgenaufnahmen gibt es auch keine.«

»Mit diesen hochinteressanten Nachrichten hältst du uns auf? Du weißt also nicht mehr als vorher. Alles, was den einen Fall mit dem anderen nach wie vor verbindet, ist, daß die Kellers ihre Tochter suchen und wir zufällig eine Babyleiche übrig haben, eine ohne spezielle Merkmale. Aber sag mal, bekommen Babys bei der Geburt nicht eine Kennzeichnung, um sie zu identifizieren?«

»Ein Namensschildchen ans Fußgelenk, der Name wird nicht eintätowiert, Patrick.«

»Wäre aber praktisch, nicht?«

»Die Kellers«, schaltete sich Rohleff ein, »werden sich also weiter mit der Ungewißheit herumschlagen müssen. Hast du ihnen schon mitgeteilt, daß wir mit der Identifizierung nicht weitergekommen sind, Lilli?«

»Das habe ich noch vor mir, und es wird mir nicht gerade leichtfallen. – Da ist noch was. Ich habe die Nachbefragung bei den Nachbarn der Hielschers durchgeführt. Einer kann sich jetzt an ein Auto erinnern, das besonders langsam gefahren ist. Es muß so um zehn Uhr gewesen sein, und es hatte den Anschein, als suchte da einer eine Hausnummer. Der Nachbar kam gerade aus seiner Garage und war auf dem Weg zur

Haustür. Allerdings hat er nicht gesehen, ob das Auto gehalten hat, denn er ist schnell ins Haus gelaufen, weil es regnete.«

»Das fällt ihm heute erst ein?« knurrte Rohleff zweifelnd.

»Ist doch klar«, sagte Knolle. »Hat dich noch nie ein Autofahrer angehauen und nach dem Weg gefragt, den du ihm lang und breit erklärst, während dir der Regen in den Nacken trieft und der Kerl dich höflich aus dem Trockenen angrinst? Ich wäre auch reingerannt, stimmt's Lilli?«

»Ganz bestimmt, Patrick. Diesem Nachbarn war das bei der ersten Befragung ein bißchen peinlich. Der ist mehr verdeckt ungefällig und nicht so platt wie du.«

»Hat der Autofahrer nun nach einer Hausnummer gespäht oder nach einer Mülltonne mit ungenutztem Restvolumen?«

»Das habe ich nicht herausgefunden, dieser Nachbar ist unser einziger Zeuge.«

»Also suchen wir vielleicht doch einen Mülltouristen.«

»Was ist denn nun Besonderes am Eiserkuchenessen?« Rohleff fuhr zügig, Knolle versuchte vergeblich, für seine noch schmerzenden Glieder eine einigermaßen bequeme Stellung zu finden, er zappelte wie ein Dreijähriger. Am Autofenster flog die Novemberlandschaft vorbei. Felder, auf denen die Wintersaat grünte, ein Versprechen auf den nächsten Frühling, daneben vergilbte Wiesen. Behäbige Bauernhäuser mit roten Dächern duckten sich hinter ihre Hofbäume, mächtige Eichen und Kastanien, jetzt winterkahl.

»Nicht essen, backen! Ein paar Tage nach Neujahr kommen die Nachbarn auf den Hof und bringen ihre Waffeleisen und in einer großen Schüssel angerührten Teig mit. So ein Eisen besteht aus zwei gußeisernen Platten mit langen Stielen, sieht ein bißchen aus wie eine Riesenschere. Erst wird es innen mit Schmalz eingefettet, dann kippst du einen Löffel Teig auf die eine Platte, klappst das Eisen zusammen, hältst es ins Feuer und backst die Eiserkuchen. Die fertigen Kuchen nimmst du mit nach Hause, die reichen bis Ostern. Schmeckt eh fade, das Zeug. Wenn alle gemütlich ums Feuer hocken und Korn trinken, brechen jedesmal Streitigkeiten aus, das ist das Schöne am Eiserkuchenbacken. Von den Fehden haben wir dann auch was bis Ostern und manchmal bis zum nächstenmal. Also besorg dir ein Eisen, hast ja noch Zeit dazu, und meine Mutter schreibt dir das Rezept für den Teig auf. Weißt du, jede Familie hat ihr eigenes Eisen, und das hält sie in Ehren, da darf kein Fremder dran.«

»Sag deinem Opa, vielen Dank für die Einladung, ich komm gern, für die exotischen Bräuche von Eingeborenen hab ich schon immer ein Faible gehabt.«

Was löst echten Schrecken aus, sollte er sich später öfter fragen, wenn er an das Treffen in der Pathologie dachte. Wenn doch alles dem äußeren Anschein nach friedlich, geradezu harmlos wirkt, ernsthaft und von eindeutig gutem Willen getragen?

Zwei ältere Herren, die über Fachliches in der altmodischen Art von Professoren redeten, die längst außerhalb der Turbulenzen der Tagesgeschäfte standen. Beide liebenswürdig, hintersinnig verschmitzt, Opas, an deren Knien sich Enkel reiben mochten und um Geschichten bettelten, schön schaurige. Herr Müller, der Präparator, und Herr Scheidt, Leichenbestatter und Spezialist für Einbalsamierungen. Der eine stieg gutgelaunt in Rohleffs Dienstwagen, schob sich mit knackenden Gelenken auf den Beifahrersitz, während sich Knolle auf dem Rücksitz krümmte und mit seiner Visage folgsam im Hintergrund hielt. Der auch diesmal mißmutige Sohn, der den betagten Vater nur nach amtlich begründeten Drohungen Rohleffs ziehen ließ, protestierte ein letztes Mal gegen das Vorhaben der Polizei, gutgläubige Bürger in dubiose Ermittlungen zu zwingen. Wahrscheinlich handelte Müller junior tatsächlich mit Konterbande und versuchte abzulenken. Rohleff nahm sich halbherzig vor, dem Zoll einen Wink zu geben. Herr Scheidt wartete im eigenen Wagen, einem betagten Opel, der quer in der Einfahrt der Pathologie stand, und schrammte, als er den Polizeiwagen kommen sah, an einem geparkten

Fahrzeug vorbei in eine Lücke hinein. Rohleff hörte ungerührt Hartgummi quietschen, während Knolle auf dem Rücksitz wie eine verendende Dampflokomotive stöhnte.

»Der parkt tadellos ein, du solltest dir merken, daß Stoßstangen einem praktischen Zweck dienen.«

Rohleff stellte fest, daß ihn grenzenloses Vertrauen in die zwei Experten erfüllte, fast schien es ihm, als wäre er von seiner Aufgabe entbunden, als läge alles noch zu Regelnde jetzt in den Händen der beiden. Auf den ersten Blick war zu erkennen, daß sie sich verstanden, kollegiale Neugier trieb sie unverzüglich auf den Eingang zu, die Polizisten folgten und hörten, wie der kleinere der beiden, Müller, mit akzentuierter Altherrenstimme die Dame an der Information wie ein überalterter Schuljunge fragte: »Na, wo haben wir denn unsere kleine Leiche?«

Die zwei Herren warteten höflich, aber mit leiser Ungeduld die Begrüßung von Dr. Overesch ab, schüttelten ihr charmant lächelnd die Hand, wandten sich um und lupften das Tuch, das eine der ausgezogenen Laden aus dem Stahlschrank bedeckte.

»Aber das ist sie nicht«, sagte Scheidt enttäuscht.

Rohleff stellte fest, daß es sich um das Wettringer Kind handelte, und wie schon einmal dachte er, daß es wie ein schlafendes Äffchen aussah.

Dr. Overesch griff ein. »Meine Herren«, begann sie mit fester Stimme, »ich sollte Ihnen vorher etwas zu dem hier in Frage stehenden Fall erklären.«

Müller hatte die zweite Bahre entdeckt und winkte dem Kollegen.

»Ach, lassen Sie nur, Kindchen«, erklärte Scheidt leutselig, »wir beide haben schon mehr Leichen gesehen als Sie, und wir wissen, warum wir hier sind.«

Der Präparator deckte das Kaufhausbaby auf. »Dilettantisch, sehen Sie sich das nur an«, rief er aus.

Rohleff fuhr zusammen.

»Ganz unprofessioneller Schnitt, viel zu auffällig«, stimmte Scheidt zu, der nun auch an der Bahre stand, beide schauten auf, vorwurfsvoll.

Dr. Overesch zuckte ratlos die Schultern. »Das waren wir, unsere Untersuchungen machten den Schnitt erforderlich, wissen Sie?«

»Barbarisch.« Müller schüttelte den Kopf, zog vorsichtig den klaffenden Spalt im Leib des Kindes weiter auseinander und spähte flüchtig hinein. Der andere tätschelte beiläufig die immer noch rosige Babywange. »Na, dann wollen wir mal.«

Es war wohl die Starrheit der drei anderen Personen, das eisige Gefühl, das die drei in Wellen in den Raum sandten, das die beiden Experten noch einmal aufschauen ließ.

»Ach, wissen Sie«, erklärte Müller freundlich, »was an diesem Kind menschlich war, ist jetzt im Himmel.«

Wohl in diesem Moment reifte in Rohleff die Erkenntnis, daß es Zeit zum Handeln war, um einen Weg aus einer beklemmenden und immer drückenderen Situation zu finden, die ihn und Sabine voneinander wegtrieb. Morgen, dachte er. Im nächsten Augenblick stieß er Knolle in die Rippen.

»Schreib alles auf, was du verstehen kannst, ich tu das auch, nachher vergleichen wir.«

Scheidt kramte in seinen Taschen und zog eine Reihe von Gegenständen hervor. Mehrere fein geschliffene Skalpelle, eine Lupe mit eingebauter Leuchte, einen Satz langer, unterschiedlich gebogener Haken, Pinzetten.

Dr. Overesch lehnte an einem Metalltisch an der Wand und schaute fragend zu Rohleff hinüber. Er schüttelte den Kopf. »Nicht eingreifen, erst abwarten, was sie damit vorhaben«, sagte er leise. Er hätte lauter sprechen können, die Experten hätte das nicht gestört.

»Hervorragend, daß Sie daran gedacht haben«, sagte Müller, »hatte selbst ein ähnliches Set. Hat mein Sohn alles weggeräumt, als er den Laden übernahm. Ich weiß nicht, wo die Sachen geblieben sind. Die machen heute ja alles anders.«

Scheidt beugte sich über die Bahre. »Ich habe die Instrumente meinem Sohn unter den Fingern weggezogen, er sagte, die gehörten weggeworfen. Stimmt schon, richtig umfassende Arbeiten werden nicht mehr verlangt, nur etwas Tünche.«

»Aber das ist eine feine Arbeit, hab lange nicht mehr so was gesehen«, Müller deutete auf das Kind.

»Hervorragend, bis auf den Schnitt.«

»Verdirbt beinahe alles. Bin immer von unten oder hinten reingegangen, bei Vögeln durch die Kloake, mit dem richtigen Satz Haken kein Problem. Wissen Sie, wir waren eine Gruppe, so vor vierzig oder fünfzig Jahren, wir haben eine Methode entwickelt, die die Schnitte möglichst erspart.«

»Schnitte sind unschön.«

»Die Imhotep-Methode haben wir das genannt.«

Der andere sah interessiert auf, in der Hand einen der Haken, einen weiteren hatte Müller ergriffen, gemeinsam hielten sie damit den Körper offen.

»Imhotep?«

»Nach einem Ägypter, einem Arzt oder Einbalsamierer. Hab was über den Mann gelesen, der kam ebenfalls ohne Schnitte aus.«

»Haben aber zu viele Salze verwendet, die Ägypter, dehydriert Haut und Gewebe, sieht nachher wie getrocknetes Rindfleisch aus, unschön.«

»Liegt wohl an der Zeitspanne, wer rechnet schon mit dreitausend Jahren? Das mit den Salzen stimmt. Säuren sind besser. An das da kann ich mich erinnern. Besondere Fasern, haben wir damals entwickelt, geben auch nach Jahren nicht nach.«

Scheidt zupfte ein wenig von dem Füllmaterial, das in einer Schale neben der Leiche lag, mit einer Pinzette ab und rieb es zwischen den Fingern. »Gutes Zeug, weich, federnd und doch fest. Sag ich ja immer, die Grundlagen müssen stimmen, alles andere ist Firlefanz. Nehmen Sie Wachse?«

»Für Oberflächen? Mit so feinen wie diesen hab ich's für gewöhnlich nicht zu tun.« Müller kniff dem Baby behutsam ins Bein. »Canaubawachs mit Harzen, Copal, besser noch Dammarharz, mit Spiritus versetzt, manchmal auch Sangajol, und über kleiner Flamme alles miteinander verschmolzen, man muß rasend schnell sein, bevor die Masse wieder erstarrt, gibt Federn aber einen satten Schimmer, unnachahmlich.«

»Auch ein Trick ihrer Expertenrunde?« Scheidt lächelte. »Ich verwende Wachse für die Grundierung, nur ganz wenig Harz, nur eine Spur, und als Pigmentbasis ist Bolus nicht schlecht, erst grüner, dann roter, wie die alten Maler das gemacht haben, französischer erzeugt einen satten Ton, und auf den können Sie das moderne Zeugs draufschmieren. Feines Perlmutt, sehen Sie mal.«

Er reichte Müller auf flacher Klinge eine von der Haut abgeschabte Probe und die Lupe.

»Erinnert mich an eine Südseemuschel, ich komm jetzt nicht auf den Namen, die hat diese irisierenden Lichtreflexe, sieht raffiniert aus.« Müller zog einen Kugelschreiber aus der Reverstasche und klopfte auf das Auge des Kindes. Es gab einen harten Ton, der Knolle und Rohleff zusammenzucken ließ.

»Ich würd's nicht glauben, wenn ich's nicht sähe«, jammerte Knolle.

»Auch nicht schlecht gemacht«, erklärte Scheidt und fuhr mit zwei Fingern durch das Haar des Kindes, zupfte daran, bog einzelne Strähnen zur Seite, die Lupe kam wieder zum Einsatz.

Müller schmunzelte. »Hab ich sofort gesehen. Man braucht eine spezielle Nadel dafür, ist im Ergebnis von echtem nicht mehr zu unterscheiden, wenn man die Technik mit der Nadel beherrscht.«

Knolle war im Begriff dazwischenzufahren, Rohleff erwischte ihn noch rechtzeitig am Ärmel und zog ihn zurück. »Du hältst dich da raus, ich hab dir gleich gesagt, bleib im Büro.«

Rohleff sah zu Dr. Overesch hinüber, sie schien mit ihren Gedanken weit weg, sie rauchte ruhig. Er wußte nicht, ob er ihre Gelassenheit bewundern sollte, er selbst spürte einen wunden Punkt in seinem Magen und hätte sich gewünscht, daß sie wenigstens etwas Betroffenheit zeigte. Sein Blick glitt über ihre Figur, tastete sich unter den weißen Kittel, bis er in seiner Phantasie unter den Händen glatte Haut und weiche, volle Rundungen fühlte, zarte Regungen des Fleisches. Als ein Skalpell klirrend auf die Stahlbahre fiel, entglitten ihm mit einem Schlag die angenehmen Bilder, dafür meldete sich um so heftiger sein flauer Magen. Er hätte kotzen können.

Die Experten waren fertig.

»Was ist nun mit dem Kind gemacht worden? Konnten Sie das feststellen? Einbalsamiert oder präpariert?« fragte er.

Scheidt übernahm die Antwort. »Beides«, sagte er schlicht, dann lächelten die beiden verbindlich, unmißverständliche Gewißheiten im Blick.

Die Polizisten schauten sich an, für den Moment außerstande, einen klaren Gedanken zu fassen.

Die Ärztin stieß sich vom Stahltisch ab. »Würden Sie das näher erklären?«

»Aber gern«, sagte Müller, ergriff einen der Haken und deutete damit zwischen die Beine des Kindes. »Es ist ganz fachgerecht ausgenommen, ausgeblutet, mindestens, würde ich sagen, vier Wochen in bestimmte konservierende Substanzen eingelegt, bis der Prozeß der Verwesung nachhaltig unterbunden war und ...«

»Das reicht!« Rohleff schnappte nach Luft. »Herr Scheidt?«

»Aber Kollege Müller war noch nicht fertig. Sehen Sie, bei uns werden keine Glasaugen und keine Haare eingesetzt. Das ist ungebräuchlich.«

»Die Haare?« stotterte Knolle.

»Natürlich echtes Haar, Sie denken sicher, das müßte auf die Dauer strohig aussehen. Tut es nicht, ist erstklassig behandelt«, sagte Müller heiter. »Wie Pfauenfedern.«

»Die Oberfläche hätte ich nicht besser machen können, der Schichtenaufbau, tadellos. Haben Sie sich mal die Nägel angesehen? Fein wie Seide«, ergänzte Scheidt.

Rohleff beäugte ratlos seine Notizen. »Sie sind ganz sicher in Ihrem Urteil?« Es hörte sich töricht an.

Sie nickten mit dem Lächeln chinesischer Weiser. Scheidt zog das Laken über das Kind, nur der Kopf schaute heraus, dann griff er nach einem Haken, fuhr damit in die Augenwinkel, es gab ein häßliches schabendes Geräusch. Die Augen des Kindes schlossen sich.

»So, jetzt funktioniert der Augenmuskel wieder. Sie sollten es bald beerdigen; was auch immer man damit gemacht hat, es ist eine menschliche Leiche, und sie verdient Respekt.«

»Ja«, sagte Müller und legte seine knöcherne Greisenhand wie beschützend auf den Leib des Kindes.

Knolle hustete. »Ich hätte da noch eine Frage.« Er starrte seine Notizen an. »Sie haben mehrmals eine Fachgruppe erwähnt, Herr Müller, zu der auch Sie einmal gehört haben. Würden Sie sagen, das Kind könnte von einem dieser Leute präpariert worden sein? Sie haben doch diese speziellen Methoden erwähnt, oder sind die praktisch allgemein bekannt geworden?« Er trat an die Bahre heran, zog die Schale mit dem Füllzeug unter dem Tuch hervor. »Was ist damit?«

»Also das«, sagte Müller eifrig, »haben nur wir verwendet, wir haben das ja erfunden, und jetzt nimmt man ganz andere Sachen zum Ausstopfen. Aber ob einer von uns ...«, fügte er mit plötzlicher Betroffenheit hinzu.

»Da sind auch noch die Kenntnisse in der Einbalsamierung zu bedenken«, nahm Rohleff den Faden auf.

»Richtig.« Knolle wollte sich augenscheinlich nicht von seinem Chef beiseite drängen lassen, hurtig zog er ein zusammengefaltetes Blatt aus seiner Jackentasche, schlug es auf und begann zu lesen. »Retinyl-Linoleat, Ceramide, Braunalgen, pulverisiertes Perlmutt – der Punkt hat sich schon erledigt –, Harze auch, Liposome, Koffein und Pfeffer. Herr Scheidt, was ist mit diesen Mitteln, sind die für Ihr Gewerbe typisch und hier gebraucht worden? Oder ist Ihnen noch was anderes aufgefallen?«

»Patrick, das hatten wir schon geklärt, Harry Groß ...«

Knolle winkte ärgerlich ab und schaute den Einbalsamierer auffordernd an.

»Die Sache ist die«, antwortete Scheidt, »wir verwenden diese Materialien, sie sind Bestandteile der Leichenschminke, kommen aber auch in ganz normaler Kosmetik vor, die es in jeder Drogerie zu kaufen gibt.«

»Knolle«, fuhr Rohleff seinen Kollegen an und mäßigte sich dann im Ton. »Du begleitest die beiden Herren in die Eingangshalle, ich denke, sie sind hier fertig, und bitte Herrn Müller, dir alles über seine Expertengruppe von früher zu erzählen, wie viele es waren, Adressen, Namen. Ich habe mit Frau Overesch noch etwas zu bereden.«

Müller rieb sich zweifelnd ein Ohr. »Das könnte schwierig werden. Sechs waren wir, wenn ich mich recht erinnere, zwei Namen fallen mir direkt ein, Hermann Straube und Wilhelm Sudhoff. Aber warten Sie mal, Sudhoff ist schon tot, stand damals in der Zeitung, er kam bei einem Autounfall ums Leben.«

»Etwas muß ich doch noch ergänzen«, erklärte Scheidt, schon auf dem Weg zur Tür. »Wer den Leichnam hergerichtet hat, hat es so gemacht, wie ich es gelernt habe, ganz gründlich, nicht so husch-husch, wie das heute üblich ist.«

»Das«, sagte Rohleff steif, »haben wir begriffen, Herr Scheidt.«

»Nicht ganz«, Scheidt blieb in der Tür stehen und blockierte sie, »was ich feststellen wollte, ist dies: Die Behandlung erfolgte in der alten Technik mit einigen der traditionellen Mittel, und darüber hat man das moderne Zeug geschmiert, so daß die Arbeit aussieht wie ein Lehrstück, das Altes und Neues zusammenfaßt. Allerdings die Verwendung des Perlmutts, das haben Sie hoffentlich verstanden, ist mehr auf der Seite von Herrn Müller zu veranschlagen, vor allem dieses Perlmutt mit den besonderen Effekten.«

Rohleff schob die Herren höflich, aber zielstrebig auf den Flur hinaus, bedankte sich, verabschiedete sich gleichzeitig und schloß energisch die Tür, bevor Scheidt noch etwas sagen konnte. Sein letzter Eindruck vom Fachmann für Leichenkosmetik war, daß sich dessen Aufmerksamkeit gerade auf Knolles Antlitz richtete und dem Kollegen dabei unbehaglich wurde.

Allein mit der Ärztin, versuchte er, sich darauf zu konzentrieren, ihr ins Gesicht zu sehen und den Blick nicht tiefer wandern zu lassen. »Haben Sie das mit dem Glasauge gewußt?«

»Ich hatte vergessen, es Ihnen zu sagen, natürlich war es uns aufgefallen, aber daß auch die Haare eingesetzt sind, haben wir übersehen.«

»Ist nicht Ihr Fachgebiet.« Rohleff sprach nahezu barsch, um sich in der Hand zu behalten. Lieber hätte er seine Arme um sie gelegt, sie an sich gedrückt, rein freundschaftlich, nur um sie beide zu versichern, daß es immer noch diesen netten, friedlichen Fluß des Lebens gab, der sie tragen sollte. Eventuell, überlegte er, brauchte sie eine solche Versicherung nicht.

»Ich möchte, daß Sie versuchen, das ursprüngliche Aussehen des Kindes zügig wiederherzustellen. Abschminken und, wenn möglich, das Zeug rausholen, das das Gewebe aufpolstert. Die Haare entfernen«, er zögerte einen Augenblick, »die Glasaugen können Sie lassen, wir brauchen wieder Fotos, und sie sähen katastrophal ohne Augen aus.«

Müller hatten sie wieder am Laden abgesetzt, Knolle fuhr auf der Rückfahrt, obwohl er kaum aufrecht sitzen konnte. »Hoffentlich war's das wert, daß wir die zwei bösen alten Kinder auf das Baby losgelassen haben. Wenn du mich fragst, wären die beiden in der Klapsmühle gut aufgehoben.«

Der Wagen scherte seitlich aus, fing sich wieder, Rohleff langte haltsuchend nach dem Griff oberhalb der Beifahrertür.

»Hast du die Liste von Müllers Präparatorenrunde?«

»Müller ruft mich an, wenn ihm die anderen Namen einfallen, ich hab ihm meine Karte gegeben. Dann haben wir noch das Wettringer Blag am Hals, und die Liste der vermißten Säuglinge ist auch nicht ganz abgearbeitet. Hast du die Akte über das Baby gesehn, das vor ungefähr eineinhalb Jahren verschwunden ist? Die Eltern sind weg, sind dauernd umgezogen und jetzt ganz von der Bildfläche verschwunden.«

»Stand nicht ›erledigt‹ in der Akte? Ist mir auch aufgefallen. Soll nachgeprüft werden. Warte mal, wem hab ich den Auftrag gegeben? Paß doch auf!« Rohleff schrie und stützte sich mit beiden Händen an der Klappe des Handschuhfachs ab. Ein Fahrzeug kam ihnen auf der B54N, auf der Höhe der Altenberger Abfahrt, entgegen, ein Überholer im Überholverbot. Knolle stieg auf die Bremse.

»Sollen wir uns den greifen?«

»Laß man, nimm den Kollegen nicht die Arbeit weg«, sagte Rohleff, bevor Knolle auf den Einfall kommen konnte, über der durchgezogenen Doppellinie zu wenden. Es wurde Zeit, daß sich der andere beruhigte.

»Was machst du heute abend?«

»Sobald Maike im Bett liegt, zieh ich mir einen Videostreifen rein, wo richtig Blut fließt, ist gut gegen Alpträume.«

Morgen, dachte Rohleff, wenn Sabine weg ist ...

»Wen suchen wir denn jetzt?« fragte Knolle. »Einen Präparator, der bei den Einbalsamierern auf Abwege geraten ist?«

Silvia Bauer lief zur Tür, als es schellte. Sie fiel nacheinander erst der älteren Frau, dann dem Mann vor dem Eingang um den Hals.

»Da seid ihr ja endlich, kommt rein. Mutter, gib mir die Tasche, die ist zu schwer für dich.« Über die Schulter rief sie eine Spur zu laut ins Haus: »Jürgen, sie sind da!« Sie rang mit ihrer Mutter um die Tasche, in der Gläser mit Eingemachtem aneinanderklirrten, Apfel- und Birnenmus.

»Alles aus biologischem Anbau, kannst du unbedenklich Sebastian geben«, sagte Gertrud Hürter und zerrte an einem Tragegriff der Tasche, die Gläser rutschten hin und her. »Laß das doch, Kind.«

In Turnschuhen, einen Packen Zeitungen unter dem Arm, rannte Jürgen Bauer an den Frauen vorbei.

»Bin gleich wieder da. Muß nur zur Mülltonne.«

»Wo willst du denn mit den Zeitungen hin, die kann ich doch noch lesen, wenn ihr weg seid«, rief ihm Silvias Vater hinterher.

»Zur Mülltonne, hast du doch gehört. Das sind alte, Vater. Jürgen hat dir eine Sportzeitung mit den Fußballergebnissen besorgt, sie liegt auf dem Wohnzimmertisch.« Silvias Stimme war Nervosität anzumerken, die Mutter nutzte den Wortwechsel aus, indem sie den Streit um die Tasche für sich entschied und mit ihr in die Küche enteilte.

Aus dem oberen Stockwerk ertönte Babygreinen.

»Schreit er immer noch so viel?« fragte Hubert Hürter entsetzt und ließ die Reisetasche, die er getragen hatte, auf den Boden plumpsen. Er ging bis zur Treppe, lauschte, schüttelte den Kopf und verzog sich ins Wohnzimmer. Einen Augenblick stand die junge Frau allein, Tränen stiegen ihr in die Augen.

»Nur ein Wochenende, ein lausiges Wochenende, zwei Tage und eine einzige ruhige Nacht«, hatte Jürgen gesagt.

»Als ob es in Hotels ruhig wäre«, hatte sie entgegnet.

Wütend hatte er den bunt bebilderten Prospekt auf den Küchentisch geknallt. »Lies doch selbst. Silence Hotel. Silence! Stille! Nach sechs Monaten einmal kein Geschrei. Nur eine Nacht. Und noch umsonst. Candle-Light-Dinner, Frühstück ans Bett, Verwöhnwochenende. Du hast das Preisausschreiben ausgefüllt und den Zettel weggeschickt. Jetzt steh dazu. Wahrscheinlich werden wir jahrelang mit Angeboten und Prospekten überschwemmt, aber das ist mir egal.«

»Du kannst ja fahren.«

»Wochenende zu zweit, Silvia! Auf so was hätten wir längst selbst kommen können, hätte uns gutgetan. Außerdem kennt Sebastian deine Eltern, sie waren oft genug da. Deinen Eltern wirst du wohl zutrauen, daß sie mit dem Baby fertig werden.«

»Aber verstehst du nicht«, beschwor sie ihn ein letztes Mal am Morgen, beim Frühstück, nachdem sie den schrecklichen Zeitungsartikel gelesen hatte, »diese Kindermorde. Schon zwei, und das eine ist von hier. Man hat es nur zwei Straßen weiter gefunden.«

»Zufall.« Jürgen Bauer war Statistiker. »Soll ich dir ausrechnen, wie hoch die Wahrscheinlichkeit ist, daß diese Vorfälle etwas mit uns zu tun haben könnten und mit Sebastian?«

»Sag das nicht laut«, schrie sie auf.

Er überlegte einen Augenblick. »Über den Daumen gepeilt, eins zu zwei Millionen, allerhöchstens. Denk nicht dran, und sag deinen Eltern nichts davon, ich werf die Zeitungen weg, auch die von letzter Woche. Wäre doch unverantwortlich, wenn sich deine Eltern Gedanken machten und sich verunsichern ließen. Was das Kind hier in Wettringen betrifft, die Leute schmeißen überall ihren Müll raus. Auto auf und weg damit, fahr mal einen Autobahnrastplatz an. Ich hab neulich gesehen, wie so ein Reisebusfahrer vor mir angehalten und säckeweise Müll in die Container gestopft hat, anschließend hat er den Bus gesaugt und den Dreck auch nach draußen verfrachtet. Hauptsache, der Bus war sauber.« Dann umarmte er sie. »Meinst du, ich würde fahren, wenn ich mir ernsthaft um Sebastian Sorgen machen müßte? Silvie, nur eine Nacht schlafen, nur eine Nacht wir beide, wie früher.«

Da hatte sie den Wunsch, den Wochenendgewinn zu boykottieren, aufgegeben. Jetzt holten sie ihre Ängste wieder ein.

Ihre Mutter kam aus der Küche, wo sie die Gläser in einer Reihe ausgerichtet hatte. Sie sah ihre Tochter im Eingang stehen, die Arme um sich geschlagen, fröstelnd, das Gesicht der Nacht zugekehrt. Frau Hürter schloß die Tür.

»Aber Jürgen«, fuhr Silvia auf.

»Der kann schellen«, sagte die Mutter bestimmt und legte der Tochter den Arm um die Schultern. »Ihr jungen Mütter macht euch zuviel Sorgen. Ich hab vier Kinder großgezogen. Ich bereite alles genauso zu wie du, er wird keinen Unterschied merken. Erklär mir, was ich ihm geben soll und wieviel.«

»Er braucht immer noch dieses Spezialzeug«, antwortete die Tochter gequält, »Ich habe dir alles aufgeschrieben. Der Zettel liegt neben dem Gestell mit den Fläschchen.«

23. November

Rohleff erwachte. Das Licht der Nachttischlampe oder das Geräusch der Dusche, das durch die offene Schlafzimmertür hereindrang, hatte ihn geweckt. Ohne sie wirklich wahrzunehmen, glitt sein Blick über die Reisetasche und den kleinen Stapel Kleidungsstücke auf dem Boden daneben. Nur langsam drang in sein Bewußtsein, daß er nackt unter der Bettdecke lag. Hatte er seinen Schlafanzug vor dem Zubettgehen überhaupt angezogen? Die Erinnerung an die letzte Nacht bewog ihn, sein Gesicht im zweiten Kopfkissen zu vergraben, das noch den Duft von Sabines Haar barg. Auf der Spur aufregenderer Gerüche schob er sich tiefer unter die Decke, sog das dort noch vorhandene Moschusaroma ein. Sabine hatte in listiger Vorausschau das Bett mit Satin bezogen, er spürte den Stoff wohlig an der Haut, tauchte ganz ein in die von sinnlichen Aromen getränkten Bilder der vergangenen Nacht.

Die Bettdecke wurde in Kopfhöhe gelupft. »Was spielst du da?«

Er sah auf schlanke nackte Beine, spähte kurz hoch und entdeckte den Bademantel, der einladend klaffte. Mit der Zunge hatte er sich gerade an den Beinen hoch bis zur richtigen Stelle vorgearbeitet, frische Düfte ließen sein Herz vor Erregung heftig schlagen, da drückte sie ihn mit einem leisen Aufschrei zurück, er fiel halb aus dem Bett und konnte sich mit den Händen gerade noch am Boden abfangen.

Atemlosigkeit klang aus ihrer Stimme. »Daß du mit deinen zweiundfünfzig Jahren schon vor dem Frühstück so kregel bist.«

Das schmerzte. Wie ein Embryo rollte er sich in der Höhle unter der Decke zusammen.

»Mach an, wenn du noch mit mir frühstücken willst«, sagte sie.

Er achtete nicht auf ihre Mahnung und überließ sich den Erinnerungen an den vorherigen Abend.

Die Warterei darauf, daß sie mit ihren Auftaktzeremonien – Anziehen, Schminken, Parfümieren – zu Rande käme, verbrachte er damit, müde im Wohnzimmer zu sitzen, aus dem Fenster zu starren und möglichst an nichts zu denken, nicht mal ans Essen. Gelangweilt begann er, in einer Zeitschrift zu blättern, einem Psychologieblättchen, das Sabine in letzter Zeit öfter mit nach Hause brachte. Eine Seite war mit einem Eselsohr gekennzeichnet, der Polizist in ihm meldete sich. Er las die Überschrift eines Artikels, ein Wort fiel ihm auf: »Viagra«. Die Frage, was Sabine an dem Artikel interessiert haben könnte, zwang ihn, mit der Lektüre fortzufahren. Der Penis eines Fünfzigjährigen, wurde er belehrt, reagiert nicht mehr so wie der eines Zwanzigjährigen. Rohleff fuhr mit dem Gefühl nach Holland, daß sein zweiundfünfzigjähriger Penis von seiner siebzehn Jahre jüngeren Ehefrau verraten würde.

Der Kellner verteilte eine Menge Schüsselchen und Schälchen auf dem Tisch, mit jeder Handbewegung eine Fülle vortäuschend, die real nicht existierte, wie Rohleff nach einer kritischen Musterung feststellte. Er probierte gesalzene Erdnüsse, die für ihn nichts mit einem Abendessen zu tun hatten, gelb gefärbte Krautstreifen, die nicht nur wie Stroh aussahen, Satéstäbchen in Erdnußsoße, die am Gaumen klebte. Mit offenen Augen träumte er von Rippchen, in brauner Tunke geschmort, bis das Fleisch mürbe von den Knochen fiel. Der Satéspieß blieb auch nach hartnäckigem Bemühen mit Messer und Gabel ein Pfahl im Fleisch. Angewidert klatschte er ihn mitten in die Erdnüsse.

Sabine ignorierte seinen Nahkampf mit diversen Bestandteilen ihres Mahles, ihre Augen schimmerten weich im Kerzenlicht, eine schmerzliche Sehnsucht flackerte in seinem Herzen auf. Über den Tisch reichte sie ihm einen Happen auf der Gabel. Schweinefleisch, mit einem Stück Ananas, seine Lippen schlossen sich um die Zinken der Gabel, eine unerwartete Schärfe füllte seinen Mund, ließ ihn hastig Luft holen.

»Sündscharf, nicht?« fragte sie. Mit einem Fuß kroch sie ihm ins Hosenbein, der andere strich seine Wade hoch, drängte sich zwischen seine Schenkel.

»Meinst du, ich brauch eine Anregung zur Sünde?« fragte er mißtrauisch.

Beim Nachtisch – in Honig gebratene Bananen, so ziemlich das einzige von dem exotischen Zeug, das er noch einigermaßen gern aß – setzte sie sich neben ihn. Nahezu rüde griff er ihr unter den Rock, zwang sie, den Mund voll Banane, in einen langen Kuß. Aus den Augenwinkeln bemerkte er zwei junge

Mädchen am Tisch schräg gegenüber, fast noch Schulkinder, die verblüfft herüberstarrten. Er erhöhte die Zudringlichkeit, indem er ihr unter den Pullover fuhr, am Rand des BHs entlang.

»Wünschen Sie noch etwas zu trinken?« fragte der Kellner indigniert.

Rohleff ließ die Hand, wo sie war. »Bringen Sie uns zwei Genever, schön kalt.«

»Ouder oder jonger Genever?«

Nachdenklich zwirbelte Rohleff eine Brustwarze. »Einmal ouder, einmal jonger, wie wir zwei.«

»Mach weiter«, spornte ihn Sabine an, als sich der Kellner zurückgezogen hatte. Ihre Augen waren ganz nah, er sah die zärtlichen Lichter in ihnen und küßte seine Frau auf die Wangen, sehr sanft. Eines der Mädchen gegenüber ließ das Messer fallen. Aufmerksam geworden, betrachtete er die beiden, schaute dann Sabine an, den engen Pullover, unter dem sich seine Hand deutlich abzeichnete.

»Ich scheine in der Mode was nicht mitbekommen zu haben. Sag mal, trägt man jetzt Pullover so eng und nur bis zur Taille? Nicht mehr die unförmigen groben Strickdinger?«

Sabine zog amüsiert mit beiden Händen ihren Pullover vorne stramm, so daß die Brüste wie Halbkugeln heraustraten, Rohleff betrachtete sie mit Wohlgefallen.

»Ich muß öfter mit dir flirten, das schärft deinen Blick. Weite Pullover tragen nur noch Frauen, die auf Mode keinen Wert legen oder keine Ahnung davon haben.«

»Und junge Mädchen?«

Sabine sah zu den zweien hinüber. »Die da? Bestimmt nicht, in dem Alter ist Mode Pflicht. Sag mal, kommst du jetzt in das Alter, wo Männer eine Vorliebe für halbgare Hühner entwickeln?«

»Meinst du?« fragte er zurück und stützte den Kopf in eine Hand.

»Was ist, bist du beleidigt?«

Er wandte sich ihr ruhig zu. »Es ist merkwürdig, welche

Bedeutung Details manchmal zukommt: Wenn es dir gelingt, so ein Detail richtig zu deuten, wird dir das Ganze klar.«

»Klingt mir nach einem Puzzle. Du hast ein Stück mit einer gebogenen Linie darauf, und das erweist sich dann als der Rücken eines Dinosauriers.«

»So ungefähr.«

»Über den Dinosaurier willst du nicht mehr erzählen?«

Kaffeeduft erreichte seine Nase, veranlaßte ihn, die Bettdecke zurückzuschieben. Der Kaffee stand auf dem Nachtschränkchen, er beachtete ihn nicht, jetzt fiel ihm die Reisetasche auf.

»Du bleibst doch nicht über Nacht?«

»Ach nein.«

»Warum dann die Sachen und die Reisetasche?«

»Alte T-Shirts von mir, Mutter trägt sie gern im Winter als Unterhemden.«

»Das sind nicht nur T-Shirts, was du einpackst.«

»Das Wetter könnte heute abend schlechter werden, im Sauerland friert es möglicherweise, und deshalb nehme ich für den Notfall was mit, falls ich doch übernachten muß.«

»Du brauchst bloß früh genug zurückzufahren.«

»Dann lohnt sich die Fahrerei nicht. Ich werde wohl spät nach Hause kommen, wenn ich bleibe, rufe ich an.«

Als die Haustür unten klappte, war er auf dem Weg ins Badezimmer.

»Hoffentlich habt ihr schöneres Wetter in Koblenz, wie lange seid ihr unterwegs?« Frau Hürter ließ die Gardine fallen, die sie beiseite gerafft hatte, um in den Novembermorgen hinauszuschauen. Es war noch dunkel, Regen rann an den Scheiben herab.

»In drei Stunden sollten wir dasein«, antwortete Jürgen Bauer, er deckte den Frühstückstisch.

»Müßt ihr denn nach Koblenz? Da habt ihr nicht viel vom Wochenende, wenn ihr so weit fahrt.«

»Das Hotel, das den Preis gesponsert hat, liegt in Koblenz«, erklärte Hubert Hürter, »das konnten sie sich nicht aussuchen.«

Silvia betrat mit dem Kind auf dem Arm die Küche, ihr Mann ging auf sie zu, nahm ihr den Sohn ab.

»Laß mich Sebastian füttern.« Er strich mit den Lippen über die Babywange. »Ich vermiß ihn jetzt schon.«

»Sollte ich das Kind nicht füttern, das wäre doch besser, wenn ich ihn jetzt übernehme«, wandte Gertrud Hürter ein.

»Du hast ihn noch den ganzen Tag und morgen auch.« Er setzte das Baby in den hohen Kinderstuhl, der Kleine patschte mit den Händen auf das Brett vor sich. Kritisch beobachtete die Großmutter, wie sich der Breilöffel dem Kindermund näherte, Sebastian wedelte abwehrend mit den Armen.

»Das wird nichts«, sagte sie.

Der junge Vater drehte sich zu ihr um, sagte heftig: »Laß mich.«

Sebastian verzog das Gesicht. Mit raschem Griff hob der Vater das Kind aus dem Stuhl, setzte es sich auf den Schoß, streichelte es, kitzelte es hinter dem Ohr, bis es lächelte, und schob wie nebenbei den Brei zwischen die geöffneten Lippen, das Baby schluckte bereitwillig.

»Na also, es geht ja.« Mit leisem Triumph schaute Jürgen Bauer auf.

Hürter streifte Schwiegersohn und Enkelkind mit einem Blick und wandte sich dann der Zeitung zu. »So ein Theater.«

Rohleff überprüfte den Eiervorrat im Kühlschrank, bevor er sich auf den Weg zum Baumarkt machte. Rauhfaser, schwere Qualität, wünschte er sich, nicht das lappige Zeug, das sich schon bei einem Hauch Feuchtigkeit von der Wand wellte. Unter den Angeboten suchte er nach etwas Solidem und Dauerhaftem, nach einer Tapete, die mühelos ein Dutzend Anstriche überstand. Er war sich nicht bewußt, daß er auf aberwitzige Weise in die Zukunft plante. Auf der Kleisterpackung forschte er nach Angaben von Schadstoffen, in Kleister eher ungewöhnlich, aber das wußte er nicht. Es war ein Ritual, eine

Beschwörung, das Richtige zu tun, schon den ersten Schritten kam Bedeutung zu. Drei Eimer abwaschbare Wandfarbe mit dem blauen Ökosiegel. Mit dem Baumarktleiter vereinbarte er, überzählige Tapetenrollen und Farbeimer zurückgeben zu können, gegen Bargeld, einen Gutschein wollte er sich nicht andrehen lassen.

Das nötige Werkzeug borgte er sich von Bernie, dem Schrebergartennachbarn. Bernies Mißtrauen in sein handwerkliches Geschick äußerte sich darin, daß er ihm zunächst seine Mithilfe aufzudrängen suchte und ihn dann mit Ratschlägen traktierte.

»Du mußt die Tapete erst einweichen lassen, schwere Rauhfaser braucht etwas länger. Wenn du sie zu früh an die Wand klatschst, rutscht sie dir so runter.«

»Ja, ja, gib mir die Papierschere, sonst erstichst du mich noch damit.« Er nahm Bernie die Schere aus der Hand und beraubte ihn so der Möglichkeit, seinen Erläuterungen durch eine drastische Gestik Nachdruck zu verleihen. Quälend langsam suchte Bernie die restlichen Utensilien zusammen, den Tapetentisch, den Leimquast, Rohleff raffte die Werkzeuge ungeduldig an sich, er wollte gehen.

»Warte«, rief Bernie, »ich habe noch eine Bürste, die brauchst du, um die Tapete glattzustreichen, und ein Stahllineal, um gerade Kanten zu schneiden, zu zweit wären wir in nullkommanix fertig, ich glaube nicht, daß du allein die Kanten richtig hinkriegst.«

Rohleff blieb unnachgiebig.

»Bist du blöd, oder warum willst du dir die Arbeit allein aufhalsen? Ich zieh mir auch die Schuhe aus, ich habe ein Paar Extraschuhe für Tapezierarbeiten.« Er hielt alte Treter hoch, von denen Dreck- und Farbplacken blätterten.

»So was will ich nicht im Haus haben. Im übrigen brauch ich die Zeit zum Nachdenken, weißt du, wie die Mönche früher, ora et labora oder etwas in der Art.«

Bernie tippte sich an die Stirn.

Rohleff hatte ihm erzählt, daß er sein Arbeitszimmer auffrischen wolle. Tatsächlich, dachte er, als er im leeren Zimmer stand, hatte er sich mit der Erklärung ja nicht völlig von der Wahrheit entfernt. In Gedanken richtete er den Raum bereits mit Schreibtisch, Regalen und einer Couch ein, das half ihm über die Befangenheit, die sich unverhofft immer wieder einstellte. Ein bißchen hatte die heimliche Aktion doch etwas von einer Grabschändung an sich. Erst als ihm die erste Tapetenbahn von der Wand herunter um die Ohren flog, begrub er seine Skrupel wegen der Unmöglichkeit, zu arbeiten und gleichzeitig seinen Bedenken nachzuhängen. Er hatte die Bahn nicht lange genug weichen lassen. Von jetzt ab verbot er sich jeden destruktiven Gedanken.

Mit einiger Verzögerung waren Sebastians Eltern ins Verwöhnwochenende gestartet. Beide hatte sich abwechselnd nicht von dem Baby losreißen können, als wären sie sich gerade darüber klargeworden, daß dies ihre erste Trennung nach sechs Monaten teils quälender permanenter Verbundenheit war.

Kaum waren die Eltern fort, fing das Kind an zu greinen.

»Gib ihm einen Schnuller«, forderte Hubert Hürter.

»Das nutzt nichts, er kann nichts dafür, daß er sich nicht wohl fühlt.« Gertrud Hürter drückte den Enkel an sich, klopfte ihm sacht auf den Rücken. »Laß uns mit ihm ausfahren, ich habe noch etwas einzukaufen, dann gehen wir bei der Post vorbei, ich habe ein paar Briefe von zu Hause mitgebracht, wenn ich sie heute morgen zur Post bringe, sind sie Montag da.«

»Gertrud, du mußt das, was die Post in ihrer Reklame sagt, nicht für bare Münze nehmen. Es ist doch viel zu kalt zum Spazierengehen.«

»Frische Luft täte uns allen gut.«

Der Regen hatte aufgehört. Bald lag das Kind warm angezogen im Wagen, Hürter schaukelte es draußen auf dem Weg, während er auf seine Frau wartete, die noch etwas im Haus vergessen hatte. Das Schaukeln beruhigte den Kleinen.

»Du hast recht, er wird schon still«, sagte Hürter zu seiner Frau, die die Haustür verschloß. Ihm drang bereits die Kälte durch die Sohlen, er hatte für die Jahreszeit die falschen Schuhe mitgenommen.

In den Laden konnten sie den Wagen nicht mitnehmen, Hürter blieb daher mit ihm draußen. Den Kindern hatten sie versprechen müssen, den Enkel nicht aus den Augen zu lassen, keinen Moment, Silvia hatte sie vor der Abfahrt mehrmals mit einer beunruhigenden Intensität gemahnt, Hürter hatte ihr Verhalten hysterisch gefunden. Er trat von einem Fuß auf den andern, rieb sich die Hände, schaukelte zwischendurch den Kinderwagen, Sebastian war wohl eingeschlafen. Als seine Frau mit der gefüllten Einkaufstasche wieder auftauchte, fragte Hürter: »Müssen wir jetzt wirklich noch zur Post? Mir ist kalt.«

»Aber beim Laufen wird dir wieder warm, und in der Post brauche ich höchstens zwei Minuten, dann geht es nach Hause.«

Rohleff betrachtete die Wand, die er fertig tapeziert hatte, mit stiller Befriedigung. Die Kanten der Bahnen stießen aneinander, Fußbodenleisten würden die kleinen Unregelmäßigkeiten in Bodenhöhe abdecken, oben an der Decke reihten sich die Bahnen, von unten betrachtet, in einigermaßen gerader Linie aneinander. Ein Gespenst war gebannt. Fast fühlte er sich gedrängt, Bernie anzurufen und ihm großmütig zu erlauben, bei den restlichen drei Wänden zu assistieren. Allerdings hätte er für Bernies Mithilfe nicht mehr genügend Bier im Haus gehabt.

Bis zur Post war es nicht weit. Als sie das Postgebäude bereits sehen konnten, begann Gertrud Hürter in ihrer Tasche zu wühlen. Hürter streckte die Hand aus. »Gib mir die Briefe, ich werf sie ein.«

Gertrud kramte zunehmend aufgeregt in der Tasche, Hürter schob vor der Post den Wagen mit dem schlafenden Kind hin und her.

»Was ist jetzt mit den Briefen?« fragte er.

Gertrud zuckte die Schultern. »Ich muß sie vergessen haben, wahrscheinlich liegen sie noch auf dem Küchentisch, dabei war ich sicher, sie eingesteckt zu haben. Du hast mich aber auch ganz nervös gemacht mit deinem Gejaule wegen des Wetters. Wir werden die Briefe später einwerfen, heute nachmittag oder morgen. Aber da wir schon einmal hier sind, kaufe ich Briefmarken.«

Sie nahm ihr Portemonnaie an sich, drückte die Tasche ihrem Mann in die Hand und stieg die Stufen zur Tür des Postamts hinauf. Unterdessen dirigierte Hürter den Kinderwagen an die Wand des Gebäudes und begann bald wieder, von einem Fuß auf den anderen zu treten. Nach ein paar Minuten rückte er den Wagen noch dichter an die Hauswand heran und ging seiner Frau ins Postamt nach. In der Schalterhalle mußte er sie in einer von zwei Schlangen vor den Schaltern suchen.

»Was tust du hier so lange?« fragte er sie.

»Das siehst du doch. Ich muß warten, es sind noch zwei vor mir an der Reihe. Warum bist du nicht bei Sebastian geblieben? Es ist mir nicht recht, daß er unbeaufsichtigt bleibt.«

»Der schläft, der muckst sich nicht.«

»Trotzdem.«

»Ich warte jetzt hier, bis du fertig bist, und ich geh nicht noch mal raus in die Kälte, weder heute nachmittag noch morgen. Deine Briefe kannst du wieder mit nach Hause nehmen.«

Gertrud rückte näher an den Schalter. »Darüber reden wir nachher.«

Fünf Minuten später waren die Hürters auf dem Heimweg. Ein eisiger Wind blies und rüttelte an dem Kinderwagen, den Hürter eilig vor sich herschob. Das Baby schlief so fest, daß es nicht einmal einen Laut von sich gab, als sie den Wagen die Stufen hoch ins Haus trugen.

Hunger spürte er erst, als er fertig war. Das Zimmer sah verändert aus, obwohl noch der Anstrich und nach wie vor der Teppichboden fehlten. Aber die verstörende Kahlheit war seinem

Empfinden nach verschwunden, erst jetzt war das Zimmer zu einem regulären Bestandteil des Hauses geworden, er stellte einen Stuhl mitten hinein, als er aufgeräumt hatte. Danach duschte er, ließ das nasse Handtuch auf den Fliesen liegen, ging im Bademantel in die Küche hinunter und setzte die Spiegeleierpfanne auf den Herd.

Bevor er Bernie das Werkzeug zurückgab, wusch er den Leimpinsel sorgfältig aus, wischte Schere und Lineal ab, um sich nicht durch Nachlässigkeit den Zugang zu Bernies Werkzeugkisten zu verscherzen. Um die Küche würde er sich später kümmern, beschloß er nach einem Blick auf Herd und fettige Bratpfanne. Bernie bestand darauf, den Abend in der Eckkneipe ausklingen zu lassen. Nach dem dritten Bier wurde Rohleff tiefsinnig.

»Bernie«, fragte er, »wo fängt der Mann an, wenn du die allgemein menschliche Basis ausklammerst?«

»Bei einundfünfzig Prozent.«

»Bernie, du tickst nicht richtig.«

»Frauen vertragen nur halb soviel Alkohol wie wir, also ist damit deine Frage beantwortet: Der Mann fängt beim zweiten Bier an, und das können sie uns nicht nehmen, die Weiber.«

24. November

Wie er nach Hause gekommen war, verlor sich in einem Nebel der Erinnerung, den Bernie erst Tage später lichten sollte. Es konnte noch nicht Morgen sein, das Geräusch, das an sein Ohr drang, gemahnte auch eher an Nachtaktivitäten. An nagende Ratten im Gebälk, in dunklen Hohlräumen unter Fußbodendielen, hätte er geglaubt, wenn dies ein altes Haus gewesen wäre. Das Schaben und Scharren kam aus der Wand, und es wanderte. Seine Hand tastete im Dunkeln zum anderen Kissen und fand die Delle, die Sabines Kopf hinterlassen hatte. Sie war also zurückgekommen, als er schon geschlafen hatte. Bleischwerer Alkoholschlaf, den kein Laut durchdrungen hatte, bis jetzt. Kein Wunder, daß sie ihn nicht geweckt hatte, der schale Bierdunst, der immer noch aufdringlich im Raum hing, hatte ihr wohl genug verraten. Etwas kratzte im angrenzenden Zimmer beharrlich an einer Stelle. Nur langsam formte sich das neue Bild dieses Raums, das er am Vortag geschaffen hatte, und damit stieg die Beunruhigung und trieb ihn aus dem Bett. Schwankend kam er auf die Füße, er faßte sich an den Kopf, die Haare schienen nicht zu ihm zu gehören, ein fremder Pelz krauste sich unter seiner Hand auf dem dumpfen Schädel.

Blendende Helligkeit traf seine Augen, als er die Tür aufriß. Die Glühbirne pendelte sacht an ihrem Kabel, er hatte gestern die Sechzig-Watt-Birne gegen eine Hunderter ausgetauscht. Ganz langsam, wie im Traum, betrat er das Zimmer. Sabine saß nackt unter der Glübirne, hatte die Arme um die Knie geschlungen, sie murmelte etwas, was er nicht verstand. Neben ihr lag ein scharfzahniger Eiskratzer, der ins Auto gehörte. Das Fenster war von innen beschlagen, registrierte er, er hatte Bernies Ratschlag mißachtet, das Fenster die Nacht über offen zu lassen, damit die Tapeten trocknen konnten.

Die Feuchtigkeit, die nicht hatte abziehen können, hatte die Zerstörung erleichtert. Die Tapeten hingen an allen vier Wänden in Fetzen herunter. Lange Streifen ringelten sich hier und da bis auf den Boden, an anderen Stellen war die Tapete nur aufgekratzt, als hätte ein großer Hund seine Spuren hinterlassen. Rohleff sah, wo er nachlässig gewesen war, wo er zuviel, wo zuwenig Kleister aufgetragen hatte. Ein einziges, etwa einen Meter langes Stück war unangetastet geblieben, wohl wegen des Zeitungspapiers, das nun in der Mitte klebte. Er trat an das Papier heran und erkannte, daß es das aus der Zeitung ausgeschnittene Foto des Kaufhausbabys war, das Sabine vor ihm versteckt hatte. Das Kind lächelte, ein grotesker Gegensatz zu der Verwüstung ringsum. Er drehte sich nach seiner Frau um, weil er sie aufstöhnen hörte. Sie hielt den Eiskratzer in der Hand und fuhr damit quer über ihren Bauch und ihre Brust, rote Striemen erschienen auf der weißen Haut. Er riß ihr das Ding aus der Hand und zog sie auf die Füße.

»Warum tust du das, das und das?« brüllte er sie an und deutete auf die Wände, auf ihren Körper, auf die roten Male.

Sie sprach sehr leise, fast wie in Trance. »Ich muß den Schmerz auf der Haut spüren, sonst zerreißt er mich innerlich. Gib ihn mir!« Sie streckte die Hand nach dem Kratzer aus.

In einem weiten Bogen warf er ihn an die Wand, er packte sie an den Oberarmen und schüttelte sie. »Hör auf, dich wie eine Irre aufzuführen. Den ganzen Samstag habe ich tapeziert, weil ich das Zimmer nicht mehr so sehen wollte, ich habe die ständigen Mahnungen satt, die Vorwürfe, deine Leidensmiene, satt, satt.«

Mit einer Drehung entwand sie sich ihm und trat nach ihm, er wich gerade noch aus. Haß glitzerte in ihren Augen. »Nie haben wir wirklich darüber geredet, was es für mich bedeutet, und du hast es schon satt, du willst mich nicht verstehen, und meine Gefühle ignorierst du.«

Sie schrien sich an, wo die Sprache versagte, prügelten sie aufeinander ein.

Irgendwann war der Atem für Wut und Haß verbraucht. Schließlich saßen sie sich auf dem Fußboden gegenüber, Tapetenfetzen klebten ihr an der Haut, er klaubte sie sich vom Schlafanzug, eine sehr sinnvolle Beschäftigung für die Hände, besser, als zu schlagen.

»Sagst du mir jetzt, was das sollte?« fragte er halbwegs ruhig.

»Ich spüre so oft meinen ganzen Körper schmerzen, es ist, als wenn er von innen her schreit, tief in mir.«

»Du hörst dich wie eine Schwachsinnige an.«

»Ich fühle mich schwach, manchmal wünschte ich mir, von dieser Sehnsucht nach einem Kind frei zu sein. Es ist nicht so, als hätte ich es nie versucht. Du bist immer nur stark. Manchmal denke ich, deine Stärke macht mich schwach.«

»Das meinst du doch gar nicht. Du denkst, ich bin ein Holzklotz, zu keiner inneren Regung fähig. Ich habe noch gelernt, daß man nicht alles haben kann und daß es an mir liegt, mit dem zufrieden zu sein, was ich erreiche. Der Gedanke der

Machbarkeit verdreht den Leuten den Kopf. Wir leben in einer Zeit der Unbescheidenheiten.«

»Red nicht wie ein Pastor mit mir.«

»Ich sag, was ich meine.«

»Du weißt nichts von mir. Du weißt nicht, wie ich mich in diesem Körper fühle, der nach Erfüllung verlangt. Was wird denn einmal von mir bleiben?«

»Ich denke, du glaubst an die Unsterblichkeit der Seele.«

Sie schlug mit der flachen Hand auf den Boden. »Werde nicht sarkastisch. Du mußt das doch auch spüren. Die Endlichkeit unserer Existenz, der wir etwas entgegensetzen wollen. Nur einmal will ich erfahren, wozu dieser Körper taugt, ich will ein Kind haben und damit das Leben weitergeben, um nicht mehr nur um mich selbst zu kreisen, um aus dieser Beschränkung und Traurigkeit auszubrechen, sonst war alles vergeblich.«

»Das kann nicht sein, daß das höchste Ziel darin liegt, sich wie die Affen im Urwald zu paaren, sich zu vermehren, die biologische Kette fortzuführen, weil immer noch der Affe, der unser Vorfahre war, in unseren Hirnen herumspukt.«

»Und was willst du?«

»Eine Ehe mit dir und kein Gespenst zwischen uns.«

»Meinst du nicht, daß unsere Ehe am Ende ist?«

Er kam vom Boden hoch. »Das mußt du wissen.«

Die Konzentration auf das Anziehen, während sein Schädel schmerzte, hielt die Gedanken zurück. Den Fuß in das rechte Bein der Jogginghose stecken, den anderen in das linke. Das Sweatshirt über den Kopf ziehen, unten in der Diele in die Turnschuhe schlüpfen. Strümpfe vergaß er, erst nach Stunden sollte ihm das Versäumnis durch die wundgelaufenen Fersen schmerzhaft bewußt werden. Erstaunt stellte er fest, daß es beinahe schon Mittag war. Auf den ersten Metern taten ihm die Rippen an den Stellen weh, die Sabines Fäuste getroffen hatten. Das Laufen würde den Schmerz auflockern. Er trabte langsam, beinahe zimperlich, des Laufens ungewohnt. Wie oft kam er in seinem Beruf dazu, zu rennen, zu spurten? Bevor er die Wege im Bagno, im ehemaligen, jetzt zum Wald verkommenen Schloßpark, erreichte, meldete sich ein erstes Seitenstechen, das Platsch-Platsch der Gummisohlen hallte im Kopf nach, der Magen knurrte, die Gründe für eine allgemeine Wehleidigkeit häuften sich. Das körperliche Elend hielt das gemütsmäßige in Schach. Alles, was er sich gestattete, war ein innerliches Jaulen um die guten Tapeten. Er haßte alle Arten von Vandalismus, die Sprayer, Autolackzerkratzer, Friedhofschänder.

Die Konzentration auf sich selbst hinderte ihn nicht daran, seine Umgebung zu beobachten. Unter ihm schwankten die Bohlen der Kettenbrücke, über die er schon öfter mit Benjamin getrampelt war, der Kleine hatte aufgejauchzt, wenn die Bohlen in Bewegung gerieten und die Ketten klirrten. Hinter der Brücke streifte er triefende Bäume. Die Stämme glänzten schwarz vor Feuchtigkeit, die Kronen waren kahl, auf dem Boden häuften sich braune Blätter, hier und da sah er Brombeerranken im Unterholz, auch zu dieser Jahreszeit waren sie noch grün. Bunte Flecken leuchteten vor ihm auf dem Weg. Zwei Kinder, die aufschrien und plötzlich in Panik davonliefen, im Gebüsch ein Aufflackern von heller Kleidung.

Das Seitenstechen war wie weggeblasen.

Zweige peitschten ihm ins Gesicht, er versuchte, sie beiseite zu drücken, wenn er sie rechtzeitig im Laufen mit der Hand erreichte, dabei behielt er sein Wild im Auge, das seitwärts verschwinden wollte. Er setzte nach, sprang über einen der Bachläufe, die den Wald durchzogen, kam drüben schlecht auf, ein, zwei Schritte hinkte er, der helle Fleck vor ihm verschwand.

Rohleff kannte das Bagno. Ein Stück vor ihm lag ein breiter, wassergefüllter Graben, den niemand so leicht überwand, er peilte die Richtung ein, die der Verfolgte nehmen mußte. Tatsächlich tauchte er vor ihm auf, kam ihm entgegen, wendete aber blitzschnell, bevor er ihn erreichen konnte. Ein erster flüchtiger Eindruck. Jung, schmächtig, den Gürtel noch offen, eine Hand am Hosenbund, wohl deshalb hielt sich sein Lauftempo so weit in Grenzen, daß es dem Verfolger gelang mitzuhalten.

Rohleff mobilisierte seine Ausdauerreserven, aber letztlich kam ihm der Zufall zur Hilfe. Der andere stolperte, fiel hin. Bevor er wieder richtig auf den Beinen war, hatte Rohleff ihn erreicht, er riß ihn mit seinem Gewicht zu Boden. Mindestens dreißig Kilo mehr hielten das Bürschchen unten. Die Gewalt, mit der er ihm die Arme auf den Rücken drehte, war nicht unbedingt erforderlich, machte aber gemütsmäßig bei Rohleff einiges wett. Er zog dem Mann den Gürtel aus der Hose, fesselte ihn damit, zerrte ihn danach auf die Füße. Das Rattengesicht war dreckverschmiert, die Augen angstgeweitet. Rohleff ratterte ihm seine Rechte vor und schleifte ihn mit sich durchs Unterholz.

Den ersten Spaziergänger, der ihnen begegnete, schickte er ins Bagnorestaurant, um die Bereitschaft zu alarmieren, denn blöd, wie er war, hatte er kein Handy mitgenommen. Das Versäumnis kompensierte er durch präzise Anweisungen an den Gelegenheitshelfer, der erstaunlich sachlich blieb. Die Kollegen sollten den Wald sofort nach den Kindern durchforsten, zwei Mädchen. Die Zeuginnen zu finden, war vorrangig vor allem anderen. Im Zuckeltrab entfernte sich der Spaziergänger in der vorgegebenen Richtung. Rohleff machte den Delinquenten mit dem Gürtel an einem Baum fest und setzte sich auf die Erde. Die Seitenstiche hatten sich wieder eingestellt und die Schmerzqualität von Messerwunden erreicht. Er vermied tiefes Atmen.

Da sich Wut, Frustration und Verwirrung, von der Rennerei in Schach gehalten, mittlerweile in neuer Schärfe meldeten, unternahm er keine Anstalten, seinen Gefangenen zu verhören, er beachtete ihn weniger als die Bäume ringsum, so daß dieser von sich aus mit einem Geständnis begann, wohl aus schierer Furcht vor dem grimmig und stumm Verharrenden. Der lauschte, milde erstaunt, und beäugte beiläufig den erbärmlichen Kerl, der, nur leicht bekleidet, unter den tropfenden Zweigen vor Kälte bibberte, die Zähne klapperten aufeinander, er war kaum zu verstehen.

»Laß das«, wehrte Rohleff weitere Ergüsse ab, »ob du deine

Lehrerin früher durchs Schlüsselloch auf dem Klo beobachtet hast oder Schläge auf den nackten Hintern liebst, erzähl deinem Psychiater, ich will's nicht wissen.«

Der Mann schwieg betroffen, Rohleff schielte zu ihm hinauf. »Weißt du, wenn's dich überkommt, und du kriegst ihn nicht hoch, gibt's doch jede Menge Möglichkeiten. Viagra, eine Tour nach Amsterdam, wieso wißt ihr jungen Kerls euch nicht auf anständige Weise zu entladen?«

Wieder maulte Hürter über die Witterung, obwohl er seiner Frau recht geben mußte, was die Wirkung von Ausflügen auf Sebastian betraf. Draußen, in der frischen Luft, schlief der Kleine sofort ein, während er im Haus zu häufig für die Nerven seines Großvaters quengelte. Gertrud Hürter hatte daher am frühen Nachmittag nicht allzuviel Überredungskunst gebraucht, um ihren Mann vom Vorteil eines weiteren Spaziergangs zu überzeugen. Nur bis zur Post, hatte sie gesagt und diesmal sorgfältig die Briefe eingesteckt. Der Ausflug dauerte dann doch länger, als Hürter lieb sein konnte. Ihr Weg führte sie am Supermarkt vorbei, und Gertrud stellte erfreut fest, daß der Laden geöffnet hatte.

»Jetzt fällt es mir wieder ein«, erklärte sie, »Silvia hatte mir noch gesagt, daß heute verkaufsoffener Sonntag in Wettringen ist, wegen einem Vorweihnachtsmarkt.«

»Aber wir brauchen nichts.«

»Es wäre doch schön, wenn ich für abends was richtig Gutes koche. Dann essen wir mit den Kindern zusammen, die kommen ja hoffentlich nicht so spät zurück. Womöglich hat ihnen das Essen in dem Hotel gar nicht geschmeckt. Ich mach auch nicht lange, ich weiß schon, was ich haben will.«

Hürter packte wortlos den Beutel mit den Einkäufen, als Gertrud endlich damit auftauchte, und verstaute ihn unter dem Wagen. Schweigend legten sie den Weg zur Post zurück, und Hürter stieg die Stufen zur Eingangstür, neben der der gelbe Postkasten hing, hinauf. Die Briefe warf er ein, kehrte aber nicht sofort zu seiner Frau und dem Kinderwagen zurück, sondern drückte gegen die Tür, die tatsächlich aufschwang, und betrat einen kleinen Vorraum mit Schließfächern, der auch außerhalb der Öffnungszeiten zugänglich blieb.

Gertrud harrte geduldig beim Kinderwagen aus, und erst als leichter Regen einsetzte, ging sie ihrem Mann nach. »Was machst du denn hier, die Schalter haben doch gar nicht geöffnet.«

Hürter stand vor einem Plakat, das an die Wand neben der geschlossenen Tür zum Schalterraum geheftet war. Er tippte auf das Plakat. »Das ist mir gestern aufgefallen. Jetzt les ich mir das mal durch. Die Post bietet Fonds mit einer guten Rendite zur Alterssicherung an. Ich meine schon lange, daß das Sparbuch nicht mehr lohnt, es gibt doch kaum noch Zinsen auf das Spargeld, und versteuern mußt du das bißchen Ertrag eventuell auch, während die Fondsrendite steuerfrei ist.«

Gertrud lachte. »Du spinnst. Wozu brauchen wir eine Alterssicherung? Wir sind alt, und wir haben deine Rente, die langt für uns. Fonds! Aktien womöglich. Da kannst du unser Geld gleich zum Fenster rauswerfen.«

»Von Geld verstehst du überhaupt nichts. Wenn's nach dir ginge, hätten wir unser Geld in einem Strumpf unter der Matratze.«

Gertrud fiel der Kinderwagen im Regen ein. Hastig verließen sie das Postamt. Hürter öffnete mit einigen Schwierigkeiten den Schirm. Der Wind trieb den Regen böenartig von der Seite auf den Wagen zu, Gertrud drückte das Bett höher in die Öffnung des Verdecks.

Den ganzen Weg stritten sie um das Sparbuch, noch streitend, trugen sie den Wagen ins Haus. Der Beutel mit den Einkäufen lag noch auf der Ablage unter dem Wagen, er enthielt einen halbpfündigen Marzipankuchen, ein Kilo blaue Trauben, eine Flasche Milch für den Kaffee, vier dicke Scheiben Kaßler, eine Packung Tiefkühlrotkohl und ein paar Kleinigkeiten, alles zusammen wog etwa vier Kilo.

Als die Kollegen eintrafen, angeführt von dem Spaziergänger, der vielleicht Zweifel gehegt hatte, was den tatsächlich Schuldigen betraf, saß Rohleff noch immer wie Rumpelstilzchen im Wald, das Seitenstechen hatte nachgelassen.

Knolle band den Mann vom Baum.

»Was machst du denn hier?« schnauzte Rohleff und kam auf die Füße.

»Die Kollegen haben mich vom Frühschoppen geholt, war ja nicht weit.«

»Habt ihr die Mädchen?«

»Welche Mädchen?«

»Na die, denen sich der Kerl, wie heißt es doch noch, ›in schamverletzender Weise‹ gezeigt hat. Wahrscheinlich sind die jetzt bereits zu Hause. Ein Geständnis hab ich schon, faßt das Würstchen nicht hart an, sonst bricht er uns zusammen, bevor er das Protokoll unterschrieben hat.«

Im Kommissariat hatte Lilli gerade den Anruf einer aufgeregten Mutter entgegengenommen, sie strahlte Rohleff an. »Das war die Mutter der beiden Mädchen, die der Mann angegangen ist. Sie wird mit den Kindern vorbeikommen, wenn wir den Mann verhört haben. Mensch, Karl, eine Sache, an der ich seit drei Wochen arbeite, erledigst du auf dem Sonntagsspaziergang, ich muß schon sagen. Ich konnte gar nicht so schnell hier sein, wie ich wollte, als ich es erfahren habe.«

»Da mußt du einen schönen Sprint hingelegt haben«, sagte Groß, als er eintraf.

»Könnte dir auch guttun.« Rohleff maß den kugelrunden Groß mit einem anzüglichen Blick und hielt sich unauffällig die Seite.

»Erspar mir die abgedroschenen Gesundheitsphrasen, die du gerade ablassen wolltest. Wenn ich mir deine Plattfüße in Turnschuhen betrachte und diesen Schlabberanzug, kommen mir fast die Tränen. Ästhetik, Eleganz, Kultur der Mode, alles den Bach runter, überall triffst du auf Leute, die ihre schlappen Ärsche in grellbunte Schläuche zwängen und mit ihrer Gegenwart auch noch die Natur verschandeln.«

»Bist du fertig? Hast du am Sonntag nichts anderes zu tun,

als hier herumzulungern? Lilli braucht dich nicht, um die Sache zu Ende zu bringen.«

»Sexualtäter haben in der Bevölkerung einen hohen Kurswert, so eine Sache will sorgfältig behandelt sein. Die Presse ist schon im Anmarsch«, erklärte Knolle.

»Werdet bloß nicht komisch, der Kerl hat die Hose runtergelassen und vor den Kindern mit seinem Schwanz gewedelt, ich will ja nicht sagen, daß das kein Schock für die beiden war, aber der allgemeine Schaden hält sich noch in Grenzen.«

»Man merkt, daß du keine Kinder hast«, fauchte Lilli.

Als Verantwortliche führte sie das Verhör, er war nur als Beobachter und Zeuge dabei. Nachdem die Protokolle verfaßt waren, schlich er davon. Auf dem Flur wartete eine Frau mit zwei Mädchen, den Kindern war Aufregung anzumerken, aber keine Verstörung.

Er schloß die Tür zu seinem Büro hinter sich und rief Mechtild an.

»Hast du schon mit Sabine gesprochen, seit du weggerannt bist?« fragte sie.

»Nein.«

»Sieht dir ähnlich.«

»Also weißt du schon, was passiert ist.«

»Sie hat mich angerufen, ich bin gleich hingefahren, da du ja verschwunden warst. Ich bin vielleicht seit zehn Minuten wieder zu Hause. Wo versteckst du dich, im Büro?«

»Mechtild, ich glaube, sie will sich scheiden lassen, es scheint so, als hätte ich es endgültig mit ihr verdorben.«

»Weil du das Zimmer tapeziert hast? Mach dich nicht lächerlich.«

»Ich sollte es lieber lassen, mit dir zu reden.«

»Aber du redest jetzt mit mir, halt es gefälligst aus, wenn du schon anrufst und mich anjaulst. Fragst du gar nicht, wie es ihr geht?«

»Nein, aber ich denke daran, die Bilder von heute morgen wollen nicht aus meinem Kopf.«

»Das ist auch gut so. Weil du endlich einmal gesehen hast,

wie es in ihrem Innern aussieht. Vielleicht hilft es dir, Sabine zu begreifen.«

Er schwieg einen Augenblick.

»Bist du noch da?« fragte Mechtild.

»Ich werde noch eine Weile hierbleiben müssen. Wir haben einen sogenannten Sittenstrolch im Bagno dingfest gemacht.«

»Wieso ein sogenannter?«

»Er hat die Hose vor Kindern heruntergelassen. Ich denke nicht, daß er wirklich gefährlich ist. Ein mickriges Bürschchen, Anfang Zwanzig, das selbst vor allen Angst hat.«

»Du machst mir aber Spaß. Ich weiß nicht, was ich täte, wenn mir so einer begegnete. Manchmal können auch mickrige Bürschchen ihre Ängste überwinden und dann ... Wer hat ihn gefaßt?«

»Ich kam gerade vorbei, und da habe ich ihn mir gegriffen.«

»So im Vorbeilaufen? Hatte er die Hose noch unten?«

»Erspar mir die Einzelheiten. Wir sind mit der Vernehmung beschäftigt, müssen noch mal raus, zum Tatort, dann warten zwei kleine Mädchen im Flur, die beiden, die er heute belästigt hat. Es dauert alles, und ich mach mir Sorgen. Ist sie jetzt allein zu Haus?«

»Es ist doch merkwürdig, daß du in deinem Beruf so viel Courage zeigst und zu Hause ...«

»Es ist nett von dir, daß du das sagst, sonst wäre mir heute über meinem Erfolg noch der Kamm geschwollen.«

»Wozu sind Schwestern sonst gut? Und du hast ja nur die eine. Sabine hat sich beruhigt. Wir haben das Zimmer aufgeräumt, soweit es sich machen ließ, sie will ja überall Ordnung haben. Aber es hat sie auch nachdenken lassen über ihr eigenes Verhalten. Es tut ihr jetzt um deinetwillen leid, und das ist richtig so. Du hast schon was mit ihr auszuhalten.«

»Es muß ihr nicht leid tun«, sagte er scharf und legte auf.

»Willst du bei dem Gespräch mit den Kindern dabeisein? Hab ich gestört?« Lilli stand in der Tür und schaute ihn verunsichert an.

Er strich sich mit der Hand über das Gesicht und merkte,

daß die Hand feucht wurde. Nicht gerade eine Tränenflut, die er abwischte, nur eine Spur, die sich unbemerkt gebildet hatte und ihm das beunruhigende Gefühl gab, eine Seite seines Ichs hätte sich verselbständigt.

»Soll ich dir Kaffee bringen?« Die Hand an der Klinke, wartete sie.

»Kipp vier Löffel Zucker in die Tasse, wenn du so viel auftreiben kannst.«

Lilli kehrte mit einem Kaffee zurück, in dem der Löffel stand, und einer Schachtel Keksen. Rohleff fiel ein, daß er nicht einmal geduscht hatte, unrasiert war und wahrscheinlich aus dem Hals stank. Bevor er sich deswegen genieren konnte, hatte Lilli ihn wieder allein gelassen.

»In einer Viertelstunde?« hatte sie noch gefragt, und er hatte erleichtert zugestimmt. In dieser Viertelstunde trank er hastig den Kaffee, aß ein paar Kekse, rasierte sich vor dem Waschbecken im Klo mit einem kleinen Apparat, den er für unvorhergesehene Langzeiteinsätze in der Schublade verwahrte, gurgelte, um den faden Kaffeegeschmack loszuwerden, und fuhr sich mit nassen Fingern durch das Haar. Schon die Einbildung, etwas frischer zu wirken, half ihm, sich besser zu fühlen.

Das Gespräch mit den Kindern, keiner wollte die Unterredung ein Verhör nennen, erwies sich zunächst als Enttäuschung.

»Ein alter Mann«, erklärte die Jüngere, eine Sechsjährige, auf die Frage nach dem Täter fest.

»Wie sah er denn aus?« fragte Lilli.

»Der hatte so Haare wie mein Opa.«

Das Geständnis des Täters, Rohleffs eigenes Zeugnis, in schönstem Amtsdeutsch festgehalten, schienen von dem Kind außer Kraft gesetzt. Die Kleine strahlte sie an, griff sich in das eigene dunkle Haar und sagte wie zur Bestätigung: »Ganz weiß.«

Lilli sank in ihrem Stuhl zusammen. »Das gibt es doch nicht.«

»Warum haben Sie die Kinder allein im Bagno herumlaufen lassen?« fragte Rohleff die Mutter.

»Sind Sie verrückt? Ich hatte keine Ahnung, daß sie dorthin wollten. Letzten Samstag haben mein Mann und ich die beiden Mädchen auf eine Exkursion der Volkshochschule mitgenommen, wie sollen Kinder denn sonst lernen, was im Wald wächst?«

Er fragte die Kinder. »Was habt ihr im Wald gemacht?«

»Pilze gesucht«, antwortete die Ältere.

Rohleff ging kurz hinaus, als er wiederkam, sprach er die Mutter an. »Ich versteh ja nicht viel von Kindern, aber die beiden scheinen die Sache gut überstanden zu haben. Was nun die offizielle Täteridentifizierung betrifft, eigentlich halten wir Kinder aus solchen Sachen raus, wenn sie nicht unbedingt erforderlich sind, aber es würde die endgültige Aufklärung schon beschleunigen, wenn wir eine regelrechte Gegenüberstellung durchführen könnten.«

Die Kinder reagierten aufgeregt, aber nicht mit erkennbarem Erschrecken, als sie durch eine einseitig transparente Scheibe in einen Raum blickten, in dem der von Rohleff Gefaßte zwischen ein paar Kollegen saß, die sich für den Identifizierungsversuch zur Verfügung gestellt hatten.

»Aber da ist er ja!« schrien sie beide.

»Aus der Perspektive einer Sechsjährigen«, dozierte Rohleff, »kann ein Dreiundzwanzigjähriger schon wie ein alter Mann wirken, vor allem, wenn er so einen Strohkopf wie der da hat.«

»Habt ihr euch gefürchtet?« fragte Lilli die beiden.

»Erst ganz doll, aber dann sind wir weggerannt«, erklärte die Ältere, und die Kleinere nickte, sie strahlte schon wieder.

Die Mutter trat hinter sie und drückte ihre Töchter an sich. »Wir haben das mit ihnen geübt. Laßt euch von keinem anfassen, haben wir ihnen gesagt, schreit und rennt weg.«

»Gutes Training«, sagte Rohleff. Er wünschte sich, den Mann nicht gefaßt zu haben, sich nicht mit Beweisaufnahme, Tatrekonstruktion, Zeugenbefragung in einem Fall befassen zu müssen, dessen größter kriminalistischer Befund in der Phantasie der Betroffenen lag. Die Kinder im Blick, schämte er sich gleichzeitig, daß er sich von der Sache angeödet fühlte. Ein Gedanke bohrte beharrlich im Hintergrund aller Überlegungen: Irgendwo war etwas Dramatischeres, Wichtigeres in Gang, das von dieser konkreten, eher läppischen Geschichte verdeckt wurde, die seiner Meinung nach Aufmerksamkeit abzog, die man besser auf das andere verwenden sollte.

»War's das jetzt?« fragte er Lilli.

»Morgen befragen wir noch die Kinder, die auf ähnliche Art erschreckt worden sind, hoffentlich vom gleichen Täter, er scheint sich immer nur Kinder auszusuchen.«

»Weil sich ein Hanswurst wie der Kindern gerade noch gewachsen fühlt.«

Für eine Fahrt ins Bagno war es längst zu dunkel geworden. Rohleff ging in sein Büro hinüber und regelte mit ein paar Telefonaten, von denen er eins mit der Staatsanwaltschaft führte, daß der Mann nicht länger festgehalten wurde, da er einen festen Wohnsitz und eine Arbeit nachweisen konnte und außerdem bislang als unbescholten galt. Er hörte sich selbst beim Reden zu, sein anderes Ich hatte sich wieder abgespalten.

Nach dem Gespräch merkte er, daß ihm der Schweiß heruntelief, wohl schon eine ganze Weile. Eine unangenehme Nässe machte sich unter den Achseln breit, er fragte sich, ob es ihm gelänge, unauffällig zu verschwinden, bevor er jemandem im Gebäude allzu nahe kam. Schwerfällig stemmte er sich aus seinem Stuhl und mußte sich im nächsten Moment an der Tischplatte abstützen, ihm schwindelte. Der Raum verlor sich in Schwärze, Rohleff fiel auf den Stuhl zurück. Als er wieder klar sah, stand Knolle in der Tür.

»Hier bist du, wir haben uns schon gefragt, wo du steckst.«

Hinter Knolle tauchte Lilli auf, dann Groß.

»Was gibt es? Ich denke, wir sind fertig, ich habe jedenfalls genug für heute und geh nach Hause.«

Lilli schüttelte den Kopf. »Tust du nicht.«

Manche Ereignisse brauchen Zeit, um im Bewußtsein ganz deutlich zu werden. Obwohl sie bereits Teil der Wirklichkeit sind, stehen sie dennoch in einer Art Nichtraum, solange die Beteiligten sich weigern, ihre Präsenz anzuerkennen.

Sie hatten schwer mit dem Regen, dem Schirm und dem Kinderwagen zu kämpfen gehabt. Daher schoben sie den Wagen zunächst in die Küche und ließen sich zum Verschnaufen auf die Stühle sinken. Nach einer Weile bückte sich Gertrud Hürter, kramte die Einkäufe hervor und ärgerte sich über die feuchte Kuchenpackung. Hubert Hürter schaukelte mechanisch den Wagen vom Stuhl aus.

»Schau dir bloß die Küche an«, Gertrud wies auf die Spuren, die die Wagenräder hinterlassen hatten.

»Red leiser, sonst weckst du ihn auf.«

»Der schläft, aber ich sollte mal sehen, ob das Bettchen nicht naß geworden ist.«

»Laß das doch jetzt. Das Kind kann nicht naß geworden sein.«

»Davon verstehst du nichts.«

Gertrud legte die Hand auf das Bett, drückte es leicht herunter und schaute dabei in das Wageninnere. Es wollte ihr nicht einleuchten, daß kein Kind mehr im Wagen lag. Das Gefährt sah völlig unverändert aus, Teil einer Normalität, das Absurde präsentierte sich im Innern. Abwechselnd sahen beide Hürters hinein, sie zogen das Bett heraus, legten es wieder in den Wagen.

»Wir können es doch nicht unterwegs verloren haben«, sagte Gertrud.

»Sebastian ist weder ein Hund noch eine Katze«, wies Hubert sie zurecht.

Verwirrt lief sie in den oberen Stock, in das Kinderzimmer, spähte in das Kinderbett, wühlte das Bett der Eltern durcheinander, sinnlose Tätigkeiten. Als sie wieder ins Erdgeschoß kam, schob ihr Mann den Wagen in den Flur.

»Laß uns den ganzen Weg noch einmal machen«, forderte er sie auf. »Wir müssen uns überall umschauen.«

Obwohl sie Wettringen von Besuchen kannten, bewegten sie sich jetzt wie vollkommen Fremde durch die Straßen, wie Verfolgte, die eine schwer faßbare Gefahr vorwärts trieb. Halb blind vor Erregung, liefen sie mit dem Wagen zum Supermarkt, weiter zur Post, überall nach Anhaltspunkten ausspähend, um zu begreifen, was geschehen war und wo. Sie hielten vor der Post.

»Du bist mir nachgerannt«, erinnerte er sich.

»Aber doch nur für einen Moment.«

»Das war länger, fünf Minuten, zehn Minuten.«

»Und wenn schon. Das war doch nicht anders als gestern, da bist du mir nachgekommen. Wer sollte denn in der Zeit mit dem Kind verschwinden?«

»Es ist verschwunden.« Hürter stieg schwerfällig die Stufen zum Eingang hoch und lugte in den Raum hinter der Tür, ohne ihn zu betreten.

»Die Post hat heute nicht auf, nur die Läden«, sagte eine Frau, die neben ihm einen Brief in den gelben Kasten an der Hauswand einwarf.

»Sie haben nicht jemanden mit einem Baby auf dem Arm gesehen?«

Die Frau sah kurz von Hubert zum Kinderwagen, dessen Lenker Gertrud umklammert hielt.

»Sie haben doch wohl nicht eins verloren? Das würde uns hier in Wettringen noch fehlen, nach allem, was passiert ist.«

Die Frau war die Stufen hinabgestiegen und weitergegangen, bevor sich Hubert nach der Bedeutung ihrer Bemerkung hatte erkundigen können.

»Laß uns gehen, ich weiß nicht, was sie meinte«, sagte er zu Gertrud. »Wir machen den ganzen Weg noch einmal, jetzt in der anderen Richtung.«

Er spähte in jedes Fahrzeug, das am Straßenrand parkte, bis ein Junge auf einem Fahrrad vorbeikam, in die Bremse stieg und ihn beobachtete. Er wartete, bis der Junge weiterfuhr.

»Den hättest du fragen können«, sagte Gertrud.

»Jetzt ist er weg.«

»Wir sollten die Polizei benachrichtigen.«

Hubert antwortete nicht und setzte den Weg fort, Gertrud folgte. Wieder zu Hause, schoben sie den Wagen ein zweites Mal in die Küche, sanken auf die Stühle, die Zeit bewegte sich im Kreis.

»Es muß eine logische Erklärung geben«, sagte er.

»Können die Kinder zurückgekommen sein und den Jungen mitgenommen haben, weil wir einen Moment nicht aufgepaßt haben?«

»Blödsinn, außerdem haben wir aufgepaßt. Vielleicht hat ihn einer aus dem Wagen gehoben, weil es regnete.«

»Wer sollte das gewesen sein?«

»Was weiß ich, jemand, der Silvia und Jürgen kennt. Denk mal nach, was für Freunde sie hier haben.«

»Mir fällt keiner ein, wir müssen die Polizei verständigen.«

»Die fragt nur blöd rum und tut nichts, ich trau den Brüdern nichts zu. Die warten nur alle auf ihre Pension.« Er beugte sich im Stuhl vor. »Gertrud, wir sind diejenigen, die das Kind verloren haben, uns machen sie dafür haftbar.«

Gertrud brach in Tränen aus, stöhnte und tastete nach der Hand ihres Mannes. »Ich halte das nicht aus, Hubert.«

Er stand auf. »Ich hol dir deine Herztropfen. Du mußt dich hinlegen.«

»Und Sebastian?«

»Ich geh wieder den Weg ab, es muß etwas geben, was wir übersehen haben, ich mach nicht lang.«

Er brachte es fertig, seine Tochter zu belügen, als sie vor der Rückfahrt anrief, später sollte er sich darüber wundern. Es sei ihm so vorgekommen, sollte er erklären, als ob er mit der Wahrheit Gefahr liefe, etwas zu besiegeln, was noch in der Schwebe hätte sein können. Eigentlich habe er den ganzen restlichen Nachmittag erwartet, daß es an der Tür schellte und eine Nachbarin mit dem Kind auf dem Arm hereinkäme, mit einer zwar erstaunlichen, aber im nachhinein verständlichen Erklärung. Eines würde er nicht sagen. Daß er Angst hatte, eine entsetzliche, alle Sinne, alles Denken aufweichende Furcht, die ihn zu scheinbar logischen, aber letztlich verrückten Handlungen trieb, wie wenigstens noch ein weiteres Mal den Weg zum Supermarkt und zur Post zu wiederholen.

Gertrud ging es schlecht, ihr Herz machte ihr zu schaffen, aber es gelang ihr, einen oberflächlichen Anschein von Ruhe zu bewahren, um ihrem Mann nicht eine Sorge mehr aufzubürden. Tatsächlich fehlte ihr die Kraft, mehr zu tun, als gelegentlich in die Küche zu schlurfen und den Kinderwagen anzustarren. Endlich, um sechs, rief sie die Polizei an.

Einen Augenblick hatte Rohleff geschwankt, ob er nicht erst nach Hause fahren sollte, um sich rasch umzuziehen, er entschied sich aber dagegen und stieg zu Knolle und Lilli in den Wagen.

Knolle musterte ihn kritisch von der Seite. »Ziemlich harter Tag heute, nicht?«

Es war Rohleff egal, was der andere von ihm dachte, über gesellschaftliche Rücksichten und Gepflogenheiten wie frische Wäsche und Zähneputzen war er hinaus.

»Hast du nicht was Komisches über die Verknüpfung der Fälle mit den beiden toten Babys gesagt, ist das jetzt die Verknüpfung?« fuhr Knolle fort und drehte sich zu Lilli um, die im Fond saß. »Und du hast schon letzte Woche angedeutet, daß sich die Sache mit dem Kaufhauskind möglicherweise ausweitet. Könnt ihr beide hellsehen, oder bin ich auf dem falschen Dampfer?«

»Was sagst du, Lilli?« fragte Rohleff.

»Ich möchte nicht darüber nachdenken, laßt uns über das Thema reden, wenn wir mehr wissen.«

Diesmal kreiselte kein Blaulicht auf einem Autodach, ansonsten glich die Szenerie gespenstisch einer schon gesehenen. Rohleff registrierte dankbar, daß der Rasen vor dem Einfamilienhaus nicht besonders gepflegt aussah, eine Beobachtung, die sein Vertrauen in eine Art Restnormalität stärkte, an die er sich in den nächsten Stunden zu klammern gedachte.

Die Wettringer Polizisten brauchten ihm nicht zu erklären, daß das Haus der Hielschers nur zwei Straßen weiter stand. Das Ehepaar Hürter nahm er kaum als Personen wahr, sondern als Auskunftsverpflichtete und Verdächtige, die er rücksichtslos durch die Mühlen einer entnervenden Befragung drehte.

»Wann haben Sie zuletzt in den Wagen geschaut und das Kind gesehen? Wie lange haben Sie den Wagen bei der Post stehenlassen? Genauer bitte. Fünf Minuten? Drei Minuten? Konzentrieren Sie sich.«

Gertrud Hürters Gesicht wirkte ungesund fleckig im Schein der Wohnzimmerlampen. Ein Beamter unterbrach die Vernehmung.

»Draußen steht ein Paar, das behauptet, hier zu wohnen, und das unbedingt rein will, sind wohl die Eltern des Kleinen.«

Jürgen Bauer drückte sich an einem weiteren Beamten vorbei ins Zimmer, stürzte auf Hürter zu und schrie: »Wo ist Sebastian, was habt ihr mit ihm gemacht?«

Ehe ihn jemand daran hindern konnte, hatte er ausgeholt und zugeschlagen. Hürter fiel rückwärts in den Sessel zurück, aus dem er gerade aufgestanden war, und sank seitwärts zu Boden, beide Hände vor dem Gesicht. Blut quoll zwischen seinen Fingern hervor. Gertrud Hürter schrie auf, lief auf ihren Mann zu, faßte sich plötzlich an die Brust und schleppte sich zurück aufs Sofa, auf das sie niedersank, aschfahl.

»Mutter!« Silvia Bauer glitt schluchzend neben sie, das Chaos war perfekt.

»Das hilft aber auch nicht weiter«, tadelte der Beamte trocken, der die Ankunft der Bauers gemeldet hatte und der dem jungen Vater nach dem Schlag mahnend oder warnend die Hand auf den Arm gelegt hatte.

»Kommt drauf an, aus wessen Perspektive Sie das betrachten«, erklärte Rohleff, bevor er sich zu Hürter hinunterbeugte. Er sah zu Mutter und Tochter hinüber, Gertrud Hürter regte sich schwach, gleichzeitig zog er behutsam Hürter die Hände vom Gesicht.

»Aha«, sagte er, »Lilli, hol ein nasses Handtuch aus dem Badezimmer, besser zwei, und zwar Frottee, Patrick, du rufst den Notarzt und einen Krankenwagen. Was fehlt Ihrer Mutter?« fragte er die Tochter.

»Schöne Scheiße«, fluchte Harry Groß, »wenn die nun beide ins Krankenhaus müssen.«

Rohleff sah von einem Invaliden zum anderen. »Glatter Nasenbeinbruch, nicht lebensbedrohlich. Schaut mal nach einem Schnaps, der Mann muß auf die Beine, den brauchen wir noch.«

Zu zweit hoben sie Hürter in den Sessel, Lilli legte ihm ein Tuch in den Nacken, ein zweites auf die Nase. Hürter murmelte etwas.

»Was sagen Sie?« fragte Rohleff.

Der Verletzte lupfte das Tuch auf dem Gesicht, ein neuer Blutschwall quoll aus der Nase. »Silvia, Mutters Tropfen, in der Küche.« Er sah flehend zu Rohleff auf. »Ihr Herz.«

Jetzt erst setzten bei Rohleff wieder menschlichere Regungen ein. »Sie müssen ihren Kopf höherlegen«, sagte er zu Silvia Bauer, »das erleichtert ihr das Atmen und entlastet das Herz.«

»Ich will wissen, was geschehen ist«, schrie Jürgen Bauer, »wo ist mein Sohn?« Er fuhr herum und schüttelte den Beamten neben sich.

»Wenn Sie Ihren Sohn zurückhaben wollen, dann halten Sie den Mund und setzen sich«, wies ihn Rohleff sachlich zurecht.

Wenig später traf der Arzt ein, zwei Sanitäter folgten. Rohleff stahl sich in die Küche, in der noch der Kinderwagen stand. Groß folgte und deutete auf den Wagen.

»Den kann ich mir schon vornehmen.«

»In fünf Minuten.« Er hielt eine Hand hoch, die Finger gespreizt, »Aber hol schon deinen Klimbim für die Spurensicherung ins Haus, und mach die Küchentür hinter dir zu.« Groß gehorchte verwundert.

Rohleff rief seine Frau an. Als sie sich meldete, klang ihre Stimme leise, sehr fremd.

»Sabine?« sagte er und wußte nicht mehr weiter.

»Bist du im Büro?«

»Ich war da, aber jetzt habe ich einen neuen Fall am Hals.« Er sprach schnell, ohne nachzudenken. »Ein entführtes Baby, in Wettringen, wo das andere Kind tot aufgefunden worden ist, das Neugeborene.«

Er hörte sie aufkeuchen, sie begann zu weinen. Seine Hand

schmerzte, so fest hielt er das Telefon, er wartete auf ihre Fragen und starrte dabei auf den Kinderwagen.
»Wie alt ist das Kind?«
»Sechs Monate. Die Großeltern hatten es hüten sollen, weil die Eltern über das Wochenende verreist waren. Sie haben es heute mittag auf einem Spaziergang verloren.«
»Haben sie nicht sofort die Polizei gerufen?«
»Erst vor zwei Stunden.«
»So lange haben sie gewartet? Warum?«
»Angst, sie sind starr vor Angst und Schuldgefühlen und haben wohl bis jetzt nicht richtig begriffen, was geschehen ist.«
»Das könnte ich auch nicht. Karl, finde das Kind.«
»Ich wollte dir nur Bescheid sagen. Willst du nicht zu Mechtild fahren?«
Auf die Antwort mußte er einen Augenblick warten, er hörte nur ihr schweres, unregelmäßiges Atmen. »Nein, ich warte auf dich.«
»Aber ich weiß nicht, wann ich nach Hause kommen werde. Fahr zu Mechtild, dann bist du wenigstens nicht allein. Ich muß jetzt aufhören.«
»Warte, was hat diese Entführung mit den beiden anderen Fällen zu tun?«
Er merkte, daß er immer noch den Kinderwagen anstarrte. »Objektiv gesehen, gar nichts, bis jetzt. Aber ich bin sicher, es gibt etwas, das alle drei Fälle miteinander verknüpft, auf die eine oder andere Weise.« Er legte eine Pause ein. »Fahr nicht so bald wieder weg, wenn's geht.«
Sie lachte auf. »Bestimmt nicht. Schon, damit du mir nicht noch mal die Küche versaust.«
Dunkel erinnerte er sich an den vergangenen Abend, an die Spiegeleierpfanne im Spülbecken und an alles andere, was er liegengelassen hatte.
»Es tut mir leid«, sagte er.
»Mir auch.«
Groß stieß die Tür mit dem Ellbogen auf, schwer beladen mit Koffern, Rohleff winkte ihn ungeduldig herein.

»Geh schlafen, wenn es zu spät wird – Liebling«, sagte er zu Sabine. Kosenamen waren ihm fremd, mit dem Namen verband sich das Bild einer Person, alles andere erschien ihm als unscharf und albern, aber es drängte ihn nun, der Sachlichkeit ihrer Unterhaltung etwas entgegenzusetzen, eine Zärtlichkeit, eine verbale Liebkosung, wenigstens einen Hauch davon, mehr wagte er ohnehin nicht.

Sie schwieg einen Augenblick. »Komm bald.« Ein Unterton von Nachgiebigkeit schwang in ihrer Stimme.

»Warum willst du den Wagen hier untersuchen?« fragte er Groß, als er das Handy in die Hosentasche steckte.

»Nur vorläufig, ich nehm ihn nachher mit. Ich will nicht weg, bevor ich nicht weiß, was bei eurem Einsatz hier vor Ort herauskommt.«

»Bevor du dich über den Wagen hermachst, bring ihn ins Wohnzimmer. Wie sieht es da drinnen aus?«

»Der Arzt verpaßt Hürter gerade eine Nasenkompresse, die Ehefrau soll ins Krankenhaus, vorsichtshalber. Was hast du mit dem Wagen vor?«

»Sag ich dir drüben.«

Groß streifte sich Gummihandschuhe über, Rohleff hielt ihm die Tür auf, damit er den Kinderwagen an ihm vorbeischieben konnte. Rohleff überblickte rasch den Raum und sah, daß eine gewisse Ruhe eingetreten war. Eine Trage stand mitten im Zimmer, wohl für Gertrud Hürter gedacht, die mittlerweile nicht mehr ganz so bleich aussah. Der Arzt hantierte noch an Hürters Nase, er drückte Mengen von Verbandsmull in sie hinein, es sah nicht so aus, als wäre die Behandlung sonderlich angenehm. Hürter stöhnte leise.

»Einen Augenblick, können Sie gleich fortfahren?« Rohleff wandte sich an den Arzt, danach an den Patienten. »Herr Hürter, ich möchte, daß Sie mir sagen, ob etwas im oder am Kinderwagen fehlt, mein Kollege wird das Bett und alles weitere vor Ihren Augen herausnehmen, fassen Sie selbst nichts an.«

Der Arzt protestierte, aber Hürter wehrte seine Hand ab,

wahrscheinlich war er ganz froh über die Unterbrechung. Er erhob sich und stellte sich neben den Wagen. Immer wieder schüttelte er bedauernd den Kopf, als Groß den Wagen ausräumte. Mit Hilfe der Tochter hatte sich Gertrud Hürter vom Sofa hochgearbeitet und trat zu ihrem Mann.

»Die Decke, eine blau, rosa und weiß karierte Babydecke, ich hatte sie Sebastian untergelegt, seltsam, mir fällt jetzt erst auf, daß sie fehlt«, erklärte die Frau.

Groß bückte sich, hob etwas vom Boden auf, das heruntergefallen war, als er das Deckbett herausgezogen hatte. Mit zwei käsigen, gummiverhüllten Fingern hielt er ein blaues Babysöckchen hoch.

»Ein Söckchen von Sebastian, die hatte er an, aber ...«

Rohleff beendete den Satz für sie: »... wo ist der zweite?«

Jürgen Bauer riß Groß das Söckchen aus der Hand.

»Sagen Sie mir, was das für einen Sinn hat, über Babydecken und Socken zu diskutieren, was werden Sie tun?«

Rohleff hielt dem flammenden Blick des jungen Vaters stand, er spürte die ungeheure Woge von Wut und Angst, die aus diesem Blick sprach. »Es mag Ihnen vielleicht nicht einleuchten, aber ich werde jetzt den Weg, den Ihre Schwiegereltern mit dem Kinderwagen genommen haben, mit Herrn Hürter wiederholen, wenn er sich stark genug dazu fühlt.«

»Wozu? Es ist stockfinster draußen.«

»Laß nur, Jürgen«, mischte sich Hürter ein, »sie werden wissen, was zu tun ist.«

Zunächst mußten sie darauf warten, daß der Arzt die Versorgung der lädierten Nase abschloß. Die frische Luft, versicherte der Arzt zögernd, würde dem Patienten wahrscheinlich nicht schaden. Es war ihm anzumerken, daß er den Ausflug trotzdem nicht guthieß, es lag wohl an der besonderen Situation, daß er keine Einwände erhob.

Sie waren zu fünft. Rohleff ließ Hürter vorausgehen, er folgte mit Knolle, die Nachhut bildeten zwei Wettringer Polizeibeamte in Uniform. Kaum zehn Meter hatten sie zurückgelegt, da blieb Rohleff stehen. Hinter den Polizisten war jemand auf dem Fahrrad aufgetaucht, es folgte ein Bremsenquietschen, Rohleff winkte heftig und rief: »Sven, komm her!«

Der Junge zögerte, ruckte mehrfach mit dem Rad hin und her, ohne abzusteigen, kurvte einmal über die Straße, eine weitere Schleife führte das Fahrrad neben Rohleff, der Fahrer sprang ab.

»Ich zuckel hier nur ein bißchen rum, ist nicht verboten«, sagte er vorsichtig.

»Weiß ich, ich hab nur eine Frage.«

»Welche?« Sven stieg wieder auf sein Rad, Rohleff hielt Knolle zurück, der nach dem Lenker fassen wollte.

»Du kennst doch die Hielschers ganz gut«, rief Rohleff quer über die Straße.

»Tu ich das?« Sven ließ wieder die Bremsen quietschen, stieg vom Rad, lehnte sich dagegen, eine Hand fuhr in die Jackentasche. »Das war mal, ist schon was her.«

Der Junge schien nachzudenken, er hatte etwas Blaues aus der Tasche gezogen, spielte damit, preßte es mit einer Hand zusammen. Eine Wollmaus oder ähnliches. Bevor er es erkennen konnte, hatte es der Junge wieder eingesteckt.

»Was soll das überhaupt?«

Rohleff gab keine Antwort, Knolle stieß ihn in die Rippen. »Hat recht, der Kleine, was soll das überhaupt? Der alte Hürter wird sich kalte Füße holen, wenn wir hier noch lange stehen, schließlich ist nur seine Nase warm genug verpackt.«

Hürter war schlurfend weitergegangen, hatte angehalten, wohl weil er keine Schritte mehr hinter sich hörte, er wartete im Licht einer Laterne, eine einsame Gestalt.

»Geh zu ihm, wenn du ihn aufmuntern willst, sag ihm, es dauert nur einen Augenblick.« Knolle schlenderte tatsächlich zu Hürter hinüber, Rohleff sah ihm nach, dann wandte er sich an den Jungen.

»Du hast mir doch etwas von Silkes Freund erzählt.«

»Kann mich nicht erinnern.«

»Ich versteh dich schon, aber andere werden Silke auch mit

ihm gesehen haben, ich könnte in der Schule herumfragen, in Silkes Klasse. Immerhin magst du sie, und ich denke, du wirst ihr nichts Schlechtes nachsagen.«

»Was geht Sie denn Silkes Freund an, es doch nicht verboten, einen Freund zu haben.«

»Du hast bestimmt in der Zeitung gelesen oder in der Schule gehört ...«

»Ich weiß Bescheid, aber was hat das mit Silke zu tun?« Sven schaute Rohleff verdrossen an, seine Hand fuhr wieder in die Jackentasche.

»Es war nun mal Hielschers Mülltonne, in der ein totes Kind lag, das bedeutet automatisch Überprüfung des gesamten Haushalts, aller Personen, verstehst du.«

»Ich weiß nicht, find ich komisch.« Sven stieß sich so heftig vom Rad ab, daß es beinahe hinfiel. Einer der Beamten fing es auf. Der Junge riß es ihm aus der Hand und gab dem Rahmen einen Tritt. »Er hat sie angebaggert, so ein alter Kerl mit Auto. Wie konnte sie mit dem rummachen?«

»War doch wohl ihre Sache.«

»Ich hab sie ein paarmal ins Auto steigen sehen, nach der Schule, meistens war eine Freundin von Silke mit dabei.«

»Geht wohl auf die gleiche Schule, der Freund?«

»Letzte Klasse, ist nächstes Jahr fertig. Ich weiß nicht, ob das wirklich ihr Freund ist. Das Auto ist nur eine Schrottkiste, würd ich mich nicht reinsetzen.«

Rohleff nickte ernst. »Ist wahrscheinlich nicht mal verkehrssicher. Das war's, Sven.«

Knolle kam zurück.

»Das können Sie aber nicht mit mir machen«, schrie Sven. »Jetzt will ich wissen, warum Sie diesmal hier sind, ist es wegen der Scheiße mit dem toten Kind? Hielschers wohnen doch gar nicht hier.«

»Mal ganz sachte, Freundchen, ja«, schnauzte Knolle. »Wir stehen hier nicht zum Spaß abends auf der Straße herum. Zieh Leine.«

»Scheißbulle.« Rohleff erwischte Knolle am Ärmel und hielt

ihn fest, die Wettringer Kollegen taten, als hätten sie nichts gehört.

»Bürgernähe, Patrick, hast du das nicht auf der Polizeischule gelernt?« raunzte er und wandte sich ein letztes Mal an den Jungen. »Mein Kollege ist erst ein paar Jahre bei der Polizei, Geheimermittlungen regen ihn noch auf. Leider dürfen wir dir nichts sagen, außer, daß es mit Hielschers nicht direkt was zu tun hat.«

»Jetzt versteh ich gar nichts mehr, na dann.« Sven drehte eine weitere Runde, fuhr dabei über den Bürgersteig, kam dicht an Knolle vorbei und verschwand.

»Kannst du mir sagen, warum du diesem Söhnchen verbale Ausfälle gegen unseren Berufsstand durchgehen läßt? Das ist unpädagogisch. Übrigens, dem Alten da vorn wird kalt.«

Rohleff winkte Hürter, daß er weitergehen könne, und beschleunigte selbst den Schritt, um dichter aufzuschließen.

»Erinnere mich morgen daran, daß wir am Nachmittag wieder zu Hielschers fahren müssen.«

»Du trägst dich nicht mit der Absicht, mich in die hier laufende Geheimermittlung einzuweihen? Weißt du, ich hab meinen Abschluß auf der Polizeischule gar nicht mal so schlecht bestanden.« Er klang beleidigt.

Rohleff verbannte mit einiger Anstrengung den Hielscher-Fall aus seinem Kopf. Er begann, über den Mann nachzudenken, der vor ihnen hertrottete und den Weg bereits mehrmals gelaufen war, es mußte einer Tantalusqual gleichkommen, es ein weiteres Mal zu tun. Eine Tochter hatte er großgezogen, oder gab es noch weitere Kinder? Die Tochter hatte zuletzt einen gefaßteren Eindruck gemacht als der Schwiegersohn, aber der war es auch gewesen, der auf der Wochenendreise bestanden hatte, seinem Eingeständnis nach. Rohleff tippte auf Schuldgefühle. Vor allem Hürter wurde von ihnen beherrscht, das drückte sich bereits in seinem Gang aus, er schleppte sich vorwärts, als würde er durch Schlamm waten. Das Bild gefiel ihm. Ein unauslotbares Meer von Schlamm, gebildet aus Schuldgefühlen, Trieben und Ängsten, das alle drei Fälle, mit denen er sich gegenwärtig befaßte, verband. Immer heftiger spürte er, daß die drei in einem chaotischen Zusammenhang eine Einheit bildeten. Er fand, daß das ein guter und hilfreicher Gedanke war. Das Chaos zeigte, wenn man es aufschlüsselte, mehr Methode, als man zunächst vermutete. Emotionen entwickelten sich in Chaosmanier, und in all den Fällen ging es um Emotionen, nicht um Geld, nicht um die einfachen Formen der Habgier. Gewöhnliche Habgier war simpler für die Polizei zu handhaben.

»Hast du Maike angerufen und ihr gesagt, daß es spät wird?« fragte er. Knolle fluchte. Rohleff hielt ihm das Handy hin. »Mach es gleich, sonst vergißt du es wieder.« Der andere tippte gehorsam die Nummer ein, Rohleff rückte nah an ihn heran, zu lauschen erschien ihm mehr ein Akt der Anteilnahme als der Neugier.

»So bald komme ich nicht, Schatz«, sagte Knolle nach den nötigen Erklärungen. »Was? Na, weiß ich nicht. Karl jagt uns durch die Gegend, er war wohl heute noch nicht lange genug an der frischen Luft. – Ich frag ihn.« Knolle wandte sich an Rohleff: »Maike will wissen, ob sie Sabine Bescheid sagen soll.«

»Ich habe sie schon angerufen.«

Warum lauschte er, fragte er sich nun doch ernsthaft, wartete er auf Anzeichen von Widerspruch, auf Entschuldigungen und Beschwichtigungsrituale? Nur einmal wurde Knolles Stimme schärfer. »Meinst du, ich latsch gern hier herum?«

Rohleff rückte unauffällig ab, reagierte einsilbig auf die Grüße, die Maike ausrichten ließ. Die einsame Gestalt vor ihnen hatte angehalten, Hürter stand vor dem jetzt geschlossenen Supermarkt.

Rohleff winkte die zwei Beamten heran. »Ist Ihnen etwas Besonderes an diesem Weg oder an dieser Gegend aufgefallen?«

»Außer, daß das eine Tempo-Dreißig-Zone ist, nicht. Das hätten wir Ihnen aber auch so sagen können.«

Der Eingang lag an einer Ecke, daran schloß sich eine breite

Ladenfront an, sie leuchtete mit Neonröhren in die Umgebung.

»Wie lange haben Sie hier draußen gewartet?« fragte Rohleff Hürter.

»Heute nachmittag? Eine halbe Stunde, nicht viel länger.«

Rohleff sah auf die Schuhe des Mannes, registrierte die dünnen Ledersohlen. Wie schnell drang die Kälte vom Boden durch? Hürter verharrte unbewegt vor dem Laden, die Hände in die Manteltaschen gesteckt.

»Sie haben den Kinderwagen nicht aus den Augen gelassen? Sind nicht in den Laden gegangen?«

Eine leichte Unsicherheit zuckte über das Gesicht des Befragten, dann antwortete er mit Nachdruck. »Ich war die ganze Zeit draußen.«

Einer der Wettringer stellte sich neben ihn. »Zeigen Sie uns genau, wo der Kinderwagen stand. Sie haben ihn nicht bewegt?«

Wieder gab es ein Aufflackern in Hürters Augen, möglicherweise lag es an dem Neonlicht. Rohleff schritt die Ladenfront ab, versuchte sich die Situation am Nachmittag vorzustellen: Autos auf den Parkplätzen vor dem Laden, Kunden, die mit Einkaufswagen herauskamen.

»War viel draußen los, als Sie warteten?«

Hürter starrte ihn an, als ob er die Frage nicht verstanden hätte, dann blickte er sich auf dem jetzt menschenleeren Bürgersteig vor dem Laden um und schüttelte langsam den Kopf. Sie gingen weiter zur Post. Knolle führte die Vernehmung durch, ließ Hürter mehrmals hintereinander die Ereignisse des Spaziergangs schildern, einer der Wettringer übernahm die Rolle der Ehefrau, die dem Mann nachgegangen war, der andere hielt den zeitlichen Ablauf fest. Hürter begann auf der Stelle zu treten und die Hände aneinanderzuschlagen.

»Haben Sie heute nachmittag diese Schuhe getragen?« fuhr ihn Rohleff plötzlich an.

Hürter stockte in der Bewegung, sah auf seine Schuhe, blickte wieder auf. »Ich habe nur das eine Paar mit.«

»Kommen Sie.« Rohleff ergriff ihn am Arm. »Wir gehen zum Laden zurück.«

Vor dem Laden angekommen, winkte er einen der Wettringer an die Stelle, an der der Kinderwagen postiert gewesen war.

»Ihnen war schon heute nachmittag kalt, nicht? Ich meine, es ist heute noch kälter als gestern.«

Der ältere Mann nickte unglücklich.

»Sie haben gewartet und sich gefragt, wo Ihre Frau bleibt, und haben gefroren. Ich glaube nicht, daß Sie die ganze Zeit neben dem Wagen gestanden haben.«

»Doch, ich ...« Er begann wieder, auf der Stelle zu treten. »Einmal habe ich durch die Scheibe geschaut.«

Rohleff drehte ihn zur Ladenfront, deutete auf die großen Glasscheiben. »Machen Sie es genauso wie am Nachmittag.«

Sie sahen, wie Hürter zögernd die Hände an die Scheibe legte, er versuchte, in das jetzt dämmrige Innere des Geschäfts zu spähen. Er drehte sich zu seinen Begleitern um. »Da sind die Kassen.«

»Machen Sie nur weiter, suchen Sie nach Ihrer Frau wie vor ein paar Stunden.«

Er wandte sich wieder der Ladenfront zu, Rohleff, Knolle und die zwei Wettringer beobachteten, wie seine Erinnerungen zurückkamen, er bewegte sich vom Eingang weg. Als er sich wieder umwandte, hatte er zwei Drittel der Ladenfront abgeschritten.

»Hab's kapiert«, sagte Knolle und pfiff leise durch die Zähne. Einer der Wettringer übernahm an Hürters Stelle das Spähen durch die Scheibe, während der andere noch immer den Platz des Kinderwagens markierte.

»Können Sie den Wagen sehen?« fragte Rohleff leise den Mann vor der Ladenscheibe, der schüttelte verneinend den Kopf. Knolle sah auf die Uhr, schätzte die Zeit.

»Also muß es nicht an der Post passiert sein«, stellte er fest, »mindestens drei Minuten, wenn nicht länger, hat er das Kind aus den Augen verloren. Ich möchte mal wissen, was der Bengel ...«

Rohleff fuhr herum und sah Sven mit seinem Fahrrad an der Bordsteinkante halten. Knolle raste in langen Sätzen auf den Jungen zu und hielt das Fahrrad fest, bevor der Junge damit entkommen konnte.

»Sag mal ...«, Rohleff war Knolle nachgerannt, aber dieser brachte ihn mit einer Handbewegung zum Schweigen und sprach den Jungen an. »Tut mir leid, aber ich hatte keine Lust, hinter dir herzupfeifen, gib mir das, was du in der Tasche hast, in der rechten.«

Zu Rohleffs Erstaunen glitt die Hand des Jungen in die Jackentasche und kam mit dem blauen Wollding heraus, an das er sich jetzt wieder erinnerte. Knolle nahm es mit zwei Fingern entgegen. Hürter, der herangetreten war, keuchte auf. Zwischen Knolles Fingern baumelte deutlich erkennbar ein blaues Babysöckchen.

»Sebastians«, sagte Hürter.

»Hab ich gefunden, lag im Dreck«, erklärte Sven trotzig.

»Wo?« fragte Knolle.

»Muß hier gewesen sein. Sagen Sie, fahnden Sie ...«

»Warte, Sven«, mischte sich Rohleff ein, »es ist wichtig. Gib mir dein Fahrrad, zeig uns genau, wo die Socke lag, und erklär uns, was du gemacht hast.«

Sven schaute verblüfft die Ermittler an, dann Hürter, der ihn mit brennendem Blick beobachtete.

»Steht da schon Strafe drauf, daß man was aufhebt? Ich hätte es ja zurückgegeben, ich sammle so was nicht.«

»Wem hättest du die Socke zurückgegeben?« fragte Knolle.

»Der Frau mit dem Baby.«

Rohleff gab das Fahrrad einem der Beamten und winkte Sven zum Laden. »Von vorn, Sven, erzähl der Reihe nach.«

Sven maulte. »Hab ich doch schon. Da lag die dämliche Socke, ich heb sie auf und seh die Frau mit dem Kind, die schließt gerade ihr Auto auf. Ich ruf noch, wink mit der Socke, aber die dreht sich nicht mal um, legt das Blag nach hinten ins Auto, steigt ein, ich hinterher, aber da gibt sie Gas und saust ab.«

»Wie alt war die Frau?«

»So alt wie Sie, würde ich sagen.«

Knolle warf Rohleff einen Seitenblick zu und hakte nach. »Fünfzig oder sechzig?«

Rohleff hätte gern protestiert, sah aber ein, daß er sich damit lächerlich gemacht hätte.

»Fünfzig oder so.«

»Vielleicht auch ein bißchen weniger als fünfzig?«

»Für mich sehen alte Leute alle gleich scheintot aus.«

»Na, den Punkt haben wir dann ja geklärt.«

Hürter drängte sich an die andere Seite des Jungen, sprach hastig auf ihn ein. »Hast du gesehen, wohin die Frau gefahren ist? Hatte sie das Baby in eine blau-rosa Decke gewickelt?«

»He, was wird hier gespielt?« fragte Sven. »Soll das das Baby aus der Mülltonne gewesen sein? Aber das haben Sie doch schon letzte Woche gefunden.«

Hürter packte Rohleffs Arm und schrie: »Was für ein Kind aus der Mülltonne?«

Sven kam zu einer genaueren Vernehmung zu den Bauers mit. Groß empfing die Kollegen an der Tür, er hielt eine Plastiktüte mit der anderen blauen Socke hoch. Die beiden Socken bildeten ein zusammengehöriges Paar.

»Ich wollte gerade weg, als ihr angerufen habt, ich bin mit den Untersuchungen vor Ort durch, hab auch die Fingerabdrücke von den Eltern und der Großmutter, die von Hürter fehlen, die sollte einer der Kollegen mitbringen. Ich bin froh, daß ich bis jetzt geblieben bin. Die Frau aus dem Kaufhaus?«

»Nimm den Kinderwagen und zerleg ihn, wenn's sein muß. Ein passender Abdruck, und wir haben die Gewißheit«, sagte Rohleff.

»Wird schwierig.« Groß deutete zur Küche, in der der Wagen wieder abgestellt war. »Kaum glatte Oberflächen, der Lenker ist mit genopptem Gummi ummantelt, hat bisher nicht viel hergegeben.«

Erregte Stimmen drangen in die Diele. Hürter war deutlich zu verstehen. »Hättet ihr uns nur was von diesen toten Kindern gesagt, wären wir mit Sebastian nicht eine Minute vors Haus gegangen.«

»Er zahlt Jürgen Bauer den Nasenbeinbruch heim.« Knolle feixte, Rohleff achtete nicht auf ihn.

»Harry, schaff den Wagen in dein Labor, Patrick, bring die Streithähne auseinander. Sie«, er deutete auf die Wettringer Beamten, »begleiten Sven zu Kommissarin Gärtner und nehmen seine Aussage auf, aber irgendwo in diesem Haus, wo Sie keiner stört.«

Einen Augenblick blieb er allein in der Diele. Er hörte, wie sich Silvia Bauer in den Streit einmischte, auch die Mutter. Entsetzen, Anschuldigungen auf der einen Seite, Rechtfertigungen auf der anderen. Rohleffs Schultern sackten herab, er hielt die Tür auf, als Groß mit einem Kollegen den Wagen nach draußen transportierte. Ohne lange zu überlegen, betrat er die verlassene Küche, setzte sich auf den Tisch und tippte seine Nummer ins Telefon. Sabine meldete sich.

»Sabine? Wir sind immer noch nicht fertig.«

»Habt ihr etwas herausgefunden?«

»Ja, langsam kommen wir voran. Aber ...« Er lauschte dem Stimmengewirr aus dem Wohnzimmer, das gedämpft in der Küche zu hören war, »im Augenblick müssen wir uns mit der Familie herumschlagen. Knolle ist bei ihnen.«

»Was macht er?«

»Er redet mit ihnen. Sie fallen übereinander her, jeder sieht im anderen den Schuldigen. Das soll nun eine Familie sein.«

»Sie sind gereizt, das ist doch keine normale Situation, sondern eine Katastrophe.«

»Da sollte man doch meinen, daß sie in einer solchen Lage zusammenhalten, sich gegenseitig stützen und nicht an die Gurgel fahren. Heute morgen hast du gesagt, daß dein Körper diese Erfahrung braucht, die Schwangerschaft. Ich frage mich, was ist dabei mit uns?«

»Wie kommst du jetzt darauf? Eine Schwangerschaft betrifft uns beide.«

»Nein, dich. Du redest von deinem Körper, deinem Wunsch,

in den du dich verbissen hast, und ich frage mich, wo bleiben wir, wir beide, als Paar? Was bedeuten unsere gemeinsamen sieben Jahre? Ich weiß nicht, ob ich mich klar ausdrücke.«

»Absolut nicht. Was spielen die sieben Jahre für eine Rolle, außer daß ich vergeblich sieben Jahre gewartet habe?«

Er unterbrach das Gespräch und blieb in der Küche sitzen, erstaunt, daß er keine Erregung oder Enttäuschung mehr verspürte, nur Müdigkeit, er war zu abgeschlagen, um weiter über seine Ehe nachzudenken oder die Probleme jenseits der Küchentür im Wohnzimmer dieses Hauses. Mit einem Gefühl innerer Taubheit wandte er sich um, als die Tür sich öffnete. Erst als ihn Silvia Bauer ansprach, fragte er sich flüchtig, was er als verantwortlicher Ermittler wohl für einen Eindruck auf sie machte. An ihren Augen sah er, daß sie geweint hatte.

»Entschuldigen Sie, wenn ich störe«, sagte sie, »ich wußte nicht, daß hier jemand in der Küche ist, ich will nur ein Glas Wasser für meine Mutter holen.«

»Wie geht es ihr?«

Silvia füllte ein Glas an der Spüle und trat auf ihn zu. »Besser.«

»Warum läßt sie sich nicht ins Krankenhaus bringen?«

»Sie möchte es auf keinen Fall, und ich glaube, es ist nicht nötig, jedenfalls hatte der Arzt nichts dagegen, daß sie hier bleibt. Ich bin froh, daß sie da ist. In so einer Situation muß eine Familie zusammenhalten, da brauchen wir uns.«

Rohleff wies auf die Küchentür. »Klang aber gerade nicht so, und eine gebrochene Nase deutet auch nicht auf sonderliches Verständnis füreinander hin.«

Silvia lächelte verlegen. »Das war im ersten schrecklichen Augenblick, da gehen einem die Nerven durch.«

»Und es ist so praktisch, anderen die Schuld zu geben, denn irgendwer muß ja schuld an der Misere sein.«

»Sie scheinen eine nette Meinung von uns zu haben. Und was ist mit Ihnen?« Ihr Blick streifte seinen Trainingsanzug. »Auf so einen Einsatz waren Sie wohl nicht vorbereitet? Möchten Sie einen Kaffee?«

Er merkte, daß er die Kaffeemaschine angestarrt hatte, vielleicht ein unbewußter Wunsch, ein anderer meldete sich noch heftiger.

»Kaffee wäre nicht schlecht, und hätten Sie vielleicht ein Stück Brot? Ich habe nicht gefrühstückt.«

Sie lachte auf, es war ein zittriges Lachen.

Den Kaffee trank er im Wohnzimmer und aß mit einiger Verlegenheit ein großes Schinkenbrot, die Blicke der Kollegen zeigten ihm, daß sie ebenfalls hungrig waren. Die Atmosphäre hatte sich entspannt, soweit eine Entspannung möglich war. Die Aggressivität war jedenfalls für den Augenblick gebrochen, Jürgen Bauer bot seinem Schwiegervater an, ihn ins Krankenhaus zu fahren, das war wohl seine Art der Entschuldigung. Es war ganz offensichtlich, daß es Hürter schlechtging, er hing mehr in seinem Sessel, als daß er saß. Aber auch er weigerte sich, die Familie zu verlassen.

»Was werden Sie jetzt tun?« fragte er Rohleff, seine Stimme war kaum zu verstehen.

Rohleff ging diese ständige Frage auf die Nerven, trotzdem bemühte er sich, ruhig zu antworten. »Zunächst werden wir den Bereitschaftsarzt noch einmal herbitten, er soll entscheiden, ob es nicht besser ist, daß Sie und Ihre Frau wenigstens für den Rest der Nacht ins Krankenhaus gehen. Sie helfen keinem, wenn sich Ihr Zustand verschlimmert. Wir werden«, er wandte sich dem Ehepaar Bauer zu, »zur Vorsicht Ihr Telefon überwachen, falls sich die Entführerin meldet, was allerdings unwahrscheinlich ist, da bisher kein Anruf von dieser Seite erfolgt ist. Jedenfalls bleiben zwei Beamte über Nacht hier.«

»Was ist mit der Socke von Sebastian und der Aussage von diesem Jungen?« bohrte Jürgen Bauer.

»Wo ist Sven?« fragte Rohleff.

»Wir haben seine Aussage aufgenommen«, antwortete einer der Wettringer Beamten, »Kommissarin Gärtner begleitet ihn nach Hause, sie spricht noch mit seinen Eltern, falls die sich Sorgen gemacht haben, wo er geblieben ist.«

»Rechnen Sie mit Erpressung?« fragte Hürter erregt.

»Bisher deutet nichts darauf hin, die Überwachung des Telefons ist lediglich eine Vorsichtsmaßnahme. Diese Socke und Svens Beobachtung können der Schlüssel zur Lösung des Falls sein. Meine Kollegen und ich fahren zur Dienststelle und werden die Untersuchung von dort aus vorantreiben.«

Silvia Bauer hielt sie an der Tür auf. »Bitte, Sie müssen ihn schnell finden. Ich habe Angst um mein Kind.«

Rohleff hätte ihr gern etwas Beruhigendes gesagt, Knolle übernahm das. »Wissen Sie, in solchen Fällen bleiben wir dran. Wenn's sein muß, rund um die Uhr.«

»Sie verstehen nicht«, mischte sich Jürgen Bauer ein, »wenn Sebastian nicht schnell gefunden wird, gerät er ganz sicher in Lebensgefahr. Wer ihn mitgenommen hat, kann nicht wissen, daß er an einer Nahrungsmittelunverträglichkeit leidet.«

Groß begutachtete Computerauszüge und Fotos, als Rohleff ihn in seinem Labor aufsuchte. Die Einzelteile des Kinderwagens lagen säuberlich aufgereiht auf dem großen Tisch in der Raummitte.

»Hast du was für uns?« fragte Rohleff.

»Nicht das, worauf du wartest. Kaum einen brauchbaren Abdruck. Ich sagte dir, die Oberflächen sind zu rauh. Die besten Spuren habe ich an dem Gestänge gefunden, da haben Hürter und seine Frau zugegriffen, als sie den Wagen die Treppe zur Haustür rauf- und runtertrugen. Hürters Abdrücke habe ich gerade in den Computer eingegeben, sie waren die letzten, die Auswertung des Vergleichs läuft gerade.«

Knolle und Lilli Gärtner traten ein, Lilli suchte sich einen Stuhl, Knolle lehnte sich an den Labortisch.

»Hast du dich schon gefragt, wo die Frau den Wagen angefaßt haben könnte?« fragte Lilli.

Groß schaute auf. »Du meinst die Frau, die der Junge gesehen hat? Woher wollt ihr wissen, daß die das Kind, das sie auf dem Arm trug, entführt hat? Nur wegen der Socke? Es könnte ja doch ihr Kind gewesen sein, hab ich mir inzwischen überlegt.«

»Die Decke, Harry, Sven hat die blau-rosa Decke erkannt, in die Sebastian gewickelt war, außerdem wurde das Kind einfach auf den Rücksitz gelegt, anscheinend hatte die Frau keine Babytragetasche dabei, sie war also gar nicht auf ein Kind eingerichtet.«

»Seid ihr denn sicher, daß der Junge die Wahrheit gesagt hat? Hat er nicht auch mit dem anderen Fall zu tun, dem Kind aus der Mülltonne, er taucht mir ein bißchen zu oft auf.«

»Was würdest du tun, wenn du fünfzehn wärst und gerade zum Geburtstag ein Fahrrad geschenkt bekommen hast mit achtzehn Gängen, Tempo- und Kilometeranzeiger und – den Rest hab ich vergessen, er hat mir alles genau gezeigt«, sagte Lilli, »außerdem wohnt er nicht allzuweit weg.«

Groß drehte sich wieder zum Monitor und tippte Daten ein, die übrigen schauten auf den Bildschirm, obwohl sie nicht erkennen konnten, was der Computer anzeigte, nur ein leises Fluchen von Groß deutete darauf hin, daß die Ergebnisse nicht seinen Erwartungen entsprachen. Rohleff trat hinter ihn, sah auf die Linienmuster verschiedener Abdrücke und verfolgte, wie Groß bestimmte Stellen mit kleinen Markierungen versah.

»Siehst du das?« Groß deutete mit einem Stift auf den Bildschirm. »Ich laß die automatische Auswertung laufen. Die obere Reihe gibt Hürters Abdrücke wieder und die untere die, die wir am Wagengestänge gefunden haben, sie sind nicht vollständig. Punkte, an denen sich etwa Hautlinien gabeln oder Inseln bilden, werden markiert. Da haben wir einen Treffer, da noch einen. Zeigefinger rechte Hand, Mittelfinger linke, Daumen. Die zwei sind schon identifiziert, sie gehören Frau Hürter, dieser Abdruck ist vermutlich von Silvia Bauer, er ist halb überdeckt von einem anderen, dessen Muster ist verwischt, zeigt aber ein paar Übereinstimmungen mit Hürter.«

Groß ließ das Bild auf dem Monitor weiterlaufen, eine neue Reihe von Abdrücken wurde sichtbar.

»Das sind die, die uns weiterhelfen würden. Vom Fahrrad der Anna Krechting, vom Kinderwagen aus Burgsteinfurt, vom Preisschild des Pullovers.« Groß pochte mit dem Stift auf den Bildschirm, als könnte er dadurch das Ergebnis, auf das sie hofften, herausklopfen. »Die noch nicht identifizierten Abdrücke von heute können wir vergessen, ich hab keinen einzigen brauchbaren, nur verwischte.«

»Was ist mit Lillis Frage?« sagte Knolle.

Groß drehte sich auf seinem Bürostuhl um. »Welche Frage?«

»Ich stell mir vor, was passiert ist. Eine Frau sieht einen unbewachten Kinderwagen, holt das Kind heraus und geht damit weg. Immerhin hat sie den Wagen so hinterlassen, daß Hürters nicht gleich merkten, daß das Kind fehlte. Was hat sie also gemacht?«

Groß schaute zum Tisch, auf dem die Einzelteile des Wagens lagen. »Ich weiß nichts mit deiner Bemerkung anzufangen, ich hab jeden Zentimeter des Wagens untersucht.«

»Schrauben wir das Ding doch zusammen«, schlug Knolle vor und wandte sich zum Tisch um. Groß demonstrierte eindrucksvoll, daß Fett nicht mit Trägheit einherzugehen braucht, er vermittelte vielmehr den Eindruck einer höchst dynamischen Masse. Der Kollege, war sich Rohleff schmerzlich bewußt, verschwendete wohl keine überflüssigen, fürs Gemüt ungesunde Gedanken an seine Figur oder Körpergröße.

Ehe Knolle die Hand nach einem Einzelteil des Wagens ausstrecken konnte, hatte sich Groß vor ihm aufgebaut, den Bauch kriegerisch vorgereckt, daß sich der andere durch die schiere Fülle genug bedrängt sah, um zurückzuweichen. Eine Szene, die ein leises Neidgefühl bei Rohleff erweckte. Warum wirkte der kugelige, kurzwüchsige Groß in dieser Position nicht albern gegen den athletischen Knolle? Zu der unmöglichen Figur kam die Kleidung hinzu, eine Wildlederweste zu einem feinkarierten englischen Tweedanzug, der tatsächlich einen Eindruck von Eleganz vermittelte statt Lächerlichkeit. Es mußte an der inneren Überzeugung liegen, an einer traumwandlerischen Gewißheit seiner selbst. Das leise ziehende Gefühl des Neids verschärfte sich, als Rohleff sich seines eigenen

Aufzugs bewußt wurde: bloße Füße in verdreckten Turnschuhen, ein Jogginganzug, der unverkennbar nach Schweiß roch. Möglichst unauffällig hielt er zu den anderen Abstand.

»Hier bestimme ich, was gemacht wird.« Groß' Stimme grollte tief aus dem Bauch heraus, herrlich beherrschend, so daß sich Rohleff sogar ein intervenierendes Husten ersparte, so sehr war er von dem Auftritt angetan.

Besitzergreifend legte Groß eine fette Patschhand auf den Rand des Stahltischs und ließ dabei einen kritischen Blick über die säuberlich ausgerichteten Wagenteile schweifen. »Und ich sag, wir schrauben das Ding zusammen. Aber so, wie ich es will.« Mahnend hob er einen Wurstfinger.

Das Hantieren in Gummihandschuhen mit den Anweisungen, diese und jene Stelle ja nicht zu berühren, machte die Aufgabe schwierig, aber nach einer halben Stunde stand der Wagen auf den Rädern.

»Lilli, mach du es«, forderte Rohleff die Kollegin auf.

Vorsichtig legte sie als letztes das Bett hinein, es wölbte sich hoch. Einen Augenblick stand sie in stiller Konzentration vor dem Wagen, dann sahen die drei Männer, wie sie mit einem Griff das Bett anhob und gegen den Lenker lehnte, mit der anderen Hand drückte sie das Verdeck ein Stück herunter, griff nach dem Aktenordner, der das Kind ersetzte, hielt ihn an sich gepreßt, während sie das Verdeck wieder aufstellte und das Bett zurechtrückte.

»Fünfundzwanzig Sekunden«, sagte Knolle.

»Das Verdeck«, schrien Lilli und Groß gleichzeitig.

»Aber es ist ganz aus Stoff, auch innen«, stellte Rohleff fest.

»Der Stoff innen ist glatter als außen, untersucht habe ich das Verdeck natürlich, aber ich dachte, ich finde dort sowieso nichts. Ich versuch noch etwas anderes«, erklärte Groß. Er war an einen der Metallschränke herangetreten, in denen einige seiner Geräte aufbewahrt wurden. »Hab ich noch nicht oft eingesetzt. Unsere Lady, die den Fahrradunfall verursachte und den Pullover liegen ließ, cremt sich die Hände gern ein, wenn sie eine Spur hinterläßt, dann eine richtige. Ihre Vorliebe nützt uns bei einer normalen Untersuchung allerdings wenig, Stoff saugt zuviel Fett auf.«

»Hältst du uns eine Vorlesung, oder willst du noch was tun?« fragte Knolle.

Groß hob einen Apparat aus dem Schrank, der entfernt an eine Kamera erinnerte, und baute unter dem Schweigen der anderen seine Versuchsanordnung auf. Als er fertig war, strahlte das Gerät ein gleißend helles Licht aus, das die Unterseite des Verdecks traf. Groß hielt sich einen Glasfilter vor die Augen, reichte diesen an die anderen weiter. Als Rohleff durch den Filter sah, leuchteten auf dem Verdeckstück giftgrün schillernde Abdrücke.

»Was ist das?« fragte Knolle. »Neuer Zaubertrick?«

»Ein Argon-Laser«, erklärte Groß, »macht auch schwach sichtbare Fettspuren deutlich, das war unsere letzte Möglichkeit. Jetzt muß ich nur noch eine Aufnahme von den Abdrücken machen.«

Rohleffs Handy piepte, er meldete sich.

»Hör mal«, sagte Sabine, »wie kannst du annehmen, daß es nur darum geht, ein paar Körperfunktionen auszuleben?«

»Warte.« Rohleff nahm den Apparat vom Ohr und registrierte, daß Lilli und Knolle mit gespannten Mienen Groß beobachteten, der seine Geräte ausrichtete. Es fiel ihm schwer, sich aus diesem Kreis zurückzuziehen.

»Wie lange brauchst du, um diese Abdrücke mit den anderen abzugleichen?«

»Das Fotografieren ist nicht so einfach.«

Rohleff nahm das Gespräch mit Sabine wieder auf. »Ich ruf dich gleich zurück, aus meinem Büro, in fünf Minuten.«

Er spürte die verwunderten Blicke der anderen, als er den Raum verließ. In seinem Büro griff er nur zögernd nach dem Telefon, er legte den Hörer gleich wieder auf, suchte nach einem Blatt Papier und begann, konzentriert zu schreiben, ohne einmal innezuhalten. Nach zehn Minuten klingelte das Telefon auf seinem Schreibtisch.

»Wo bleibt dein Anruf?« fragte Sabine.

Er ging auf den Vorwurf in der Stimme nicht ein. »Was wolltest du mir sagen?«

»Ich habe etwas richtigzustellen. Vielleicht habe ich zuviel von mir gespochen, von meinem Körper, meinen Gefühlen, ich dachte, das andere sei ohnehin klar.«

Er erwiderte nichts darauf.

»Karl? Ich will doch kein Kind als Spielzeug, zur Beschäftigung, wie diese Frau, die das Kind vor dem Kaufhaus stehenließ. Es geht mir darum, eine Familie zu schaffen.«

»Mein Beruf ist nicht gerade dazu angetan, das Vertrauen in die Familie zu stärken.«

»Komm mir nicht mit der Kriminalstatistik. Die meisten Verbrechen werden innerhalb der Familie begangen und so weiter. Ich sage nicht, daß die Familie ein sicherer Hort vor der bösen Welt draußen ist. Hast du nie von Menschen geträumt, die auf einzigartige und unwiderrufliche Weise mit dir verbunden sind?«

»Bleib nicht wach, es wird bestimmt sehr spät.« Er legte den Hörer auf.

Eine Weile schrieb er ruhig weiter, überlas das Geschriebene und führte anschließend mehrere Telefongespräche. Als Folge dieser Gespräche versammelte sich gegen ein Uhr eine Gruppe von Leuten in seinem Büro. Groß stieß als letzter dazu, von seinem Gesicht war abzulesen, was er den anderen mitzuteilen hatte.

»Die letzten Fingerprints, die ich am Kinderwagen sichern konnte, weisen mit hoher Wahrscheinlichkeit darauf hin, daß in den Entführungsfall und den des Kaufhauskindes ein und dieselbe Person verwickelt ist. Unsere Täterin«, erläuterte er.

»Hast du das auswendig gelernt?« fragte Knolle.

»Daß die Täterin, wir wollen sie so nennen«, sagte Rohleff, »das Kind der Bauers entführt hat, nehmen wir jetzt als gegeben an, welche Rolle sie bei dem toten Kind gespielt hat, wissen wir noch nicht.«

»Was ist mit dem Mülltonnenbaby?« fragte jemand aus der Runde.

»Keinerlei Übereinstimmungen, was die Fingerabdrücke und sonstige Spuren betrifft«, sagte Groß.

»Hast du inzwischen den Turnschuh identifiziert?« fragte Knolle.

»Welchen Turnschuh?« fragte Groß unwirsch.

»Neben den Mülltonnen der Hielschers hast du Abdrücke von Turnschuhen gefunden, hab ich jedenfalls in deinem Bericht gelesen.«

»Und? Hast du einen heißen Tip, Kollege?«

»Könnten die nicht von diesem Sven stammen? Irgendwie kommt uns dieser Knabe ständig in die Quere.«

Rohleff schnitt weitere Bemerkungen mit einer Handbewegung ab. »Lassen wir diesen Fall zunächst einmal außer acht, er spielt wahrscheinlich eine Rolle im Zusammenhang der beiden anderen Fälle, aber für den Tod des Neugeborenen ist unsere Täterin wohl nicht verantwortlich, und über eine Beteiligung von Sven müssen wir ein anderes Mal nachdenken.«

»Glaubst du wirklich, daß er irgendwie beteiligt gewesen ist?« fuhr Lilli auf.

»Jetzt nicht, Lilli, hab ich gesagt«, wies Rohleff sie zurecht. »Jeder von euch weiß inzwischen, was auf dem Spiel steht. Wir suchen ein Kind, das mit jedem Tag, das es bei seiner Entführerin bleibt, womöglich mehr in Lebensgefahr gerät. Wir werden Ermittlungsgruppen bilden.« Er sah auf seine Notizen. »Wir setzen bei dem ersten toten Kind in der Pathologie an. Ein Kind, das von jemandem, der auch Kenntnis von der Praxis des Einbalsamierens hat, mit speziellen Methoden des Präparierens hergerichtet worden ist – eine ziemlich unübliche Mischung. Patrick, du wirst, wie wir es am Freitag abgemacht haben, die Untersuchung leiten, die sich mit der Präparatorengruppe befaßt, zu der der alte Müller früher gehörte.«

»Also stellt sich die Frage, ob eine Frau dabei war«, warf Lilli ein.

»Schien mir nicht so, als Müller sich über seine Kollegen ausgelassen hatte«, erwiderte Knolle.

»Suchen wir demnach einen Ehemann, der die Obsession

seiner Frau nachsichtig unterstützt, indem er kleine Leichen nett und haltbar herrichtet, weil die Gattin süße Geschöpfe liebt, aber Puppen ihr zu serienmäßig sind? Oder hat er einen bedauerlichen, aber tödlichen Unfall vertuscht?« fragte Groß.

»Kein Schädelbruch«, sagte Knolle.

»Wenn sie aber den Milchzucker mit Rattengift verwechselt hat? Schlampereien kommen auch in ansonsten ordentlichen Haushalten vor.«

»Seid ihr fertig?« fragte Rohleff ungnädig. »Noch mal von vorn. Wir suchen erstens eine Frau. Fünfundvierzig bis fünfzig Jahre alt, Kleidergröße sechsundvierzig und so weiter, die Beschreibung müßte sich mittlerweile herumgesprochen haben. Die Entführerin von Sebastian Bauer, die Frau, die Anna Krechting zu einem Beinbruch verholfen hat und eine präparierte Kinderleiche in einem Kinderwagen vor dem Kaufhaus stehenließ. Zweitens suchen wir die Person, die das Kind präpariert hat, die Aussage des Präparators Müller deutet darauf hin, daß wir diese Person in seinem ehemaligen Kollegenzirkel oder in seinem Umkreis zu suchen haben.«

»Du hast bei der Beschreibung der Frau aber etwas Wesentliches unterschlagen«, wandte Knolle ein. »Sie soll sehr perfekt geschminkt gewesen sein, das sagt die Verkäuferin aus dem Kaufhaus.«

»Und da denkst du gleich, erst mal hat sie an den kalten Backen von Leichen experimentiert, bevor sie ihr eigenes edles Antlitz verschönte?« fragte Groß.

»Wenn du meinst, daß jede Frau, die sich schminkt, auch für gewöhnlich Leichen eincremt, bist du krank, Harry«, sagte Lilli.

»Können wir mal beim Thema bleiben, wir sind nicht im Kindergarten«, schnauzte Rohleff.

»Aber wir sind beim Thema, Chef«, wandte Knolle seidenweich ein, »die Frage ist, ob Person eins mit Person zwei identisch ist.«

Rohleff schielte über seine Lesebrille hinweg. »Das wäre dann deine Aufgabe Patrick, da du dich mit der Müllerclique befassen mußt. Ich möchte, daß wir uns noch einmal zwei Minuten auf diese Frau konzentrieren. Was treibt sie an? Vor fünfzehn Jahren muß etwas mit ihr geschehen sein, sie hat einen Kinderwagen gekauft und nicht gebraucht, und dann war etwas vor ein bis zwei Jahren, wenn wir davon ausgehen, daß zu diesem Zeitpunkt das Kaufhauskind gestorben ist, und am Samstag endlich hat diese Frau ein sechs Monate altes Kind entführt. Lilli?«

»Eine Totgeburt vor fünfzehn Jahren oder eine Fehlgeburt, als Folge davon ein psychischer Zusammenbruch.«

»Und dann hat sie dreizehn oder vierzehn Jahre stillgehalten, bis sie sich einen etwas makabren Ersatz beschafft hat?« fragte Groß.

»Was ist mit dem Unfall der Anna Krechting?« fragte ein Beamter neben Lilli.

»Mensch, schläfst du schon, dabei sind wir jetzt nicht«, fauchte Knolle.

»Ich weiß, wo wir sind«, schrie der Kollege zurück.

Rohleff knallte eine Akte auf den Tisch und wartete, bis Ruhe einkehrte. »Wir sind alle hundemüde und wollen ins Bett. Wie kommst du auf die Krechting?«

»Wir sind doch beim Täterprofil oder nicht? Ich hab mir gedacht, die muß doch einen Grund gehabt haben, der Krechting eins zu verpassen. Rache, habe ich zuerst gemeint, das haut aber nicht hin, wenn man sich die zwei Wettringer Fälle anschaut. Ein Kind wird in der Mülltonne gefunden, und ein paar Tage später ist die Täterin da und schnappt sich ein Kind als Ersatz für die Kaufhausleiche, würde ich denken.«

»Na und?« fragte Knolle.

»Begreifst du denn nicht? Gerechtigkeit, es geht auf eine irrsinnige Weise um Gerechtigkeit, um Ausgleich des Schicksals, oder was weiß ich«, warf Lilli ein.

»Genial kombiniert, aber total verrückt«, sagte Groß.

»Und noch etwas ist mir aufgefallen«, fuhr der Kollege fort, »sie hat ihre Informationen aus der Zeitung. Ohne die Zeitungsberichte wäre sie nicht in Wettringen aufgetaucht.«

»Mag stimmen«, sagte Rohleff und schaute auf seine Notizen, »damit sind wir bei zwei wesentlichen Punkten. Wir müssen die Zeitungen stärker einbeziehen. Lilli, setz dich mit den Kollegen aus unserer Presseabteilung zusammen. Wichtig ist ein Hinweis auf die Nahrungsmittelallergie von Sebastian. Hoffen wir, daß die Täterin auch das liest und entsprechend mit dem Kind umgeht.«

»Das würde heißen, daß sie wirklich an einem Kind interessiert ist und nicht daran, demnächst wieder eine präparierte Leiche spazierenzufahren«, sagte Knolle.

»Wenn sie überhaupt etwas von Säuglingspflege versteht«, ergänzte Lilli.

»Wenn nicht, ist damit zu rechnen, daß demnächst das Aufkommen ausgestopfter Kinderleichen um hundert Prozent steigt«, bemerkte Groß.

»Richtig«, fiel Rohleff ein, »deshalb haben wir es verdammt eilig, das Kind zu finden. Damit sind wir bei der Frage, wo wir suchen müssen. Sven sagte zum Auto der Täterin aus, daß es sich wahrscheinlich um eins mit Steinfurter Kennzeichen handelt, ein auswärtiges wäre ihm aufgefallen. Ein roter Golf, älteres Modell, behaltet das im Auge, außerdem haben wir zwei Orte: Steinfurt und Wettringen, und eine Zeitung mit entsprechenden Meldungen auf den Lokalseiten, das heißt, das Gebiet, auf das wir uns konzentrieren, ist der westliche Teil des Kreises Steinfurt.«

»Was ist«, fragte ein Kollege gegen Ende der Besprechung, »mit der Frage nach der Identität des Kaufhausbabys? Sollen wir die Ermittlung weiterverfolgen?«

»Auf alle Fälle, von welcher Seite wir die Frau einkreisen, ist gleichgültig, Hauptsache, wir bekommen sie zu fassen.«

Rohleff fuhr nicht direkt nach Hause, sondern suchte mit Knolle eine Kneipe auf, eine der wenigen, die um diese Uhrzeit noch geöffnet hatten. Zum Bier aßen beide Mettendchen.

»Du solltest«, sagte Knolle beim Kauen, »auf deinen Cholesterinspiegel achten, mit hohen Cholesterinwerten fängt die Verkalkung an, hat dir das noch keiner gesagt?«

»Du solltest«, antwortete Rohleff nach einem Schluck aus dem Bierglas, »darüber nachdenken, ob dein Sohn einen Vater mit Bierbauch haben will.«

»Darauf, würde Opa sagen, sollten wir noch einen heben.« Knolle winkte dem Wirt. »Zwei Kurze, zwei Bier.«

»Zwei Mettendchen«, ergänzte Rohleff die Bestellung. »Oder möchtest du diesmal Frikadellen?«

Knolle betrachtete Rohleff von der Seite. »Sag mal, warum werde ich den Gedanken nicht los, du brütest schon nahezu von Anfang an, seit es mit den Babys losging, über Sachen, von denen du uns nur sehr gelegentlich was mitteilst?«

»Ich habe mal was über die Chaostheorie gelesen. Ein Chaos, graphisch dargestellt, entwickelt sich in merkwürdigen spiralartigen Mustern, Drehungen und Windungen, sogenannten Fraktalen, die immer neue, ähnliche hervorbringen und in ein gigantisches Spiralrad mitreißen, das um sich selbst kreist.«

»Versteh ich nicht.«

»Ich versteh die Chaostheorie auch nicht. Aber was ich sagen will: Ich hab bei diesen Fällen ein beklemmendes Gefühl, und Gefühle lassen sich in Worten schlecht ausdrücken.«

»Mir kommt es allmählich so vor, als würden wir von einer Schlammlawine erfaßt. Denk meinetwegen an China, an den Mekong, wo es wochenlang gegossen hat. Der Fluß schwillt an und kratzt von unten alles hoch, was er kriegen kann, und wälzt schließlich einen ungeheuren Dreck meerwärts.«

»Weißt du, Knolle, ich sag's ungern, aber ich sag's als dein Chef, du hast zuviel Phantasie für einen Polizeibeamten.«

»Und was ist mit der Zeitung und deiner Chaostheorie? Ohne die Zeitungsmeldung hätte unsere Dame vielleicht den Weg nach Münster nicht gescheut, um sich da zu bedienen. Die Auswahl an Babys wäre größer gewesen, die Kollegen in Münster hätten den Schlamassels, beziehungsweise dein Chaos am Hals, und wir wären aus dem Schneider.«

»Da sei man nicht so sicher, du vergißt die Kaufhausleiche, und die Tendenz des Chaos, sich auszubreiten. Es ist so, als wenn am Nachmittag über Ochtrup eine Wolke am Himmel segelt, und um Mitternacht kracht dir hier im Sturm ein Baum ins Dach.« Sie tranken schweigend ihr Bier aus.

»Laß uns ziehen, damit wir überhaupt noch eine Mütze voll Schlaf kriegen.«

Rohleff beugte sich über die Theke und spähte nach dem Wirt, der an der anderen Ecke mit einem Lappen herumfuhrwerkte und damit zu erkennen gab, daß er schließen wollte.

»Eins noch, zum Absacken.« Rohleff hielt zwei Finger in die Höhe, wedelte mit der Hand, bis der Wirt mürrisch aufschaute und nickte. »Was ich noch sagen wollte, wir haben überlegt, was wir euch zur Geburt von eurem Nachwuchs schenken könnten, aber nach dem, was du über die Berge von Kindersachen erzählt hast, die ihr schon gesammelt habt, meinte ich, es ist besser, euch zu fragen. Lilli schlug ein Bobbycar vor, oder wie das Dings heißt, auf dem die ganz Kleinen herumrutschen. Macht einen teuflischen Lärm auf Pflastersteinen.«

»Haben wir schon.«

»Eine Sportkarre.«

»Haben wir schon zwei verschiedene und eine dritte in Aussicht. Kinderwagen, Babyreisebett, Babyhopser, Roller und Dreirad solltet ihr euch auch abschminken. Wird schwierig werden.«

»Irgendwas muß es doch geben, was ihr noch nicht habt, es ist schließlich euer erstes Kind.«

»Wie gesagt, ist problematisch.«

»Aber du kannst uns nicht mit leeren Händen im Regen stehenlassen, wenn's soweit ist mit dem Gratulieren, das wäre unkollegial.«

»Ist was dran, ich würde mir auch keine Gedanken um euer Problem machen, wenn ihr es nicht wärt.«

»Einen großen Teddybären?« fragte Rohleff hoffnungsvoll.

»Keine Stofftiere, die verschenken wir schon wieder heimlich, du kannst eins haben, wenn du willst. Mensch, das kostet mich einen halben Tag intensives Nachdenken, dafür müßte ich mir freinehmen.«

»Frag Maike, vielleicht hat die eine Idee.«

»Maike hat eine Liste für Leute angelegt, die uns unbedingt etwas schenken wollen und für die uns bereits nichts mehr einfällt, und nun kommt ihr noch dazu. Einen Bausparvertrag, ein paar Aktien und einen Kasten mit Silberbesteck sollen wir von Verwandten kriegen; wenn schon, muß es etwas Ausgefalleneres sein.«

»Ich geb's auf«, stöhnte Rohleff.

Sabine lag zusammengerollt im Bett, als wenn ihr im Schlaf unter der Decke kalt geworden wäre. Tatsächlich fand auch Rohleff die Luft reichlich frisch im Raum, er schlich zum Fenster und stellte fest, daß es einen Spalt offenstand. Es zu schließen, traute er sich nicht, er wollte kein Geräusch, das sie aufweckte. Vorsichtig schob er sich unter die Decke, sie fühlte sich klamm an, er hätte gern seine Füße an Sabines gewärmt. Alles, was er von ihr sah, als er das Licht löschte, war eine Woge dunklen Haars, sie hatte das Gesicht dem Nachttisch zugekehrt, nicht ihm.

25. November

Sie meinte, das Wimmern selbst in der Küche zu hören, so hatte es sich bereits in ihren Ohren festgesetzt. Die Empfindlichkeit kleiner Kinder mochte schuld daran sein, daß dieses Wimmern anhielt, der Kleine hatte sich noch nicht eingewöhnt. Schon am Sonntagabend hatte sie die Wiege untersucht, möglicherweise wies die Matratze eine Unebenheit oder harte Stelle auf. Alle Decken und Laken und auch das Kissen hatte sie ausgewechselt. Auf die Bauchlage, die sie am Abend ausprobierte, reagierte Jonas, so nannte sie das Kind, mit Erbrechen. Es war eine Schweinerei gewesen und eine Arbeit, alles wieder frisch zu beziehen, seitdem hing ein säuerlicher Geruch im Kinderzimmer, der auf eine bestimmte Art eine Verbindung mit dem Babygreinen einging. Ein dünnes Stimmchen, kein unbeherrschtes, wütendes Schreien, das auf Hunger oder volle Windeln schließen ließ. Ein Winseln, das man noch zu hören meinte, wenn es endlich für ein oder zwei Stunden verstummte.

Stundenlang trug sie das Kind herum, sein Kopf lag an ihrer Schulter, sie spürte die Wärme des kleinen Körpers und hoffte, daß ihr eigener Herzschlag Jonas beruhigte. Ein alter Schaukelstuhl stand im Wintergarten. Sie hatte sich mit dem Kind hineingesetzt, das Schaukeln hatte beiden eine süße Müdigkeit und Schlaf nach einer halb durchwachten Nacht beschert. Vielleicht waren diese Momente die schönsten. Auf dem Bauch die weiche, atmende Last zu spüren, die im Einklang mit dem eigenen Körper vor- und zurückschwang. Sie hob den Kopf und lauschte. Es wurde Zeit, daß sie frische Milch für das Kind besorgte, Vorzugsmilch, für Jonas nur das Beste. Sie betrachtete die Packung mit Babynahrung, die sie in der Hand hielt. Vielleicht war der Kleine noch nicht entwöhnt, das würde erklären, daß er so wenig Nahrung aufnahm, der ungewohnte Geschmack störte ihn wahrscheinlich.

Beim Frühstück redeten sie nicht viel. Sabine stellte Fragen zu dem neuen Fall, hörte aber kaum auf die Antworten. Er schien nicht wirklich zu ihr durchzudringen, dabei gab sie sich durchaus freundlich.

»Ist dir kalt?« fragte sie, als er schauderte.

»Hab wohl zu wenig geschlafen.« Bis zum letzten Augenblick zögerte er mit seinem Entschluß, weil er wußte, daß er das einmal gegebene Wort nicht zurücknehmen würde. Aber er sah jetzt keine andere Möglichkeit mehr. Bevor er zu sprechen begann, mußte er sich räuspern, dann trank er noch eine Tasse Kaffee, ein letzter Aufschub. Sabine stellte bereits die Teller zusammen.

»Ich habe es mir überlegt. Ich gehe zum Arzt, so wie du wolltest.«

Die Teller klirrten, als sie sie absetzte, sie starrte ihn stumm an, er wiederholte, was er gesagt hatte.

»Davon haben wir doch immer wieder gesprochen. Von der Untersuchung, damit endlich Klarheit herrscht.«

Ganz langsam setzte sie sich, griff über den Tisch nach seiner Hand. »Versprochen?«

»So weit solltest du mich kennen. Sobald ich Zeit habe, mach ich einen Termin aus.«

Wie elektrisiert sprang sie auf. »Nein, das erledige ich, bei allem, was du um die Ohren hast, wirst du dich nicht darum kümmern können. Ich begleite dich.«

»Auf keinen Fall. Unter der Bedingung blase ich die Sache ab.«

»Es ist keine Bedingung. Aber ich rufe wegen des Termins an, ich frage nach, ob du am späten Nachmittag kommen kannst, am Ende der Sprechstunde, damit du den Termin auch bestimmt wahrnimmst.«

»Wäre schon besser, ich machte das selbst, zur Zeit ist meine Arbeit schwer vorhersehbar.«

»Weiß ich ja, aber laß nur, ich werde dich zuverlässig an den Termin erinnern.«

»Das kann aber dauern, bis du einen erhältst.«

»Nicht, wenn ich mit dem Arzt spreche. Du, ich bin so froh.« Sie trat hinter ihn, umfaßte seinen Kopf, zog ihn an ihre Brust.

»Ich versprech dir aber nicht mehr.«

»Das brauchst du jetzt nicht. Mechtild hat gesagt, du bist so ein Holzkopf, du willigst nie ein. Da wird sie aber überrascht sein.«

Ein sehr unschöner Verdacht meldete sich, einer, der sich schon einmal geregt hatte. Die Gespräche mit der Schwester fielen ihm ein und alles, was er über Solidarität unter Frauen gehört hatte. Mußte er in Mechtild und Sabine Komplizinnen sehen? Er schaute zu der Frau auf, die seinen Kopf hielt, in das schöne lächelnde Gesicht, etwas wie Kälte fuhr ihm den Rücken herunter, er nieste gleich zweimal.

»Gesundheit«, sagte Sabine.

Bis mittags hatten die Befragungen des Supermarktpersonals, eine der Aufgaben, die Rohleff in der Nachtkonferenz verteilt hatte, ergeben, daß einer weiteren Person, einem jungen Verkäufer, der den Papiercontainer entleert hatte, die Frau mit dem Kind auf dem Arm aufgefallen war, er konnte sich sogar an Sven erinnern, der den Socken aufgehoben hatte. Der Wagen, in den die Frau einstieg, sei allerdings ein Fiat gewesen mit Borkener Kennzeichen. Selbst nach hartnäckiger Befragung blieb der junge Mann bei seiner Aussage. Die Farbe des Wagens gab er wie der Junge mit Rot an.

»Steinfurt oder Borken, das ist hier die Frage«, überlegte Knolle laut.

»Überhaupt nicht«, widersprach Lilli, die gerade hereinkam, »schau doch mal auf die Karte der Region, der Borkener Kreis grenzt an den Steinfurter, was glaubst du, wie oft Autos mit Borkener Kennzeichen in Wettringen zu sehen sind? Sven hat außerdem gesagt, ein fremdes Kennzeichen wäre ihm aufgefallen. Damit meint er Unna oder Köln, meinetwegen auch Würzburg, aber doch nicht Borken.«

»Scheint mir nicht so erheblich, daß wir über diese Frage eine Grundsatzdiskussion führen müßten. Hast du mit dem alten Müller gesprochen, Patrick?« fragte Rohleff.

Knolle fuhr sich mit beiden Händen durchs Haar, so daß es ihm in Büscheln vom Kopf abstand, von hinten beleuchtet, wurde aus dem rötlichen Gelock ein Heiligenschein, ganz unpassend für den Mann, der erst einmal fluchte, bevor er antwortete.

»Verdammt noch mal. Ich hoffe, die ganze Fahndung hängt am Ende nicht an der Frage, inwieweit wir das Gedächtnis des alten Knaben aktivieren können. Mit Namen hätte er es nie gehabt, hat er mir erklärt, und eine Frau sei bestimmt nicht dabeigewesen, daran hätte er sich erinnert. Nur die zwei Namen, die wir schon kennen, hat er wiederholt, und einer von den anderen heißt Fritz. Was nun?«

»Frag bei der Industrie- und Handelskammer an, ob sie ein Verzeichnis der Präparatorengeschäfte oder -betriebe in Westfalen haben.«

»Du meinst nicht, ich soll die dann alle anrufen und nach Fritz fragen?«

»Auch nach Straube und Sudhoff.«

»Sudhoff ist tot, den können wir streichen, hatte vor bald zwanzig Jahren einen Autounfall.«

»Dann streich ihn, bleiben vier übrig, kann ja nicht so schwierig sein, die aufzutun.«

Lilli hielt Rohleff ein Blatt unter die Nase. »Ich hoffe, ihr seid fertig. Schau dir das an. Die Aussage des Kinderarztes, der Sebastian Bauer behandelt hat. Der arme Kleine leidet an einer Milchallergie. Kuhmilch ruft bei ihm schwerste Verdauungsbeschwerden hervor, und selbst ohne Milch ist seine Verdauung störanfällig. Ein Schreikind und ein Siebenmonatskind, er hat entwicklungsmäßig noch nicht genügend aufgeholt. Er braucht unbedingt eine Spezialnahrung.«

»Warum wird er nicht gestillt? Muttermilch ist ...«, sagte Knolle.

Lilli unterbrach ihn ungeduldig. »Ach ja? Spricht hier der Experte?«

»Pflaum den Mann nicht an, Lilli, mir ist noch keiner begegnet, der sich in der Haltung von Säuglingen so auskennt«, warf Rohleff ein.

Lilli war auf dem Weg zur Tür. »Dann wird er seinem Sohn wohl bald die Brust geben können. Zur Stabilisierung des Immunsystems mußt du ihn mindestens ein halbes Jahr stillen, Patrick, aber das weißt du ja alles.« Sie knallte die Tür zu.

»Selbst eine Frau wie Lilli, die der Männeremanzipation wohlwollend gegenübersteht, fällt gelegentlich in die alten matriarchalischen Unterdrückungsmuster zurück, da kann man nichts machen, Karl.«

Rohleff vertraute mehr auf Lillis matriarchalische Instinkte als auf Knolles kriminalistische und weigerte sich, ihn nach Wettringen mitzunehmen, um unter anderem die Aufklärung im Fall des Mülltonnenbabys voranzutreiben.

Zunächst suchten sie das Haus der Bauers auf. Im Flur roch es nach Angebranntem, aber nicht so, wie Rohleff es mochte. Er tippte auf Gemüse, wahrscheinlich Kohl, eventuell Rosenkohl.

Auch Lilli verschlug der Gestank den Atem. Es wunderte Rohleff nicht, daß die Mutter Silvia Bauers, die öffnen kam, geradezu geisterhaft blaß aussah, schlimmer als am Vortag. Wenn sie den Fraß konsumiert hatte, nach dem es stank, mußte sie so aussehen. Erst der kummervolle Ausdruck in Silvias Augen brachte Rohleff wieder auf den Anlaß der sich anbahnenden Zerrüttung des Haushalts.

Hürter war zurück von einem Klinikaufenthalt, der nur die Nacht und den Vormittag gedauert hatte. Seine Nase war neu verpflastert, das hieß, nicht direkt mit einem Pflaster beklebt, sondern wieder mit etwas ausgestopft, was sich schwefelgelb aus den Nasenlöchern herauswölbte. Rohleff hörte sich geduldig seine Schilderung neuer Leiden an, der Verletzte schnaufte dabei erbarmungswürdig, weil er nur durch den Mund atmen konnte. Die Haut war unter den Augen blaugrün verfärbt, als hätte er eine besonders ausgiebige Wirtshausschlägerei hinter sich. Der Mann mußte sich vor seinem eigenen Spiegelbild graulen. Durch die Verwüstung seines Antlitzes war er zum Zentrum der Fürsorge geworden. Rohleff begrüßte im nachhinein fast den Schlag auf die Nase, sah er doch darin, beziehungsweise in den Folgen, die Gelegenheit für die Familie, einen Teil ihres Kummers in Handeln abzuleiten und so vernünftiger, und weniger von Emotionen geplagt, auf sein Ermittlungsgeschäft einzugehen.

»Es hat keiner angerufen wegen einer Lösegeldforderung«, sagte Jürgen Bauer, er hatte sich von seiner Firma beurlauben lassen.

»Das habe ich auch nicht wirklich erwartet«, wiederholte Rohleff geduldig seine Erklärung der letzten Nacht. »Es ist nur eine Vorsichtsmaßnahme, daß wir das Telefon überwachen.« Er dachte einen Augenblick nach. »Allerdings könnte es sein, daß die Entführerin sich meldet, wenn auch nicht wegen einer Geldforderung.«

»Aber warum hat sie unser Kind entführt, wer ist diese Frau?« fragte Silvia verzweifelt.

Rohleff staunte, daß er so ruhig und klar Auskunft geben

konnte. »Diese Frau wünscht sich selbst ein Kind, dieser Wunsch beherrscht sie so sehr, daß sie sich getrieben fühlt, ein anderes Kind zu stehlen, wahrscheinlich starb ihr eigenes.«

»Also eine Verrückte«, sage Jürgen Bauer.

»Nicht unbedingt, nicht, was Sie unter verrückt verstehen, eher wahnsinnig verzweifelt, in allen sonstigen Belangen kann die Frau durchaus vernünftig sein, nur in diesem einen Punkt nicht, da hat ein an Besessenheit grenzendes Verlangen die Oberhand gewonnen. Die Kinderlosigkeit hat als persönliches Leid ein solches Gewicht erlangt, daß die Frau vor kriminellen Handlungen nicht mehr zurückschreckt, um sich davon zu befreien.«

Rohleff bemerkte, daß ihn Lilli erstaunt musterte.

»Aber was bedeutet das für uns und unseren Sohn?« fragte Bauer.

Ganz wohl war Rohleff bei seinen Erklärungen nicht. Hürters Nase, besser das, was aus den Nasenlöchern herausschaute, erinnerte ihn an die erste Kinderleiche und damit an eine Gefahr, in die der kleine Sebastian durchaus geraten konnte, wenn er länger in der Hand seiner Entführerin blieb.

»Ich denke, daß diese Frau sich um ihren Sohn kümmert, als wenn er ihr eigenes Kind wäre. Sie wird ihn also gut versorgen.«

»Das ist doch Schwachsinn, was Sie da sagen, die Frau weiß nichts von Sebastians Schwierigkeiten«, schrie Bauer.

»Deshalb haben wir uns etwas überlegt. Sie werden mit Kommissarin Gärtner zusammenarbeiten. Wir gehen davon aus, daß die Entführerin Zeitung liest, und wir werden ihr über die Zeitung die Informationen zukommen lassen, die sie braucht, um Ihr Kind richtig zu versorgen.«

»Die erste Meldung erscheint morgen«, hakte Lilli ein, »ich brauche dafür ein Bild von Sebastian, das mit veröffentlicht wird und auch bei jedem weiteren Artikel erscheint, damit er erkannt wird, falls er mit seiner Entführerin auftaucht, zum Beispiel beim Einkaufen. Ganz ausführlich geht der Bericht auf die Allergie ein und die Nahrung, die Ihr Kind benötigt, diese Informationen werden wiederholt, wir haben die Angaben von Ihrem Kinderarzt.«

»Täglich soll ein neuer Bericht über Ihren Sohn in der Zeitung zu lesen sein«, fuhr Rohleff fort, »auch ein Appell von Ihnen an die Entführerin, Ihren Sohn zurückzugeben.«

»Ich möchte von Ihnen möglichst viel über Eigenheiten Sebastians erfahren«, ergänzte Lilli, »auch scheinbar unwichtige Dinge, bei welchen Gelegenheiten er lacht, was er gern hat und so weiter, wir müssen ein anschauliches Bild von ihm geben.«

»Was soll das nutzen? Wie um Himmels willen wollen Sie ihn finden, oder suchen Sie gar nicht nach ihm?« brauste Bauer auf.

»Durch die Zeitungsartikel werden wir Aufmerksamkeit in der Bevölkerung schaffen, das erhöht die Wahrscheinlichkeit, daß Ihr Kind jemandem auffällt, denn irgendwo lebt er, wird er betreut, und Sie wissen selbst, was das bedeutet«, erklärte Rohleff.

»Das ist Ihre ganze Suche? Auf Anrufe hoffen?« schnaufte Hürter, zu seiner Frau gewandt, nuschelte er: »Ich hab's dir gesagt, Gertrud, sie sitzen nur herum und warten auf die Rente.«

»Das wäre ein bißchen wenig, nicht wahr?« antwortete Rohleff friedfertig. »Wir verfolgen eine konkrete Spur, und davon wird nichts in der Zeitung stehen.«

»So was Geheimes, während Sie die Frau durch das Gefasel über Sebastian in der Zeitung in Sicherheit wiegen?« Hürter zwinkerte.

»In etwa.« Rohleff erhob sich. »Kommissarin Gärtner wird Sie jeden Tag anrufen und Sie aufsuchen, wenn es erforderlich ist, und mit Ihnen den nächsten Zeitungsartikel vorbereiten.«

Eine Wiederholung. Eine Frau mittleren Alters, offensichtlich durch ein Ereignis erschüttert, öffnete ihnen die Tür. Sie weiß es, dachte Rohleff, das erspart uns einiges.

Silke Hielscher saß wie vor ein paar Tagen in einem grobmaschigen, schlabbrigen Pullover auf dem Sofa, die Arme um sich geschlungen. Das graue Tageslicht reichte aus, um die Wirkung der Haarfarbe zu vertiefen, ein Auberginenrot, das das schlichte, ererbte Braun abgelöst hatte und die Blässe der Haut hervorhob. Das Gesicht des Mädchens verhärtete sich beim Anblick der Polizeibeamten in dem Trotz, der sich schon im Auberginenrot ankündigte. Rohleff wandte sich daher an die Mutter.

»Wann hat sie es Ihnen eingestanden?«

Frau Hielscher sank in einen Sessel und schlug die Hände vors Gesicht. »Sie ist doch erst fünfzehn, ich weiß nicht, wie so etwas möglich ist, ihre Periode hat nicht ausgesetzt, und wir haben sie aufgeklärt, und sie war immer ein folgsames und ruhiges Kind. Nie hätten wir geglaubt, daß sie so etwas tun könnte.«

Rohleffs Blick streifte die Auberginenhaare.

Lilli stieß ihn in die Seite und flüsterte: »Die kleine Silke Hielscher?«

»So was soll vorkommen«, seufzte er. »Weiß es Ihr Mann?« wandte er sich an Frau Hielscher.

»Ich habe es ihm angedeutet, nachdem Silke es mir erzählt hat. Ich habe ihr gesagt, daß Sie uns gleich besuchen, um mit ihr zu reden. Da hat sie es mir gestanden, und ich habe meinen Mann angerufen, er müßte jeden Moment da sein.«

Sie hörten den Schlüssel im Schloß, die Schritte im Flur, Frau Hielscher erstarrte bei den Geräuschen, Silke saß, im Trotz versteint, auf dem Sofa, vielleicht war es auch nur Abwehr, das konnte Rohleff nicht beurteilen, als er sie musterte. Ihr Gesicht erschien ihm nicht sehr ausdrucksfähig, rote Haarfransen hingen ihr über die Augen.

»Was um alles in der Welt«, polterte Hielscher und verstummte, als er die Besucher sah. »Nicht meine Kleine«, fügte er gedämpfter hinzu und reagierte so unerwartet, daß Rohleff wieder die Chaostheorie als Erklärung bemühen mußte. Nicht alles ist für den beschränkten menschlichen Geist vorhersehbar, dachte er, die höheren Ordnungen des Weltganzen bleiben undurchschaubar, höchstens im nachhinein eröffnen sich Einsichten in die Logik von Ereignissen.

Hielscher sank neben seiner Tochter aufs Sofa, nahm sie in die Arme und weinte. Rohleff verzieh ihm den übergepflegten Rasen, die überkorrekte Müllentsorgung und andere Überkorrektheiten, von denen er keine Kenntnis hatte, die es aber sicher gab. Wahrscheinlich, grübelte er, während er Vater und Tochter mit einem Anflug von Betroffenheit betrachtete, fährt er jede Woche seinen Wagen durch die Waschanlage. Die Tochter hielt sich steif in den Armen des Vaters.

»Wie bist du bloß darauf gekommen?« flüsterte Lilli.

»Warte«, raunte Rohleff.

Hielscher hatte sich gefaßt und von seiner Tochter gelöst, in seinen Augen schimmerte etwas auf, was Rohleff veranlaßte, einiges von der moralischen Entlastung Hielschers zurückzunehmen.

»Ich habe es immer gesagt«, brüllte dieser und sprang auf, »der Junge taugt nichts. Ein Krimineller, ein Stück Dreck, menschliche Scheiße, auf gut Deutsch gesagt, den werden Sie ja wohl zur Verantwortung ziehen.«

»Von wem reden Sie?« fragte Rohleff leidlich höflich.

Der andere sah ihn erstaunt an. »Na, von wem wohl? Sie haben ihn doch selbst gesehen und mit ihm geredet. Lungert herum, stellt meiner Tochter sogar vor dem Haus nach. Aber hier haben wir aufgepaßt. Dem Kerl habe ich Hausverbot erteilt, als es mir zu bunt wurde, also muß es in der Schule passiert sein. Ich werde mit den Lehrern mehr als ein Wörtchen über Verletzung der Aufsichtspflicht zu reden haben. Ich erstatte Anzeige.«

»Wer?« fragte Rohleff noch einmal.

»Dieser Sven sowieso, wie heißt er noch mit Nachnamen, Silke?«

»Moment mal«, Lilli wurde energisch, »der Sven, der uns in dem anderen Fall den entscheidenden Tip gegeben hat?« Rohleff nickte. Lilli fuhr fort, bevor Hielscher sich erneut aufspielen konnte. »Wir wollen hier doch zunächst etwas klarstellen. Ihre Tochter hat ein Kind geboren und es anschließend in die Mülltonne entsorgt. Wir untersuchen hier den Tod eines

Kindes, nicht nur die eventuelle Verführung einer Minderjährigen, und da wäre auch noch die Frage der unterlassenen Hilfeleistung der Eltern, wenn nicht gar Vertuschung einer Straftat zu klären.«

Rohleff sah das Mädchen an. Es starrte geradeaus, Tränen liefen ihm die Wangen herab, ohne daß es einen Laut von sich gab.

»Nicht so heftig, Lilli«, griff er ein, »das Kind kam tot zur Welt, heute mittag hat mir die Pathologie in Münster den endgültigen Befund übermittelt, er ist eindeutig. Silke, du wirst uns erzählen müssen, wer der Vater des Kindes ist.«

Mit Lilli ging eine erstaunliche Wandlung vor sich, nachdem sie das Mädchen mit einem scharfen Blick gemustert hatte. Sie stand auf und setzte sich daneben.

»Tut mir leid«, sagte sie sehr leise, »es muß furchtbar für dich sein.« Anteilnahme, Wärme klangen auf einmal in ihrer Stimme auf, Silke wandte sich ihr langsam zu, ein kurzer, stummer Austausch fand statt. Schließlich kam ein mühsamer, stockender Bericht zustande, bis zu einem gewissen Punkt machte er deutlich, was geschehen war.

»Wer hat dir geholfen?« fragte Lilli.

»Ich.« Der Bruder trat ins Zimmer, wahrscheinlich hatte er an der Tür gelauert, Rohleff erinnerte sich daran, wie der Junge bei der ersten Vernehmung im Schatten an der Wand gestanden hatte. »Wer soll es denn sonst gewesen sein? Etwa der Affe, von dem sie sich hat flachlegen lassen? Ich kam zurück, weil ich was vergessen hatte, mein Geschichtsbuch. Silke lag im Badezimmer. Ich wußte, daß sie dasein mußte, weil sie die ersten zwei Stunden freihatte. Das ganze Badezimmer schwamm in Blut, hat mich echt umgehauen. Ich hab gekotzt wie ein Reiher und hatte dann noch mehr Scheiße wegzuwischen.«

»Und das Kind?« fragte Lilli.

Der Junge sah an den Personen im Zimmer vorbei. »So was habe ich auch noch nicht gesehen. War ganz dunkel, fast blau, und hatte dieses Ding um den Hals. Ich hab es mit dem Kopf nach unten gehalten, weil ich das mal in einem Film gesehen habe, und hab es auf den Po geklatscht, kam mir gemein vor, es war doch so klein. Gab keinen Mucks von sich, war wohl schon tot. Ich mußte mich um Silke kümmern, ich hab sie ins Bett gepackt, sie war ziemlich weit weg vom Fenster. Dann hab ich gewischt wie bekloppt und hab andauernd ins Klo gereihert.«

»Du hast nicht daran gedacht, einen Arzt zu rufen?«

»Nee, erst abwarten, hab ich mir gesagt, ich bin nicht zur Schule gegangen. Silke bestand darauf, daß es niemand erfuhr. Sie meinte, es ginge ihr gar nicht so schlecht, dann hab ich mich verdrückt, bevor Mama nach Hause kam, ich dachte, dann kann die sich um Silke kümmern, das Ganze ist sowieso eine Frauensache.«

»Was hast du mit dem Kind gemacht?«

»In die Tüte gesteckt, erst lag es bei mir unter dem Bett, und am Mittwoch abend ab in den Müll. Ich wär nie auf die Idee gekommen, daß mein Alter plötzlich den Hausmann spielt und sich um den Müll kümmert, tut er ja sonst nicht. Ich wollte die Tonne morgens an die Straße stellen. War ja vielleicht nicht richtig, das Kind in die Tonne zu schmeißen, aber ich habe es notgetauft«, er sah seine Eltern finster an, »auf den Namen Elisabeth, nach Oma. Ich dachte, die hätte nichts dagegen, so bleibt das Kind in der Familie, ihr hättet bestimmt ein Geschiß darum gemacht, deshalb haben Silke und ich auch die Klappe gehalten.«

»Weißt du denn, wer der Vater war?« fragte Frau Hielscher.

»Klar, hat mir Silke erzählt, als sie im Bett lag, so ein Affe mit Auto aus der Oberstufe. Hätte nicht gedacht, daß der Trick mit dem Auto läuft, ich dachte, das wäre eine Erfindung der Filmindustrie. Ich habe den Scheißer kräftig in den Arsch getreten, mehr konnte ich nicht tun, ohne die Sache zu verraten. Silke, die dußlige Kuh, hat nicht mal die Pille genommen«, er blickte anklagend die Eltern an, »und so was nennt sich Erziehung.«

Sie hatten den Hielschers versichert, den Fall diskret zu behandeln mit Rücksicht auf das Mädchen, das sich in Begleitung der Mutter auf dem Weg ins Krankenhaus zur nötigen Nachsorge und zur Einleitung einer psychologischen Betreuung befand. Die äußerliche Unbewegtheit des Mädchens gab zu denken.

»Aber jetzt erzähl endlich, wie du auf die kleine Hielscher gekommen bist«, verlangte Lilli zu wissen. Sie befanden sich auf der Rückfahrt nach Steinfurt.

»Hast du schon von der Chaostheorie gehört?« erkundigte er sich. »Oder nimm die Kriminalstatistik, die lese ich jedes Jahr, obwohl fast immer das gleiche drinsteht, sie zu lesen schärft den Blick. Die meisten Kapitalverbrechen, vor allem Mord und Totschlag, werden in der Familie begangen. Also fragte ich mich, warum soll ein Unbekannter ausgerechnet den Hielschers ein totes Baby in die Mülltonne werfen? Dann waren da noch die Haare von Silke und dieser unmögliche Pullover.«

»Sagte die Mutter nicht, daß Silke sich die Haare erst vor zwei Tagen gefärbt und es deswegen Krach in der Familie gegeben hat?«

»Red mir nicht dazwischen. Schau, diese seltsame Haarfarbe zeigt doch, daß das Mädchen modisches Empfinden hat, und dazu paßte der Schlabberpullover nicht, den sie trägt.«

»Ich würde bei der Haarfarbe eher auf Protest tippen, den sie endlich mal herausläßt, aber ist ja egal. Du hast messerscharf auf das Mädchen als Kindsmutter geschlossen. Aber Silke hatte noch weiter ihre Periode, das hat uns die Mutter mehrfach versichert, und mit dir hatte sie anscheinend das Thema periodisches Unwohlsein schon vor ein paar Tagen erörtert. Da denkt man ja nicht an eine Schwangerschaft, allerdings fällt mir gerade ein, daß es das geben soll, aber nicht eben häufig. Und das alles wußtest du?«

»Manchmal«, sagte Rohleff bescheiden, »ist es nützlich, nicht zu viel zu wissen und sich auf die entscheidenden Hinweise zu konzentrieren, hat man zu viele Einzelheiten, weiß man sie nicht einzuordnen.«

»Ich verstehe, da käme dann deine Chaostheorie ins Spiel, ein Kuddelmuddel, in dem keiner mehr klarsieht.«

»Hast du was über Müllers Kumpel herausgefunden?« fragte Rohleff Knolle, als sie in dessen Büro zusammensaßen.

»Nee, ich warte auf die Liste von der IHK.«

»Wir sprechen morgen noch mal mit dem alten Müller persönlich, wir fahren nach Münster.«

»Was soll das bringen, meinst du, du quetschst mehr aus ihm heraus als ich?«

»Karl hat einen Röntgenverstand entwickelt«, mischte sich Lilli ein, »er sieht alles, hört alles und denkt anschließend das Richtige. Er beruft sich auf die Chaostheorie.«

»Die hat er mir auch schon zu erklären versucht, ist echt schwer zu vermitteln«, wandte Knolle ein. »Wie war's in Wettringen?«

Noch bevor sich der neueste Ermittlungserfolg herumgesprochen hatte, gab Rohleff sich Mühe, den Gratulationen auszuweichen, indem er sich hinter Arbeiten verschanzte, die der Abschluß des Hielscher-Falles, wie der Fall des Mülltonnenbabys jetzt offiziell hieß, erforderte. Ein wenig aussichtsreiches Manöver. Jeder, den die Nachricht über die Lösung erreichte, drängte sich in sein Büro, um sich auf diese Weise in den Triumph der Polizeiermittlung einzubeziehen. Eine Lawine der Belobigungen, ein Staccato rhythmischen Schulterklopfens rollte über den Hauptakteur hinweg, dem es zunehmend schwerfiel, die Last der Stunde zu ertragen.

Wohler wurde ihm erst, als Groß ihn lauthals, um alle anderen zu übertönen, fragte, welchen Fall er am nächsten Tag zu lösen gedächte, hoffentlich stünde die Entführungsgeschichte auf seinem Programm, die Kaufhausleiche könnte noch einen Tag warten, Tote hätten es nicht eilig. Der Spott tat Rohleff gut, er grinste erleichtert zu Groß hinüber.

Wie es ihm gelang, der Kneipe zu entgehen, wußte er später selbst nicht mehr. Hatte er angekündigt, noch eine Nachtschicht einzulegen, um einer geheimnisvollen Spur nachzugehen? Eine ungesunde Erklärung, die die Legendenbildung förderte, die bereits verhalten um sich griff, nachdem Knolle sich mehrfach über Rohleffs Röntgenhirn verbreitet hatte, welches das Chaos der Welt zu durchdringen vermochte. Mitten in den noch anhaltenden Diskussionen über den Hielscher-Fall war es ihm gelungen zu entkommen, sich ungesehen auf sein Fahrrad zu schwingen und das kurze Stück Weg zu seinem Refugium zurückzulegen. Eilig schob er das Rad zwischen den Hecken durch, von der Furcht angetrieben, durch die kahlen Büsche von der Straße aus erspäht zu werden.

Die Dunkelheit nahm ihn auf. Auch diesmal vermied er es, das elektrische Licht einzuschalten, lieber nahm er es in Kauf, sich das Schienbein zu stoßen, bis er endlich die Petroleumlampe im Dustern der Hütte ausfindig gemacht hatte. Im schwachen Schein der Lampe verirrte sich nicht einmal mehr ein Insekt zu ihm, es war zu kalt. Jetzt endlich gestattete er sich, die Lösung des Hielscher-Falls als Erfolg seiner Arbeit zu verbuchen, indem er sich ausrechnete, was ihm die nächste Gehaltsstufe, die ihm nun sicher war, eintragen würde. Auf ein Jahr gerechnet, vielleicht genug, um ein neues Fahrrad zu kaufen, eins mit einer komfortablen Gangschaltung wie der an Svens Rad. Warum hatte die kleine Hielscher ihre Verzweiflung nicht laut herausgeschrien? Er schloß sich Lillis Urteil an, in dem Auberginenton eher ein Zeichen des Aufbegehrens als ein modisches Attribut zu sehen, wahrscheinlich spielte beides eine Rolle. Besser wäre es gewesen, sie hätte mit dem Umfärben der Haare angefangen, möglicherweise hätte es dann kein Kind gegeben, keine Schwangerschaft. Oder war sie von Natur aus so träge, so leicht zu beherrschen, daß sie lediglich dem Drängen dieses Schnösels mit Auto nachgegeben hatte, wie sie sonst den Anweisungen der Eltern gefolgt war? Er begriff dieses Mädchen nicht, er mochte an keine Liebesbeziehung glauben, der ganze unerquickliche Fall verursachte ihm Beklemmungen.

Die Stille, deretwegen er den Garten aufgesucht hatte, ergriff ihn noch nicht. Ein Rascheln in den Hecken trieb ihn in neue Anspannung, er hörte, wie jemand an den Sträuchern entlangschlurfte, buchstäblich spürte er, wie ihm die kurzen, drahtigen Haare zu Berge standen. Innerlich flehte er geradezu, daß sich die Schritte entfernen möchten, aber sie näherten sich, ein Gartentor quietschte, er kannte den Ton genau, den seines Tores. Plumpe Schritte bewegten sich auf ihn zu, erst wenige Meter von ihm entfernt, wurde die herankommende Gestalt sichtbar: ein bulliger Schädel auf kurzem Hals, ein untersetzter Körper. Als er Bernie erkannte, stieß er einen halben Seufzer der Erleichterung aus, die andere Hälfte unterdrückte der Wunsch, allein zu bleiben.

»Bernie«, begrüßte er den Besucher resigniert, »du bist wie eine Motte, du merkst auch noch das kleinste Fitzelchen Licht.«

Der Mann ließ sich schwer auf einen Stuhl sinken, der bedenkliche Töne von sich gab, aber dem Gewicht standhielt. Das Gesicht schob sich ins Licht der Lampe, das Tränensäcke, Knollennase, Doppelkinn und das rote Geäder auf den Wangen plastischer ausmalte als das Tageslicht. Bernie blinzelte verständnisvoll.

»Hättest wohl gern, daß ich mich an der Funzel verbrenne, hä? Sag mal, willste 'n Bier?«

Rohleff seinerseits rückte näher ans Licht und dämpfte die Stimme. »Selbstgebrautes?«

»Könnte sein.« Bernie arbeitete sich wieder hoch. »Ich geh nachsehen, ob noch was da ist, bin gleich zurück.«

Die Wartezeit verbrachte Rohleff in Vorfreude. Bevor der Nachbar wieder auftauchte, kramte er in der Hütte nach Bierseideln, wischte sie mit einem schmutzigen Handtuch aus und stellte sie auf den Tisch. Schmetterlingsleicht streifte ihn der Gedanke, daß er womöglich im Begriff stand, sich an einer Steuersünde zu beteiligen, er wußte, daß Bernie die Angelegenheiten des Finanzamtes leichtnahm.

Das Bier schäumte aus einer bauchigen Flasche in die Krüge, der Duft von Hopfen, Malz und Kräutern stieg auf, Bernie hatte eine Kostprobe seiner Spezialmischung mitgebracht.

»Mindestens so gut wie das beste Pilsener heimischer Brauart, obwohl ich ja nichts gegen die Konkurrenz sagen will. Aber die müssen wirtschaftlich arbeiten, ich nur für meinen Bauch, und keiner guckt mir in den Kessel«, erklärte er.

Rohleff hob den Bierkrug an die Lippen, ließ das kühle, süffige Gebräu die Kehle hinabrinnen und dachte diesmal mit ausgesprochenem Vergnügen an die Steuerersparnis.

»Weißt du«, fuhr Bernie fort, »nur selbstgemachtes Bier ist ein richtiges Labsal. Ist gut für Haut und Haare«, er fuhr sich über seinen spiegelblanken Schädel, »und senkt allgemein die Sterblichkeitsrate. Und ...«, er lehnte sich zurück, »du kannst die ganzen Schweinereien, die sie heute mit dem Bier treiben, weglassen.«

»Als da wären?« fragte Rohleff träge, mittlerweile davon überzeugt, daß das brüchige Gekrächze neben ihm die Stimmung hob und es daher von Vorteil war, es in Gang zu halten, ungeachtet der Tatsache, daß er Bernies Gerede auswendig kannte.

»Als allererstes verwende ich keinen Schwefel. Die schwefeln das Gerstenmalz wegen der Haltbarkeit.«

»Das hast du ja nicht nötig. Kann mich nicht daran erinnern, daß dein Bier schon mal sonderlich alt geworden wäre.«

Bernies Lachen klang wie das Scheppern einer rostigen Fahrradklingel. Plötzlich taumelte ein Insekt in das Lampenlicht. Ein feiner braun-weißer Pelz schimmerte auf, eine Hummel hatte wohl noch nicht den geeigneten Platz für den Winterschlaf gefunden. Rohleff stippte in den Bierschaum, tupfte ihn auf die Tischplatte und sah zu, wie sich die Hummel der unerwarteten Nahrungsquelle näherte. Er malte Kringel auf die Tischplatte, geheime Hieroglyphen wie aus dem Almanach eines Wahrsagers, denen das Tierchen folgen sollte, ganz automatisch ging er zu Buchstaben über, die einen Namen ergaben: Sabine.

»Ich nehm Regenwasser, das läuft nur durch einen einfachen Filter, ich brauche keinen Aktivkohlefilter, der die chlorierten Kohlenwasserstoffe entfernt, nicht wahr? Bei mir wird die

Gärung auch nicht durch Druck beschleunigt. Sag mal, was machst du da? Züchtest du Ungeziefer?«

Rohleff hielt ihm den leeren Bierkrug hin. »War da nicht was mit Ionenaustauscher?«

Der Fachmann musterte ihn mißtrauisch. »Was verstehst du denn schon von Bier, außer daß du sagen kannst, ob es dir schmeckt?«

Rohleff legte eine neue Schaumspur. »Keins schmeckt wie deins.«

Bernie horchte, ob aus der letzten Bemerkung so etwas wie Spott klang, und nahm dann den Faden wieder auf. »Also Ionenaustauscher ...«

Mit nassem Finger fuhr Rohleff vor der Hummel her, malte weitere Schriftzeichen, sie ergaben das Wort »Empfängnis«. Krachend landete Bernies Pranke auf dem Tisch, Bier schwappte aus den Krügen. Als er die Hand wieder hob, lag der kleine Brummer plattgedrückt in einem Biersee.

»Weißt du was?« grollte Bernie. »Mit dir zu plaudern war schon mal anregender.«

Seine Gestalt verlor sich in der Dunkelheit, zuletzt war ein Klirren von Glas auf Eisen oder ähnlichem zu hören. Rohleff hoffte, daß es nicht die Bierflasche erwischt hatte, es wäre schade darum gewesen. Vorsichtig nahm er die Hummel, hielt sie auf dem flachen Handteller, pustete sie sachte an, als wollte er ihr etwas von seinem Leben einhauchen. Er beerdigte sie in einem Blumenkasten, dann trank er in langsamen Zügen das Bier aus.

Bevor er sich ins Bett verkroch, ziemlich früh, denn er war hundemüde, stand er eine lange Weile unter der heißen Dusche. Im Trommeln der Tropfen auf die nackte Haut ließen sich die Frustrationen nach der Heimkehr aus der Seele spülen. Gestört hatte ihn die Beiläufigkeit, mit der Sabine ihm mitgeteilt hatte, daß sie einen Termin für die Untersuchung ausgemacht hatte: am Donnerstag zwischen halb sechs und sechs.

»Selbst wenn es kurz nach sechs sein sollte, nehmen Sie dich noch dran, du kannst ganz unbesorgt sein«, hatte sie ergänzt, als er stumm blieb, »du hast es dir doch nicht anders überlegt? Ich habe Mechtild gesagt, das könnte ich mir nicht vorstellen.«

Sorgfältig seifte er die Achselhöhlen ein, verteilte den Schaum über die Arme, griff noch einmal zur Duschseife. Es war ihm nach viel Schaum zumute. Er hatte wohl mehr Entgegenkommen von ihr erwartet, wieder etwas Weichheit, die Distanz, die sie aufrechterhielt, verletzte ihn. Möglicherweise konnte man seine Haltung auch als kindisch bezeichnen. Wie ein Kind schien er für eine gute Tat, die er erst noch leisten mußte, eine Belohnung zu erwarten: eine zärtliche Umarmung, ein paar ins Ohr geschnurrte Liebkosungen. Er nieste unter der Dusche. Aus einem Niesanfall hatte auch hauptsächlich seine Antwort auf den unterkühlt vorgebrachten Vorschlag Sabines, die Triumphe des Tages – er fragte sich, welche sie meinte – mit einem Abendessen im Restaurant zu krönen, bestanden.

Wahrscheinlich hatte sie schon alles von Maike erfahren, während er bei Bernies Selbstgebrautem in der Laube saß. Bernies Wundergetränk war auch der Grund, weshalb er sich mit einem belegten Brot begnügte. Ein paar weitere Abende wie dieser, argwöhnte er, und er würde aus der Form gehen wie Groß oder neuerdings Knolle.

Unter der Dusche zog er den Bauch ein. Noch bevor er mit dem Kauen fertig gewesen war – er hatte sich zwei klitzekleine Spiegeleier als Garnierung für das Schinkenbrot zugestanden –, hatte er nach dem Telefon gegriffen, um einer Sache nachzugehen, die immer nachhaltiger in seinem Kopf nach Aufklärung verlangte. Einer der alltäglichen kleinen Fälle, der weder in einer Statistik einen Niederschlag finden, noch seinen Ruhm als Ermittler steigern sollte.

Mechtild meldete sich, als hätte sie auf seinen Anruf gewartet. »Wurde aber auch Zeit«, sagte sie unverblümt, »daß du dir den Tritt endlich gegeben hast. Ein Ochse bewegt sich ja bereitwilliger als du.«

Vielleicht kam ihr der Gedanke, daß ihr Kommentar etwas

zu direkt ausgefallen war und mehr über sie als über ihn preisgab, jedenfalls klang ihr Stimme anschließend freundlicher. Sie bescheinigte ihm, mehr Verständnis für Frauen zu haben als Männer im allgemeinen. Er lauschte ihren langatmigen Erklärungen.

»Glaube nicht, mit deinem Einlenken ist der Konflikt ausgestanden. Aber wenigstens hast du die Möglichkeit geschaffen, daß ihr euch wieder näherkommt nach dem Debakel von gestern. Es wäre schon traurig, wenn eure Ehe scheitern würde, dabei hatte ich ihr am Anfang wenig Chancen eingeräumt. Aber mittlerweile habe ich Sabine richtig liebgewonnen, sie kann so warmherzig sein, und sie ist überhaupt nicht berechnend oder zickig. Loyal ist sie auch. Weißt du, daß sie noch nie ein wirklich böses Wort über dich verloren hat?«

Die Geschwätzigkeit verriet sie, die Wahrheit kam weniger beredt daher, das wußte er aus Verhören. Eigentlich hätte er das Gespräch beenden können, es drängte ihn aber, auf die letzte Gewißheit zu warten.

»Du«, fuhr Mechtild fort, »wegen des Fahrrads habe ich mit Günther gesprochen. Wir sind jetzt einverstanden, daß ihr Benjamin eins zu Weihnachten kauft, dann hat alles seine Ordnung. Es muß aber Alufelgen haben und mindestens achtzehn Gänge. Laß uns das Nähere am nächsten Doppelkoppabend besprechen, paßt euch Samstag?«

Ganz sachte legte er auf. Hatten die beiden das alles ausgeheckt, den Streit um das Fahrrad, den Anruf am Sonntag, oder war das kleine Komplott aus spontaner, kreativer feministischer Übereinstimmung entstanden?

Wahrscheinlich, rechnete er nach der Dusche aus, hätte das verbrauchte Wasser für zwei anständige Vollbäder gereicht, ein Gedanke, der nachträglich noch so viel willkommene Wärme erzeugte, als hätte er die zwei Vollbäder genossen, dabei war ihm die Dusche lieber gewesen.

26. November

Er hatte Knolle schon zweimal gemahnt, langsamer zu fahren, schließlich hatten sie keinen Freifahrtschein zum Rasen. Der Jüngere reagierte nicht, starrte stumm und verbissen nach vorn, Rohleff nahm zunächst keine Notiz davon, er raschelte mit der Zeitung, die er mitgenommen hatte, um ein weiteres Mal einen Artikel zu lesen, der ihm schon beim Frühstück das Gespräch mit Sabine erspart hatte.

Er war nicht dazu aufgelegt gewesen, ihren Versuch zu unterstützen, mit einer leichten Konversation den Anschein ehelicher Harmonie zu erwecken, er verabscheute es, seine üble Stimmung konventionell zu bemänteln. Eher wollte er der dumpfen Wut, die er spürte, ihren Lauf lassen.

Kaum im Büro, hatte er gleich als erstes den Kinderarzt der Bauers angerufen. Daran war das in der Zeitung veröffentlichte Bild Sebastians schuld: ein Baby, das mit sorglosem Lächeln an Rohleffs Beschützerinstinkte appellierte und die Aggression, die er spürte, kanalisierte. Es war ihm, als triebe ihn ein Motor vorwärts, den er mit äußerster Konzentration zu lenken suchte, damit er nicht außer Kontrolle geriet. Lillis mündlicher Bericht von ihrer Unterredung mit dem Facharzt schien ihm mindestens zur Hälfte mit Sorgen durchsetzt, die sich von ihrer eigenen Mutterrolle herleiteten. Gluckenverhalten, hatte er gedacht. Im Gespräch mit dem Mediziner spürte er auf einmal eine persönliche, schmerzliche Betroffenheit, Gift für die Ermittlung, wie er sehr wohl wußte.

Dabei drückte sich der Arzt äußerst sachlich aus. »Sehen Sie, es ist ganz einfach. Der Stoffwechsel eines Säuglings ist schneller und anfälliger als der eines Erwachsenen. Außerdem ist Sebastian kein sonderlich kräftiges Kind. Jeder Fehler in seiner Ernährung hat Konsequenzen, vor allem verliert er Flüssigkeit.«

»Aber er trinkt doch dauernd was.«

»Bei einer Fehlernährung scheidet er mehr Flüssigkeit aus, als er zu sich nimmt. Er bekommt Durchfall.«

»Volle Windeln scheinen mir aber kein Grund zur Panik zu sein.«

Der Arzt wurde ungeduldig. »Ich rede nicht von Panik, sondern von Tatsachen. Ihnen würde Durchfall ein paar Unannehmlichkeiten bescheren, wenn er aber nicht von selbst verschwindet, wäre auch bei Ihnen, einem Erwachsenen, eine Konsultation beim Arzt angeraten. Anhaltender Durchfall bei einem Baby ist lebensbedrohlich. Das Kind dehydriert, es trocknet aus.«

Warum kamen ihm plötzlich die in einem Kollegengespräch erwähnten ägyptischen Mumien und die Ötztalleiche in den Sinn? Selchfleisch, hatte Knolle gesagt. Wohl in diesem Angenblick hatte sich der Eindruck festgesetzt, daß er sich in einem Wettrennen auf Leben und Tod befand, und er gedachte, es unter allen Umständen zu gewinnen. Er merkte nicht, daß er mit den Zähnen knirschte.

»Sagten Sie etwas? Haben Sie alles verstanden, oder brauchen Sie noch eine Erklärung zum Ernst der Lage?«

»Wie lange«, fragte er möglichst ruhig, »kann der Kleine durchhalten?«

»Kommt drauf an, in welchem Ausmaß er falsch ernährt wird. Eine Woche, vielleicht zwei.«

Rohleff bedankte sich für die Auskunft, zog seinen kleinen Taschenkalender heraus und kreiste das Datum Sonntag, der 24. November, ein. Der erste Tag. Jetzt hatten sie den dritten. Blieben eventuell nur vier Tage, günstigen Falles elf. Sehr sorgfältig studierte er noch einmal den Zeitungsartikel mit Hinweisen auf Sebastians Krankheit und die notwendige Ernährung. Hoffentlich liest sie das, dachte er.

Die Verdrossenheit seines Begleiters ging ihm nun doch auf die Nerven. »Ich will ja nicht meckern, aber hundert Stundenkilometer gelten für das Auto, nicht pro Person.«

Knolle trat so abrupt auf die Bremse, daß Rohleff nach vorn flog.

»So besser, Chef?« Er bleckte die Zähne. »Sonst noch was, was ich beachten sollte, um nicht den Anschluß an deine

243

Ermittlungsarbeit zu verlieren? Man denkt dabei ja mehr an Durchstarten als an Bremsen, tut mir leid, wenn ich da was verwechselt habe.«

Rohleff konnte nicht recht glauben, was er hörte. »Dir geht nicht zufällig die Phantasie durch? Weißt du, bei so brisanten Ermittlungen, wie sie zur Zeit laufen, und zwar mehrere gleichzeitig, hab ich einfach nicht die Muße, jeden Schritt lang und breit zu erklären, da muß ich darauf vertrauen, daß ihr Jüngeren schon so viel Erfahrung mitbringt, daß ihr nicht ganz abgehängt werdet. So neu bist du bei dem Laden auch nicht mehr.«

»Du denkst dir, die Lilli ist schon ein paar Jährchen länger bei der Truppe, da muß sie ja schneller raffen, was so läuft.«

»Das heißt nicht, daß du keine Chance eingeräumt kriegst, du bist heute dabei, nicht?«

»Muß mein Glückstag sein, daß ich erleben darf, wie du zum nächsten Schlag ausholst.«

»Ich würde den Besuch bei Müller eher ›auf den Busch klopfen‹ nennen«, sagte Rohleff pedantisch.

Als sie Münster erreichten, schien Knolle seinen Anfall kollegialer Eifersüchtelei überwunden zu haben.

»Dann zeig mal, wie du dem alten Müller die Zähne ziehst«, forderte Knolle ihn mit seinem gewohnten Grinsen auf, als sie auf den Parkplatz am Buddenturm einbogen.

Müllers Wände waren mit weniger ausgestopftem Zierat dekoriert, als Rohleff befürchtet hatte. Möglicherweise hing es damit zusammen, daß der alte Präparator über dem Laden wohnte, wo es genug von dem Zeug gab. Auf dem Eichenschreibtisch stand eine kleine Meise auf einem Holzbrettchen. Müller fuhr, während er sich mit seinen Besuchern unterhielt, gelegentlich über das Gefieder und bemerkte schließlich, daß Rohleff ihn dabei beobachtete.

»Die habe ich einen besonders langen und kalten Winter hindurch gefüttert. Körner aufs Fensterbrett gestreut. Aber eines Morgens lag sie tot da, ist einfach erfroren.« Die Finger glitten wieder über das Gefieder, sanft und liebevoll, Zeichen einer über den Tod hinaus anhaltenden, wenn auch einseitig gewordenen Zuneigung. So läuft das also, dachte Rohleff, so läßt sich etwas festhalten, das eigentlich vorbei ist, ein Gefühl bewahren, das man nicht aufgeben will. Wie weit ist von hier der Weg zu Neurose, Geistesverwirrtheit, Abartigkeit?

Er hatte Knolle die Befragung überlassen, die nichts Neues erbrachte, er ließ ihn reden, spürte die Anspannung in der Stimme des Kollegen, der sich in den Versuch verstrickt hatte, dem Gedächtnis des Alten auf die Sprünge zu helfen.

»Sagen Sie mal«, griff Rohleff am Ende ein, »dies Foto an der Wand, darf ich das mal abnehmen?« Er stand auf.

Müller, von der Befragung ermüdet, wurde wieder lebhaft. »Aber ja, holen Sie es her, das sind wir ja, wir sechs. Haben uns damals fotografieren lassen, muß auf einem unserer letzten Treffen gewesen sein.«

Knolle langte Rohleff über die Schulter, nahm das gerahmte Foto von der Wand und legte es vor Müller. Der tippte auf die Mitte der Aufnahme.

»Das bin ich. Erkennen Sie mich? Ich habe in dem Jahr den Vorsitz geführt. Bei jedem Treffen war es ein anderer, wir trafen uns immer am Wohnort des Vorsitzenden. Der da rechts neben mir ist Straube, der da Wilhelm Sudhoff, das muß das letzte Foto von uns allen sein, kann jetzt über zwanzig Jahre her sein, beim nächstenmal fehlte Wilhelm, daß heißt, wir haben uns auf seiner Beerdigung gesehen, war eine ziemlich große Veranstaltung. Und links von mir ist der Franz«, Müller stockte kurz, »Franz Niehues, und die beiden sind Rudolf und Fritz.«

Rohleff sah, daß Knolle die Namen mitschrieb. »Rudolf und Fritz?« wiederholte er.

Der alte Mann starrte, wohl an das Nachbohren von vorher erinnert, an die Decke. »Rudolf, Rudolf ...« Mit einer hilflosen Geste hob er das Foto. »Der Rudolf war der lustigste von uns, viel schlimmer als ich, aber der Nachname fällt mir nicht mehr ein.«

»Sagen Sie mal«, fragte Knolle, »das war das letzte Foto von Ihnen allen, haben Sie noch ein paar andere, von früheren Treffen?«

Der Präparator wühlte in seinen Schreibtischschubladen, Rohleff betrachtete in Muße die Aufnahme. Rudolf war mit Sicherheit der Spaßvogel der Gesellschaft gewesen, mit einer Hand hielt er den Hahnenkamm des Tieres hoch, das auf dem Tisch stand, um den sich die sechs Männer gruppiert hatten, fünf mit ernster Miene, Rudolf verschmitzt. Der Hahn schien Rohleff ungewöhnlich, er wußte allerdings nicht, was mit diesem nicht stimmte. Nach und nach legte Müller vier weitere Fotos vor, alle zeigten dieselben sechs Herren, allerdings mehr oder weniger jünger als auf dem Foto von der Wand. Drei Aufnahmen präsentierten abstruse Viecher in der Mitte, mal zottig mit Fell, mal schillernd in Federn. Müller erklärte.

»Rudolf hat uns darauf gebracht. Jedesmal haben wir so ein Tier gebastelt, nur zum Spaß. War aber auch ein bißchen Ernst dabei, denn wir haben neue Methoden entwickelt und ausprobiert.«

»Wo sind die Bastelarbeiten geblieben?«

»Dort, wo wir sie gemacht haben, sehen Sie, der Beutelbiber da blieb bei Hermann, das Bild haben wir bei ihm in Warendorf aufgenommen.« Knolle schrieb wieder.

»Das hier ist Wilhelms, ein umgearbeiteter Höckerschwan, Wilhelm war nach Afrika gereist und hat sich von dort Straußenfedern und ein Horn von einem Nashorn mitgebracht. War mehr ein Hörnchen, und das brachte ihn auf die Idee mit dem Höckerschwan, aus dem wurde ein Nashornschwan.«

»Und wo war das?«

»In Afrika? Ach so, Sie meinen bei Wilhelm, hab ich das nicht schon gesagt? In Coesfeld.«

Das fünfte Foto zeigte nur ein Auto, vor dem sich die sechs aufgereiht hatten, ein Schnappschuß zum Abschied. Das Auto gehörte dem Gastgeber Fritz, eins mit Paderborner Kennzeichen, die ersten Buchstaben waren gut zu erkennen, den Rest verdeckten Müller und Straube, diesmal brauchten sie Müllers

Ortsangabe nicht. Die Unterhaltung geriet zunehmend entspannter.

»Nach der Beerdigung von Sudhoff, haben Sie sich da noch mit den andern getroffen?« fragte Rohleff. »Bei einem der Fotos sagen Sie, das wäre Ihr letztes Treffen gewesen.«

»Das letzte, an dem alle teilgenommen hatten«, korrigierte Knolle.

»Nein, nein, es war das letzte, die Beerdigung können wir nicht mitzählen. Es ist komisch, der Wilhelm war der älteste und der stillste von uns allen, hat nie viel erzählt, da hätte man meinen können, er wäre der unwichtigste, und doch sind wir nach seinem Tod nicht mehr zusammengekommen. Es hätte uns wohl so recht keinen Spaß mehr gemacht.«

»Aber geschrieben haben Sie sich ab und zu?« fragte Knolle.

»Wenig.«

»Haben Sie nicht ein paar Briefe mit den Absendern hinten drauf aufbewahrt oder ein Adreßbuch?«

»Wissen Sie, zwanzig Jahre sind eine lange Zeit. Nach der Beerdigung haben wir uns eine Weile noch zu Weihnachten und Neujahr die üblichen Karten geschickt. Wir waren eher Kollegen als Freunde. Immer mehr haben wir uns aus den Augen verloren, und als dann vor vier Jahren meine Frau starb, kam meine Schwiegertochter und hat hier aufgeräumt.«

»Kenn ich«, sagte Knolle, »ist bei mir allerdings noch umgekehrt, da räumt die Schwiegermutter auf, wenn man nicht rechtzeitig dazwischenfährt. Neulich hat sie meine Hanteln weggeschmissen, ich weiß bis heute nicht, warum.«

»Verstehen Sie«, fuhr Müller unglücklich fort, »das wollte ich Ihnen längst erklären. Die Adressen standen in einem alten Taschenkalender, früher habe ich die immer in den neuen übertragen, dann ist mir das zu lästig geworden. Sie hat alles weggeworfen, ich habe nur diese Fotos gerettet, und seitdem kann ich mich an manches nicht mehr erinnern.«

»Ich fahre«, sagte Rohleff knapp, als sie wieder am Auto standen, »du faßt zusammen.«

Knolle kritzelte eine Weile in sein Notizbuch, unterstrich hier und da ein Wort, bevor er begann.

»Sechs Männer. Müßten heute alle zwischen siebzig und achtzig sein, die haben den letzten Krieg mitgemacht und zum Teil spät mit ihrer Ausbildung angefangen. Müller ist der erste. Hat aber, wie wir wissen, nie was mit Einbalsamieren zu tun gehabt, sein Sohn auch nicht. Zweitens Wilhelm Sudhoff, hatte einen Laden in Coesfeld, starb vor zwanzig Jahren, den können wir ganz unten auf die Liste setzen, drittens Hermann Straube aus Warendorf, viertens Franz Niehues, Ort unbekannt. Leider gibt es kein Foto von einem Treffen bei ihm. Fünftens Fritz irgendwer in Paderborn, er hat die Werkstatt vom Onkel geerbt. Bleibt als letzter Rudolf, kein Nachname, kein Ort, aber Müller sagt, sie hätten sich mit ihm in Bayern getroffen. Die Mutter von Rudolf war eine Bayerin, Tochter eines Försters, eingeladen hatte Rudolf in die Försterei. Müller meint, es wäre südlich von München gewesen. Ich telefoniere gleich mit der Industrie- und Handelskammer und versuche, über die zusätzlichen Daten etwas mehr über die Leute herauszukriegen. – Das Foto an der Wand mal unter die Lupe zu nehmen war ein netter Einfall von dir.«

»Deine Idee, nach weiteren Fotos zu fragen, war aber auch nicht schlecht.«

Rohleff behielt die Tachometernadel im Auge, sie schwankte zwischen hundertzehn und hundertzwanzig.

»Mir ist heute morgen flüchtig was eingefallen«, erklärte Knolle, vom Notizbuch aufschauend, »ein Schaukelpferd.«

Rohleff tippte die Bremse an. »Was?«

»Ein Schaukelpferd. Du hast mich am Sonntag bekniet, mir zu überlegen, was du und die Kollegen uns zur Geburt schenken könntet. Erinnerst du dich?« Knolle klopfte mit dem Kugelschreiber an die Zähne, Rohleff lief bei dem Geräusch ein kleiner Schauder über den Rücken.

»Ist das nicht ein bißchen vorsintflutlich? Ich denke, wir leben im Zeitalter der Medien und computergesteuerten Maschinen, da wäre ein Blechkläffer, der virtuell mit dem Schwanz wackelt, angebrachter.«

»Weißt du überhaupt, wovon du redest, wenn du Wörter wie ›virtuell‹ in den Mund nimmst?«

»Wieso schleppst du nicht ein kleines Köfferchen mit dir herum, in das du die Daten eingeben kannst, einen Laptop, und der rechnet dir die wesentlichen Zusammenhänge aus.«

»Einen Laptop kriege ich nicht in die Jackentasche.«

»Und was ich dir noch sagen wollte, nimm endlich den Kugelschreiber aus dem Mund.«

Bis kurz vor Steinfurt fuhren sie schweigend.

»Was hast du haben wollen? Ein Schaukelpferd? Wie bist du denn auf so etwas Absonderliches verfallen?« begann Rohleff das Gespräch von neuem. »Steht nicht eins auf dem Dachboden von eurem Hof?«

»Das von meinem Vater haben wir verheizt, da war ich selbst noch klein. Das Pferd fiel praktisch auseinander, war der Holzbock drin, glaube ich. Am Samstag war ich beim Sport. Ein Kumpel von mir, er arbeitet in Ochtrup bei den Stadtwerken, hat mir erzählt, daß er einen kranken Kollegen vertreten hat.«

»Komm auf das Schaukelpferd, wir sind gleich da.«

»Unterbrich mich nicht, ja? Also, der hat das Gas oder den Strom in einer abgelegenen Villa hinter Ochtrup abgelesen, und dort hat er ein Schaukelpferd im Keller entdeckt. Ein echt altes aus Holz mit Lederzaumzeug.«

»Könnte auch aus Taiwan sein, die Asiaten sind sehr geschickt darin, Brandneues auf alt zu trimmen.«

»Mein Kumpel sagt, dieses war echt, war alles echt und alt in der Villa, einschließlich der Besitzerin, die war ein ruppiges Original mit Haaren auf den Zähnen. Das Schaukelpferd soll richtig groß gewesen sein, noch für ein Kind von sechs oder sieben Jahren passend.«

»Im Keller stand das? Dann reitet wohl kein Kind mehr darauf herum. Jetzt meinst du, wir sollen uns aufraffen und auf die Jagd nach diesem Schaukelpferd gehen?«

»Das wäre dann wenigstens ein originelles Geschenk.«

»Zu originell für Polizeibeamte, die als berufsmäßige

Schnüffler und Jäger in der Freizeit was anderes machen wollen.« Rohleff fuhr mit Schwung auf den Hof der Kreispolizeibehörde.

Bevor er sein Büro am Abend verließ, strich er die Drei neben dem Datum durch. Der dritte Tag. Er blätterte bis zum Eintrag für den fünften Tag weiter. Besuch in der Pathologie hatte er dort vermerkt und darunter nur eine Uhrzeit: 18.00 Uhr. Einige Male hatten seine Gedanken diesen Eintrag berührt, bevor sie sich auf anderes, dringenderes konzentrierten. Noch zwei Tage, bis er sich einer unerwünschten Prozedur unterziehen würde. Noch vier Tage, dachte er, und für den kleinen Sebastian würde die erste Frist abgelaufen sein.

27. November

Um dieses Kind würde sie mehr kämpfen als um das andere. Was mit dem anderen geschehen war, durfte sich nicht wiederholen. Bei diesem rechnete sie sich bessere Chancen aus, obwohl es auch sehr klein und nicht sehr kräftig war. Wie gingen Eltern mit ihren Kindern um? Sie ausreichend zu ernähren war mit den modernen Nahrungsmitteln viel einfacher als früher. Es genügte vollkommen, sich an die Anweisungen auf der Packung zu halten. Vielleicht machten es sich junge Mütter zu leicht, sie jedenfalls hatte mehrere Läden in Gronau aufgesucht, bis sie das Richtige fand. Aus ihrer Einkaufstasche zog sie zwei Flaschen mit Vorzugsmilch heraus.

Hermann Straube lebte in einem Altersheim in Schöppingen, Rohleff befand sich auf dem Weg dorthin. Er hatte den Chef sehr weit heraushängen lassen müssen, um Knolle zu zwingen, seinen Anweisungen zu folgen.

»Du machst das«, hatte er ihm erklärt, »was du so gut kannst. Mit dem Computer umgehen, über die diversen Informations- und Kommunikationskanäle die Daten herausfinden, die wir brauchen: alles über die restlichen vier alten Knaben, die übrigbleiben, wenn wir Müller und den toten Sudhoff ausklammern. Du sitzt hier, und ich erledige die Fußarbeit.«

Knolle war mittags mit der Meldung über Straube in sein Büro gestürmt. Straubes Sohn war tot, eine Tochter lebte im Ausland, die Schwiegertochter war wieder verheiratet und mehr an ihrer neuen als an den Resten der alten Familie interessiert. Es hatte Knolle einiges gekostet, die Frau ausfindig zu machen, dabei wohnte sie noch in Warendorf. Wäre sie weggezogen, hätte sich ihre Spur vielleicht endgültig verloren.

»Der Sohn ist Lehrer gewesen«, ergänzte er, »und auch die Schwiegertochter hat weder mit Einbalsamieren noch Präparieren was am Hut.«

»Was ist mit der Tochter?«

»Die Schwägerin, die ehemalige Frau Straube, hat seit Jahren nichts von ihr gehört. Konnte mir nicht sagen, was die beruflich macht, das muß ich in Schöppingen nachfragen.«

»Ich frag, du bleibst, wo du bist.«

Die anschließende Unterhaltung war bis auf den Flur zu hören gewesen.

Den Vormittag hatte Rohleff noch mit dem Hielscher-Fall zu tun gehabt. Lilli hatte er damit beauftragt, Fragen der Aufsichtspflicht in der Schule und im Elternhaus nachzugehen. Dem Freund oder Liebhaber des Mädchens drohte eine Anklage wegen Verführung einer Minderjährigen. Rohleff hatte sich wieder gefragt, was es gewesen war – Trotz den Eltern gegenüber, sexuelle Neugier, blöde Verliebtheit –, das Silke auf dem Rücksitz des Autos in die Arme des jungen Mannes getrieben hatte. Als unbedarft oder dämlich stufte er sie auf jeden Fall ein, da sie sich auf das Verhältnis ohne Empfängnisverhütung eingelassen hatte. Er stutzte. In welchen Kategorien dachte er bei diesem Fall? Wenn es doch Liebe gewesen wäre, eine Intimität des Gefühls, in das er mit Bezeichnungen einbrach, die etwas herabwürdigten und kriminalisierten, das doch einem menschlichen Grundbedürfnis entsprach.

Es wunderte ihn nicht, als er erfuhr, daß Silke weiterhin im

Krankenhaus lag, nach mehreren Verhören hatte sie einen psychischen Zusammenbruch erlitten.

Alle vier Bauers und Hürters riefen nacheinander an, wohl in Absprache, um den Druck auf ihn zu erhöhen. Er konnte nichts anderes tun, als ihre Klagen, Befürchtungen, Sorgen anzuhören und auszuhalten. Ihre Fragen waren nicht zu beantworten oder nur stereotyp: Die Fahndung lief. Vor ihm lag die Zeitung mit dem neuen Artikel und einem weiteren Foto von Sebastian. Der Blick des Kindes mahnte ihn. Der vierte Tag, und kein nennenswerter Fortschritt. Der fünfte Tag würde eventuell bereits eine Krise herbeiführen, auch für ihn selbst. Er starrte auf die für ihn bestimmte Eintragung: 18.00 Uhr, und spürte, wie er gleichsam in seinen menschlichen Möglichkeiten reduziert wurde auf diesen einen Aspekt der Zeugungsfähigkeit.

Als Knolle wegen der Meldung über Straube die Tür aufgerissen hatte, war Rohleff froh gewesen, daß sich die Gelegenheit bot, das Büro zu verlassen.

Im Heim fragte er sich zu der Abteilung durch, in der Straube wohnte. Verglaste Wände boten Einblicke in Aufenthaltsräume. Er sah helle Möbel, Blumengestecke auf den Tischen. Licht und Ruhe verbanden sich zu einem freundlichen Gesamteindruck, kein fader Essensgeruch hing in den Fluren. Leute grüßten ihn aufmerksam, er stufte sie als Personal ein, nicht Insassen. Bewohner, korrigierte er sich, oder doch Insassen? Abgeschoben auf die Endstation ihres Lebens. Den Familien lästig geworden oder allein gelassen. Mit gemischten Gefühlen ging er weiter, wurde schließlich von einem Pfleger zu Straube geführt. Der Pfleger zeigte sich erfreut, daß der alte Mann Besuch erhielt, sonst fragte nämlich schon lange keiner mehr nach ihm.

Straube war in einem hübschen Raum im Dachgeschoß untergebracht. Die Fenster gingen auf eine Wiese hinaus, zeigten aber jemandem, der wie der alte Mann im Sessel saß, nur wolkenverhangenen Himmel. An dem Gehörn an der Wand erkannte Rohleff, daß er im richtigen Zimmer war. Hermann

Straubes Gesicht leuchtete auf, seine Hände zerrten an der Decke, die über seinen Knien lag.

»Philipp?« fragte er.

»Philipp hieß sein Sohn, daran kann er sich noch erinnern«, erklärte der Pfleger, weiterer Erklärungen bedurfte es nicht. Straube litt an Alzheimer.

»Philipp?« Eine Einwortfrage, hervorgestoßen in ausbrechender Unruhe, die Decke glitt von den Knien.

Rohleff bückte sich, um sie aufzuheben, und sah sich genötigt, neben dem alten Mann zu sitzen und jemand anderer zu sein. Straube beruhigte sich, als er dessen Hand ergriff und dem langen Monolog aus dem Irrenhaus des zerstörten Geistes lauschte. Er hörte dem Gemurmel zu, das sich an viele abwesende Personen zu richten schien. Während der einen Stunde, die Rohleff blieb, schaute er sich gewohnheitsmäßig um. Gerahmte Fotos auf einem Tischchen, persönlicher Krimskrams, ein Pfeifenständer mit Pfeifen, Schreibutensilien mit Stiften und Heftchen, Gegenstände, die für den Bewohner keine Bedeutung mehr hatten, aus einem mehr als siebzigjährigen Leben nichts als Strandgut, das kaum einen Koffer gefüllt hätte. Vielleicht, dachte Rohleff melancholisch, war es sinnvoll, nicht zu viel Besitz anzuhäufen, wenn gegen Ende ohnehin nur so wenig blieb.

Knolles Grinsen gewann eine eindeutig hämische Note, als Rohleff nach seiner Rückkehr von dem alten Mann berichtete. Der jüngere Kollege bestand auf einer detailreichen Schilderung, und Rohleff beschrieb selbst den Nippeskram im Zimmer, weil er herausfinden wollte, ob Knolle über den Geisteszustand Straubes Bescheid gewußt hatte. Wozu aber, fragte er sich, sollte der Aufstand vor der Fahrt dann gut gewesen sein?

»So eine Katastrophe ist ein Altersheimleben gar nicht. Eigenes Zimmer mit Bad, Vollverpflegung und Rundumbetreuung. Bis es soweit ist, dauert es eine Weile, und ob du dahin kommst, ist bei deinem Cholesterinspiegel überhaupt fraglich«, faßte Knolle, der zu viele Gedanken Rohleffs aus seiner

Miene gelesen hatte, zusammen. »Der Pfleger hat dir gar nichts erzählen können? Über die Tochter beispielsweise?« fügte er streng hinzu.

»Straube kam vor fünf Jahren ins Heim, als sich sein Geist zu verwirren begann. Die Einweisung erfolgte auf Betreiben der Schwiegertochter, die Tochter muß damals schon im Ausland gelebt haben. Wenn ich es mir genau überlege, paßt an der Geschichte etwas nicht. Gib mir die Nummer der ehemaligen Frau Straube.«

Eine Stunde später stolzierte Rohleff wieder in Knolles Büro.

»Man muß sich halt Zeit lassen mit den Leuten und ihnen Gelegenheit geben, ein paar, wenn auch mittlerweile schwach ausgeprägte, Aggressionen wiederzubeleben, die ihnen helfen, in den Tiefen ihres Gedächtnisses zu graben.«

»Spuck es schon aus, damit ich es in den Computer eingeben kann.«

Rohleff klopfte Knolle auf die Schulter. »Dann gib ein. Die Tochter, Elisabeth Straube, hat hin und wieder in der Werkstatt des alten Straube ausgeholfen, hat das Handwerk aber wohl nicht richtig gelernt, dafür stand sie viel im Laden. Da muß sie dann ihren Mann kennengelernt haben, einen Franzosen, Kürschner von Beruf.«

Knolle pfiff sacht durch die Zähne. »Wieso hat sie dir das erzählt und mir nicht?«

»Ich habe gesagt, daß das Einheiraten in eine Familie immer ein Risiko darstellt, vor allem, wenn der Mann etwas Respektables wie Lehrer ist und der Schwiegerpapa an Tierbälgen herumzupft, ob der sie nicht hatte nötigen wollen, im Geschäft auszuhelfen, wenn schon der Sohn als Erbe ausfiel. Da hat sie dann so nach und nach erzählt, wie sie sich immer gegrault hat, wenn sie zu den Schwiegereltern zum Essen mußten und ihnen ein ausgestopftes Vieh in die Suppe schielte. Die Schwägerin hat sie nicht leiden können, weil die sich über ihren mühsam unterdrückten Abscheu lustig gemacht hat. Ein paar Morde würde sie der schon zutrauen.«

Diesmal pfiff Knolle noch etwas lauter und unmelodischer und begann, auf die Tastatur des Computers einzuhacken.

»Jetzt kommen die schlechten Nachrichten. Die Adresse dieser Schwägerin hat sie weggeworfen, den neuen Nachnamen ›Pelletier‹ hat sie behalten, weil das Kürschner heißt. In Südfrankreich soll sie leben. Da mach was draus.«

»Ist aber nicht so ganz zwingend, der Gedanke, daß die gelegentlich herkommt und das eine Mal ein Kind präpariert und zufällig wieder verliert und das andere Mal eins entführt, sozusagen als Heimaturlaubsentertainement.«

»Du suchst sie trotzdem, wozu hast du deine Ausbildung in dem technischen Schnickschnack. Bitte die französische Polizei um Amtshilfe.«

28. November.

An den Namen mußte sie sich noch gewöhnen. Jonas.

Wahrscheinlich war die Milch schlecht gewesen oder verunreinigt. Jonas hatte alles wieder ausgebrochen, was er getrunken hatte, und einen schauderhaften Durchfall bekommen, der immer noch anhielt. Fencheltee hatte sie ihm nach dem Erbrechen eingeflößt und viele Stunden mit ihm im Schaukelstuhl gesessen, bis er ruhig geworden war. Ganz elend sah das Kind aus, es war zu schwach zum Weinen.

Sie hatte wieder frische Milch besorgt, bereitete nun eine Flasche zu und ließ dabei noch mehr Sorgfalt walten. Der Milch setzte sie Schmelzflocken zu, um den Kleinen zu kräftigen. Auf dem Weg von der Küche ins obere Geschoß durchquerte sie die Eingangshalle und sah die Zeitungen auf dem Boden liegen. Die Zeit zum Lesen fehlte ihr, seitdem das Kind bei ihr war.

Gierig streckte der Kleine die Händchen nach der Flasche aus und schob sich selbst den Sauger in den Mund. Sanft fuhr sie dem Baby über das flaumige Köpfchen. Locken würden ihm gut stehen, ihrem Jonas.

Ohne die Versicherung der Ärztin hätte Rohleff nicht geglaubt, daß es sich um dasselbe Kind handelte, um das Kaufhausbaby. Jetzt wies die Kindesleiche nicht die geringste Ähnlichkeit mit einer Puppe auf. Steingrau die Haut. Das Gesicht so eingefallen, daß sich die Knochen des Schädels deutlich abzeichneten. Ein nahezu kahler Kopf mit spärlichem strohigem Haar. Armselig, erbarmungswürdig. Aber ein Kind, dem man die Würde des Todes wiedergegeben hatte. Lange stand er stumm an der Bahre, dann streckte er die Hand aus und legte sie um den Kinderkopf. Er fühlte sich widerwärtig an. Verlegen zog er die Hand zurück.

Eine Stunde später saß er im Wartezimmer des Arztes, bei dem er die Untersuchung durchführen lassen sollte. Es erfüllte ihn mit dumpfer Wut, daß er warten mußte. Eine völlig unverständliche Schikane, denn er war zu spät gekommen, die Sprechstunde, hatte die Frau in der Anmeldung säuerlich erklärt, sei längst vorüber.

Geben sie das Dings, das Röhrchen her, und ich mach's, war er einen Augenblick versucht zu knurren, aber auch ohne diese deutliche Aufforderung bedachte ihn die Frau mit einem Blick, als würde sie ihn im Geist masturbieren sehen. Die Sprechstundenhilfe füllte eine Karte aus, an der ein Zettel angeheftet war. Rohleff erkannte darauf seinen Namen und nahm ein weiteres Gekritzel wahr, das höchstwahrscheinlich den Grund des Termins betraf. Wieder maß sie ihn mit einem Blick, daß ihm zunehmend warm vor Ärger wurde.

»Wieso muß ich noch warten, ich dachte, es sei alles klar«, beschwerte er sich.

»Es ist hier üblich«, erklärte sie, »vorher ein Gespräch mit dem Arzt zu führen, ich werde Sie aufrufen, wenn Sie an der Reihe sind. Setzen Sie sich ins Wartezimmer.«

Außer ihm befand sich niemand mehr in dem Raum, und er hatte die Wahl unter einem Dutzend Stühlen. Er entschied sich für einen, der ihm die Sicht aus dem Fenster gestattete, auf vorwinterliche Dunkelheit und Düsternis und die Silhouette eines sich schwarz vom Dunkelgrau des Hintergrunds absetzenden kahlen Baumes, dessen Zweige der Wind bewegte. Um nicht an das zu denken, was ihm bevorstand, konzentrierte er sich auf die Unterredung, die er mit Dr. Overesch in der Pathologie geführt hatte.

»Können Sie mir die Veränderungen an der Leiche erklären?« hatte er sich erkundigt.

Dr. Overesch war zu ihm an die Bahre getreten. Plötzlich fragte er sich, warum er sie vor ein paar Tagen so attraktiv gefunden hatte, daß er sich beim geringsten Entgegenkommen zu allen möglichen erotischen Verwicklungen angespornt gefühlt hätte. Es lag nicht nur daran, daß ihr Kittel diesmal bis oben zugeknöpft war und ein Gummiband ihr Haar im Nacken zusammenhielt. Diese Strenge, die die Linien ihres Gesichts betonte, hatte durchaus ihren Reiz, aber in ihrer Haltung und ihren Augen lag so viel Kühle und Abweisung, daß er sich davon nahezu verletzt fühlte. Sie wirkte auf einmal äußerst unweiblich.

»Wenn Sie sich an das Gespräch mit den beiden Fachleuten erinnern«, ihre Stimme klang hart, ohne Ober- und Untertöne, denen er hätte nachlauschen können, »wissen Sie noch, daß der Leiche Haar eingepflanzt worden war. Schon dadurch ergeben sich gravierende Unterschiede im Äußeren, dazu kommt, daß wir die Haut von allen Zutaten gereinigt haben.«

»Aber«, begann er und stockte, als sie das Tuch, das bisher den Körper verhüllt hatte, vollends entfernte. Die Rippen des Kindes standen hervor, jede einzelne deutlich zu erkennen. Dürre Arme und Beine waren von Haut überzogen, die wie knittriges Papier wirkte, der Leib klaffte wieder. Das Kind glich mehr einer Mumie als einer gewöhnlichen Leiche. Rohleff meinte, es fehle ihm auf einmal die Luft zum Atmen, auf alle Fälle zum Sprechen. Als die Ärztin mit ihrer Erklärung fortfuhr, spürte er Magensäure im Mund.

»Ich hatte Ihnen schon bei Ihrem ersten Besuch erklärt, daß auch das Muskel- und Fettgewebe präpariert worden sei. Und zwar, wie wir jetzt wissen, mit Einspritzungen von flüssigem Parafin. Damit wurden Arme, Beine, der Körper und auch die

Wangen aufgepolstert, um ein normales und gesundes Aussehen vorzutäuschen. Ich hatte das, was Sie jetzt sehen, nach den ersten Untersuchungen erwartet, aber es macht auch für mich einen Unterschied aus, eine Vermutung zu äußern oder mit einem solchen Ergebnis konfrontiert zu sein.«

Er schaute auf und nahm in ihrem Blick Betroffenheit und Trauer wahr, die wegen der Strenge in ihrer Haltung geradezu archaisch anmuteten.

Sorgfältig breitete sie wieder das Tuch über den Körper.

»Sie haben mir mehrmals die Frage nach der Todesursache gestellt. Es sieht ganz so aus, als wäre das Kind an Unterernährung gestorben.«

»Verhungert?«

»So könnte man es ausdrücken. Damit Sie es genau verstehen: Es ist nicht etwa plötzlich nicht mehr gefüttert worden, sondern es ist langsam durch allmählichen Nahrungsentzug zu Tode gebracht worden.«

Er war sich mit den Händen übers Gesicht gefahren, eine Geste, in der sich das Grauen ausdrückte, das ihm den Brustkorb engte.

»Sie sind an der Reihe.« Die Sprechstundenhilfe mußte die Aufforderung, ihr zu folgen, wiederholen. Er saß vornübergebeugt, die Ellbogen aufgestützt, das Gesicht in den Händen vergraben.

Das joviale Lächeln des Arztes vertrieb nur unzureichend die Erinnerung und rief bei Rohleff bald zunehmende Gereiztheit hervor.

»Kann mir schon denken, was Ihnen durch den Kopf schwirrt. Das geht allen Männern so, wenn sie sich auf diese Weise mit einer grundlegenden Frage konfrontiert sehen. Vermutungen und Tatsachen sind zweierlei.«

Rohleff spürt wieder die Magensäure aufsteigen. Er kniff die Augen zusammen und fixierte den Arzt.

»Wie wär's, wenn Sie zur Sache kämen?«

Der Arzt hob beschwichtigend die Hände. »Da haben wir sie ja schon, die Empfindlichkeit, die Animositäten. Es kratzt ganz schön am Selbstwertgefühl, sich vorzustellen, daß das, was unbedingt zum Mann dazugehört, vielleicht gar nicht vorhanden ist.«

»Wissen Sie«, sagte Rohleff langsam, »ich habe mich bisher nicht in einer Linie mit Zuchthengsten und Ebern gesehen, und wenn Sie noch lange so daherreden, wird die Sache noch ekelhafter.«

»Ach was«, polterte der Arzt mit einemmal los, »glauben Sie mir, ich habe das Herumgeschleiche um den heißen Brei selbst langsam satt. Jeder Mann bisher, ich betone, jeder, hat sich bei dem Gedanken, daß das Ding zwischen den Beinen in einer wesentlichen Funktion nicht oder nur eingeschränkt zu gebrauchen ist, beinahe in die Hose gemacht, einschließlich derjenigen, die gar nicht sonderlich an Vaterschaften interessiert waren. Wir Männer sind so blöd. Wollen nicht begreifen, daß uns die Natur zuweilen Grenzen setzt. Dabei tut sie das allemal. Sie sind ...«, er schaute auf die Karteikarte, »zweiundfünfzig. Daß die Zeugungsfähigkeit ohne weiteres bis ins hohe Alter anhält, ist ein Ammenmärchen, sie nimmt ab, genau wie bei der Frau die Empfängnisfähigkeit, nur ist bei Frauen mit der Menopause endgültig Schicht. Verstehen Sie? Sie sind spät dran mit Ihrem Kinderwunsch.«

Rohleff lehnte sich zurück, die Arme überkreuzt. »Ist nicht meine Idee gewesen.«

»Ich will Ihnen noch was sagen. In ganz Nordeuropa nimmt die Zeugungsfähigkeit der Männer ab, aller Männer, auch der zwanzig- und dreißigjährigen. Ein altersunabhängiges Phänomen.«

»Interessiert mich nicht.«

Der Arzt musterte ihn über seine Lesebrille hinweg. »Ich sag das bloß, damit Sie wissen, es trifft auch andere.«

»Ist schon untersucht worden, ob die Zeugungsfähigkeit auch bei etwa dreißigjährigen Bauernsöhnen abgenommen hat?«

»Das wäre etwas sehr speziell. Das zu überprüfen brächte nicht viel, denke ich. Es liegt an unserem Wohlleben. Ständig gleichmäßig temperierte Räume, in denen spürt keiner mehr den Wechsel der Jahreszeiten, ganzjährig gute Ernährung, das gilt genauso für Bauernsöhne. Die Bauern wohnen längst nicht mehr in den alten Katen, und wenn doch, haben sie die isoliert und eine Zentralheizung eingebaut.«

Den Bauernsohn, an den Rohleff dachte, betraf das anstehende Problem ohnehin nicht, die Frage war überflüssig gewesen, schien dem Arzt aber ein Signal zu sein, daß sein Patient jetzt weniger verbissen an die Untersuchung heranging.

»Dann wollen wir auf das Wesentliche kommen, auf das Ergebnis und die Konsequenzen, die sich daraus herleiten. Möglicherweise ist Ihre Zeugungsfähigkeit Ihrem Alter entsprechend als normal anzusehen, vielleicht sind Sie überhaupt nicht zeugungsfähig, und zwischen diesen beiden Extremen liegen jede Menge Abstufungen. Die Untersuchung wäre sinnlos, wenn wir nicht ins Auge faßten, was danach zu tun ist. Sicher haben Sie mit Ihrer Frau darüber gesprochen. Selbst im günstigsten Fall ist damit zu rechnen, daß Ihr Sperma nicht mehr die Qualität des Spermas eines Dreißigjährigen hat.«

»Oder die eines Achtundzwanzigjährigen«, warf Rohleff ein und bewirkte damit, daß sich ein Anflug von Irritation in die Augen des Arztes schlich.

»Wie auch immer«, knurrte der Arzt, »bisher ist es nicht zu einer Empfängnis bei Ihrer Frau gekommen. Da werden wir wohl nicht um eine künstliche Befruchtung herumkommen. Bei nicht vorhandener oder stark eingeschränkter Zeugungsfähigkeit, darüber sind Sie sich ja sicher im klaren, müssen wir eine künstliche Befruchtung mit dem Sperma eines fremden Spenders durchführen, um Aussicht auf Erfolg zu haben. Tja, mit den Samenfädchen verhält es sich wie mit dem Mann insgesamt: Mit zunehmendem Alter läßt die Beweglichkeit nach.«

Rohleff war es ganz kalt ums Herz geworden. Er hatte es gewußt. Der erste Schritt zog andere nach sich, er würde in einen Sog von Ereignissen geraten, wenn er nicht seinen ganzen Widerstand dagegen mobilisierte. In dem Bemühen, den Arzt nicht mehr sehen zu müssen, musterte er den

Schreibtisch, sein Blick streifte ein Familienfoto, das eine Frau mit zwei Kindern zeigte.

»Die Kinder sind mittlerweile groß«, der Arzt wies auf das Foto, »die habe ich produziert, als ich noch jünger und«, er deutete mit einem Finger eine schlängelnde Bewegung an, wohl um ein Spermafädchen darzustellen, Rohleff fand die Geste geradezu obszön, »beweglicher war. Heute lassen sich die Kinder nur noch selten zu Hause blicken. Na, dann wollen wir mal.«

Er folgte dem Arzt, der vor ihm herschlurfte, den Rücken gebeugt. Bei der Begrüßung hatte er ihn auf Mitte Fünfzig geschätzt, nun war er angesichts dieses Schlurfens geneigt, zehn Jahre dazuzugeben, und er fragte sich, wie weit es wohl früher mit der Beweglichkeit des Arztes hergewesen war.

Kurze Zeit darauf saß er auf einem Klappbänkchen in einer Zelle, ein Glasröhrchen in der Hand. Gern hätte er sich jetzt durch eine Hintertür davongemacht. Vor ihm auf einem Tischchen lagen Hefte, unmißverständlich bebildert, um den Phantasielosen unten den Leidensgefährten auf die Sprünge zu helfen. Nachdem er lange auf dem Sitz verharrt hatte und schon befürchten mußte, daß die Sprechstundenhilfe, den Vollzug anmahnend, an die Tür klopfte, zog er den Reißverschluß seiner Hose auf. Wenigstens bei der anstehenden Verrichtung sollte ihn niemand der Unfähigkeit bezichtigen können.

Knolle bohrte gerade hingebungsvoll in der Nase, als Rohleff ungewollt leise dessen Dienstzimmer betrat. Er verharrte an der Tür und versenkte sich in die Widerwärtigkeit der Szene. Knolles Gesicht zeugte von höchster Konzentration, sein Zeigefinger verschwand bis zum zweiten Glied im Nasenloch und grub nach intensiver Arbeit etwas heraus, das einer genauen Betrachtung unterzogen wurde.

»Weißt du«, sagte Knolle mit einem scheelen Blick auf den Eintretenden, »eine voyeuristische Ader habe ich dir bisher nicht zugetraut. Ich hatte gedacht, daß du das Intimleben deiner Mitarbeiter zu respektieren gelernt hast.« Nicht einmal einen kümmerlichen Ansatz von Verlegenheit zeigte er, als er ein Taschentuch herauszog und sich den Finger abwischte. »Sag, was du willst, morgen fahre ich nach Paderborn und Gütersloh, um etwas über Franz Niehues herauszufinden und über Fritz. Der heißt mit Nachnamen Kniewöhner. Was dagegen?«

»Ist mir als Name, vorausgesetzt, er stimmt, so recht wie jeder andere.«

»Dann ist das also abgemacht, ich fahre. Übrigens will Lilli irgendwas von dir.«

Rohleff verließ den Raum, ohne dem Kollegen mitzuteilen, daß er mit Lilli längst gesprochen hatte. Am Freitag würde er mit ihr nach Holland fahren, sie hatte die Familie des anderen, in Westfalen als vermißt gemeldeten Kindes ausfindig gemacht. Der Fall war an die niederländische Polizei abgegeben worden, und irgendein oberschlauer Kollege hatte die Akte mit dem Vermerk »erledigt« versehen.

»Hat alles geklappt?« fragte Sabine beim Abendessen.

Die Anzüglichkeit, die er der Frage anlastete, ließ ihn wünschen, die Übelkeit vom Nachmittag stünde ihm noch so weit zu Gebote, daß er sich in den Teller mit dem Abendessen übergeben könnte. So schob er lediglich den Teller von sich, immerhin war ihm der Appetit vergangen, die Bratwurst schien ihm der Form wegen ebenfalls eine nicht ganz astreine Angelegenheit.

»Wenn du glaubst, daß es dir noch einmal gelingt, mich zu etwas zu überreden, irrst du dich. Egal, was bei der Untersuchung herauskommt, ich mache nicht weiter mit. Ich habe es dir vorher gesagt. Von meiner Schwester hätte ich nie gedacht, daß sie deine Verbündete würde, da habt ihr was Feines eingefädelt, ihr beiden, hinter meinem Rücken, so kann man auch eine Ehe untergraben. Du heulst und drehst ein bißchen durch, und sie redet mir ins Gewissen, daß ich mir wie ein Schwein vorkomme.«

Über den Tisch hinweg starrte er sie herausfordernd an, er

wollte sie erröten sehen, um zu wissen, daß er sie überführt hatte. Im gleichen Augenblick erkannte er ihre Betroffenheit, die Verletztheit, trotzdem fühlte er sich außerstande, auch nur ein Wort zurückzunehmen.

Spät in der Nacht dachte er schon wieder anders. Er zog es vor, im Wohnzimmer zu schlafen, mit Sofakissen und Decke als Bettzeug, im Trainingsanzug. Vor dem Auszug aus dem Schlafzimmer hatten sie um die möglichen Folgen dieses Arztbesuches gestritten und um Rohleffs Widerborstigkeit, seltsam unterkühlt war es dabei zugegangen, als wären sie beide nicht wirklich an einer Auseinandersetzung interessiert, die sie wieder zusammenführen sollte. Jeder hatte starrsinnig auf seinem Standpunkt beharrt, nur die Verletztheit war auf beiden Seiten gewachsen. Sabine hatte zu ihrer Verteidigung Mechtild angerufen, und die nannte ihn einen Spinner, einen Mann mit Verfolgungswahn. In der Dunkelheit geriet das, was Mechtild über Sabines Haltung ihm gegenüber gesagt hatte, ihre Loyalität, wieder zu einer zwielichtigen Wahrheit, er wußte nicht mehr, was zutraf, auch das Verhältnis der beiden Frauen war ihm unklar, die Konspiration, die er ihnen angelastet hatte.

Um drei Uhr in der Nacht schaltete er den Fernseher ein. Das flimmernde Bild eines nackten Busens erschien, über den eine Telefonnummer eingeblendet war, und eine gurrende Stimme forderte ihn auf, gleich anzurufen. Nur undeutlich nahm er die dazugehörige Frau wahr, eine Blondine, die mit ihrer Körperposition deutlich machte, welche Teile ihrer Anatomie der Aufmerksamkeit wert waren. Es brauchte drei Wiederholungen ähnlich lockender Angebote, bis er zum Telefon griff. Er landete in einer Warteschleife, eine mechanisch klingende Stimme gab sich Mühe, ihn mit ein paar milden Obszönitäten davon abzuhalten, gleich wieder aufzulegen. Fast wäre er eingeschlafen, als sich plötzlich eine andere, lebendigere Stimme meldete.

»Sagen Sie mal«, fragte er nach der aufmunternd gemeinten Begrüßung, »verdienen Sie sich Ihr Psychologiestudium durch die verbalen Liebesdienste oder bringen Sie Ihre zwei Kinder mit dieser merkwürdigen Tätigkeit durch, weil Ihnen das Austragen von Zeitungen frühmorgens in Regen und Kälte zu mühsam erscheint. Oder langweilst du dich einfach nur?«

»Weißt du, Süßer, ich mach am Telefon mit dir alles, was du willst, ich geil dich so auf, daß du dir wirklich schön einen runterholst, und deshalb rufst du doch an, aber ich erzähl dir doch nichts Privates. Wie hättest du's denn gern?«

»Dienst nach Vorschrift, was? Wissen Sie, das törnt mich nur mittelmäßig an, wenn überhaupt, und von so schlappen Sachen habe ich heute schon genug gehabt.« Er beendete den Anruf. Was, fragte er sich, hatte er sich vorgestellt? Im dämmrigen Licht ein Gespräch mit einer Unbekannten, die durch die nächtliche Stunde und die Situation etwas Verlorenes, Anrührendes erhielt? Auch einen Hauch Verruchtheit?

Eine Weile döste er im Halbschlaf, dann kam ihm Dr. Overesch wieder in den Sinn, das letzte Gespräch mit ihr. Ganz überraschend hatte sie erklärt, daß es ein körperliches Merkmal gab, an dem das Kaufhauskind zweifelsfrei erkannt werden könnte. Zum zweitenmal hatte sie das Tuch entfernt.

»Schauen Sie sich die Füße genau an. Sehen Sie diese winzigen Narben neben den kleinen Zehen? Ich hab erst nicht gewußt, was sie zu bedeuten haben, und mußte die Röntgenbilder zu Rate ziehen.«

»Ist das Kind mißhandelt worden?«

»Das eventuell auch. Es gibt ein paar Verfärbungen an den Armen und an einer Wange, sie sind kaum noch sichtbar. Vielleicht die Reste blauer Flecken. Aber die Narben an den Füßen haben damit nichts zu tun. Das Kind ist ein Sechszehenkind.«

»Was soll das heißen?«

»Eine sehr seltene Anomalie, aber eine erbliche. Das Kind hatte sechs Zehen, und die überzähligen sechsten sind amputiert worden, übrigens fachmännisch, also von einem Arzt. Man muß schon sehr genau nachforschen, um die Spuren dieser Operation auszumachen.«

»Warum wird so eine Amputation überhaupt durchgeführt?«

»Stellen Sie sich vor, Sie hätten sechs Finger, Sechsfingrigkeit gibt es auch, und jeder starrt darauf. Früher rankte sich um diese überzähligen Gliedmaßen eine Menge Aberglauben.«

Er hatte Groß im Beisein von Lilli davon erzählt.

»Ein Hexenkind«, erklärte dieser prompt. »Anna Boleyn, die zweite Frau Heinrichs VIII., hatte sechs Finger, und ihr wißt doch wohl, daß man sie geköpft hat. Ein ganz schlechtes Zeichen, dieser sechste Finger.«

Bevor er einschlief, mußte er noch einmal an Sybille Overesch denken. Die Unterredung war beendet gewesen, er befand sich auf dem Weg zur Treppe, Stimmen hinter ihm auf dem Flur hatten ihn zurückschauen lassen. Eine zweite junge Frau, wohl eine Kollegin dem Kittel nach, stand neben der Ärztin, den Arm um sie gelegt, eine vertrauliche, beinahe zärtlich erscheinende Geste. Auch Sybille Overesch umfaßte die andere, die Gesichter der beiden näherten sich. Rohleff wandte sich ab und ließ die Szene nachwirken. Ein Verdacht war ihm gekommen, dazu fiel ihm eine Bemerkung der Ärztin ein. Frauen und Männer, hatte sie behauptet, passen nicht zusammen. Daher also die kühle, abweisende Haltung ihm gegenüber. Am Aufgang zum Erdgeschoß drehte er sich noch einmal um. Die zwei Frauen berührten sich nicht mehr, Dr. Overesch hatte die Hände in die Taschen gesteckt. Ein Auflachen klang zu Rohleff hinüber, ein zweistimmiges, melodiöses, sehr weibliches Lachen, er interpretierte Spott hinein und kam sich noch mehr wie ein Idiot vor. Aber sie war doch verheiratet gewesen, dachte er irritiert.

29. November

»Man liest was über Leute, sie gefallen einem nicht, und schon ist man bereit, sie als Schuldige zu betrachten. Sieh mal, bei den Hielschers war's so, daß man denen gar nichts Unkorrektes zugetraut hätte bei dem propren Rasen vorm Haus. Dagegen die van Wijns ...«

Lilli fuhr, Rohleff hielt eine Akte auf dem Schoß, er nahm

selten eine Aktentasche mit. An den Wagenfenstern flitzte die westfälische Landschaft vorbei, regenverhangen. Am Vormittag waren mehrere Schreiben per Fax zwischen Enschede und Steinfurt hin- und hergegangen, ein Austausch zwischen niederländischer und deutscher Polizei, Detailkrämerei. Die Niederländer wollten ganz genau wissen, was ein deutscher Kriminalbeamter auf ihrem Territorium zu suchen hatte, auch wenn es nur um eine Befragung ging. Allerdings bei Leuten wie den van Wijns sollte man auf alles mögliche gefaßt sein, wahrscheinlich war Maurits van Wijn auch für die Kollegen jenseits der Grenze kein ganz unbeschriebenes Blatt, das rechtfertigte vermutlich den Aufwand, überlegte er.

Mittags hatte sich Knolle aus Gütersloh gemeldet.

»Den Franz Niehues«, sagte er am Telefon, »können wir auch abhaken. Ich erzähl's dir, wenn ich wieder da bin. Jetzt fahr ich weiter nach Paderborn. Ist schon komisch mit diesen sechs alten Knaben, der eine ist tot, der andere sitzt, meschugge geworden, im Altersheim, der Niehues, jetzt erzähl ich's dir doch, hat sich auf der Beerdigung vom Sudhoff mit den anderen angelegt, warum, sagte er nicht, danach hat er von denen nichts mehr wissen wollen. Er hielt die andern für Kindsköpfe und jeden einzelnen für fähig, nur zum Spaß eine mißliebige Schwiegermutter umzubringen und auszustopfen. Er selbst hat mit Einbalsamieren nichts am Hut, sein Geschäft existiert nicht mehr, seine Blagen mochten alle nicht in Vaters Fußstapfen treten.«

»Hast du ihn nach den Adressen gefragt und den Namen?«

»Klar, hab ich, jetzt fehlt nur noch einer, dieser Rudolf. Rudolf, der Bayer, hat er ihn genannt, damit hatte es sich dann. Keine Adresse. Schöne Scheiße. Und was machst du? Kommst du voran?«

»Aktenkram, das übliche«, hatte Rohleff bescheiden erklärt, ein neues Fax aus Holland auf dem Schreibtisch.

Lilli trat auf die Bremse, er flog nach vorn.

»Radarfalle«, sagte sie entschuldigend, bevor sie wieder Gas gab.

»Diese van Wijns«, nahm er den Faden auf, »hatten eine Sozialwohnung in Ahaus, in einem großen Baukomplex, da verschwand das Kind vom Hof. Aus der Zeugenbefragung geht hervor, daß der Kinderwagen stundenlang im Hof stand. Keiner kümmerte sich um das Kind. Ist das denn normal?«

»Kommt drauf an, wie lang stundenlang ist. Meine Kinder haben als Babys mittags zwei Stunden am Stück geschlafen, und ich war froh, daß sie sich nicht rührten.«

»Aber wenn man feststellt«, er klopfte auf die Akte, »daß die van Wijns, kurz nachdem das Kind verschwunden war, unter Hinterlassung von Mietschulden ausgezogen sind und danach noch mehrere Hauseigentümer um die Miete geprellt haben, bevor sie sich nach Enschede absetzten, der Maurits van Wijn ist ja wohl Holländer, dann denkt man doch, die wären vielleicht nicht ganz unschuldig am Verschwinden des Kindes.«

»Was ich an Polizeibeamten besonders gut leiden kann, ist Voreingenommenheit, Karl.«

»Danke, Lilli, wenn wir in Enschede sind, werde ich dran denken.«

»Weißt du, was mit Knolle los ist?« fragte sie. »Kommt mir seit ein paar Tagen komisch, der Kerl. Redet mich immer ganz betont mit Frau Kommissar an und als Steigerung gestern mit Frau Oberkommissar. Was ist denn bei dem im Busch?«

»Profilneurose. Muß mit seinen zukünftigen Vaterpflichten zu tun haben. Er meint halt, immer bist du bei einer Aufklärung dabei und er nicht.«

»Ist doch Mumpitz. Da war doch nur der Fall des Hielscher-Babys, und viel mehr, als neben dir herzutraben und hernach ein paar Befragungen durchzuführen, habe ich nicht gemacht. Daß Frauen während einer Schwangerschaft komische Anfälle haben, ist ja noch verständlich, aber Männer?«

»Muß mit der Emanzipation zusammenhängen. Männer wollen nirgends mehr zurückstehen, auf Neurosen haben heute alle ein Anrecht. Mit fällt gerade was ein, das ihn eventuell aufheitert. Er wünscht sich ein Schaukelpferd für seinen

Sohn. Ein Sportsfreund hat ihm von einem erzählt, einem schönen alten in einer ebenfalls alten Villa, wir sollten das für ihn auftreiben, ich muß ihn noch mal danach fragen.«

»Aber wenn es wirklich ein altes ist, kostet es eine Stange Geld, mehr, als wir zusammenkriegen.«

»Hängt davon ab, wieviel Wert die Besitzer auf das Ding legen. Es soll im Keller stehen, das spricht nicht für übertriebene Wertschätzung.«

»Ich wäre dafür, wir kaufen ein neues Schaukelpferd, wer weiß, ob dieses alte überhaupt noch zu gebrauchen ist. Nachher bricht es unter dem Kleinen zusammen, und wir haben das Theater am Hals.«

»Dann lassen wir es eben.«

In Enschede verbrachten sie zwei Stunden auf dem zuständigen Kommissariat, bis sie in Begleitung eines Kollegen, Jan Tombrink, zu den van Wijns aufbrachen, die mittlerweile über den bevorstehenden Besuch unterrichtet waren und ihr telefonisches Einverständnis zu einer Befragung gegeben hatten.

Es hatte so lange gedauert, weil Helga Wächter, verheiratete van Wijn, darauf bestand, daß ihr Mann bei der Befragung anwesend war, und der kam erst um halb fünf von der Arbeit. Als sie bei den van Wijns eintrafen, ging Jan Tombrink vor ihnen her auf die Haustür zu, Rohleff hinter ihm zog ein Gesicht, so daß Lilli ihm etwas zuflüsterte.

»Denk an dein Vorurteil und daran, daß das nicht Steinfurt ist.«

»Aber die Holländer sind doch sonst blitzsauber.«

»Wahrscheinlich nicht alle, und sag bloß nicht mehr Holländer, das gilt als Beleidigung.«

»Ist beruhigend, daß ich dich mitgenommen habe, ohne dich träte ich am Ende doch noch in einen Fettnapf, mir langt schon, daß ich auf das Gerümpel achten muß, das hier auf dem Weg liegt.«

Er schob mit der Schuhspitze die Teile eines Kinderfahrrades so weit beiseite, daß sie auf einem verunkrauteten Rasenstück seitlich des Weges landeten, neben anderen Dingen, die die Familie van Wijn als nicht mehr verwendbar weggeworfen hatte: eingerissene, verfärbte Plastikschüsseln, ein abgebrochener, beinahe borstenloser Besen, der Rest eines Fußabtreters, kaputtes Spielzeug. Die van Wijns bewohnten ein handtuchschmales Reihenhaus, wahrscheinlich, grübelte Rohleff, bot es nicht genügend Platz für eine Mülltonne.

Jan Tombrink begrüßte freundlich Maurits van Wijn, der nach dem Pochen – auf das Schellen reagierte niemand – öffnete. Der auf niederländisch gegebenen Erklärung, mehr noch den begleitenden Gesten entnahm Rohleff, daß die Schelle defekt sei. Van Wijn führte die Besucher ins Wohnzimmer, das so aussah, wie nach dem Schlendrian draußen zu erwarten war. Wäsche trocknete auf einem Ständer, der mitten in den Raum plaziert war, die angebackenen Reste einer Mahlzeit klebten an den Tellern auf dem Eßtisch, der Fußboden war krümelübersät. Unter Rohleffs Sohle knirschte es, er war auf ein Plastikauto getreten. Er hob das winzige Ding auf. Ein Teppich bedeckte den Tisch, in dessen Flor er eine Menge Unappetitliches neben dem sichtbaren Gekrümel vermutete, er ekelte sich heftig.

»Lassen Sie das Spielzeug man bloß liegen, das lohnt sich nicht, sich danach zu bücken, die Kinder schmeißen sowieso alles herum.« Helga van Wijn begrüßte sie.

Die Frau gefiel ihm überhaupt nicht. Gefärbte Haare hingen ihr in fettigen Locken auf die Schultern, am Haaransatz kam die natürliche Farbe durch, eine Art Mausgrau, gegen das das Hennarot grell abstach. Neben den Tellern lag Babywäsche, die sie gerade zusammenfaltete. Erst jetzt nahm Rohleff in einer Ecke, nahe dem großen Fenster zum Garten, den Kinderwagen wahr.

»Wollen Sie einen Tee?« erkundigte sich van Wijn auf deutsch, er sprach mit breitem Akzent.

»Ja, gern«, antwortete Tombrink gleich für die deutschen Kollegen mit und begann mit größter Selbstverständlichkeit, die schmutzigen Teller zusammenzustellen. Rohleff wollte ablehnen, spürte aber gerade noch rechtzeitig Lillis Ellbogen in der Seite. Er nickte daher, obwohl er befürchtete, daß die Tassen nicht sauber sein würden. Van Wijn verschwand mit den Tellern in der Küche, die wohl an das Wohnzimmer grenzte, seine Frau deutete auf die freien Stühle am Tisch.

»So setzen Sie sich doch, es ist blöd, wenn Sie stehen und ich sitze. Sie müssen schon entschuldigen, wie es hier aussieht, aber bei drei Kindern komm ich einfach nicht mehr nach. Da bleibt immer was liegen, und es ist besser, den Kindern geht es gut, als daß ich einen perfekten Haushalt habe, nicht?« Ein ängstlicher Ausdruck trat in ihre Augen, der Rohleff veranlaßte, statt sich zu setzen, zu dem Kinderwagen hinüberzugehen und hineinzuschauen.

»Kenn ich gut, ging mir auch so, als meine beiden noch klein waren, allein die Wäscheberge, die werden einem schnell zuviel«, hörte er Lilli antworten.

»Ach ja? Dann sind Sie wohl so freundlich und holen die Wäsche vom Ständer, dann kann ich gleich weitermachen.«

Rohleff sah, wie Lilli der Aufforderung nachkam. Das Kind im Wagen schaute ruhig zu einem Plastikring auf, der vom Scheitel des Dachs an einem Gummiband herabhing. Er zupfte an dem Band, der Ring hüpfte auf und ab, die Augen des Kindes folgten ihm. Ein normales Baby, zumindest gewann er diesen Eindruck. Es trug eine Frotteehose, die bis zu den Waden reichte, ein Streifen blasser Haut war zwischen der Hose und den dicken Söckchen sichtbar, in denen die Füße steckten. Rohleff beugte sich herab, fuhr dem Kind mit einem gekrümmten Finger über die Fußsohle. Das Baby begann zu krähen, als er vorsichtig die Zehen abtastete. Er war sich nicht sicher über das, was er erfühlte, zu winzig wölbten sich die Zehen unter dem groben Stoff. Kurzentschlossen zog er ein Söckchen vom Fuß. Ein Fünfzehenbaby.

»Was machen Sie da?« Die Stimme Helga van Wijns klang angespannt.

»Ich seh mir Ihr Kind an, muß etwas jünger sein als das andere, als es verschwand.«

Er drehte den Fuß auf der Suche nach Narben leicht zur Seite, es gab keine Anzeichen einer Operation. Lilli gesellte sich zu ihm und schaute ebenfalls in den Wagen.

»Niedlich«, sagte sie ruhig, »wie alt ist das Kind?« Geschickt streifte sie das Söckchen wieder über den Fuß, dabei tastete sie ihn ab und glitt danach die Wade hoch.

»Acht Monate, nein, warten Sie, sieben ist es ja erst.«

Rohleff sah verwundert zu Helga van Wijn hinüber, die sich halb von ihrem Stuhl erhoben hatte, aber nicht aufstand, sondern sich langsam wieder setzte.

»Na, wie alt ist es denn nun, sieben oder acht Monate?« fragte Tombrink.

»Acht ist sie gewesen, als sie verschwand«, antwortete van Wijn, der mit dem Teetablett hereinkam, mitten im Raum stehenblieb und erstaunt Rohleff und Lilli musterte. »Darum geht es ja wohl, um die Grietje, die verschwunden ist, das da ist Wiebke, und wegen der sind Sie nicht hier.«

Der Tee schmeckte fade, die Tassen dagegen, zumindest die von Rohleff, waren nicht zu beanstanden. Er behielt die van Wijns im Auge, während er am Tee nippte. Vorher hatte er ihnen die Fotos zugeschoben, die in der Gerichtsmedizin gemacht worden waren und die das Kaufhausbaby ohne Verschönerungen zeigten. Es kam ihm fast so vor, als schüttelten die van Wijns bereits verneinend die Köpfe, bevor sie das Kind auf den Fotos überhaupt richtig wahrnahmen.

Das sehe wie ein toter Affe aus, und ihre Grietje sei ein hübsches Baby gewesen. Das Kopfschütteln geriet zu einer Art Automatismus, mit dem sie auf alle Fragen reagierten, die ihnen Lilli und Rohleff abwechselnd stellten. Nein, sie hätten keine Fotos von Grietje, das Fotografieren kleiner Kinder betrachteten sie als Albernheit und Geldverschwendung. An besondere Merkmale könnten sie sich wirklich nicht mehr erinnern. Helga van Wijns rote Haare flogen, als sie bei der letzten Frage wieder den Kopf schüttelte.

»Das wär's dann wohl«, sagte Maurits van Wijn. Rohleff überhörte die Bemerkung und blieb gelassen sitzen.

Tombrink hatte sich bereits erhoben. »Gibt's denn noch was?« fragte er irritiert.

»Erzählen Sie, wie das war, als Ihre Tochter Grietje plötzlich nicht mehr im Kinderwagen lag«, forderte Rohleff das Ehepaar auf.

Lilli war ebenfalls sitzen geblieben, Rohleff verständigte sich mit einem Blick mit ihr, der ihm signalisierte, daß sie die Witterung aufgenommen hatte. Eigentlich hatte sie schon eine ganze Weile etwas Gespanntes an sich, seit sie, ging es ihm durch den Kopf, dem Baby das Söckchen angezogen hatte.

Tombrink wurde eher unruhig als die van Wijns. Rohleff konnte sehen, wie er innerlich aufstöhnte, während das Ehepaar mit zäher Geduld auf weitere Fragen antwortete, auch auf bereits früher gestellte, als wäre diese amtliche Fragerei nicht ganz ungewohnt für sie. Helga van Wijn begann allerdings, die Wäsche ein zweites Mal zu falten. Rohleff fand es aufschlußreicher, die Hände zu beobachten, als das Gesicht. Nervös fuhren ihre Hände über kleine Hemden und Hosen, strichen scharfe Falten in den Stoff. Nach einer Stunde stieß sie die Teetasse um, ein Rest Tee ergoß sich über den Tischteppich. Sie ergriff eins von den gefalteten Wäschestücken und tupfte damit die Flüssigkeit auf.

Als das Kind im Wagen mit einem zitternden Stimmchen zu wimmern begann, war es van Wijn, der in die Küche ging, um eine Mahlzeit für das Baby zu bereiten. Noch als er damit beschäftigt war, pochte es an die Haustür, und er ging in den Flur, um zu öffnen.

»Wenn es die Kinder sind«, schrie Helga, »sie sollen gleich nach oben gehen. Sag ihnen das.«

Van Wijn hatte den Zuruf nicht gehört, oder die Kinder waren nicht zu bändigen, sie kamen ins Wohnzimmer gerannt, zwei kleine Mädchen, zwei Irrwische, fünf und dreieinhalb Jahre alt, wie die Mutter auf entsprechende Erkundigungen Lillis schon früher erklärt hatte. Die größere zog im Laufen ihren Mantel aus, die kleinere ließ sich mit einem Aufkreischen zu Boden fallen und zerrte an ihren Schuhen.

»Wollt ihr wohl nach oben gehen«, schimpfte die Mutter, »Maurits, bring sie raus, sie stören doch nur.«

»Nein, warten Sie«, fuhr Rohleff dazwischen, »ich mag Kinder.«

Van Wijn ergriff die ältere Tochter grob am Arm. »Hast du gehört, was Mama gesagt hat, raus mit euch beiden«, herrschte er sie an.

Tombrink erhob sich, stellte sich vor den Mann und tippte ihn auf die Brust. »Hören Sie, Mijnheer van Wijn, Kinder schreit man nicht an und geht nicht grob mit ihnen um. Kinder verdienen Respekt, auch ihre. Die beiden sind niederländische Bürgerinnen.«

Rohleff amüsierte sich.

Tatsächlich gab van Wijn seine Tochter frei und trat sogar einen Schritt zurück. Die jüngere hatte endlich ihren Schuh abgestreift und zog auch noch den Strumpf aus.

»Ach«, sagte Rohleff zu ihr, »fünf Zehen hast du an deinem Fuß.«

»Mama hat sechs«, sagte die ältere.

Etwa eine halbe Stunde später übernahm die niederländische Polizei den Fall. Der freundliche Tombrink hatte Verstärkung kommen lassen und war leicht ungnädig geworden.

»Das hätten Sie uns aber früher mitteilen müssen, daß Ihr totes Baby aus Deutschland ein Sechszehenkind ist und daß es vermutlich durch fortgesetzte Unterernährung vorsätzlich zu Tode gebracht wurde.«

»Aber wir wußten nicht, ob wir hier an der richtigen Adresse sind, und vor allem war uns nicht klar, wer für den Tod des Kindes verantwortlich ist«, verteidigte Rohleff sein Vorgehen.

»War doch ganz gut, daß wir hergefahren sind«, sagte er zu Lilli. »Jetzt haben wir eine präzise Vorstellung von dem Gebiet, in dem wir Sebastian zu suchen haben. Mit Ahaus, wo Grietje entführt worden ist, und mit Steinfurt und Wettringen haben wir jetzt ein Dreieck, um das wir einen Kreis ziehen können. Irgendwo in diesem Kreis müßten wir auf die Entführerin und Sebastian stoßen, da bin ich ganz sicher.«

Rohleffs Handy piepte, er gab es an Lilli weiter, weil er Tombrink zuhören wollte, der die van Wijns zusammen mit einer gerade eingetroffenen Kollegin zu vernehmen begann. Noch fehlten ihnen wichtige Aussagen, die van Wijns verhielten sich weiterhin stur und leugneten eine eventuelle Vernachlässigung ihrer Tochter Grietje. Tombrink hatte auf Lillis Rat auch einen Arzt hinzugezogen, der das Kind im Wagen untersuchte.

»Es ist zu klein und zu mager«, hatte Lilli Rohleff zugeflüstert, »ich glaube, mit dem versucht sie es auch.«

Sie hielt ihm das Handy hin. »Knolle ist dran, wollte wissen, was wir hier machen, ich hab's ihm gesagt.«

»Und?«

»Wir sollten versuchen, dieses Schaukelpferd aufzutreiben. Er will dich sprechen.«

Rohleff hielt vorsichtshalber das Handy etwas weg vom Ohr.

»Das verzeih ich dir nie«, brüllte Knolle wie erwartet.

»Hoffentlich hast du noch etwas Spektakuläreres mitzuteilen, du verschwendest Steuergelder mit diesem Anruf, was ist mit diesem Fritz soundso?«

»Auch Fehlanzeige. Der verjubelt sein Altersruhegeld auf Ibiza und führt, wenn er Lust hat, Touristen herum.« Seine Stimme klang bitter.

»Dann muß er doch auf Draht sein. Auf Ibiza gibt es Telefon, der wird nicht in einer Höhle hausen, warum rufst du ihn nicht an, muß ich dir alles vorkauen?«

»Ich sag dir bei Gelegenheit, was du alles mußt und mich kannst. Im Augenblick tourt Fritz Kniewöhner wieder durch die Berge und ist für seine Abkömmlinge unerreichbar. Als ich den Sohn nach einem Adreßbuch gefragt habe, hat er mit mir die Wohnung, die der Alte in Paderborn noch besitzt, auf den Kopf gestellt. Wir haben kein Adreßbuch gefunden.«

»Hast du den Sohn unter die Lupe genommen?«

»Den Sohn, die Schwiegertochter, die Schwiegereltern, alle astrein, keine Einbalsamierungsfragwürdigkeiten bei den Herrschaften auszumachen. Der Sohn führt das Geschäft des

Alten weiter, ist aber nichts dran zu beanstanden, die Leute machen keinen verkniffenen oder komischen Eindruck. Mensch, Karl«, Knolle war im Begriff zu jaulen, Rohleff hielt Lilli das Handy wieder hin. »Beruhige du den Kerl, du machst das besser als ich.«

Helga van Wijn war endlich aufgestanden und schwerfällig um den Tisch herumgekommen, nicht nur Rohleff starrte auf ihre Füße. Sie steckten in groben Socken und Holzsandalen, eine unvorteilhafte Bekleidung. Wären die Socken gelb gewesen, hätten die Füße wie Entenfüße ausgesehen.

Es hatte dieser Blicke bedurft, des allgemeinen Starrens, der Aufdeckung der Monstrosität. Der Widerstand der Frau brach zusammen, sie begann zu schluchzen. Die niederländischen Kollegen würden nun leichtes Spiel mit ihr haben.

Lilli reichte Rohleff das Handy zurück. »Er will noch einmal mit dir sprechen.«

Rohleff nahm den Apparat ungern wieder entgegen. »Ja?«

»Hör mal, Chef, als du bei Straube warst, hast du dich doch in seinem Zimmer umgeschaut. Ich hab im Ohr, daß du was von Schreibzeug erzählt hast, das auf einem Tisch lag.«

Rohleff überlegte einen Augenblick und versuchte sich zu erinnern, was er bei Straube gesehen hatte. »Ich ruf in Schöppingen an. Wo bist du jetzt?«

»Hinter Altenberge, und ich glaube, ich fahr über Schöppingen zurück.«

»Keine schlechte Idee, Schöppingen liegt auch für uns praktisch auf dem Weg, wir fahren gleich los.«

»Bist du verrückt?« fragte Lilli.

»Wieso, ist wirklich kein großer Umweg, und bevor ein Pfleger die Sachen von dem alten Straube durcheinanderwühlt, kann ich auch gleich selbst nachsehen. Hier sind wir fertig. Den Rest erledigen die Kollegen.«

Knolle saß in der Eingangshalle des Schöppinger Altersheims in einem tiefen Ledersessel und winkte ihnen leutselig mit einem dünnen schwarzen Büchlein zu.

»Brav, sehr brav«, sagte Rohleff, und es fehlte nur, daß er den karottenfarbenen Strubbelkopf tätschelte. Auch ohne diese Anerkennung schnurrte Knolle geradezu vor Zufriedenheit.

»Rudolf Brüggemann, wohnt in Starnberg am Starnberger See, Adresse, Telefonnummer, auch die von den anderen Knilchen, ist alles da. Hab schon mit Brüggemann telefoniert, als ich hier gewartet habe. Munteres Kerlchen, nicht blöd, kein Anzeichen von Gedächtnisschwund. Ist sehr kooperativ, kann uns alles über die Präparatorenclique erzählen, was wir wissen wollen, einschließlich der Familienskandale. Der Mann ist für uns ein wandelndes Lexikon. Fahren wir heute noch los?«

Rohleff bot Lilli den zweiten Sessel an und ließ sich selbst hineinsinken, als sie ablehnte. »Warum sollten wir hinfahren? Wenn der Kerl so viel weiß, müßten wir ihn am Telefon befragen können.«

Knolle klang gereizt. »Na, sag aber auch. Hältst du mich für dämlich? Du kannst ihn ja selbst anrufen. Hier hast du mein Telefon und hier die Nummer.«

Nach zwanzig Minuten beendete Rohleff ziemlich abrupt das Gespräch mit Brüggemann, Lilli und Knolle hatten, ohne Zwischenfragen zu stellen, zugehört.

»Der Kerl ist geschwätziger als eine Elster«, stöhnte Rohleff, »trotzdem kommt nichts dabei heraus.«

»Knattert wie eine Kettensäge«, bestätigte Knolle.

»Solche Geräusche müßten dir bei deiner Vorliebe für starke Motoren liegen«, Rohleff musterte den Kollegen nachdenklich und wandte sich dann an Lilli. »War eine feine Zusammenarbeit mit dir, heute.«

Ein Lächeln glitt über Lillis Züge, rasch schaute sie von einem zum anderen, das Lächeln erstarb, sie begann in ihrer Schultertasche nach den Autoschlüsseln zu kramen.

»Karl, wenn du denkst, ich fahr mit nach Bayern, ich hab eine Familie, die mich ganz gern ab und zu sieht«, wandte sie ein.

Knolle sprang wütend auf und klatschte ohne ein Wort das Notizbuch Straubes auf die Armlehne von Rohleffs Sessel.

Rohleff erhob sich gelassen und steckte nebenbei das Notizbuch ein. »Deine Idee, bei Straube nachzusehen, war auch nicht von schlechten Eltern.« Er ging ein paar Schritte auf die Eingangstür zu und wandte sich um. »Morgen ganz früh, Patrick, dann sind wir vielleicht abends wieder zu Hause, wenn nicht, bleiben wir. Maike kann Sabine fragen, ob sie wieder bei ihr übernachtet. Was das Wochenende angeht, Lilli, du schiebst eine Sonderschicht. Bereitschaft für Groß und noch ein paar andere. Ihr konzentriert euch auf den Kreis um Ahaus, Steinfurt und Wettringen und nehmt jeden unter die Lupe, der etwas mit Präparieren oder Einbalsamieren zu tun hat.«

»Und nach wem fahnden wir? Mann oder Frau, du weißt, so ganz haben wir die Frage, was die Herrichtung der Kaufhausleiche betrifft, nie geklärt.«

»Ihr werdet es wissen, wenn ihr drauf stoßt.«

»Warum nicht eine Großfahndung nach Sebastian in dem Gebiet?« fragte Knolle. »Den wollen wir doch vor allem haben.«

»Was willst du machen? Alle Läden abklappern, die Babynahrung führen, an jedem Haus und jeder Wohnung schellen? Wir haben die Zeitungsartikel mit den Fotos, das müßte reichen. Wenn wir zuviel Wirbel veranstalten, scheuchen wir die Entführerin womöglich auf, und sie verschwindet mit dem Kind. Finden wir den Präparator, der die Kaufhausleiche hergerichtet hat, finden wir die Frau und das Kind. Aber sucht die Kinderärzte und Notärzte auf. Sollte nicht schaden, die zu informieren, falls die Frau mit dem Kind dort auftaucht. Komm, Lilli, wir fahren zur Dienststelle zurück, wir treffen uns dort, Patrick.«

»Steigst du bei mir ein, Lilli?« fragte der Jüngere.

»Sie fährt mit mir, ich habe etwas mit ihr zu bereden«, widersprach Rohleff.

»So direkt kollegial bist du heute nicht drauf, Karl«, sagte Lilli, bevor sie den Wagen aufschloß. Rohleff drehte sich nach Knolle um und sah, daß dieser ihm verdrossen nachstarrte.

»Gibt es noch was Geheimes an dem Fall, das nicht jeder

Kollege wissen soll?« erkundigte sich Lilli kühl, nachdem sie das Auto auf die Straße gelenkt hatte.

»Du wolltest mich nicht über die Umgangsformen unter Kollegen belehren? Wäre auch unnötig. Am Ende ging in Enschede alles ziemlich schnell, und ich mochte den holl..., den niederländischen Kollegen nicht in die Ermittlung pfuschen. Es fällt mir schwer, etwas an diesem Fall zu begreifen, und ich dachte, ich frage dich danach, weil du Kinder hast. Warum zieht die Frau zwei Kinder groß und läßt ein drittes verhungern? War es wegen der sechsten Zehe?«

»Du hast doch das Baby im Kinderwagen gesehen, das hatte normal gebildete Füße, aber als ich dieses Kind sah, kam mir der erste Verdacht. Das Baby hatte viel zu dünne Beinchen, kaum Babyspeck und wirkte apathisch, das fand ich schon merkwürdig. Wenn man dazunahm, wie es dort aussah, drängte sich eine Erklärung geradezu auf: Sie wurde mit den Kindern und dem Haushalt nicht fertig. Die Frau ist eine Chaotin und ging in ihrem eigenen Chaos unter.«

»Deshalb bringt sie ihr Kind um?«

»Denk daran, wie alt die anderen beiden vor eineinhalb Jahren waren, als Grietje verschwand. Drei Kleinkinder, das zwingt auch eine besser organisierte Frau leicht in die Knie.«

»Will mir immer noch nicht einleuchten, warum kriegt sie ein drittes Kind, wenn ihr zwei schon reichen?«

»Nur Töchter, das letzte ist wieder ein Mädchen. Vielleicht ist sie so blöd, vielleicht ist es der Mann, der unbedingt einen Sohn haben will. Ganz ausgestorben sind die Leute nicht, die auf einen Stammhalter Wert legen.«

Sie hatten Steinfurt erreicht, als ihm eine letzte Frage einfiel. »Was ich auch nicht begreife, ist die Sache mit den sechsten Zehen. Ihre Füße hat sie nicht operieren lassen, obwohl sie so breit sind wie Entenfüße. Dabei scheint ihr nicht ganz gleichgültig zu sein, wie sie aussieht, sonst würde sie sich nicht die Haare färben. Dem Baby hat sie die Füße korrigieren lassen, und dann hat sie zugesehn, wie es verhungert. Warum?«

»Jetzt bist du schon über fünfzig und nicht seit gestern bei der Polizei und erwartest immer noch, daß sich die Menschen streng logisch verhalten. Hast du so wenig Ahnung vom Leben?« Sie schaute schnell zu ihm hin und dann wieder geradeaus. »Und komm mir ja nicht mit deiner Chaostheorie, obwohl die jetzt direkt passen würde.«

30. November
6.00 Uhr

In zwei Stunden erst würde die Sonne aufgehen. Müde erhob sie sich aus dem Lehnstuhl, in dem sie die letzte Stunde gedöst hatte, und strich sich graues, strähniges Haar aus dem Gesicht. Noch einmal würde sie versuchen, Jonas etwas einzuflößen, Nahrhaftes, das er hoffentlich bei sich behielt. Im Zimmer roch es nach dem Eimer mit den schmutzigen Windeln, fünfmal hatte sie das Baby allein in der Nacht frisch wickeln müssen, ebensooft hatte sie versucht, es zu füttern.

Sie schleppte sich die Treppe hinunter in die Küche, das Kind im Arm. Es schien ihr gefährlich, den Kleinen auch nur einen Augenblick allein zu lassen, in der Nacht hatte der Körper zu zittern begonnen, und sie konnte das Zittern nur eindämmen, wenn sie Jonas ihren eigenen Körper spüren ließ, der Kontakt beruhigte ihn. In der Küche legte sie ihn, in eine Decke gewickelt, auf den Tisch, er war zu schwach, um sich viel zu bewegen, die Gefahr, daß er herunterfiel, bestand nicht.

Im Kühlschrank standen noch zwei Flaschen mit Frischmilch. Nach einem Blick auf diese und einem weiteren auf das Kind, das sich jammernd regte, entschloß sie sich, Fencheltee zuzubereiten, mit ein paar Haferflocken versetzt, der Tee würde Jonas beruhigen, die Milchmahlzeit verschob sie auf später. Als sie das Kind wieder hinauftrug, fiel ihr der Stapel Zeitungen auf, er war weiter angewachsen. Ich sollte die Zeitungen in den Keller tragen, dachte sie. Den Kleinen drückte sie an sich, die Angst um ihn hielt sie in einem Zustand immer unerträglicherer Aufregung und Erschöpfung. Der Gedanke kam ihr, mit dem Kind einen Arzt aufzusu-

chen, es gab doch einen ärztlichen Notdienst an Wochenenden. Wo, fragte sie sich, könnte sie erfahren, welcher Arzt an diesem Wochenende den Dienst versah, über die Telefonauskunft?

Knolle holte ihn ab und schaute so demonstrativ frisch aus der Wäsche, daß sich Rohleff schlagartig weniger fit und dynamisch fühlte als noch beim Rasieren vor dem Badezimmerspiegel. Er umarmte Sabine, preßte sie an sich und schloß die Augen, weniger aus Zärtlichkeit, sondern weil ihn die Schlaflust wieder überkam. Sabine dagegen, erst steif, schmiegte sich in seine Umarmung, wurde weich und nachgiebig, dabei war nichts zwischen ihnen geklärt worden, seit sie sich am Donnerstagabend gestritten hatten. Sie gingen höflich miteinander um, lebten den gewohnten Alltag ohne allzuviel Berührung. Am Samstag hatten sie das Fahrrad für Benjamin besorgen wollen. Die Mitteilung, daß aus der Einkaufsfahrt nichts wurde, hatte Sabine so gelassen aufgenommen, daß Rohleff auf fortgeschrittene Gleichgültigkeit schloß. Er hatte auch daran gedacht, an diesem Wochenende das leere Zimmer zu renovieren. Im Geist hatte er sich die Woche über mehrfach gesehen, wie er die Tapetenreste aufweichte und von der Wand abkratzte. Für ihn stand fest, daß er sich das Zimmer als Arbeitsraum einrichten würde, mit einem Computer, ausgestattet mit den neuesten Softwareprogrammen. Auch das war eine beschlossene Sache: Die jungen Kollegen sollten ihn mit ihrem Vorsprung an technischem Wissen nicht länger abhängen können, er war es leid, den dummen August abzugeben, sobald er vor Monitor und Tastatur saß.

Als er seine Reisetasche in den Kofferraum neben die von Knolle stellte, bemerkte er einen flachen, eckigen Aktenkoffer, der sehr geschäftsmäßig wirkte. Er selbst führte die nötigen Unterlagen als lose Blattsammlung in einem Schnellhefter mit, den er zwischen Unterhose und Schlafanzug gestopft hatte. Das Wesentliche meinte er im Hirn gespeichert zu haben. Knolle dagegen setzte auf Technik, Rohleff war immerhin so beschlagen, in dem Aktenkoffer einen Laptop zu erkennen.

»Ich war noch die halbe Nacht auf und habe alle Daten in ein Extraprogramm eingegeben, alles, was die drei Babys betrifft, die zwei toten und das dritte, das wir hoffentlich noch lebend erwischen. Dann habe ich mehrere Ordnungssysteme erstellt, in denen wir die Daten auf unterschiedliche Art miteinander verbinden können, so sollten wir auf weitere Zusammenhänge stoßen, wenn wir durch Brüggemann etwas Neues erfahren. Die Lösung müßte uns dann zufallen«, erklärte Knolle.

Er strahlte ungebremsten Optimismus aus, Rohleff fielen die Augen zu, er schlief, bis sie Frankfurt passiert hatten. Bei München gerieten sie in einen Stau, und Knolle begann zappelig zu werden.

»Scheiße, Scheiße, Scheiße!« Er hämmerte auf das Lenkrad.

»Du brauchst eine Pause. Wenn wir ein Rasthaus oder eine Tankstelle erreichen, trinken wir einen Kaffee und essen eine Kleinigkeit.«

»Ich will keine Pause, in spätestens einer Stunde müßten wir es geschafft haben. Außerdem gibt es hier kein Rasthaus mehr bis zu unserer Ausfahrt.« Er schob den Wagen beinahe bis an die Stoßstange des Vorausfahrenden, Rohleff war froh, daß sie mit einem Auto unterwegs waren, dem man das Dienstfahrzeug nicht sofort ansah. Er sann darüber nach, wie er Knolle ablenken könnte, bevor der auf die Idee käme, sich über das Rauchverbot hinwegzusetzen und das Auto zuzuqualmen.

»Ich habe Lilli von dem Schaukelpferd erzählt. Sie fand die Idee nicht schlecht, das sei doch wirklich etwas Originelles.« In Wirklichkeit wußte er nicht mehr genau, wie sich Lilli über das Schaukelpferd geäußert hatte. Vage erinnerte er sich, daß sie über Antiquitäten geredet hatte.

»Wenn das, von dem du erzählt hast, wirklich ein altes ist, lohnt es sich, danach zu forschen. Erzähl doch noch mal, wo dein Sportsfreund das Pferd gesehen hat.«

Knolle zog den Wagen scharf nach rechts, auch das Auto vor ihnen fuhr zur Seite, eine freie Spur bildete sich zwischen den Fahrzeugkolonnen. Mit einem Blick durchs Rückfenster vergewisserte sich Rohleff, daß sich von hinten Polizeifahrzeuge näherten. Zwei fuhren an ihnen vorbei, gefolgt von einem Abschleppwagen.

»Na endlich«, seufzte Knolle und sah den Wagen nach, die sich mit Sirene und Blaulicht entfernten. »Hab ich dir schon alles erzählt«, nahm er Rohleffs Frage auf. »Eine Villa zwischen Gronau und Ochtrup. Nur von einer alten Tante bewohnt. Außer der und einem komischen Vogel auf einer Stange in der Diele gab es in dem Haus nichts, was irgendwie lebendig aussah.«

»Keine Kinder?«

»Danach hatte Hendrik, so heißt mein Kumpel, sogar extra gefragt, als er das Schaukelpferd gesehen hat. Keine Kinder, aber ein ganzes Fenster voller Puppen und Teddybären, muß ein Spleen von der Alten sein. Die Sachen könnten allerdings auch antik gewesen sein, es gibt Leute, die sammeln so was.«

Sie rückten zwei Wagenlängen voran.

»Ist schon ein seltsames Hobby, Puppen und Spielzeug zu sammeln«, sagte Rohleff schnell, als er bemerkte, das Knolle auffällig in seinen Taschen zu kramen begann.

»Zu einer verschrobenen Alten paßt das, und verschroben war die, sagt Hendrik. Stocksauer wurde sie, als er sie auf das Schaukelpferd ansprach, sie konnte es gar nicht leiden, daß er sich bei ihr umschaute. Vielleicht hat sie ihn für einen potentiellen Dieb gehalten, dabei ist Hendrik einer von denen, die nicht mal einen Apfel vom Baum klaun, wenn die Zweige über die Straße hängen. Schon fast neurotisch. Hendrik mag antike Sachen, deshalb hat er bei der Tante herumgeguckt, er meint, es sei ein schönes Haus, mit Säulen am Eingang und einem breiten Balkon darüber und grünen Klappläden an den Fenstern. Mein Geschmack wär's nicht. Die Läden mußt du alle paar Jahre neu streichen, eine Sauarbeit.«

»Mir würde es gefallen, das Haus. Wenn wir zurück sind, laß dir von Hendrik die Adresse geben, ich frag mal nach dem Schaukelpferd.«

»Geht nicht.«

»Was geht nicht?«

»Hendrik ist auf Ibiza, gestern abend losgeflogen, kommt erst in drei Wochen zurück.«

»So lange hat das auch noch Zeit.«

14.00 Uhr

Jonas schlief, sie selbst war für eine Stunde eingenickt und dann aufgeschreckt. Sie schaute auf das Kind herab, das sie auf dem Schoß hielt, der Schlaf hatte die Züge des Babys geglättet, die sie fast nur vom Schreien und Greinen verzerrt kannte. Ein rosiger Schimmer überzog die Haut, wie zarte Schatten säumten die Wimpern die Wangen. Zärtlichkeit für das Kind überflutete sie, sanft strich sie ihm über das runde Köpfchen, die Wange, sie spürte die Wärme der Haut. Sie legte das Kind in die Wiege und begann, es sachte zu schaukeln. Jonas schmatzte im Schlaf.

An der Abfahrt Gilching verließen sie die Autobahn und hatten noch knapp elf Kilometer Landstraße vor sich. Knolle hätte gern in Gauting-Unterbrunn an einer Gaststätte gehalten, er lechzte danach, einen Liter Kaffee zu trinken und etwas Herzhaftes zwischen die Zähne zu bekommen. Jetzt sperrte sich Rohleff, er hatte noch vor Gilching mit Brüggemann telefoniert, um ihm ihre verspätete Ankunft zu melden.

»Die warten mit dem Essen auf uns, und in längstens einer halben Stunde sind wir da, so lange wirst du warten können, Kaffee kochen die sicher auch. Brüggemann sagt, wir sollen bei ihm übernachten, das habe er schon mit dir ausgemacht, ist mir ganz neu. Also begeistert bin ich nicht von der Idee. Warum hast du nichts davon gesagt?« Knolle fuhr scharf rechts ran. »Warum hältst du?«

»Ich nehme an, daß die auch ein Klo haben, vielleicht sogar zwei, ich pinkel trotzdem hier.«

Rohleff betrachtete Knolles Rücken und fand es dann besser, die Gelegenheit zu nutzen, als Brüggemann direkt nach der Begrüßung nach dem Klo zu fragen. In Starnberg irrten sie eine Weile herum, stritten ein bißchen um die richtige Richtung, sahen sogar den See grauglitzernd unter einer kalten Herbstsonne liegen. Dann fanden sie das Hinweisschild nach Starnberg-Söcking, von da an konnten sie die Abzweigung zum Forsthaus nicht mehr verfehlen. Die Tür des Holzhauses, krönte ein ausladendes Hirschgeweih. Sie waren angekommen. Mit hörbar knurrendem Magen stieg Rohleff aus.

Brüggemann riß die Haustür auf, er hatte wohl den Wagen gehört.

»Laß die Taschen noch im Auto«, wies Rohleff den Kollegen an, das Hirschgeweih rief eine Abneigung bei ihm hervor, erstaunlicherweise vertiefte der Hausherr diese Abneigung durch sein erstes Auftreten. Rohleff erkannte die Frohnatur von den Fotos, mittlerweile war der Mann röter im Gesicht und sehr viel dicker. Brüggemann ergriff Rohleffs Hand mit einer fleischigen Pranke und zog ihn ins Haus.

»Dann aber hurtig, die Herren, jetzt wird zuerst zugelangt, reden können wir später.«

»Wir sind aber sehr in Eile, Herr Brüggemann, in einer brandeiligen Fahndungsangelegenheit, das habe ich Ihnen schon am Telefon gesagt«, wandte Knolle noch an der Haustür ein.

»Aber was essen müssen Sie, wie wollen Sie denn sonst vernünftig arbeiten?«

In der Diele erhob sich hinter Brüggemann ein dunkler Schatten. »Das ist meine Hannerl«, dröhnte der Hausherr.

In diesem Augenblick fuhr Rohleff ein haariges Untier an die Beine, er spürte breite Tatzen an seinen Oberschenkeln, einen Druck, der ihn vorwärts schob, auf den Schatten zu, der ihm mit erhobenen Pranken entgegenzukommen schien, einen Meter davor gelang es ihm, wieder einigermaßen Stand zu fassen, Auge in Auge mit einem riesigen Braunbären.

»Platz, Flodo«, hörte er Brüggemann kommandieren.

Der Bär fesselte ihn derart, daß es ihm nicht gleich gelang, den Blick davon abzuwenden, nur aus den Augenwinkeln nahm er wahr, daß Flodo, der inzwischen von ihm abgelassen hatte, dem Befehl seines Herrn nachkam. Knolle schob sich neben den Kollegen.

»Die Schnauze ist von einem Schwarzkittel«, raunte er.

»Schwarz...?«

»Wildschwein, genauer gesagt: Keiler.«

Rohleff trat zurück, musterte dabei den Bären, der wie ein Bär aussah bis auf das runde Ding mit den zwei Löchern und den Hauern, in das die Bärenschnauze auslief und das dem Tier einen Schimmer von Hintergründigkeit verlieh, ein bißchen zusätzliche Alptraumqualität. Er schaute sich in der Halle um, nahm eine Fülle von unterschiedlichem Getier an den Wänden wahr und gewann den Eindruck, daß seine Wahrnehmungsfähigkeit durch die lange Autofahrt gelitten haben müsse. Einen Fuchs dachte er als solchen erkennen zu können, dieser glänzte geradezu mit seinem roten Pelz und dem buschigen Schwanz. Ein Prachtkerl von einem Fuchs mit wachem, klugem Blick, dessen spitze Ohren, in büschelige Pinsel auslaufend, diese Wachsamkeit unterstrichen. Auch der Adler, er nahm an, daß es sich um einen handelte, und der Habicht, alle diese Kreaturen auf ihren Holzbrettern, Ästen und Baumscheiben schienen bekannt und doch unvertraut, über alle Maßen großartig jedenfalls.

»Die findest du so aber nicht in Brehms Tierleben«, sagte Knolle laut.

Brüggemann strahlte, Hannerl auch, und Rohleff fragte sich, als er sie nun begrüßte, wie der Präparator dieses Hannerl, seine Eheliebste, hinbekommen hatte, so außerordentlich wohlgelungen wirkte ihr aus lauter angenehm festen Rundungen zusammengesetzter Körper und das Gesicht mit den rosigen Wangen, die gerade genug herabhingen, um Reife anzuzeigen, wie auch das gut proportionierte Doppelkinn und das dichte graue Haar, das sich silbrig um das Gesicht lockte. Rohleff schaute sich nach Brüggemann um, einem Mann, dem es gelungen war, die Schöpfung zu veredeln, sein Blick blieb an Flodo hängen.

Flodo saß auf der Hinterhand, eine Pfote erhoben, er kratzte sich ausgiebig und vermittelte damit den Eindruck, daß der ersten Silbe seines Namens in bezug auf ihn selbst eine eigenständige Bedeutung zukam. Dem Hund war die Aufmerksamkeit des Besuchers nicht entgangen, er rutschte auf dem Hintern näher, Rohleff wich zurück.

»Der mag Sie, der Flodo, der ist ein Menschenkenner«, sagte Brüggemann.

Hannerl bat die Besucher an den Eßtisch.

»Riecht aber angebrannt, wir hätten doch in Unterbrunn halten sollen«, flüsterte Knolle, Rohleff rieb sich erwartungsfroh die Hände.

Das Mahl bestand aus mehreren Schweinshaxen, in einer mächtigen Schüssel angerichtet, von brauner Soße umflossen, mit der unwiderstehlichen Duftnote des leicht Angebrannten garniert, riesigen Knödeln und einem Berg fettglänzenden Sauerkrauts. Hannerl legte vor, jedem der Männer eine komplette Haxe, die Teller faßten die Portionen kaum. Rohleff schnitt die Schwarte mit dem daran hängenden Schwabbelfleisch ab und machte sich Gedanken, wie er diese weniger geschätzten Teile auf einigermaßen höfliche Weise loswerden sollte, denn Brüggemann und Hannerl aßen das Fette mit. Zunächst spürte er ein Zupfen an den Hosenbeinen, auf das er sich keinen Reim machen konnte, erst als sich eine schwarze Zottelschnauze auf sein Knie schob, begriff er. Die Bedenken wegen der Flöhe verdrängte er und überlegte sich ein taktisches Vorgehen. Leider mußte er bemerken, daß Knolle eine Abwerbung einleitete. Er sah seine Hand unter dem Tisch verschwinden, und auch die Schnauze entfernte sich vorzeitig von seinem Knie. Über den Tisch hinweg funkelte er Knolle böse an.

Brüggemann hob mahnend die Gabel. »Daß ihr mir nicht den Hund füttert, der kriegt sein Fressen in der Küche.«

Solange der Wolfshunger anhielt, blieb die Unterhaltung auf das Nötigste beschränkt.

»Wie war die Fahrt hierher?« erkundigte sich Brüggemann zwischen zwei dezenten Schmatzern.

Sobald eine erste Sättigung erreicht war, kamen die Besucher zur Sache. In den Gesprächspausen war hin und wieder das

Tappen krallenbewehrter Pfoten auf den Holzdielen zu hören. Brüggemann und Hannerl wandten ihre Aufmerksamkeit dem jeweils Sprechenden zu, das gab dem anderen Gelegenheit, unter dem Tisch tätig zu werden, die Kollegen spielten sich aufeinander ein.

»Komischer Vogel«, sagte Rohleff und schaute zu der Kreatur auf, die mit ausgebreiteten Schwingen auf einem Ast über ihm hockte, mit kampflustig aufgerissenem Schnabel, als wollte sie sich auf ihn stürzen. Er schätzte die Spannweite der Flügel auf mindestens eineinhalb Meter, der Vogel schien den Raum zur Hälfte auszufüllen. Rohleff hatte sich notgedrungen nach dem Mittagessen in dieses Zimmer zurückgezogen, eines von zweien, die Hannerl für die Übernachtung der Gäste vorbereitet hatte. Nicht, daß er es für ausgemacht ansah, tatsächlich hier zu nächtigen.

Das andere Zimmer wurde von einem Wildschwein von einer ausladenden Kommode herab bewacht. Der Keiler gemahnte Rohleff wegen der überdimensionalen Hauer an das Bild eines Säbelzahntigers, das ihm aus der Volksschule im Gedächtnis geblieben war. Rohleff zog den Vogel vor, obwohl es keine echte Wahl gewesen war, sondern eine Notlösung. Nach dem Essen hatte Hannerl die Gäste sehr bestimmt heraufgeführt, nachdem Knolle ihre Taschen und den Laptop aus dem Auto hatte holen müssen. Brüggemann und seine Frau wollten nach dem Essen ein Stündchen ruhen, auch Rohleff spürte ein heftiges Verlangen, die Schweinshaxe in seinem Magen für eine Weile in die Horizontale zu betten. Knolle war mit dem Laptop zum Wildschwein gezogen, vorher hatte er Rohleff erklärt, daß er nur ein bißchen Zeit brauche, um die zwei, drei Neuigkeiten, die Brüggemann beim Essen entrissen worden waren, in das zu integrieren, was er schon an Informationen gespeichert hatte. Viel mehr als ein paar Ulkgeschichten aus der Studienzeit waren bei dem ersten Gespräch allerdings nicht herausgekommen und der Hinweis auf eine gewisse Mitzi Waldner.

Als Hannerl in die Küche hinausgegangen war, um den Nachtisch zu holen, einen Pudding, der zur Magenerweiterung seinen Teil beitragen sollte, hatte Brüggemann ihre Abwesenheit genutzt, um auf eine Frage zurückzukommen, die schon früher gestellt worden war.

»Sie wollten doch wissen, ob keine Frau dazugehörte. Also es gab da eine, die Mitzi Waldner.«

»Ach nee«, sagte Knolle und legte endgültig Messer und Gabel beiseite.

»Das war vielleicht eine Flamme, in die waren wir zeitweilig alle verknallt, so sagt man doch heute, oder ist der Ausdruck schon aus der Mode?«

»Das ist jetzt nicht der Punkt«, griff Rohleff ein. »Diese Mitzi hat mit Ihnen gelernt?«

Brüggemann nickte heftig. »Viel mit Lernen hatte die ja nicht im Kopf. Ihr Vater hatte einen Laden, den wollte sie allerdings mal weiterführen. Geschickt war die schon, nicht nur in bezug auf uns Kerle, hat einen nach dem anderen um den kleinen Finger gewickelt.«

»Die Frage, die sich bei der Mitzi stellt, ist die: Hatte die auch Ahnung vom Schminken?«

Rohleff nahm Knolles Einwand auf. »Ja, richtig, schminken, einbalsamieren?«

»Hab schon verstanden, worauf Sie hinauswollen. Und ob die das konnte. Sah ja wie gemalt aus, das Mädel, angemalt, und wie. Ich glaube, die konnte eine Achtzigjährige so retuschieren, daß sie für zwanzig durchging.«

Knolle trommelte mit den Fingern auf die Tischplatte, Sättigung und Müdigkeit stritten in seinem Gesicht mit neu aufgeblühter Kampfbereitschaft. Rohleff mußte sich mit seinem Einwurf beeilen.

»Klingt nach Theater.«

»Das ist richtig«, Brüggemann lehnte sich über den Tisch, »außer uns hatte die so einen Kerl vom Theater aufgegabelt, der machte so etwas professionell, Leute schminken.«

Knolle ächzte. »Nicht das noch.«

Hannerl, mit der Puddingschüssel in den Händen, blickte konsterniert von einem Gast zum anderen.

Auch ohne das verstohlene Abwinken von Brüggemann hatten sie begriffen, daß er das Thema Mitzi Waldner vor seiner Frau nicht ausweiten wollte. Es blieb ihnen daher nichts weiter übrig, als Pudding zu löffeln und auf eine Fortführung des Gesprächs zu hoffen, wenn Hannerl anderweitig beschäftigt war.

Leider ergab sich die Gelegenheit nach dem Pudding nicht, Hannerl hatte ihre Gäste ein Stockwerk höher verfrachtet, nachdem Brüggemann versprochen hatte, seinen Gästen Fotos vorzulegen, viele Fotos, die er noch heraussuchen würde.

Als er Knolle mit seinem Laptop beschäftigt wähnte, setzte sich Rohleff in den Sessel unter den Vogel, um einen Augenblick nachzudenken und die vielversprechenden Informationen über diese Mitzi Waldner sacken zu lassen. Jemand schlabberte seine Hand ab, die über die Armlehne des Sessels hing, und das weckte ihn. Flodo war gekommen, um ihn an seine Pflichten zu gemahnen.

»Braver Hund.« Er tätschelte fast ohne Widerwillen Flodos Wuschelkopf und bemühte sich dabei, sich auf einen minimalen Kontakt zu beschränken, der eventuell vorhandenen Flöhen ein Überwechseln zu ihm selbst erschweren würde. Flodo riß gähnend die Schnauze auf, so daß seine Kiefer knackten und Rohleff ein Blick auf ein eindrucksvolles Gebiß ermöglicht wurde, der ihn bewog, das Zottelier vorsichtig zu umrunden, als er zum andern Gästezimmer hinüberging. Knolle schnarchte mit offenem Mund, den flimmernden Laptop auf den Knien. Mitzi Waldner lautete eine der letzten Eintragungen, und darüber las er eine Bemerkung über Brüggemanns Vorliebe für komische Vögel und andere Ungeheuer. Flodo war ihm gefolgt und im Begriff, seinen Weckdienst Knolle zukommen zu lassen. Rohleff spurtete daher zurück in sein Zimmer und wartete auf den Kollegen, der wenig später mit noch leicht glasigen Augen und dem Laptop eintraf.

Knolle äugte zu dem Tier über Rohleff. »Komische Vögel scheinen Brüggemanns Spezialität gewesen zu sein.«

»Und die des verstorbenen Wilhelm Sudhoff. Mir fällt gerade ein, daß wir uns mit dem ziemlich wenig beschäftigt haben.«

»Ist ja jetzt egal, wir haben diese Mitzi.«

»Die müßte jetzt eine flotte Siebzigjährige sein oder schon darüber, reißt Leute von Fahrrädern herunter, und ihren Führerschein hat sie noch nicht abgegeben.«

»Na und? Was heißt schon siebzig? Hast doch Brüggemann gehört. Die konnte eine Scheintote auf jung und lebendig schminken, warum sollte die das verlernt haben?«

Hannerl klopfte an die Tür und kam herein. Sie lächelte verschmitzt.

»Hat er Ihnen von der Mitzi Waldner erzählt? Ich bin extra lang mit dem Pudding in der Küche geblieben, aber vielleicht hat er ja trotzdem kein Ende mit der finden können, er erzählt ja immer so langatmig.«

»Woher wissen Sie von der Mitzi?« fragte Rohleff, als er seine Verblüffung halbwegs überwunden hatte.

»Aber von der wußten wir alle, wir Frauen. Manchmal waren wir bei den Treffen dabei. So ganz harmlos war die Mitzi ja nicht, der Rudolf und ich waren zu der Zeit schon verlobt. An der haben sich alle sechs die Hörner abgestoßen, das war nicht das Schlechteste zur damaligen Zeit, danach hatten wir es mit unseren Männern leichter.«

Rohleff bemerkte, daß Knolle zu einem Kommentar ansetzte, und da er nicht sicher war, ob der sich womöglich auf die Hörner bezog – er traute ihm in der Hinsicht eine gewisse Empfindlichkeit zu –, fiel er ihr scharf ins Wort.

»Aber was wurde aus dieser Mitzi?«

»Deshalb bin ich heraufgekommen, ich habe über die Mitzi nachgedacht und meine, ich erzähle es Ihnen, bevor Sie auf einer falschen Fährte suchen, Rudolf hat mir ja gesagt, worum es geht.«

Sie setzte sich auf eine Stuhlkante, plötzlich sah sie bekümmert aus. »Es ist schon eine schreckliche Geschichte. Das ist kein Schabernack mehr, wie da mit einem Kind umgegangen worden ist. Es war doch mein Rudolf, der diese komischen Vögel und Tiere als Belustigung eingeführt hat, und zusammen mit dem Wilhelm Sudhoff hat er sich immer was Neues einfallen lassen, zuletzt die Tiere, die sie unten gesehen haben. Nur so ein bißchen am Gewohnten vorbei, das sei die höchste Kunstfertigkeit, haben die beiden gemeint, und als der Wilhelm gestorben war, mochte keiner so recht weitermachen außer Rudolf, und deshalb gab es ja auch den Streit bei der Beerdigung.«

»Aber die Mitzi«, fiel Knolle ein, als Hannerl einmal tief Luft holte.

Sie erhob sich von der Stuhlkante. »Die ist mit dem Theaterfritzen durchgebrannt, dabei sollte die den Laden vom Vater übernehmen. Die beiden sind nach Amerika gegangen, von da kam eine Karte, die hat sie dem Wilhelm nach Coesfeld geschickt, seine Frau hat sie mir gezeigt. Ein- oder zweimal hat sie sich gemeldet, ist mit ihrem Mann durch Amerika getingelt.«

»Hatten sie Kinder?« fragte Rohleff.

»Davon weiß ich nichts. Ich koch jetzt Kaffee, Fotos habe ich bereits rausgelegt, der Rudolf verkramt die immer und weiß dann nicht mehr, wo sie sind.«

»Wir sollten zurückfahren«, sagte Knolle düster und klappte den Laptop zu.

»Wir bleiben«, beschied ihn Rohleff.

Zum Kaffee tischte Hannerl einen Napfkuchen mit Himbeersoße und Sahne auf, den Rohleff nur mit Anstrengung neben der Haxe unterbrachte. Nicht nur bei Knolle spannte das Hemd über dem Bauch. Brüggemann reichte Fotos über den Tisch, ein paar mehr als Müller, aber alle zeigten lediglich die schon bekannten Szenen. Knolles Begeisterung über die Erkundungstour nach Bayern war verflogen, über seinem mißmutigen Gesicht wirkten die Haare wie Stacheln.

»Da sind noch die Aufnahmen von der Beerdigung. Wollen Sie die auch sehen?« fragte Hannerl.

»Die Beerdigung von Sudhoff? Wir wollen alles sehen.«

Rohleff warf Knolle einen unwirschen Blick zu, da dieser sich kaum Mühe gab, seinen Frust halbwegs höflich zu bemänteln. Er hatte den Teller mit dem angegessenen Kuchen beiseite geschoben, was sicherlich Hannerl schmerzte, und trommelte wieder mit den Fingern, lümmelte in seinem Stuhl. Rohleff hätte ihn gern mit einem Tritt zur Räson gebracht. Der Jüngere verzichtete darauf, die Fotos zu studieren, nach einem kurzen Blick darauf gab er sie weiter. Eines zeigte den Sarg in der Mitte einer großen Trauergesellschaft.

»Schöner Sarg«, sagte Rohleff.

»War klar, daß der Sarg so protzig ausfiel«, erklärte Brüggemann. »Die Liesel, die Tochter von Sudhoff, hat in das Beerdigungsunternehmen eingeheiratet.«

Knolle saß mit einem Schlag kerzengrade.

Rohleff stieß ihn unsanft in die Rippen. »Mach an, tipp das in deinen Kasten. Liesel. Richtig? Liesel Sudhoff, verheiratete?«

»Wie heißt sie denn bloß, es fällt mir gleich wieder ein, wir haben halt immer nur von der Liesel geredet. Aber die ist in dem Ort geblieben, nicht Rudolf?« Hannerl schlug die Hand vor den Mund, keuchte auf. »Sie meinen nicht, die Liesel war es? Das kann gar nicht sein, die war immer ein ganz stilles und braves Mädel, nicht wahr Rudolf?«

»Was meinst du mit der Liesel?« Brüggemann hatte die Schlußfolgerung von Hannerl zuerst nicht mitbekommen, protestierte nun aber ebenfalls heftig. »Ausgeschlossen, die nicht. Wenn wir da nur einen Schatten von Verdacht gehabt hätten, hätten wir das längst gesagt, das glauben Sie mal ruhig. Es kommt überhaupt keiner aus unserem Kreis in Frage, wir waren früher wilde Jungs, aber jetzt schon lange nicht mehr, und Ungesetzliches hat von uns keiner begangen, das ist man sicher.«

»Wo wohnte die Liesel?« bellte Knolle Brüggemann an.

»In Coesfeld«, antwortete Brüggemann verschüchtert.

Rohleff knurrte, bevor Knolle eine weitere Frage stellen

konnte: »Laß mich das machen. Du schreibst. Beerdigungsinstitut in Coesfeld. Stimmt doch?«

Das Ehepaar Brüggemann nickte bestätigend, Hannerl wirkte bedrückt.

»Jetzt die entscheidenden Fragen. Hat die Tochter Ahnung vom Präparieren? Hat sie später auch bei ihrem Mann gelernt?«

Ein Puzzle, das sich Stück für Stück zusammenfügte, Rohleff blickte Knolle über die Schulter, sah es wachsen. Liesel Sudhoff hatte schon früh begonnen, dem Vater zu assistieren, ihre Geschicklichkeit entwickelte sich zunehmend, den Spaß an den Wolpertingern teilte sie mit dem Vater.

»So was Geschicktes wie die hab ich selten gesehen«, erzählte Hannerl mit allen Anzeichen von Verstörung, »die hatte so schöne Puppen von ihrer Großmutter, und denen setzte sie neue Haare ein, da war sie noch nicht zwölf.« Löbliche Züge an einer Heranwachsenden: Ernsthaftigkeit, kreative Phantasie, Ausdauer, ausgeprägte Zurückhaltung oder Schüchternheit.

Hannerl schlug im Licht später Erkenntnis noch mehrfach die Hand vor den Mund, eine Geste des Entsetzens. Brüggemann war das Joviale gründlich vergangen, er saß, ein unförmiger Fleischberg, zusammengesunken neben seiner Gattin.

»Wolpertinger-Vögel«, »Puppen Haare einpflanzen« tippte Knolle. Den Haushalt hatte sie dem Vater geführt, als die Mutter gestorben war, und als keiner mehr damit rechnete, hatte sie geheiratet, da war sie über dreißig. Kinder hätte sie gern gehabt, aber keine bekommen.

»Nicht mal eine Fehlgeburt?«

Hannerl reagierte auf die Frage mit Betroffenheit, sie mußte erst eines der Fotos zu Rate ziehen, sie starrte auf die gutaussehende Frau in den Dreißigern, die Sudhofftochter, dann hatte sie ihre Erinnerungen geordnet. »Ach, ja, vor fünfzehn Jahren muß das gewesen sein, ein schwerer Schlag für die Liesel, sie war ja fast vierzig. Aber woher wissen Sie davon?«

Rohleff konnte diese Liesel in Hannerls Augen gespiegelt

sehen: eine nette Frau, fürsorglich zum Vater, den sie nach der Heirat täglich besuchte, sie kümmerte sich halt gern, erklärte Hannerl, sie kochte gut, sei in allem geschickt und überhaupt nicht von sich eingenommen, dabei sei sie wirklich hübsch gewesen und hätte einen Besseren kriegen können als den Leichenbestatter.

»Und dickschädelig konnte sie früher sein, so ein bißchen verdrehte Rechthaberei hatte sie an sich, ist ja häufig bei den Stillen«, fiel Brüggemann ein.

»Ach, Rudolf, mach du sie auch noch schlecht«, tadelte Hannerl.

»Wie alt ist sie jetzt?« fragte Knolle überflüssigerweise.

»Mitte fünfzig, denke ich«, antwortete Hannerl, die langsam ihre Fassung zurückgewann.

Die Polizisten sahen sich an. Eine Frau von fünfundfünfzig, die sich aufs Schminken verstand, vielleicht so wie die legendäre Mitzi. Zehn Jahre wegzuschminken konnte ihr nicht schwerfallen. Der mehrfache Hinweis in den Zeugenaussagen auf die kräftigen dunklen Haare ihrer Täterin ließ durchaus den Rückschluß auf eine Perücke zu oder auf geschicktes Haarefärben.

Rohleff kam flüchtig Sabines dunkle Haarflut in den Sinn, in der er kürzlich die ersten grauen Fäden entdeckt hatte, es würde nötig sein, Sabine vom Färben abzubringen, falls sie das in Erwägung zöge, es grauste ihn plötzlich vor gefärbten Haaren.

»Wo in Coesfeld wohnt sie?« Die Kardinalfrage wurde von Knolle nahezu herausgeschrien. Rohleff tastete nach seinem Handy. Dann leider stockte die Ermittlung.

Hannerl hob gestenreich die Hände. »Das wissen wir nicht, sehen Sie, auf der Beerdigung gab es Streit.«

»Laß mich erzählen«, fiel Brüggemann ein. »Ich wollte Wilhelm einen schönen Vogel aufs Grab setzen, Sie wissen schon, was ich meine.«

»Einen komischen Vogel?« fragte Knolle nach.

»Das will ich nicht gehört haben«, fuhr Brüggemann unerwartet auf.

»Aber Rudolf, du kannst nicht erwarten, daß jeder deine

Fachbegriffe kennt. Sie haben recht, keinen gewöhnlichen Vogel eben. Aber die anderen waren dagegen, vor allem Niehues, der war ein kleiner Stänkerer, und Kniewöhner. Ich glaube, der Liesel hätte es gefallen, aber ihr Mann war nicht einverstanden. Das war so ein humorloser, es ist schade, daß sie den geheiratet hat. Für seinen Beruf war das natürlich passend, aber ich denke jetzt, der Liesel hat dieser Ernst gar nicht gutgetan, die nahm immer alles gleich tragisch, das war zuviel, wissen Sie, die waren sich zu ähnlich. Rudolf hat den Vogel der Liesel geschenkt, weil die ja ein Faible für diese Tiere hatte. Und dann endete die Beerdigung in Unfrieden. Der Streit hielt nicht lange an, aber der Freundschaft hat er einen Schlag versetzt.«

»Ach was«, fügte Brüggemann hinzu, »der Wilhelm hat uns gefehlt. Das war eigentlich ein ganz stiller, wie die Liesel, die sagte auch nicht viel, aber trotzdem bildete der Wilhelm in unserer Runde das Salz in der Suppe, verstehen Sie?«

Rohleff nickte und hielt das Handy ans Ohr.

Gegen Mittag, als sie noch unterwegs waren, hatte sich Lilli einmal gemeldet und angegeben, daß sie und die diensthabenden Kollegen die Präparatoren in dem von Rohleff festgelegten Gebiet gesprochen hätten, es waren nicht viele, allerdings war bei den Erkundigungen außer Befremden seitens der Befragten nichts herausgekommen. Das gleiche hatte sie bei den Beerdigungsunternehmern erlebt, sechzehn insgesamt, neun waren schon überprüft, und langsam wüßten sie nicht mehr, wozu die Befragung gut sein sollte, einige der Leute hätten sie schon früher gesprochen, ganz zu Anfang der Ermittlung, und ein paar Beamte meinten mittlerweile, einem Phantom nachzujagen. Lillli hatte verhalten ärgerlich geklungen, die Untersuchung, das sagte sie wörtlich, erschiene ihr zu ziellos.

»Hör zu«, sagte Rohleff knapp, als sie sich meldete, »wir sind auf die richtige Spur gestoßen. Sieht so aus, als wäre Liesel Sudhoff, die Tochter des verstorbenen Wilhelm Sudhoff, die Täterin. Sie hat einen Beerdigungsunternehmer in Coesfeld geheiratet, leider wissen wir im Augenblick den Namen nicht. Nimm dir also die Coesfelder Bestattungsinstitute vor.«

»Aber hör mal, das haben wir längst, zwei gibt es in Coesfeld. Soweit ich weiß, sind wir nicht auf eine Liesel gestoßen oder auf eine Frau, auf die unsere Angaben über die Täterin passen. Du weißt, ihre speziellen Kenntnisse.«

»Bleib dran«, Rohleff nahm das Handy vom Ohr und wandte sich an die Brüggemanns. »Sie sind aber ganz sicher, daß dieses Geschäft, in das Liesel Sudhoff eingeheiratet hat, noch existiert?«

Die Brüggemanns schauten sich verlegen an, Hannerl antwortete. »Das haben wir Ihnen bislang nicht erzählt. Der Mann von der Liesel ist vor ein paar Jahren gestorben, sie hat uns eine Anzeige geschickt, und wir haben kondoliert, konnten aber nicht hinfahren, weil Rudolf gerade einen Bandscheibenvorfall hatte, das muß ungefähr drei Jahre her sein. Ich weiß nicht, was dann aus dem Geschäft geworden ist, außer ihr war niemand mehr da, der es weiterführen konnte. Ich meine, sie hätte gesagt, sie wolle es verkaufen oder auflösen, wenn sich keiner dafür findet. War bestimmt schade drum, denn das hat ja lange am Ort existiert. Bestattungsinstitut Potthoff. Nach der Beerdigung hatte ich mit ihr telefoniert, da war sie gar nicht gut beisammen, das war das letzte Mal, daß ich überhaupt etwas von ihr gehört habe.«

Rohleff nahm das Telefon wieder auf. »Lilli, das Geschäft in Coesfeld hat die Sudhofftochter eventuell verkauft, ihr Mann ist nämlich gestorben, er hieß Potthoff. Der Name müßte dir weiterhelfen, sich nach einem gleichnamigen Geschäft in deinen Unterlagen, oder schau, ob du über einen Verkauf nähere Einzelheiten herausbekommst und wo die ursprüngliche Besitzerin abgeblieben ist.«

Hannerl wedelte abwehrend mit der Hand, als Rohleff ins Handy sprach, und sprudelte aufgeregt los, als sie wieder zu Wort kam. »Nein, die Liesel heißt nicht Potthoff, und auch ihr verstorbener Mann hieß nicht so, nur das Geschäft. In das hatte schon sein Vater eingeheiratet, und so war der alte Name geblieben, der stand nämlich in sehr schönen Goldbuchstaben an der Ladentür.«

Rohleff unterdrückte einen Fluch. »Wie hieß denn nun die Liesel?« raunzte er.

Hannerls Augen schimmerten verdächtig feucht, sehr sanft fragte er daher noch einmal. »Also Potthoff hieß sie nicht?«

»Das ist das Dumme an der Geschichte. Wenn wir der Liesel geschrieben haben, was ja sehr selten vorkam, dann haben wir an Potthoffs geschrieben, sie wohnten ja in dem Haus, wo ihr Laden war. Ihren richtigen Namen haben wir bestimmt mal gewußt, aber uns nie gemerkt.«

Knolles Fingernägel klapperten auf den Tasten seines Laptops. Rohleff telefonierte wieder mit Lilli, er war dabei aufgestanden und ging im Raum umher. Flodo, bislang unter dem Tisch postiert, schob seine Nase unter der Tischdecke hervor, folgte den Bewegungen mit den Augen und kam wohl zu dem Schluß, daß das Hin und Her als Aufforderung an ihn zu interpretieren war. Er tappte an Rohleff heran und stieß ihm entschlossen die Schnauze zwischen die Schenkel. Rohleff wehrte ärgerlich den Hund ab.

»Sie müssen schon entschuldigen, aber er mag Sie halt«, sagte Hannerl.

Das Tippen hatte aufgehört, Knolle schaute zu seinem Kollegen und dem Hund hinüber. »Wird Zeit, daß wir zurückfahren, Chef.«

Rohleff hob mahnend einen Zeigefinger, Flodo setzte sich folgsam auf die Hinterhand. »Wir bleiben und überprüfen, was du bisher an neuen Informationen gesammelt hast, wir gehen nach oben. Sie entschuldigen uns?« wandte er sich an das Ehepaar.

»Das ist bescheuert, daß wir hier sitzen, während Lilli und die anderen die Gegend nach dieser Liesel durchkämmen. Sag mal, willst du nicht nach Hause? Ist was mit Sabine und dir, Maike hat so etwas angedeutet.«

Rohleff wäre beinahe die Treppe hinabgestürzt, so heftig drehte er sich zu Knolle um. Die massive Gestalt Flodos, der ganz selbstverständlich mitgekommen war, bewahrte ihn vor einem Unglück.

»Halt das Weibergeschwätz da raus, ja? Wir haben eine Untersuchung zu führen und betreiben keinen Smalltalk«, schnauzte er und begegnete einem sehr nachdenklichen Blick Knolles. »Na, dann mal los, Chef«, antwortete er überraschend sanftmütig.

Angespannt starrten beide auf die Angaben, die Knolle eingetippt hatte und die er mehrmals über den Bildschirm laufen ließ, bis Rohleff »Halt!« schrie. Mit einem Finger deutete er auf eine der neueren Eintragungen. »Komische Vögel und Puppen hast du zu Liesel Sudhoff vermerkt, da warst du aber gründlich, bißchen seltsam, das beides zusammen. Ich werde das Gefühl nicht los, daß wir genau darauf bereits früher gekommen sind, aber in einem anderen Zusammenhang, das müßte noch einmal in deinen Notizen auftauchen, oder bin ich schon ganz meschugge?«

Knolle blickte, ohne sich zu rühren, auf den Bildschirm, bis ihm Rohleff die Hand auf die Schulter legte und ihn sacht rüttelte.

»Ich glaube, ich hab's!« Knolle sprang wie elektrisiert auf, trat Flodo auf die Pfote und stürzte aus dem Zimmer. Rohleff tätschelte die Hundepfote, die Flodo ihm mitleidheischend hinhielt. »Das hat er ja nicht mit Absicht gemacht«, erklärte er dem Hund. Flodo schaute so traurig zu ihm auf, daß er ihn hinter dem Ohr zu kraulen begann.

»Bist du verrückt, jetzt mit dem Köter zu spielen?« Knolle war zur Tür hereingefegt und hielt ihm ein Foto unter die Nase. »Eine Aufnahme von Sudhoffs Beerdigung, muß in Liesels Wohnung gemacht worden sein, sagt Hannerl.«

Rohleff schob seine Lesebrille zurecht.

»Sag mir, was du im Hintergrund siehst, neben der Zimmerpalme.«

Die Aufnahme zeigte die Trauergesellschaft beim Kaffeetrinken an einem runden Tisch, es war eine kleinere Gruppe als auf dem Foto mit dem Sarg. Rohleff kniff die Augen zusammen, um das Ding zu erkennen, das neben dem Baum zum leider unscharfen Hintergrund der Kaffeeszene gehörte.

»Ein Schaukelpferd?« fragte er erstaunt.

»Was fällt dir zu Schaukelpferd ein?« Knolle rieb sich die Hände, die Aufregung ließ ihn nicht mehr stillstehen, Flodo zog sich in eine Ecke des Raumes zurück.

Rohleff vertiefte sich wieder in die Aufnahme. Es war ein großes Schaukelpferd, so viel war sicher, mit Zaumzeug. »Das ist so eins, wie du ...« Es verschlug ihm die Sprache.

»Hab die Brüggemanns danach gefragt. Sie sagen, das ist das Schaukelpferd vom Großvater der Liesel Sudhoff, ein Erbstück, hat sie mit den Puppen zusammen gekriegt.«

»Ruf deinen Kumpel an, den Sportsfreund.« Rohleff reichte Knolle das Telefon.

»Hendrik«, sagte Knolle und ließ sich auf einen Stuhl sinken, »ist auf Ibiza, hab ich dir gesagt. Für drei Wochen.«

»So lange können wir nicht warten.«

Lilli meldete sich mit einem Anruf, bevor Rohleff selbst ihre Nummer ins Telefon getippt hatte. »Vor zwei Jahren ist das Haus verkauft worden, in dem das Bestattungsinstitut Potthoff war«, erklärte er Knolle nach dem Gespräch. »Jetzt befindet sich eine Drogerie in dem Haus, die zu einer Ladenkette gehört. Von der Liesel weiß keiner was, die muß weggezogen sein, und bekannt war die auch nur als die Potthoff vom Beerdigungsunternehmen.«

»Eine alte Villa zwischen Ochtrup und Gronau, mit Klappläden und Säulen am Eingang«, sagte Knolle.

Rohleff nahm das Handy wieder auf. » Hoffen wir mal, daß wir jetzt auf der richtigen Fährte sind. – Lilli, bist du dran? Hör zu ...«

19.00 Uhr

Sie fühlte sich ausgelaugt. Es sah ganz danach aus, als würde sie auch diesen Kampf verlieren. Vielleicht lag es an ihr, die Kleinen mochten nicht bei ihr bleiben. Nur drei Tage hatte das andere noch gelebt, nachdem sie es mitgenommen hatte, so rasch war es mit ihm zu Ende gegangen. Sehr schwach war es ihr gleich vorgekommen, schon mehr Engel als Kind, als sie es aus dem Wagen gehoben hatte, schon nicht mehr ganz auf dieser Welt. Das hatte sie natürlich zunächst nicht wahrhaben wollen.

Auch Jonas sollte friedlich sterben, wie kleine Kinder starben, die nicht wußten, was mit ihnen geschah. Sein Atem würde bald flacher gehen, ein Zittern vielleicht seinen Körper durchlaufen vor dem letzten Atemzug.

In den ewigen Schlaf sollte er gewiegt werden, ganz leicht rührte sie die Wiege an, ihr Blick schweifte durch das Zimmer. Wohin, fragte sie sich, hatte sie den Strang blonden feinen Haars geräumt? Haare, die sich wunderbar locken ließen, sobald sie eingesetzt waren.

Erst viel später, wußte sie, würde sich die Trauer melden, aber da würde Jonas längst wiedererstanden sein.

Die beiden Polizisten liefen mit Flodo durch Starnberg.

Auch Rohleff hatte das Herumsitzen nicht mehr ausgehalten, blieb aber fest, was die Rückfahrt betraf. Den Fall würden sie von hier aus lösen. Allerdings ergab sich die Notwendigkeit zu einem kleinen Ortswechsel, um dem Abendessen zu entgehen.

»Weischwürscht«, hatte Hannerl angekündigt. Die Vorstellung einer Riesenschüssel mit daraus hervorquellenden madenweißen Würsten hatte Rohleff bewogen, die Ermittlung mobil weiterzuführen, mit Laptop, Handy und Flodo, den Hannerl den Gästen aufgedrängt hatte, um sicherzugehen, daß es sich bei ihrer Abwesenheit nur um einen kurzen Ausflug handelte.

»Die Weischwürscht halt ich Ihnen warm«, hatte sie gedroht.

Rohleff führte Flodo bereits an der Leine zum Auto, da kam ihnen Hannerl nach. »Sie mögen doch Weischwürscht?« Sie schnaufte. »Wissen Sie, wir essen so was eher selten, wir bevorzugen eine leichte Küche. Auch so eine Schweinshaxe wie heute mittag ist für uns eine viel zu üppige Angelegenheit, die uns tagelang im Magen liegt und Sodbrennen verursacht. Deshalb war der Rudolf nach dem Essen auch ziemlich daneben, aber die Leut aus dem Norden erwarten hier in Bayern immer so was Mächtiges und Fettes, und für Sie treib ich den Aufwand ja gern, man ist ja höflich. Dann also bis später.« Hannerl stieß einen Seufzer aus und ging zurück ins Haus, die zwei aus dem Norden starrten ihr leicht betreten nach.

»Weißt du«, sagte Knolle nachdenklich, »meine Mutter weigert sich seit neuestem, Gästen von außerhalb Pumpernickel und Töttchen aufzutischen. Von uns ißt keiner das Zeug freiwillig. Ich frag mich allerdings, was aus unseren regionalen Identitäten werden soll, wenn wir alle undiszipliniert nur noch in Nouvelle Cuisine machen?«

»Da sei der Biolek vor.«

Sie waren nach Starnberg hineingefahren.

21.00 Uhr

Lilli war es gelungen, Hendriks Kollegen im Borghorster Krankenhaus ausfindig zu machen, sie hatte über den Bürgermeister von Ochtrup den Leiter des örtlichen Versorgungsunternehmens aufgestört, und dieser hatte in den Dienstplänen nachgesehen, welchen Kollegen Hendrik vertreten hatte.

»Der Mann liegt mit einem Herzinfarkt danieder, aber wir wissen jetzt, wo genau sich die Villa befindet«, erklärte Lilli.

»Lilli«, jaulte Knolle ins Handy, »du hältst uns auf dem laufenden, ja?«

Glatt und schwarz lag der See vor ihnen, eine dunkle Folie, vor der sich Bilder ihrer Phantasie entwickeln konnten, für die Lilli mit ihren Anrufen die nötige Nahrung lieferte.

»Wir haben die Kollegen von Gronau, Rheine, Steinfurt zusammengezogen, auch einen Krankenwagen mit Notarzt bestellt, für den Fall, daß wir den Arzt wegen des kleinen Sebastian brauchen.«

Rohleff griff nach dem Handy und sprach hinein. »Ihr habt nicht etwa die Eltern verständigt?«

»Warum sollten sie das nicht tun?« fragte Knolle.

»Denk nach, Patrick, wer weiß, in welchem Zustand sie das Kind finden. Außerdem beruht die ganze Fahndungsaktion auf einer reinen Annahme. Es kann doch wohl mehr als ein morsches Schaukelpferd zwischen Ahaus und Wettringen geben.«

Der Nieselregen störte nicht, sie bemerkten ihn kaum, Flodo schlappte neben ihnen her, bei jedem Halt schaute er vertrauensvoll zu Rohleff auf, der die Leine hielt.

Knolle hatte das Telefon wieder an sich gerissen und winselte in den Apparat. »Lilli, sag was.«

»Blödmann.« Sie flüsterte. »Wir sind jetzt vor dem Haus, ich seh in einem oberen Fenster Licht, und die Puppen und den Bären kann ich erkennen. Wir gehen gleich rein.«

»Lilli ...«, schrie Knolle, es knackte im Telefon.

Sie saßen auf einer Bank, starrten auf den See, das Wasser schwappte sachte ans Ufer.

Seit Knolles Bemerkung auf der Treppe hatte Rohleff nahezu gewaltsam die Gedanken an Sabine zurückhalten müssen, jetzt ließen sie das nicht mehr mit sich machen. Es war, als kämen sie mit dem Wasser ans Ufer, sie waren einfach da, sanft, leise, hartnäckig.

Aus der Entfernung zwischen sich und ihr nahm er ganz klar ihr Leiden wahr, die Maske der Trauer, die sie höflich verbarg, wenn sie mit ihm plauderte, sogar wenn sie scherzte oder flirtete wie beim Abendessen in Holland. Sogar im Streiten. Noch im Lachen klang die Trauer durch, erst in der Erinnerung hörte er die Veränderung im Klang ihres Lachens, die geringere, gedämpftere Schwingung. Das Schlimme, wurde ihm bewußt, lag nicht im Schrei, der zeigte nur den Gipfel der Verzweiflung – kurz flackerte ihr Bild vor ihm in der metallisch grau schimmernden Fläche des Sees auf: nackt, mit glutroten Striemen auf der Haut –, das Furchtbare bestand in der ständigen unerfüllten Sehnsucht, die innerlich an ihr schliff, sie aushöhlte, Spuren hinterließ, die bald nicht mehr zu tilgen waren. Der Wahnsinn konnte sich sehr behutsam einschleichen. Eiszeit der Seele.

Auch ihn überkam eine bittere Sehnsucht, Sabine zu halten, bei ihr zu sein, ihrem Schmerz Raum zu geben, ihn zuzulassen, soweit er das vermochte, ihn nicht mehr wegzuleugnen mit gängigen Phrasen. Wenn sie beide erst ganz unten angelangt waren, ging es vielleicht auch wieder aufwärts. Voller peinigender Zärtlichkeit dachte er an sie, an seine Schöne, an seinen Traum von Leben.

Beiden zuckte die Hand, als das Handy wieder ein Geräusch von sich gab. Knolle nahm den Anruf entgegen, Rohleff sah ihn nicken, sah die Spannung noch einmal aufflammen und dann verebben. Flodo drückte sich an sein Knie, als lauschte er gleichfalls.

»Er lebt«, sagte Knolle, die Augen auf den See gerichtet, »Sebastian lebt, der Arzt hat ihn übernommen. Er meint, der Kleine ist sehr geschwächt, aber er hofft, er bringt ihn durch.«

»Und die Frau?«

»Hat einen Zusammenbruch. Schreit nach einem Jonas, Lilli weiß nicht, wer das sein soll, es ist sonst niemand im Haus.«

»Frag Lilli, ob die Frau eine Perücke trägt oder gefärbte Haare hat, ach laß, ist nicht so wichtig.«

Vom anderen Ufer flackerten Lichter herüber, vom Nieselregen getrübt, so daß sich Rohleff ein letztes Bild ausmalen konnte: Lilli mit Sebastian im Arm, ihn wiegend, eine Szene, die wahrscheinlich gar nicht stattgefunden hatte und sich daher ins Allgemeine wandelte: eine Frau und ein Kind.

»Was nun?« fragte Knolle.

»Ich denke, ich werde uns einen Hund kaufen«, sagte Rohleff melancholisch.

»Ich habe mehr an ein Bier gedacht.«

Nachbemerkung

Es war mir ein Vergnügen, meine Ermittlertruppe zu erfinden und in das existierende Gebäude der Kreispolizeibehörde einzuschleusen, auch die übrigen Leute, die im »Puppenkind« in wichtigen und weniger wichtigen Rollen auftreten, habe ich der Bevölkerung von Steinfurt, Münster und anderen Orten als Schatten oder Schemen hinzugefügt, die jetzt ihr Unwesen in den Köpfen der anderen, wirklich lebenden treiben können. Und es würde mich durchaus interessieren, wer in den Schrebergärten gegenüber der Kreispolizei Äpfelbäume hegt und an lauen Sommerabenden, von Mücken umsurrt, ein kühles Bier trinkt.

Eva Maaser
Die Nacht des Zorns
Kriminalroman
342 Seiten
ISBN 978-3-7466-2096-1

Mord unter Bikern

Mord ist nie schön. Aber dieser übertrifft an Brutalität alles, was Hauptkommissar Rohleff in seiner langen Karriere untergekommen ist: Der junge Tote, den Müllmänner in einem Container in Steinfurt finden, ist regelrecht zerfleischt worden. Damit nicht genug, verschwindet kurz darauf einer der Ermittler samt seinem Motorrad. Überhaupt scheinen Motorräder und Biker bald eine besondere Rolle in diesem besonderen Fall zu spielen. Hat der Kollege mit dem Mord zu tun, oder hat er sich auf die Spur der Motorradgang gesetzt? Aus Südfrankreich trifft eine gräßliche Botschaft per Post von ihm ein.

Mehr Informationen erhalten Sie unter
www.aufbau-verlag.de oder in Ihrer Buchhandlung

**Eva Maaser
Kleine Schwäne**
*Kriminalroman
272 Seiten
ISBN 978-3-7466-1353-6*

Mädchenmorde im Münsterland

Es sieht fast romantisch aus, wie das Mädchen da in einem schwanenweißen Kleid am Ufer eines abgelegenen Sees bei Steinfurt ruht. Aber das Kind ist tot. Ehe die Ermittlerin Lilli Gärtner eine konkrete Spur verfolgen kann, wird ein weiteres totes Mädchen gefunden, ähnlich drapiert. Ein Serienmörder muss am Werk sein. Plötzlich nimmt Lilli ihre Umgebung mit anderen Augen wahr, sogar ihr Mann und ihre Töchter scheinen sich verändert zu haben. Auch der dritte spektakuläre Fall des Ermittlerteams um Kommissar Rohleff beweist, dass Eva Maaser in die Reihe der besten deutschen Krimiautorinnen gehört.

»In die vertraute Idylle bricht das Gespenstische, das Grauenhafte ein, dem sich der Leser nicht entziehen kann.« OLDENBURGISCHE VOLKSZEITUNG

*Mehr Informationen erhalten Sie unter
www.aufbau-verlag.de oder in Ihrer Buchhandlung*

Eva Maaser
Der Clan der Giovese
Kriminalroman
390 Seiten
ISBN 978-3-7466-2260-6

Der Raub der Nofretete

Ausgerechnet der Nofretete galt der brutale Einbruch in Berlin. Die Ermittler wollen einen zwielichtigen Kunsthändler als V-Mann auf die Bande ansetzen. Eine junge Kunsthistorikerin übernimmt den Kontakt zu ihm. Erst als sie den Tod zweier Informanten verschuldet, ahnt sie, wie skrupellos die Verbrecher agieren. In Rom laufen die Fäden des »Opus divus« zusammen.
Ein Fall, der mit Raub und Fälschung beginnt und sich zu ungeheuren Dimensionen ausweitet.

Mehr Informationen erhalten Sie unter
www.aufbau-verlag.de oder in Ihrer Buchhandlung

Eva Maaser
Der Moorkönig
Roman
304 Seiten
ISBN 978-3-7466-1667-4

Vom Kind mit dem Zweiten Gesicht

In einer Sturmnacht des Jahres 1803 wird auf einem westfälischen Bauernhof ein merkwürdiger Knabe geboren. Keiner ahnt, dass er mit der Gabe der Hellseherei geschlagen ist – ein Spökenkieker eben. Nur im düsteren Venner Moor fühlt er sich wohl, und so nennt ihn sein Bruder den »Moorkönig«. Allmählich begreift er seine Gabe als Gunst, deren Grenzen er erkundet.

»**Poetische Bilder wechseln mit beklemmenden Spukwelten ...**
Das Grauen dieser unheimlichen, unergründlichen Landschaft
schickt Eva Maaser über den Rücken des Lesers.«
Münstersche Zeitung

Mehr Informationen erhalten Sie unter
www.aufbau-verlag.de oder in Ihrer Buchhandlung

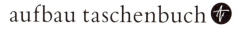

Tessa Korber
Falsche Engel
Roman
199 Seiten
ISBN 978-3-7466-1977-4

Tatort Christkindlmarkt

Kommissarin Jeannette Dürer muss den Mord an einer 18-Jährigen aufklären. Lange tappt die Kripo Nürnberg im Dunkeln, doch dann kommt der richtige Hinweis: In der populären Doku-Soap »My-Angel« wird das »Christkind 2003« für den Weihnachtsmarkt gecastet – die Tote war eine Kandidatin. Unverhofft findet sich die attraktive Kommissarin plötzlich als vermeintlicher Teenager unter den publicityhungrigen Bewerberinnen. Zum Showdown trifft sie im Engelskostüm auf den Mörder und sieht sich plötzlich selbst bedroht.

»**Flott geschrieben und voller Ironie.**« Nürnberger Nachrichten

Mehr Informationen erhalten Sie unter
www.aufbau-verlag.de oder in Ihrer Buchhandlung

aufbau taschenbuch

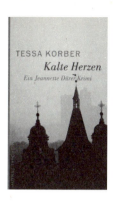

Tessa Korber
Kalte Herzen
Ein Jeannette Dürer Krimi
195 Seiten
ISBN 978-3-7466-2107-4

Bei Inserat Mord

Kommissarin Jeannette Dürer wird zu einem Mordfall gerufen: Eine junge Frau ist tot in ihrer Wohnung gefunden worden. So wie es scheint, muss sie den Mörder gekannt oder zumindest freiwillig hereingelassen haben. Ihr Exfreund kann seine Verbitterung über die kürzlich gelöste Verlobung kaum verhehlen, und ihre Mutter hat den Tatort für One-Night-Stands mit Internetbekanntschaften genutzt, was den Kreis der Verdächtigen nicht gerade eingrenzt. Eher zufällig findet Jeannette die erste wirklich heiße Spur: Eine Kontaktanzeige mit dem Gesicht ihres Mordopfers. Damit beginnt ein Wettlauf um Leben und Tod, denn nicht nur sie selbst steht plötzlich im Fokus des Mörders.

»Tessa Korbers Krimis um die attraktive Kommissarin Jeannette Dürer gehören zum besten, was man im Krimi-Genre findet – »rasant und witzig geschrieben, auch im internationalen Vergleich.« NÜRNBERGER NACHRICHTEN

Mehr Informationen erhalten Sie unter
www.aufbau-verlag.de oder in Ihrer Buchhandlung

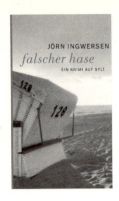

Jörn Ingwersen
Falscher Hase
Ein Sylt-Roman
235 Seiten
ISBN 978-3-7466-1460-1

Eine Insel voller Gefahren

Was tut man, wenn einem die Freundin wegläuft, wenn man einen teuren Sportwagen zu Schrott fährt und man ein Tagebuch besitzt, für das gewisse Leute einen Mord begehen würden? Nun, Asche, eigentlich Strandwächter auf Sylt, würde am liebsten buchstäblich den Kopf in den Sand stecken oder Liebeslieder auf seiner Gitarre spielen. Doch dafür bleibt keine Zeit. Er muss herausbekommen, was es mit dem Tagebuch auf sich hat – und warum die schöne Ose, die wie ein Engel vom Himmel gefallen ist, ihm nicht mehr von der Seite weicht.
Ein packender Kriminalroman, der Sylt in einem ganz eigenen, besonderen Licht zeigt.

Mehr Informationen erhalten Sie unter
www.aufbau-verlag.de oder in Ihrer Buchhandlung

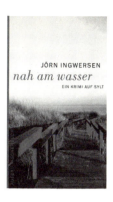

Jörn Ingwersen
Nah am Wasser
Ein Krimi auf Sylt
313 Seiten
ISBN 978-3-7466-2165-4

Die dunklen Seiten einer wunderbaren Insel

Der junge Hannes steckt in einer Krise. Er soll zu seiner Mutter nach Süddeutschland ziehen. Doch dann wird der Vater seiner Freundin entführt, offenbar weil er sich gegen ein umstrittenes Bauprojekt ausgesprochen hat. Hannes beschließt einzugreifen. Er will die Entführer finden – und seiner Mutter beweisen, dass er nach Sylt gehört.
Jörn Ingwersen, auf Sylt geboren, erzählt, wie auf der Insel ein mörderischer Kampf um Macht und Traditionen entbrennt.

Mehr Informationen erhalten Sie unter
www.aufbau-verlag.de oder in Ihrer Buchhandlung

Bernhard Jaumann
Die Drachen von Montesecco
Roman
278 Seiten
ISBN 978-3-7466-2452-5

Ganz Montesecco ermittelt

Das kleine Bergdorf in der Mitte Italiens ist in hellem Aufruhr: Das Millionenvermögen eines Toten weckt die Begierde aller Einwohner. Als auch noch ein Kind entführt wird, ist jeder verdächtig, und alle ermitteln. Einer von ihnen muss der Entführer sein, der das Leben des kleinen Minh Vannoni gefährdet.

»**Ein wunderbares Buch!**« Tobias Gohlis in »Die Zeit«

Mehr Informationen erhalten Sie unter
www.aufbau-verlag.de oder in Ihrer Buchhandlung

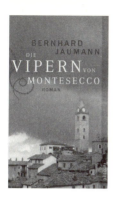

Bernhard Jaumann
Die Vipern von Montesecco
Roman
275 Seiten
ISBN 978-3-7466-2301-6

Ein Dorf sucht seinen Mörder

Gluthitze über den alten Mauern von Montesecco: Abends treffen sich die Familien in der Bar. Sie reden. Über einen Mörder, der zurückgekehrt ist. Über die Schlangen. Und über einen neuerlichen Mord. Eine verschworene Gemeinschaft ist zugleich Täter und Ermittler in diesem Kriminalroman der Extraklasse von Glauser-Preisträger Bernhard Jaumann.

»Ein faszinierender Kriminalroman, der alle Vorurteile über dieses Genre im besten Sinne Lügen straft.« Die Zeit

»Wir sehen dieses italienische Dorf vor uns, die Piazza, die klapprige Bar – wunderbar!« Tobias Gohlis in »Die Zeit«

Mehr Informationen erhalten Sie unter
www.aufbau-verlag.de oder in Ihrer Buchhandlung

Bernhard Jaumann
Die Augen der Medusa
Ein Montesecco-Roman
296 Seiten
ISBN 978-3-7466-2619-2

»Großartige Kriminalliteratur.« SPIEGEL ONLINE

Nicht nur der eisige Winter lässt die Einwohner des italienischen Bergdorfes Montesecco frösteln. Als ein Attentäter den bekanntesten Staatsanwalt Italiens ermordet und sich mit vier Geiseln in Monteseccos Mauern verschanzt, überrollen Polizei und Medien den verschlafenen Ort. In letzter Minute schmieden die Dorfbewohner einen Plan. – Ein fulminanter Italienkrimi über Mafia, Medienmacht und wahre Menschlichkeit, ausgezeichnet mit dem Deutschen Krimipreis.

»Immer wieder bezaubert Jaumann durch kluge, feinsinnige Erzählweise und beobachtungsgenaue Sprache.«
TOBIAS GOHLIS IN »DIE ZEIT«

Mehr Informationen erhalten Sie unter
www.aufbau-verlag.de oder in Ihrer Buchhandlung

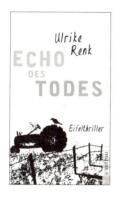

Ulrike Renk
Echo des Todes
Eifelthriller
295 Seiten
ISBN 978-3-7466-2549-2

Mörderische Eifel

Die Psychologin Constanze van Aken und der Forensiker Martin Cornelissen, ihr Freund, haben plötzlich einen gemeinsamen Fall: Zwei Tote werden in der Nähe ihres Hauses am Rursee gefunden. Zur selben Zeit wird ein ehemaliger Patient Constanzes entlassen. Zunächst will sie diese zeitliche Parallele nicht sehen, doch dann versucht jemand bei ihr einzudringen und schickt ihr eine erste Drohung.
Eifel-Spannung pur: Zwei Todesfälle geben Rätsel auf.

Mehr Informationen erhalten Sie unter
www.aufbau-verlag.de oder in Ihrer Buchhandlung

Karl Olsberg
Der Duft
Thriller
421 Seiten
ISBN 978-3-7466-2465-5

Das Böse ist stärker als der Verstand

Während Marie Escher das Zukunftspotential einer Biotech-Firma analysiert, kommt es zu einem blutigen Zwischenfall. Um die Hintergründe zu klären, reist sie mit ihrem Kollegen Rafael nach Uganda. Hier in der Wildnis Afrikas aber gelten andere Regeln, denn gegen manche Sinneseindrücke ist der Verstand völlig machtlos. Die beiden müssen um ihr Leben kämpfen und wissen: Sie allein können die Welt vor dem Chaos bewahren. Nach dem großen Erfolg von »Das System« der neue, atemberaubende Thriller von Karl Olsberg.

Mehr von Karl Olsberg:
Das System. Thriller. AtV 2367
2057. Unser Leben in der Zukunft. AtV 7060

Mehr Informationen erhalten Sie unter
www.aufbau-verlag.de oder in Ihrer Buchhandlung

Karl Olsberg
Das System
Thriller
403 Seiten
ISBN 978-3-7466-2367-2

Die Zukunft der Menschheit ist in Gefahr

Was wäre, wenn alle Computer der Welt plötzlich verrückt spielten? Als Mark Helius zwei Mitarbeiter seiner Softwarefirma tot auffindet, weiß er, dass im Internet etwas Mörderisches vorgeht. Stecken Cyber-Terroristen dahinter? Oder hat das Datennetz ein Eigenleben entwickelt? Eine Jagd auf Leben und Tod beginnt, während rund um den Globus das Chaos ausbricht.
Dieser atemberaubende Thriller zeigt beklemmend realistisch, wie schnell unsere technisierte Welt aus den Fugen geraten kann.

»Ihren PC werden Sie nach dieser Lektüre nur noch mit gemischten Gefühlen hochfahren.« EMOTION

Mehr Informationen erhalten Sie unter
www.aufbau-verlag.de oder in Ihrer Buchhandlung

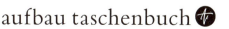